초국가 시대의
역사, 인종, 젠더

■ 이 책은 2016년도 한국연구재단 대학 인문역량 강화사업(CORE) 지원에 의해 출판되었음.

| 영미문화연구소 총서 001 |

초국가 시대의 역사, 인종, 젠더

전남대학교 영미문화연구소 편저

도서출판 동인

시작하는 글

민태운 _전남대 영미문화연구소장

2016년 6월 런던에서 학회가 있었고 떡본 김에 제사지낸다고 어설픈 경제적 본능의 발동에 힘입어 영국에 간 김에 스코틀랜드까지의 여행을 감행하였다. 에딘버러의 유명한 마일 하이(Mile High) 부근의 골목에서 요기나 할까하고 군감자 가게(The Baked Potato Shop)를 들어가 보았다. 테이블이 하나밖에 없어서 그 안에서 먹으려면 선택의 여지가 없었고 이미 거기에는 인도에서 온 부부, 호주에서 온 백인 부부, 캐나다에서 온 동양인 부부 등이 합석해 있었다. 같은 식탁에 둘러 앉아 먹게 되니 자연스럽게 서로를 소개하고 이야기를 나누게 되었다. 지리적으로나 피부색으로나 상관없을 것 같은 이들이 같은 언어를 말하고 같은 음식을 즐기고 있는 것을 보며 이들이 서로 아무 상관이 없는 낯선 사람들처럼 보이지만 이들을 연결하는 무언가가 있다는 걸 잊었다는 생각이 퍼뜩 들었다. 그들 뒤에 영국이 있었다.

호주작가 그렌빌(Kate Grenville)이 『비밀의 강』(*The Secret River*, 2005) 서두에서 묘사하고 있는 원주민과 영국인의 조우가 극명하게 보여주듯이 백인과 원주민/유색인은 처음에 서로에게 이방인들이었고 심지어는 자신과 가족을 지키기 위해 목숨을 걸고 맞서 싸워야할 대상이었다. 디포(Daniel Defoe)의 『로빈슨 크루소』(*Robinson Crusoe*, 1719)에서 보듯이 백인에게 원주민은 야만인이자 "식인종"이었고 타협할 여지없는 "타자"였다. 그들 사이에는 건널 수 없는 강이 가로막고 있었다. 포스터(E. M. Forster)의 『인도로 가는 길』(*A Passage to India*, 1924)에서 지배자인 영국인들과 피식민지인 인도인들 사이를 가로막고 있는 강을 연결하기 위한 교량파티(Bridge Party)가 열리지만 서로를 잇고자하는 어떤 시도도 성공할 수 없다는 것을 확인시켜 주는 형식적인 행사가 되고 만다. 양쪽 집단 사이에는 인종적, 언어적, 문화적 차이가 있었고, 둘 간의 의사소통은 주로 명령어와 이에 대한 순종의 언어로만 이루어져 있었다. 파티라고 하지만 같은 식탁에 둘러 앉아 이야기를 주고받는다는 것은 상상할 수 없던 때였다.

백인들은 그 당시 독자들이 그랬듯이 근면하고 계획적이며 청교도적인 로빈슨 크루소를 자신들의 분신으로 믿고 싶었을 것이고 야만인 프라이데이(Friday)를 문명화시키고 영어를 가르쳐 종으로 삼는 과정을 흐뭇하게 지켜보았을 것이다. 백인은 우월하고 원주민은 열등하므로 후자는 전자의 통치의 대상이라고 생각했을 것이고 후자를 문명화하는 것이 모두에게 광고하고 싶을 만큼 대단한 의무나 책임인 것처럼 생각했을 것이다.

그러나 영국이 통치하던 시대가 지나고 이제 소위 포스트식민주의(postcolonial) 시대가 되었다. 남아프리카 작가인 쿳시(J. M. Coetzee)가 『포』(*Foe*, 1986)에서 새로 선보인 크루소(Cruso)는 디포의 식민지시대 크루소와 달리 게으르고 계획성도 목표의식도 없는 존재로 발각되며 프라이데이는 혀가 잘려(이것은 무엇의 상징일까?) 영어를 배울 수조차 없다. 그렌빌의 작품에서 개발과 문명화라는 미명하에 원주민을 내 으며 사유지를 넓혀갔던 주인공은 평생소원인 신분상승과 부의 축적을 이룬 후에야 그 모든 것이 원주민의 문화를 짓밟고 이룩한 것임을 깨닫고 유감과 허망함을 느낀다. 그는 로빈슨 크루소처럼 야만의 땅을 개척하여 문명화시킨 자신을 이상화하고 허위적인 자서전을 만들지만 이미 벌어진 원주민과의 거리가 좁혀질 수 없음을 뒤늦게 깨닫는다.

식민지시대에는 백인이 주로 말하고 원주민/피식민지인은 명령어에 순종했다. 프라이데이는 항상 배우는 입장이었다. 하지만 쿳시의 프라이데이는 영어 배우기를 거부함으로써 더 이상 이러한 순종을 받아들일 수 없다는 입장을 견지했다. 그리고 이후에 나온 프라이데이들도 말하기 시작했다. 하위주체(subaltern)도 말을 하기 시작한 것이다. 다락방에 갇혀있던 『제인 에어』(*Jane Eyre*, 1847)의 버싸(Bertha)도 『드넓은 사가소의 바다』(*Wide Sargasso Sea*, 1966)에서 앙트와네트(Antoinette)라는 원래의 이름으로 등장하여 자신이 결코 더 이상 우리에 갇힌 짐승처럼 울부짖기만 하고 말할 수 없는 존재가 아님을 보여주었다.

세계 최초로 산업혁명을 일으킨 영국은 원자재와 시장을 찾아 식민지를 개척해 나갔고 세계 땅의 4분의 1 정도나 차지할 정도로 영토를 확장하였다. 당연히 그만큼 자부심도 커질 수밖에 없었다. 야만인에게 문명을 선물하는 수고를 하는 인종은 스스로를 우월한 존재로 받아들였고 그들의 혈통은 다른 인종의 것과 구별되는 것이어서 『드라큘라』(*Dracula*, 1897)가 은연중에 예시하듯이 고귀한 피의 오염은 필사적으로 막아야 하는 것이었다. 그러나 순혈주의는 이주의 시대가 몰고 온 다문화주의의 거센 파고를 막을 수 없었다. 쿠레이쉬(Hanif Kureishi)가 쓴 『교외의 부처』(*The Buddha of Suburbia*, 1990)의 주인공 카림(Karim)이 백인 어머니와 인도인 아버지 사이의 혼혈아인 자신을 "이상한 영국인, 말하자면 새 품종"(a funny kind of Englishman, a new breed as it were)이라고 부르는데서 알 수 있듯이 영국은 점차 다문화 혹은 다인종 국가가 되어 가고 있었다.

옛날 옛적에 아주 오랜 옛적에 . . . 영문학이 영국만의 문학인 적이 있었다. 영문학이 백인만의 문학인 적인 있었다. 이제 영문학은 그것을 사방으로 둘러싸고 있던 높은 담을 마지못해 헐어버리고 영연방문학, 나아가서는 영어권문학으로 확장 개업하였다. 한때 백인만의 무대였던 곳에 다양한 인종 혹은 혼종이 등장하고 있으며, 식민지의 역사, 이주의 역사가 크고 작은 목소리로 전달되고 있다. 그리고 젠더의 주제는 여전히 논쟁거리에서 벗어나 있지 않다. 우리는 쏟아져 나오는 수많은 작품들에 압도되면서도 이러한 흐름을 읽어가고 있는 중이다.

2017년 2월
민태운

차례

시작하는 글　　•　　5

역사

김연민	아일랜드 근대 역사 다시쓰기 －패트릭 캐바나의 『대기근』	13
김은영	'사이', 리미노이드, 그리고 탈주 －셰이머스 히니의 『산사나무 등』	41
김현아	경계의 공간에서 이방인과 관계 맺기 －J. M. 쿳시의 『슬로우 맨』	61
민태운	역사와 침묵 －한국인 독자의 시각에서 살펴본 『오바쌍』	87

인종

김미령	스카이 리의 『잔월루』에 나타난 소수인종 서사	113
이혜란	아파르트헤이트 이후의 백인 정체성 －나딘 고디머의 『줄라이의 사람들』	135
임미진	동양 속의 이방인 －유진 오닐의 백만장자 마르코	156

젠더

이수진　전래동화 다시쓰기/다시읽기에 나타난 젠더 재현

　　　　－「백설 공주」와 패러디 작품 들여다보기　　　187

이성진　살만 루시디의 『수치』에 나타난 남성중심 사회와

　　　　내부식민주의 그리고 젠더　　　216

이현주　안젤라 카터의 『요술 장난감 가게』에 나타난

　　　　젠더/신화 뒤집기　　　244

주재하　예술 행위를 통한 젠더 정형성 탈피

　　　　－마가렛 애트우드의 『고양이 눈 구슬』　　　271

찾아보기　•　299

필자 소개　•　305

역사

아일랜드 근대 역사 다시쓰기
－패트릭 캐바나의 『대기근』

● ● ● 김연민

I. 『대기근』 읽기의 필요성

아일랜드가 1919년에서 1921년까지 영국과의 독립전쟁을 통해 1922년 아일랜드자치국(Irish Free State)을 수립하고 1949년 아일랜드공화국(Republic of Ireland)을 선포하기까지 아일랜드인에게 가장 중요한 화두는 민족이었다. 당대의 민족주의는 경제, 정치, 문화적으로 식민지배 세력으로부터 그들을 구별 지을 수 있는 아일랜드만의 독특한 민족정체성을 표현하는 데 주력했다. 그들은 인종적으로 게일인(Gaels)과 종교적으로 카톨릭(Catholic) 교회를 민족정체성의 핵심 구성요소로 삼았다. 그러나 정체성에 대한 지나친 강조는 내부적으로 자국 내 다른 혈통을 가진 앵글로-아이리시(Anglo-Irish)와의 마찰을 야기한 것은 물론 외부적으로는 다른 인종에 대한 차별을 정당화하기도 했다. 특히 아일랜드자치국 수립을 전후로 제임스 조이스(James Joyce),

숀 오케이시(Sean O'Casey), 사무엘 베켓(Samuel Beckett) 등과 같은 작가들이 타국으로 이주 또는 망명한 사실은 1840년대 감자 대기근 이래로 지속적으로 진행되어 온 억압적인 정체성 정치(identity politics)와도 관련 깊다. 이러한 시대상을 반영하고 민족주의 이후의 대안과 방향을 모색한 아일랜드의 대표적 시인이 패트릭 캐바나(Patrick Kavanagh)이다.

아일랜드 문학사적 관점에서 캐바나는 노벨문학상을 수상한 아일랜드의 두 시인 윌리엄 버틀러 예이츠(W. B. Yeats)와 셰이머스 히니(Seamus Heaney)를 연결하는 중요한 시인으로 평가된다. 19세기 말부터 문화 민족주의적 관점에서 예이츠를 중심으로 전개되어 온 아일랜드 문학 전통은 캐바나를 거치면서 민족개념과 그 정체성을 새롭게 인식하는 계기를 맞이하게 된다. 초기 예이츠는 쿠훌린(Cuchulain) 등과 같은 아일랜드 민족 신화를 직접 시의 소재로 사용하여 식민세력에 대한 저항의 메시지를 전하거나 캐슬린 니 훌리한(Cathleen ni Houlihan)을 통해 민족을 위한 개인의 숭고한 희생의 가치를 역설했다. 그러나 1940년대 캐바나를 거쳐 그 이후의 세대는 민족 신화를 각기 다른 방법으로 전유한다. 「켈틱 굴레 이전에」("Before the Celtic Yoke")에서 현대 시인 폴 더컨(Paul Durcan)은 켈틱(Celtic) 신화가 가지고 있는 폭력성을 지적하며 켈트의 정체성이 과연 아일랜드 민족정체성을 대표할 수 있는지에 대해 비판적인 관점을 취한다. 한편, 히니는 리차드 카니(Richard Kearney)가 『포스트민족주의 아일랜드』(Postnationalist Ireland)에서 분석하듯이 민족토착신화에 우회적으로 또는 "내부의 망명자"(inner emigre)의 초연한 시선으로 접근한다(130). 「톨런드 미라」("The Tollund Man")에서 히니는 고대 북유럽에서 행해진 희생제의의 모습을 당대 북아일랜드에서 일어난 폭력사태와 병치시키면서 외부인의 시각으로 민족 내부의 문제를 바라본다. 이러한 우회적인 접근 방식은 예이츠와 문예부흥운동기의 작가들의 것과는 달리 그리스 로마 신화 등의 외부의 신화를 적극적으로 전유한 제임스 조이스(James Joyce)와 캐바나의 전통을 따르고 있다(Kearney 130). 19세기 문예부흥운동의 강한 민족주의적 성향을 따라 온 아일랜드 문학사, 특히 민족 시인이라 불리는 예이츠의 문화민족주의적 유산과 그 영향력을 고려해 본 다면, 아일랜드 시 전통에 있어 1940년대 캐바나의 시는 그간의 민족정체성과 민족 신화를 새롭게 평가하는 중요한 분수령이 되었음을 말해준다.

캐바나의 대표작이라 여겨지는 『대기근』(*The Great Hunger*)에 대한 기존의 연구는 장르에 관한 논쟁이 주를 이루었다. 이 작품은 주로 낭만적인 아일랜드의 농촌 이데올로기를 탈신화한다는 면에서 사실주의 혹은 자연주의 작품으로 해석되어 왔다. 테렌스 브라운(Terence Brown)은 이 작품을 인간의 본능과 기쁨, 창의력 등을 억압하는 카톨릭 교리의 독선을 고발하는 "통렬한 사실주의"(savage realism)로 정의한다(105). 특히, 캐바나가 구체적인 농촌의 현실 묘사를 위해 특징적인 요소들을 선별해 내는 통찰력은 그의 사실주의적 기법을 증명한다(Nemo 68). 그러나 T. S. 엘리엇(T. S. Eliot)의 『황무지』(*The Waste Land*)에 나타난 모더니즘적 기법들을 아일랜드에 적절히 적용했다(Quinn 143)는 주장과 더불어 최근 캐서린 킬 코인(Katherine Kilcoyne)은 『대기근』의 주인공 매과이어(Maguire)에 대한 시적 화자의 양가적인 태도에 집중하며 캐바나가 사실주의와 상징주의적 관점을 동시에 수용하고 있다고 평가한다(102). 그녀는 캐바나가 당대 사회와 정치의 구조적 모순을 비판한다는 면에서 사실주의를, 동시에 매과이어가 자신의 현실을 충분히 인식하면서도 그 환경으로부터 벗어나지 못하는 그의 수동성이 그의 내면과 환경을 통해 드러나면서 상징주의적 기법을 동시에 사용한다고 주장한다.

이러한 기존 연구의 토대 위에, 본 연구는 1942년에 출판된 캐바나의 서사시 『대기근』을 장르적 관점이 아닌, 아일랜드에서 민족주의 이후의 담론, 즉 포스트민족주의적 관점에서 접근하고자 한다. 이를 위해, 먼저 캐바나의 시를 분석할 수 있는 이론적 틀인 포스트민족주의의 전개 양상을 아일랜드 역사와 정치적인 면에서 고찰하겠다. 민족 해방 이후 역사수정주의(historical revisionism)와 포스트식민주의(postcolonialism)가 각각 새로운 아일랜드에 대한 대안을 모색하는 가운데, 포스트민족주의는 양자의 장점, 즉 역사수정주의의 맹목적인 민족 신화 숭배 비판과 포스트식민주의의 전통적 삶에 대한 재해석을 추구하고 있다. 이러한 포스트민족주의의 특징 중, 이 연구에서는 캐바나의『대기근』을 민족주의 탈신화 작업에 초점을 맞추어 읽어 가겠다. 또한 그가 문예부흥운동 이면에 담긴 이데올로기 비판을 통해 당대 문학계에 만연한 식민세력의 잔재로부터 자율성의 가치를 추구했음도 확인해 볼 것이다. 실제 아일랜드 농촌 사회에서 농부 시인의 삶을 살았던 캐바나는 예이츠와 문예부흥운동가들이 주장했던 것과는 반대로 농촌은 더 이상 민족과 개인의 영적 회복의 공간이 아님을 폭로한다. 오히려 힘겨운 노동, 종교가 씌운 도덕적 굴레, 억압적인 어머니의 권위로 인해 이곳에서의 삶은 낭만적으로 묘사되기보다는 사실주의적 혹은 자연주의적 관점에서 고발되고 있다. 비록 캐바나 스스로가 1964년 시 모음집 서문에서 "『대기근』은 비극(tragedy)이고 비극은 발육이 덜 된, 제대로 자라지 못한 희극(comedy)"(*Collected Poems* xiv)이라고 평가했지만 그 부정적인 인식은 아일랜드 현실 사회를 고발하는 방식, 즉『대기근』에서 예술성과 희극성이 부족했다는 방법론적 문제였지, 사회 비판 자체의 필요성을 부정한 것은 아니었다. 오히려 그의 현실 인식은 해방 이후 민족주의라는 이름으로 등장한 또 하나의 억압적인 권력에 대한 저항으로서의 의미가 있다. 아일랜드 농촌에 기반을 둔 맹목적인 민족주의 신화를 타파하는 캐바나의『대기근』은 예이츠 이후 현대 아일랜드 시학의 흐름을 감지할 수 있게 하는 중요한 전환점인 동시에 예이츠와 히니로 양분되어

온 아일랜드 시 연구에 있어서도 다양성을 가져올 수 있다.

II. 아일랜드 포스트민족주의의 양상

민족 해방과 근대민족국가 수립 이후, 아일랜드에서 민족주의 이후의 가치에 대한 모색은 크게 역사수정주의와 포스트식민주의로 양분되어 왔다. 로이 포스터(Roy Foster)나 에드나 롱리(Edna Longley) 등의 수정주의학자들은 역사 인식의 발전이 민족주의의 오래된 신화, 예를 들어 예이츠가 「1913년 9월」("September 1913")에서 언급한 "낭만적 아일랜드"(romantic Ireland)라는 신화를 제거하는 것에서부터 시작한다고 믿는다. 이들은 1960년대 이후 북아일랜드에서 아일랜드 공화국군(Irish Republican Army)의 급진민족주의 세력들이 집착한 피의 희생제의에 나타난 폭력성을 고발한다. 이에 반해, 셰이머스 딘(Seamus Deane), 루크 기본스(Luke Gibbons), 데이비드 로이드(David Lloyd) 등 포스트식민주의 학자들은 수정주의자들이 자주 일반화하는 단일화된(homogeneous) 개념으로서의 민족주의 대신, 페미니즘, 노동운동, 반식민주의운동 등 각 지방에서 산발적으로 전개되던 다양한 서발턴(subaltern)의 움직임들이 교차해서 만들어낸 "이데올로기적 젤"(ideological gel)로서 민족주의를 재평가한다(Graham 155). 이처럼 아일랜드 수정주의와 포스트식민주의가 민족주의에 대해 서로 상반된 입장을 취하지만, 이들이 합의에 이르는 점은 바로 해방 이후 1960년대까지의 민족국가 특히, 에이몬 드 발레라(Eamon de Valera)[1]의 아일랜드에 대한 비판이다 (Cleary 6). 수정주의가 근대민족국가를 비판하는 대목은 크게 두 가지로,

---

[1] 드 발레라는 아일랜드자치국의 수상(1932-48)과 아일랜드공화국 대통령(1959-73)을 지냈다.

첫째는 해방 이후 드 발레라가 고수해온 경제 문화적 민족주의, 반근대적 교권중심주의(anti-modern clericalism) 등이다. 그가 영국과 경제 단절을 추구하며 농업위주의 자급자족 경제에 치중하고 문화적으로 고립된 정책을 펴는 동안 1840년대 감자 대기근이 아일랜드를 휩쓸어 전 인구의 3분의 1이 아사하고 또 다른 3분의 1이 해외로 이주했던 것과 같은 경제적 공황이 1940년대의 아일랜드에서도 반복되어 수많은 해외 이주민을 양산했다. 둘째로, 수정주의 학자들은 신생민족국가가 과거 자신들을 억압했던 식민 시대의 정치, 교육, 사법제도 등을 그대로 옮겨와 자국민을 억압하는 수단으로 사용되고 있음을 지적하는데, 민족국가가 아일랜드만의 것도 아닌 동시에 식민지 영국의 것도 아닌 문화, 즉 실패한 혼종성(hybridity)을 생산했다고 비판한다. 이와 비슷한 입장에서 포스트식민주의 학자들도 해방민족국가가 식민지배자들의 이데올로기를 모방했다고 진단하며 정부의 정통성에 대한 의문을 제기한다. 『역사 이후의 아일랜드』(*Ireland After History*)에서 로이드는 민족 해방 당시 더욱 급진적인 사회 변화가 부르주아 민족주의자들로 인해 좌절되었음에 주목한다(45). 이로 인해 1916년 부활절 봉기 이면에서 큰 흐름을 주도했던 서발턴 운동, 예를 들어 농촌, 여성, 노동운동 등이 민족국가 수립 이후 탄압을 받게 되었고, 결국 아일랜드 역사는 엘리트 중심의 민족주의적 사관으로 기술되어 왔다고 주장한다. 비록 수정주의와 포스트식민주의가 근대민족국가에 대해 비판적인 입장을 취하지만, 전자가 민족정체성을 논하는 데 있어 다양성에 대한 고려 없이 배타적인 기준을 내세우는 민족국가의 정체성 정치를 비판하는 데 초점을 맞춘 반면, 후자는 부르주아 계급에 의해 건설된 민족국가가 보여주는 민족정체성의 정통성에 의문을 제기하면서 그 차이를 보인다.

해방 이후 민족국가의 새로운 방향성을 고찰한 이 두 흐름은 각각의 이론적 약점 또한 내포하고 있다. 수정주의는 포스트모던적 다원주의와 엘리트적 관점 때문에 포스트식민주의 학자들에 의해 종종 새로운 국가를 형성한 "아방가르트적 지식인층"이라는 비판을 받는다(Cleary 3). 이에 반해 포스트식민주의의 논리는 식민자와 피식민자 사이의 이분법적 관계에 내재한 도덕근본주의(moral fundamentalism)를 바탕으로 피식민자와 서발턴들의 거의 모든 가치를 정당화 한다.[2] 이와 더불어 이들의 혁명이 항상 미완으로만 존재해야 하는 아이리시 서발턴 개념의 모순적 현상(Graham 156) 또한 아일랜드 포스트식민주의 학계 내부에서도 제기된다. 이와 같은 이론적 쟁점들과 함께 1970년대 북아일랜드 사태를 기점으로 아일랜드의 정치 지형을 새롭게 형성한 포스트민족주의 관점이 대두되기 시작했다. 카니의 『포스트민족주의 아일랜드』에서 논의된 아일랜드 포스트민족주의는 북아일랜드에서 폭력적인 현상으로 표출된 아일랜드 민족주의의 배타성에 대한 근본적인 대안을 제시한다는 면에서 의의가 있다. 아일랜드인들의 민족개념은 영국의 식민세력으로부터 그들을 차별화하며 독립민족국가를 수립하는 과정에서 조직된 필수불가결한 가치였음은 분명하다. 그럼에도 불구하고 다른 유럽 국가들과 달리 이들은 인종적으로 게일(Gael) 혈통을 문화적으로 게일 언어와 카톨릭 종교를 민족의 핵심 요소로 간주하며 배타적인 민족정체성을 형성했다. 카니가 지적한 대로 1940년대의 아일랜드인들은 나치의 폭력을 피해 망명하던 유태인들의 입국을 거부하며, 그들이 한때 식민 지배자로부터 경험한 인종주의적 폭력을 다른 민족에게

---

[2] 예를 들어 데이비드 로이드는 아일랜드 음주 문화를 영국 식민권력의 자본주의 논리에 저항하는 수단으로 읽고 있다. 그러나 『대기근』에서 캐바나는 술에 취해 비틀거리는 농부들을 통해 오히려 농촌의 비참한 현실과 이 현실에 순응하며 수동적으로 살아가는 농부들의 패배주의적인 모습을 보여준다. 음주 문화를 어떻게 전유할 것인가는 논쟁의 대상이기는 하지만, 포스트식민주의적 관점에서 어떤 문화에 내재한 부작용이 있음에도 불구하고 그것이 식민지배자라는 대상에게 저항의 목소리를 낼 수만 있다면 그것의 가치를 쉽게 절대화하는 성향에 대한 고찰이 필요한 것이다.

되풀이했음을 발견할 수 있다. 이러한 아일랜드 민족주의의 배타성은 이미 조이스의 『율리시스』(*Ulysses*)에 묘사된 바 있다. 주인공 스티븐(Stephen)이 학교 교사로 일할 때 교장 디지(Mr Deasy)는 당대 아일랜드인들의 인종 차별적 성향을 그대로 보여 준다: "아일랜드는 지금껏 한 번도 유태인들을 박해하지 않은 자랑스러운 민족이라 불린다네. [. . .] 한 번도 유태인들을 받아들인 적이 없거든"(2:437-38, 442). 비록 블룸(Bloom)과 같은 유태인이 오래 전부터 아일랜드에 거주하고 있었음에도 불구하고, 아일랜드인이 외국인과 섞이지 않고 민족의 순수성을 지켜 냈다고 자부하는 대표적인 인물 군상을 제시하면서 조이스는 당대의 과도한 민족 근본주의적 성향을 풍자하고 있다. 배타적인 아일랜드 민족성을 극복하려는 시도는 조이스가 『율리시스』나 『피네간의 경야』(*The Finnegan's Wake*)에서 고대 그리스 신화뿐만 아니라, 세계 다양한 언어의 차용을 통해 "유럽을 아일랜드화하고 아일랜드를 유럽화하는"(Hibernicizing Europe and Europeanizing Ireland) 문학적 실험으로 표출되었다. 이러한 흐름을 반영하며 포스트민족주의는 기존 민족개념이 가지고 있는 협소한 정의를 넘어 더욱 유연한 공동체적 개념을 지향한다.

인종적 차별 이외에도 근대 아일랜드인들은 문화적 차별성을 강조하기 위해 게일어 부흥과 게일체육협회(GAA: Gaelic Athletic Association) 설립 등의 소위 전통을 복원하는 작업을 통해 문화민족주의를 전개해 갔다. 그러나 그들이 내세운 민족개념과 전통 문화의 특징은 에릭 홉스바움(Eric Hobsbawm)이 지적하듯이 여느 근대민족국가의 설립 과정에서 나타난 의식화(ritualization)와 제도화의 산물이라 볼 수 있다(13). 특히 로이드의 포스트식민주의적 관점에서 부르주아 계층에 의해 설립된 근대민족국가는 다양한 상징화 작업과 정전화(canonization) 작업을 통해 전통을 창조해 냈고, 이 전통에 따라 근대시민을 국가의 이데올로기에 적합하도록, 즉 푸코의 관점에서 본다면 "유순한 신체"(docile body)를 만들기 위함임이 지적된다 (*Irish Culture and Colonial Modernity* 92-93). 다시 말해, 포스트식민주의에서 근대민족국가에 의해 정치적으로 제도화된 전통의 개념에 의문을 제기하면서 근대적 주체를 형성하는 문화적 훈육에 탈영토화적인 힘을 가지고 있는 민간풍습을 그 대안으로 제시한다. 이와 비슷한 방식으로 포스트민족주의자들은 영국 식민주의 이전의 시대를 민족의 황금시대로 규정하며 "낭만적 아일랜드"를 향수하는 켈트주의자(Celtists)들에 의해 재구성된 민족국가에 대해 비판적 입장을 취한다. 카니가 요약하듯이 이들은 "과거의 청산이 아닌 재해석"(59)에 초점을 맞추고 켈트주의자들이 구성한 이상화된 민족의 과거 대신, 과거가 지닌 다양한 형태의 가치들을 구분한다. 예를 들어, 시민, 영토, 인종, 이주민족, 문화 등의 다양한 개념에 바탕을 둔 세분화된 민족주의에 대한 논의, 운동으로서 민족주의와 문화적 기억 또는 전통이라는 의미에서의 민족정체성 구분, 그리고 민족과 국가 사이의 구분, 민족국가와 지역정부, 연방정부 등의 대안적 공동체의 구분이 포스트민족주의에서 광범위하게 논의된다(Kearney 1-9, 59). 포스트민족주의는 식민주의 이전의 시대를 낭만적으로 이상화하지 않는다는 면에서 민족주의자 또는 켈트주의자들과 구별되는 동시에, 민족의 과거를 청산해야 할 진부한 것으로 획일화하지 않는다는 면에서 수정주의자들과도 구별된다.

포스트식민주의와 더불어 포스트민족주의가 국가에 의해 제도화된 전통과 과거에 대해 거리를 두고 있다는 면에서 공통점이 있지만, 이들 사이에서 차이점도 발견할 수 있다. 아일랜드 포스트식민주의 학자 기본스는『아일랜드 문화의 변형』(*Transformations in Irish Culture*)에서 근대화와 산업화의 흐름에 대항해 전통적인 가치를 유지하는 공간으로서 아일랜드 서부를 제시한다(23). 특히 싱의 희곡『서쪽 지방의 한량』(*The Playboy of the Western World*)에서 나타나듯이 아일랜드 서부는 미국의 서부와 같이 중앙

권력에 대한 저항의 의미가 담긴 공간이다. 이처럼 포스트식민주의에 있어 서부라는 지역은 식민권력의 영향에 포섭되지 않고 순수한 아일랜드 민족정체성을 유지한다는 정치적 의미를 내포하고 있다. 이와 달리, 포스트민족주의는 켈트주의가 추구하는 식민시대 이전이라는 특정한 시대는 물론이거니와, 포스트식민주의가 적극적으로 전유하는 아일랜드 서부라는 특정한 장소에 민족정체성의 기원을 두지 않는다. 오히려 이들은 아일랜드 영토 외부 즉, 북유럽 또는 러시아나 브라질 같은 이국적인 장소에서 다양한 아일랜드 유토피아를 발견한다.

이국적인 장소에서 외부인의 시각으로 민족을 바라보는 것은 포스트민족주의의 특징 중 하나이다. 대부분의 민족주의자들이 민족 신화를 민족국가의 체제 유지를 목적으로 전유하는 것과 달리, 포스트민족주의자들은 민족 신화를 특정 시간과 장소로부터 탈영토화하여 그것을 외부의 관점에서 재해석한다. 카니는 이러한 유토피아적 추구를 민족주의자 지배계급의 이데올로기적 목적, 즉 정권 유지를 목적으로 한 민족 신화 이해 방식과 대조시킨다. 그는 포스트민족주의 시인들, 예를 들어 캐바나와 그 이후 세대인 더컨, 히니, 토마스 킨셀라(Thomas Kinsella), 메드 맥귀컨(Medbh McGuckian), 폴 멀둔(Paul Muldoon) 등의 현대 시인들이 지배계급의 논리에 저항하는 수단으로 신화를 차용한다고 평가한다(123). 앞서 서론에 언급된 바와 같이, 더컨은 아일랜드의 문화적, 정치적 헤게모니를 쥐고 있는 켈틱 신화의 허구성을 폭로하며 새로운 유토피아를 추구하는 방향으로, 히니는 외부인의 시각에서 민족문제에 접근한 것이 그러한 예이다. 그러나 프레드릭 제임슨(Fredric Jameson)이 『정치적 무의식』(The Political Unconscious)에서 지적하듯이, 지배계급이나 피지배계급을 막론한 모든 계급의식은 집단적 연합을 표현한다는 면에서 유토피아적 욕망을 담고 있는데, 이 유토피아는 헤게모니를 유지 또는 해체한다는 기능적인 측면보다 그 자체로 "집단적 연대에 대한 긍정"(291)의 의미를 담고 있다. 카니가 보여준 헤게모니 또는 이데올로기와 유토피아의 대결 구도는 제이머슨에게 모두 유토피아적 욕망의 표현인 것이다. 18세기 말 프랑스 혁명과 미국 혁명의 영향을 받아 식민지배에 대항한 아일랜드 민족주의자들이 바라는 민족의 정치적 이상과 열망, 그리고 해방 이후 수정주의, 포스트식민주의, 그리고 포스트민족주의자들이 각각의 처한 시대에 표현한 탈영토화의 욕망은 모두 이데올로기적이고 유토피아적이라는 면에서 공통점을 가지고 있는 것이다. 그럼에도 불구하고 카니가 포스트민족주의에서 발견한 유토피아적 양상은 근대민족국가 설립 이후 아일랜드 사회에서 헤게모니를 유지해 온 낭만적 민족주의자들의 지배 이데올로기의 허구를 폭로한다는 점과, 특정 시간과 장소로 국한되어 온 기존의 아일랜드 민족정체성에 다양한 해석의 가능성을 제공한다는 점에서 여전히 그 의의가 있다.

III. 캐바나의 문예부흥운동 비판

1942년 출간된 캐바나의 『대기근』은 아일랜드 공화국 수립 작업이 한창이던 시기에 근대민족국가의 낭만적 이데올로기의 허구를 폭로한다. 1904년 아일랜드 북부 얼스터 지방의 한 시골에서 구두 수선공의 아들로 태어난 캐바나는 1939년 더블린으로 이주하기 전까지 직접 농사를 지으며 그가 느끼고 경험한 농촌에서의 삶을 일상의 언어로 표현했다. 에이 몬 그레넌(Eamon Grennan)에 따르면 캐바나의 시는 크게 두 시기로 구분될 수 있다. 「어릴 적 크리스마스」("A Christmas Childhood") 등의 1955년 이전 시에서 캐바나는 그의 고향 모나한(Monaghan)에서의 삶을 배경으로 영적 비전으로 충만했던 과거의 상실을 노래한다(6). 그러나 1955년 이후, 특히 더블린으로 이주한 후 폐암 수술을 받고 회복되면서 그는 시인으로서 새롭게 거듭났음을 깨닫게 되었고 또 다른 시적 주제를 발견한다. 전기시에서 그는 회복할 수 없는 이상향에 대한 동경을 척박한 현실에서의 삶과 대조시켜 묘사했던 반면, 「강기슭 산책」("Canal Bank Walk"), 「친근한 파르나소스」("Intimate Parnassus") 등의 후기시에서는 건강을 되찾은 캐바나가 시인으로서 새로운 책임감과 자신의 내려놓음("surrender," "not caring")을 통해 회복과 구원 그리고 이상향을 되찾게 된다는 것이 주된 주제로 등장한다 (Grennan 9). 전기의 실낙원(paradise lost)과 후기의 복락원(paradise regained)이라는 상이한 주제 사이의 간격을 고찰해 볼 때, 그가 1939년 더블린으로 이주한 경험과 폐암으로 인해 죽음의 위기를 극복한 경험은 그에게 커다란 시적 변화를 가져왔음이 분명하다. 그는 1940년대 더블린에서 당대 유명한 단편 소설가 숀 오페이란(Sean O'Faolain)과 프랭크 오코너(Frank O'Connor) 등과 교제하며 해방 이후 근대민족국가에 대한 환멸감을 공유하게 되었다. 특히 그는 민족국가의 건국 이데올로기를 담고 있는 예이츠의 문예부흥운동과 드 발레라에 의해 이상화된 농촌 삶에 대한 거부감을 형성하게 되었는데(Tomaney 318), 그의 『대기근』은 바로 이러한 주제를 직접적으로 반영하고 있다. 그레넌이 제시한 캐바나 시의 시기적 구분에 따른다면, 이 작품은 실낙원적 관점에서 문예부흥운동기 이후 과열된 민족 이데올로기로 인해 지나치게 이상화된 농촌이 가지고 있는 실상과 그 문제점들을 고발하는 기능을 담당한다. 당대 헤게모니를 쥐고 있던 아일랜드 민족주의가 농촌 사회에 투영한 그들의 정치적 열망의 허구와 이러한 신화에 도전하고 새로운 공동체를 지향하는 것이 캐바나의 『대기근』 저변에 깔려 있는 포스트민족주의적 주제이다.

「두 섬 이야기: 아일랜드 문예부흥에 대한 고찰」("A Tale of Two Islands: Reflections on the Irish Literary Revival")에서 셰이머스 히니는 문예부흥운 동

을 논하면서 캐바나의 『대기근』의 문학적 의의를 다음과 같이 평가한다.

> 1942년에 출간된 「대기근」은 모든 아름다운 민속적 요소들이 제거된 농촌 삶에 대한 묘사다. 무엇보다도 얼스터 남서부 지방의 작은 시골에서의 고된 현실에 대한 사랑과 동시에 그 현실 속에 있는 성적, 문화적, 영적 빈곤 상태에 대한 분노를 담아 앵글로-아이리시 지배계층들이 가지고 있던 소작농(계급)에 대한 신화를 비판한다. (15)

히니에게 『대기근』은 농촌사회의 빈곤 상태를 폭로하고 앵글로-아이리시의 헤게모니, 즉 농촌을 낭만적으로 묘사하면서 그곳을 되돌아가야 할 공간으로 그리는 문예부흥운동의 이데올로기를 비판하는 것에 있다. 민족정체성과 관련하여 농촌을 미화하는 작업은 문예부흥기 이후 민족국가 수립에 이르기까지 지속적으로 진행되었다. 문예부흥운동이 한창이던 초기 예이츠 작품에는 그가 어린 시절을 보낸 슬라이고(Sligo)와 같은 아일랜드 농촌사회가 이상향으로 그려진다.

「이니스프리 호수 섬」("The Lake Isle of Innisfree")에서 이니스프리라는 배경은 예이츠가 현실에서의 고통과 번민을 "평화"(5)로 달래줄 수 있는 공간으로 등장한다. "찰싹거리는 호수의 물결"(10)의 낭만적인 모습은 도시의 잿빛 도로나 인도 위에 서 있는 화자의 모습과 대조를 이루며 내적 치유와 회복의 공간으로 그려진다. 더욱이 예이츠는 「아일랜드에서의 문학운동」("The Literary Movement in Ireland")에서 아일랜드의 농촌을 개인적 차원에서뿐만 아니라 민족정신과 정체성의 근원이 되는 장소로 파악하고 있다. 예이츠는 아일랜드 문학의 위대함이 바로 농촌 소작농의 삶에 그 기원을 둔다고 믿는다. 그는 "그들의 소박하면서도 거친 삶, 신실한 종교적 신념, 그리고 전통적인 신념이 바로 시적 영감과 열정, 그리고 고상한 영성을 길러냈다"(Garratt 151)고 하며 농촌사회와 농부들의 삶을 아일랜드 민족의 상징으로 내세운다.

예이츠가 자연에서 영혼의 치유함을 받게 된다는 낭만주의적 주제를 계승하고 이 자연 환경에 민족 정체성이 깃들어 있다는 믿는 점은 눈여겨볼 만한데, 이러한 주장을 펴는 대부분의 시적 화자 또는 시인들은 농촌이 아닌 바로 도시 출신이라는 점에서 그러하다. 데클란 카이버드(Declan Kiberd)는 『아일랜드 만들기: 근대민족문학』(Inventing Ireland: the Literature of the Modern Nation)에서 1904년 경 아일랜드의 상황을 "주변의 지배를 받는 중심지"(484)의 대표적인 예로 보고 있다. 그동안 "주변"으로 여겨졌던 농촌사회가 문예부흥운동과 함께 정치적으로 이상화되었다. 영국의 낭만주의적 전통을 따르던 예이츠를 포함한 문학가들은 당대 아일랜드 중산층의 속물근성과 물질주의 그리고 그들과 결탁한 식민주의를 비판했다. 이들은 영국 낭만주의 시인 윌리엄 블레이크(William Blake) 등이 산업 혁명기의 다양한 사회적 문제를 날카롭게 지적한 것을 모델로 삼아 아일랜드 도심에서의 물질주의 및 산업화의 문제를 농촌사회에서 해답을 찾고자 했다. 특히, 영국의 식민지배라는 시대적 상황을 고려해볼 때, 문예 부흥운동가들은 식민제국과 더불어 도시의 물질문명과 대조를 이룰 수 있는 순수와 해방의 공간으로서 아일랜드 농촌사회가 필요했던 것이다. 그러나 그들이 비판한 속물적인 중산층은 벨파스트(Belfast)를 제외한 아일랜드의 어떠한 도시에서도 당대 유럽사회와 동등한 사회경제적 계급으로 성장하지 못했다는 것(Kiberd 491)을 확인할 필요가 있다. 더욱이 예이츠가 비판적으로 바라보는 아일랜드의 근대화와 물질주의는 칼 마르크스(Karl Marx)가 『아일랜드와 아일랜드 문제』(Ireland and Irish Question)에서 영국의 식민지배는 아일랜드에 산업적 근대화를 가져왔다기보다는 오히려 아일랜드를 순수한 농업 국가의 상태로 돌려놓았다(132)라는 지적을 참고해 볼 때, 예이츠의 물질문명 비판은 현실에 대한 사회 경제적인 분석에 기초했다고 보기 어렵다. 사실 예이츠 등이 비판한 물질문명이 가득한 도시는 조이스의 『더블린 사람들』(*Dubliners*)에서 묘사된 바와 같이 총체적 "마비" 증상을 겪고 있는 공간, 더욱이 농촌에서 일거리를 찾아 생계를 위해 이주해 온 대다수의 더블린 빈민들의 실상을 제대로 파악하지 못한 것이다. 오히려 그의 물질문명 사회 비판에는 그의 계급의식이 강하게 내포되어 있다. 19세기 이후로 예이츠와 같은 앵글로-아이리시 계층은 여러 차례의 토지 개혁으로 자신들의 사회 경제적 기반을 상실했고, 이를 문예 부흥운동을 통해 회복하려 했다. 농촌에서 대지주로서 그들의 지배이데올로기가 공고히 유지될 수 있는 향수(nostalgia)의 공간이 바로 아일랜드 농촌사회인 것이다. 어린 시절 농촌을 떠나 도시로 이주하고 도시에서 성장한 엘리트 문예부흥운동가들은 농촌 사회를 진정한 아일랜드 정체성의 근원으로 신성화했고, 그들의 낭만적 목가주의는 그대로 국가 정책에 반영되었다(Kiberd 495). 해방 이후 국가의 실권을 쥔 드 발레라는 1930년대 영국 정부와의 모든 연결고리를 끊기 위한 방법 중 하나로 경제전쟁을 벌인다.[3] 곧 그는 농업에 바탕을 둔 자급자족 경제정책을 통해 농촌 사회와 그 가치들의 중요성을 부각시킨다. 이러한 민족 이데올로기에 발맞추어 당대 정치가들과 문학가들은 농촌 사회를 미화시키는 작업을 문예부흥운동과 더불어 진행했던 것이다.

캐바나는 『대기근』에서 어떻게 도시인들이 농촌사회를 이데올로기적으로 전유했는지를 구체적으로 보여준다. 어느 날 주인공 매과이어가 살고 있는 농촌 마을에 도시 여행자들이 방문한다. 그들은 멀리서 일하는 농

---

[3] 드 발레라는 당시 영국 정부로부터 아일랜드자치국의 완전한 독립을 위해 다음과 같은 세 가지 방향을 추구했다. 첫째로 1930년대 초반에 시작된 영국과의 경제전쟁, 둘째로 1937년 헌법을 제정하면서 아일랜드공화국의 기초를 놓은 점, 마지막으로 제2차 세계 대전 당시 영국이 속해 있던 연합군 편에 서지 않고 중립을 지킨 점이다(Coohill 149).

부를 보며 "농부에 겐 걱정이 없다네"(XIII. 3), "그는 신선한 음식을 먹고, / 순수한 여인들을 사랑하며, / 자기 자신의 주인이 된다"(XIII. 6-8)고 묘사한다. 특히, "그는 마음이 정결하고, / 정신이 맑으며, / 모세와 아사야가 그랬듯이 하느님과도 대화할 수 있다"(XIII. 13-15)고 한 대목과 "농부는 순수한 어린아이 같은 예언자요, / 모든 덕목을 지니고 있다"(XIII. 26-27)고 언급한 대목은 예이츠 당대의 문예부흥 운동이 농부들을 묘사한 방식과 일치한다. 농부의 모든 삶이 된 미화되면서 농촌은 결국 다음과 같이 이상화된다.

> 바로 저곳이 모든 문화가 건설되고,
> 모든 종교가 탄생한 근원이다,
> 바로 저곳이 시인과
> 음악가가 영감을 얻은 못이다. (XIII. 18-21)

도시인들에게 농촌사회는 아일랜드 민족 문명의 기원뿐만 아니라, 세계 문명의 기원이 되고, 이곳이 모든 종교와 예술의 근원지로 여겨진다. 근대 민족국가 수립을 위한 강력한 민족주의 이데올로기 작업은 바로 영국이라는 식민 권력으로부터 그들을 차별 지으면서, 그들의 정체성을 대변할 수 있는 아일랜드만의 특정 공간과 인물군이 필요했다. 그러나 이러한 정치적 기획은 농촌 사회의 구성과 농부들의 특성을 지나치게 단순화한 면이 있다. 당시 농촌사회는 다양한 계급구성, 즉 소규모 농노, 토지와 소작농을 소유한 부농, 토지 없이 유랑하던 일꾼 등으로 구성되어 있었음(Hirsh 1117)을 간과한 추상적인 작업이었던 것이다. 더욱이 캐바나가 관찰한 농부들의 일상은 이전의 연에서 반복적으로 묘사되어 있듯이 모든 덕의 상징이라고 요약될 수 없다. 자정이 지난 새벽 한 시, 두 시까지 카드게임을 즐기고 난 후, 지친 발걸음을 이끌고 술에 취해 길가에 서 있는 나무를 유령으로 착각하며 "죽은 자나 잠든 이들처럼"(XI. 125) 타성에 젖어 살고 있는 모습이 이들의 평소 모습이다. 농촌의 밤은 내일의 희망을 품은 아름다운 별들이 하늘을 수놓기보다는 "패배자들의 히스테리컬한 웃음"(XIV. 32)과 "하릴없는 카드가 다시 섞여"(XIV. 33) 만들어내는 소리로 가득할 뿐이다. 생명이 움터 나오는 봄날에도 이들에게 내일은 의미가 없다: "내일은 수요일-누가 뭐래?"(IV. 5). 농촌의 이러한 현실에도 불구하고, 농촌의 겉모습을 멀리서 관찰한 도시인들은 시골의 풀뿌리를 매만진 후, 도시로 되돌아가기 위해 자동차 운전대를 잡을 때 "회복됨을 느끼"(XIII. 25)고, 도시에서 이들은 농촌에서 받은 피상적인 영감을 문학에 투영하여 당대 문학의 주류를 형성했다. 그리고 바로 이러한 사상이 당대 민족국가 설립 이데올로기의 기초역할을 했던 것이다. 그러나 도시인들이 범한 감상적 오류는 그 풀뿌리에 일생을 바쳐 일한 대가로 도리어 "건강과 부와 사랑"(VI. 1)을 박탈당한 농부들의 실상을 간과한 것이다. 캐바나의 비판은 바로 농촌사회와 농부들을 무분별하게 미화하는 도시인들의 정서에 있다(Thornton 156). "그 누구도 [농촌의 실상을] 자세히 들여다보지 않았"(IX. 16-17)기 때문에 캐바나는 "그 누구도 알 수 없을 것이다. 얼마나 왜곡된 시가 밭이랑에 난 잡초들을 뽑아내는 농부의 모습을 그리는지를 / 칠월의 태양아래 잡초가 시들기 전에"(IX. 19-20)라며 문예부흥운동에 담긴 농촌에 대한 낭만주의적 감성을 타파한다.

해방 이후 1940년대까지도 예이츠, 싱, 레이디 그레고리(Lady Gregory) 등의 앵글로-아이리시에 의해 주도되고 이들의 커다란 영향 하에 있었던 문예부흥운동, 더욱이 이 운동을 통해 아일랜드인보다 더욱더 아일랜드인이 되고자 했던 그들의 노력을 되돌아볼 때, 문예부흥운동과 농촌에 대한 이상화 작업은 사실 민족적이라기보다는, 아일랜드 내부에서 그들의 정체성을 유지하기 위한 시도로 해석될 수 있다. 캐바나는 「앵글로-아이리시 정신」("The Anglo-Irish Mind")에서 앵글로-아이리시들의 정체성을 분석한다. 근대적 의미에서 이들은 아일랜드 문화 설립에 커다란 공헌을 했음에도 불구하고, 아일랜드 본토에 깊이 뿌리를 내릴 수 없었음을 캐바나는 지적하며 이들을 아일랜드 민족의 "방관자"(*Selected Prose*[4] 174)로 묘사한다. 캐바나에게 이들은 민족의 양심 외부에 위치한 인물들로, "아일랜드의 본질에 다가가면 다가갈수록, 그것과는 다른 것들을 써냈다"(*SP* 174)고 비판하며, 예이츠와 같은 앵글로-아이리시계 문예부흥 운동가들 이면에 내재한 정치적 의도를 파헤친다. 앞서 논의된 바와 같이, 아일랜드 농촌사회에 대한 낭만적인 묘사는 앵글로-아이리시 계층의 지배 이데올로기를 반영하고 있기 때문에 그들의 문학을 마치 민족 해방을 위한 작업으로 포장하거나 단순화 시키는 일련의 시도들을 캐바나가 신랄하게 비판하고 있는 것이다. 당대의 아일랜드 문학, 특히 아일랜드 민족이라는 이름으로 행해진 모든 문학 운동은 캐바나의 「자화상」("Self-Portrait")에서 "끔찍할 정도로 아일랜드적이고 전통 켈틱풍이라 여겨지는 소위 아일랜드 문예[부흥]운동은 철저히 영국이 낳은 거짓"(*SP* 306)으로 평가되면서, 캐바나는 운동으로서의 민족주의 문학의 허구를 지적한다. 앞서 언급된 예이츠의 낭만주의적 관점과 문예부흥운동은 카이버드가 지적한 대로 영국인들의 식민주의적 관점, 즉 예이츠가 아일랜드를 어린 아이와 같은 순수의 상태로 논할 때, 아일랜드의 자치 불가능성을 역설적으로 대변하며 영국의 식민지배 논리를 의도치 않게 정당화할 수 있는 위험성마저 내포한다(104). 더욱이 앵글로-아이리시의 지배계층 논리가 저변에 깔려 있는 문학은 과거 대지주와 소작농 사이의 관계처럼 아일랜드 사회에서 계층적 위화감을 조성할 수밖에

---

[4] 이하 *SP*로 축약.

없었고, 계급을 초월한 단일화된 반식민제국주의 민족운동으로 전개되는 데 한계가 있었다. 결국 그들의 문학운동은 민족이라는 이름으로 행해졌음에도 불구하고 역설적으로 영국제국주의의 이익을 대변하는 결과를 낳았던 것이다.

캐바나의 동시대 문학가들, 특히 소위 민족주의적 경향을 나타내던 작가들은 달시 오브라이언(Darcy O'Brien)의 주장대로 "그들은 열등함에 대한 두려움을 애국적인 미사여구나 인용문을 통해 감추는 동안에도 이전의 식민 지배자들로부터 존경과 관심"(14)을 얻기 위해 애썼다. 다시 말해, 이들의 민족주의적 문학은 항상 영국인이라는 외부인의 시선과 평가를 필요로 했고 내적 충만함이 결여된 상태였다. 이러한 면에서, 캐바나는 두 가지 대립되는 개념인 "지역주의"(provincialism)와 "교구주의"(parochialism)를 통해 당대 문학 경향을 분석한다.[5]

> 교구주의와 지역주의는 정반대의 개념이다. 지역주의적 사람은 스스로만의 정신이 없다. 그는 [식민] 대도시 사람들의 눈치를 보며 이 사람들이 뭔가의 주제에 관해 말한 것을 듣고서야 비로소 자신이 보는 것을 믿게 된다. [. . .] 한편 교구주의적 사고방식은 그가 살고 있는 교구[지역] 공동체의 사회적, 예술적 타당성[자율성]을 결코 의심하지 않는다. (*SP* 237)

전자가 스스로의 독립된 정신이 없이 이전 식민주의자들과 같은 "항상 다른 이들의 사랑에 기대어 살려"한다면, 후자는 자신이 속한 공동체의 가치에 대한 신뢰가 있기 때문에 "능동적인 힘과 용기"를 가지고서 "자기만족

---

[5] 캐바나에게 "교구의"(parochial)는 "지방적인"과 "편협한"이라는 부정적인 사전적인 의미보다 존 토마니(John Tomaney)가 분석하듯이 그리스 어원 "파로이키아"(paroikia), 즉 "근처 또는 옆에 사는 사람"이란 뜻으로 같은 지역에 거주하는 이방인이나 여행객들을 모두 포함하는 카톨릭의 공동체 정신을 표현한다(314).

적" 상태의 문학을 창조해낼 수 있다(Warner 81, 재인용). 결국 과거 식민 지배자들의 존재에 여전히 종속되어 있는 문예부흥운동과 그 이후 세력들은 민족문학의 의미를 자신들로부터 찾아내지 못하고 주체성을 결여한 문학으로 전락했다. 민족주의 문학을 표방한 당대의 문학은 여전히 외세의 영향 하에 있었고, 캐바나는 문예부흥운동에 대한 비판을 통해 당대의 헤게모니를 쥐고 있던 민족주의는 물론 잔존하는 식민세력으로부터 독립된 가치를 추구했던 것이다.

IV. 캐바나의 농촌 탈신화 작업

농촌 이데올로기를 전면에 내세워 완전한 민족국가를 설립하기 위한 드 발레라의 프로젝트에도 불구하고, 1950년대 아일랜드는 심각한 경제적 후퇴를 맞이하게 되어 1840년대 감자 대기근 이후로 해외로 가장 많은 이민자들을 배출하게 된다(Kiberd 479). 농촌사회의 이러한 현실을 직접 체험하고 가까이서 관찰한 캐바나로서는 문예부흥운동가들이 민족적 영감을 얻었다는 농촌사회는 과도하리만큼 이상화된 것이었다. 조나단 엘리슨 (Jonathan Allison)이 지적하듯이, 캐바나의 일생에 걸친 농촌에서의 삶에 대한 묘사는 전통적인 낭만주의 시풍에서 유래한 묘사가 아닌, 앵글로-아이리시 계층에 의해 주도된 문예부흥운동과 드 발레라 하의 아일랜드 근대 민족국가에 담긴 농촌 이데올로기에 담긴 신화를 해체하는 반목가적 (antipastoral)인 메시지가 담겨 있다(43). 비록 도시에서 성장한 농촌의 "외부인", 즉 문예부흥운동가들에게 농촌은 개인의 회복 또는 식민세력에 대한 민족저항의 공간으로 인식될 수 있지만, 농촌의 "내부인"인 캐바나에게 농촌의 실상은 정반대의 모습으로 인식되었던 것이다. 그는 "이 축축한 흙

덩어리에 무슨 영감이라도 있을까?"(I. 8)라고 물으며 농촌의 현실이 이전 세대의 문학에 투영된 것과는 달리 "아일랜드 시골사람의 영적, 지적, 성적 기아상태"(O'Brien 22)에 처해 있음을 드러낸다. 농촌에서의 노동은 캐바나에게 결코 낭만적이지 않다. "흙은 말씀이요, 흙은 육신이라 / 기계처럼 일하는 누더기를 걸 친 감자 캐는 일꾼들이 / 언덕 비탈길 옆을 따라 움직이는 곳에−매과이어와 일꾼들이"(I. 1-3)로 시작되는 이 작품은 성경구절 (요한 1:14)을 패러디 하며 "흙"이 허수아비처럼 생명력 없이 기계와 같이 일하는 이들에게 절대적인 영향력을 행사하고 있음을 암시한다. 이들은 농촌의 흙, 즉 노동으로부터 결코 벗어날 수 없는 운명에 처해 있음을 알 수 있다. 이들에게는 내일에 대한 희망이 없다. 단지 사계절의 변화만 있을 뿐, 밭에서의 노동과 그 노동을 준비하기 위한 일상들로 가득하다. 농촌에서의 노동은 더 이상 문예부흥운동가들이 묘사한 낭만적인 예술작업이 아니다. 오히려 이곳은 "매과이어가 한 손을 뻗으면−축축 한 흙덩이, / 콧구멍을 열면−똥 냄새"(XIV. 45-46)가 나는 곳으로 그의 신체는 노동과 밭에 구속된다. 그렇기에 『대기근』에 등장하는 매과이어와 일꾼들은 하루 열 네 시간의 노동으로 농촌에 죄수처럼 갇혀 있는 신세로 등장한다: "벗어날 방법이 없단 말인가? / 방법이 없다, 벗어날 방법이"(XIII. 40-41).

농부 매과이어가 일차적으로 토지에서의 신체 노동에 얽매여 있다면, 그를 속박하는 좀 더 근본적인 요인은 가정에서 어머니의 권위, 더 나아가 어머니(mother)와 토지(land)의 결합, 즉 아일랜드라는 모국(motherland)은 매과이어의 탈주선을 차단하는 중요한 요소로 등장한다. 그의 노모는 밭에서 노동으로 이미 치쳐 있는 아들에게 끊임없이 집안일을 부여한다. 키우는 닭들을 바깥에 내보내고 들여보내는 일, 닭장 문 잠그는 일, 헛간에 송아지를 들여 놓고 문 잠그는 사소한 일들마저 순간순간 확인하면서 그의 어머니는 매과이어를 가정의 영역으로 구속한다. 어머니의 권위에 순종적으로 자신을 맞춰가는 매과이어는 "남자라기보다는 여자가 되어"(XI. 10)가며 수동적인 자아상을 고착화시킨다. 더욱이 그는 어머니가 91세가 되어 죽기까지 65세가 되어서도 결혼하지 않고 독신으로 살아 왔음을 고백한다. "어머닌 너무 오래 살았다, / 부인과 어머니로서 한 몸이 되어"(II. 4-5). 매과이어가 이처럼 노총각으로 오랜 세월을 보내는 이유에는 자신의 젊음을 희생하여 노모를 봉양한다는 낭만적인 가치가 깃들어 있지 않다. 당대 아일랜드에는 매과이어와 같은 노총각들이 많았는데, 이에 대한 사회 경제적 분석을 위해 앞서 언급된 포스트식민주의 학자 데이비드 로이드의 연구에 주목할 필요가 있다. 그는 『아일랜드 문화와 식민주의 근대성 1800-2000: 구전공간의 변화』(*Irish Culture and Colonial Modernity 1800-2000: The Transformation of Oral Space*)에서 1840년대 감자 대기근 이후의 아일랜드 경제구조의 특징을 토지 소유 형태에서 찾는다. 그는 당대의 토지소유 구조가 자본주의 기업의 대토지 소유 중심이 아닌 가족 중심 소유로 관리되던 소규모의 농토가 대부분이었음을 지적하며 그 문화적 의미를 다음과 같이 파악한다.

> 문화적인 측면에서 가장 주목할 만한 감자 대기근의 영향과 대기근 이후에 나타난 소규모 가정 단위의 토지 소유의 영향은 바로 장자 상속권의 관례화와 그것에 따른 다음과 같은 결과이다. 가정 경제를 고려해 맏아들에게는 결혼을 늦추는 것이, 그리고 그 외의 자녀들에게는 높은 비율의 해외 이민이 강조되었다. (85)

장남이 결혼하게 되면 부모는 자신의 재산, 대표적으로 땅을 상속해야 하는데, 그 결혼이 앞당겨질 경우가 되면 부모가 가지고 있던 기존의 소규모 토지는 더욱 줄어들게 된다. 토지가 분할될수록 생산적인 측면에서 경제적이지 못하기 때문에 감자 대기근 이후의 부모들은 의식적으로 자식들의 결혼을 늦춰왔고, 결국 이 작품에 나타난 매과이어와 같은 노총각들을 양산했던 것이다.[6] 이러한 사회 경제적 배경으로 인해 매과이어는 "결코 아내는 바라지도 않을 감정으로 자포자기하며"(I. 33) 독신으로서의 삶을 체념적으로 받아들인다. 가정의 경제 구조와 결부된 어머니의 권위로 인해 결국 노총각으로 삶을 마감해야 할 매과이어에게 유일한 탈출구는 해마다 찾아오는 생명력이 깃든 봄과 여름날에 반복되는 자위행위뿐이다.

매과이어를 토지에서 벗어나지 못하게 하는 쉴 새 없는 노동, 그 노동을 강요하는 어머니의 권위, 그 권위로 인해 영원히 미뤄지는 결혼, 그리고 결혼 없는 삶으로 인해 자위행위로 성욕을 해소해야만 하는 매과이어는 이러한 탈출의 시도마저도 외부로부터 제한 당한다. 그것은 바로 종교의 억압적인 도덕률 때문이다. 매과이어에게 끊임없이 죄책감을 심어주는 당대 카톨릭 교회는 앞서 소개된 토지 그리고 어머니와 함께 조이스의 『젊은 예술가의 초상』(A Portrait of an Artist as a Young Man)에서 주인공 데덜러스(Dedalus)가 언급한 것처럼 한 개인을 옭아매는 그물과도 같은 존재로 인식된다. 개인에 대한 교회의 권위는 한 신부가 강대상에서 매과이어를 호명(interpellation)하여 그에게 헌금위원의 역할을 부여하는 장면에서 잘 나타나 있다. 종교제도 안으로 개인을 영토화시키려는 권력과 이러한 모습을 "경건한 출세"(XI. 49)라며 부러워하는 매과이어의 이웃들의 태도는 문예부흥론자들이 이상화했던 순수한 종교적 열정과는 거리가 멀다. 놀랍게도 매과이어는 지금까지 보여준 순종적인 모습과는 달리 신부의 호명에 무관심한 태도를 보이며 교회 밖으로 걸어 나간다. 그러나 교회 권위에 대한 그의 저항은 그가 과거 서른다섯이었을 때 세상을 향해 내보이던 자신

---

[6] 이 작품에서 매과이어의 여동생 또한 노처녀로 늙어간다.

감에 찬 웃음과 노래가 아닌, 이미 육체적, 정신적으로 노쇠하여 자신의 삶에 어떠한 특별한 의미도 부여하지 않는 소극적인 저항이 되었을 뿐이다. 다른 농부들이 미사를 드리러 바삐 일손을 정리할 때, 하나의 제도로서의 종교에 매력을 느끼지 못한 그는 길모퉁이에서 자위행위를 하며 성적인 것을 포함한 교회의 억압적인 교리, 특히 개인의 신체를 구속하는 권력에 대해 무언의 저항감을 나타낸다. 그러나 매과이어의 이러한 소극적인 저항은 곧 죄로 규정되면서 제도권 종교 안으로 예속된다. 특히 개인의 육체에 관한 종교 이데올로기가 어머니의 권위와 결합되어 가정 내에서 재생산되는 모습, 즉 가정이 종교 또는 국가 권력의 충실한 대변자가 되는 모습은 주목할 만하다. 그의 어머니는 그에게 "자 예배당에 가서 기도하고 네 죄를 고백하면 / 복이 있을 거다"(VII. 1-2)라며 매과이어에게 끊임없이 죄의식을 심어준다. 그가 길을 지나가는 동네 처녀들을 멀리서만 바라보며 전혀 구애를 하지 않는 모습이나, 풀밭이 축축하지도 않은데도 "아슬아슬하게"(VII. 13) 치마를 들어 올려 보이는 동네 처녀 아그네스(Agnes)를 보고도 자신의 감정을 표현하지 않는 모습 등은 이미 그의 신체가 금욕을 강조하는 종교적 교리에 속박되어 있음을 알 수 있게 한다. 비록 매과이어는 이러한 종교와 가정 사이의 결합된 권력이 "거짓"(VII. 3)임을 알고 있지만, "종교, 토지, 주님에 대한 경외, / 그리고 무지"(IV. 51-52)로 인해 이미 유순한 신체가 된 그는 문예부흥운동기에 묘사된 신체적, 영적 강인함과 독립적인 삶을 스스로 영위하는 농부의 모습과 뚜렷한 대조를 이룬다.

V. 새로운 민족 공동체

『대기근』에서 폭로된 반낭만적인 농촌의 실상, 특히 아일랜드 농부가 보여주는 수동성과 세속성은 이들을 민족정체성의 근원으로 파악한 민족국가 이데올로기와 정면으로 배치된다. 그렇기 때문에 이 작품이 출간되었을 당시 비밀경찰들이 캐바나를 직접 찾아와 이 작품에 대한 검열을 시도했다는 점은 눈여겨볼 대목이다.

> 작품이 출간된 직후 건장한 사내 둘이 펨브로크 가에 있는 허름한 내 외딴 집에 찾아 왔다. 한 명이 그 시집을 뒤에 숨겨두고 있다 앞으로 꺼내 보이더니 내게 물었다. "이거 당신이 썼소?" 그 사내는 경찰이었다. 내가 썼다고 한다면 자유주의 지지자들은 아마도 충격을 받을지도 모르겠다. 정말 세상으로부터 초연한 시인은 경찰에 연루될 만한 일이 없을 거라고 생각했을 테니 말이다. 경찰들에게는 이 작품 속에 뭔가 꿈틀거리는 상스러움이 깃든 것처럼 문제가 있었나 보다. (*SP* 303)

해방 이후 검열제도는 이미 아일랜드자치국 하에서 1923년 영화와 1929년 출판에 대한 제재에서부터 시작되었고, 민족국가 이데올로기에 부합하지 않는 작품에 대해서는 권력의 철저한 감시가 이루어졌다. 1922년 모더니즘을 대표할 수 있는 조이스의『율리시스』가 출간되었음에도 불구하고, 1930년대의 아일랜드는 문화적, 예술적 표현들에 대한 제한을 두었고, 결국 아일랜드에서는 모더니즘의 특징인 "새롭게 하기"의 동력이 사라지게 되었다(Brown 27). 이처럼 민족국가 수립 이후 아일랜드에서 민족주의 이데올로기의 강력한 영향으로 예술의 자율성에 대한 검열은 물론,『대기근』처럼 그것에 반하는 내용은 모두 탄압의 대상이 되었다.

농부시인으로서의 경험에 바탕을 둔 캐바나의『대기근』은 당대의 문화적 엘리트를 중심으로 구성된 억압적인 문화민족주의에 대한 비판, 특히 무비판적으로 미화되어 온 아일랜드 농촌사회에 대한 신화를 타파하는

데 그 의의가 있다. 농촌의 현실을 토대로 한 이 작품은 문예부흥운동과 민족주의 운동은 물론 농촌사회에 대한 향수 내지 반식민주의적 저항의 힘을 추구하는 포스트식민주의와도 구별될 수 있는 가치를 지니고 있다. 포스트식민주의에서 서발턴들의 저항적 목소리를 강조하며 그 저항의 원천을 농촌사회와 같은 특정한 장소로 고정시키거나, 그들이 가지고 있는 거의 모든 문화를 정치적으로 정당화시키는 경향이 있다. 이에 반해, 캐바나의 포스트민족주의에서는 서발턴으로 여겨지는 농부들을 묘사할 때 그들을 특수한 상황에 놓이게 한 외부적 환경에 비판을 가하는 동시에, 그들이 보여준 체념적이고 수동적인 삶에 대해서도 비판적 거리를 놓지 않고 있다. 동시에 캐바나는 교구주의에서 나타난 공동체의 개념, 즉 외부의 영향을 받지 않는 자율적이고 내적으로 충만한 상태에 있는 공동체를 추구하면서 "과거"나 "지방"의 개념을 "민족" 개념과 더불어 무차별적으로 비판하는 경향이 있는 역사수정주의로부터 구분될 수 있다. 비록 포스트식민주의와 수정주의도 이론적으로 내부적 약점을 극복하면서 발전하고 또한 그 개념들 이 광범위하여 서로간의 차이를 나열하는 것은 복잡하고 다양한 영역에 걸쳐있는 이 이론들을 단순화 시킬 우려가 있지만, 전통적 가치에 대한 비판과 동시에 그것으로부터 새로운 가치를 생산해내는 캐바나의 포스트민족주의적 시각은 『대기근』과 같은 캐바나의 다른 시들을 연구하는데 있어 중요한 모티브가 될 것이다. 캐바나에게 『대기근』에 나타난 아일랜드 농촌은 더 이상 근대민족국가 설립 신화라는 거대담론과 추상적인 개념으로서 아일랜드 정체성의 상징이 아닌, 더욱 지역적이고, 개인적인 동시에, 보편적인 포스트민족주의적 유토피아를 담고 있다.

인용문헌

Allison, Jonathan. "Patrick Kavanagh and Antipastoral." *The Cambridge Companion To Contemporary Irish Poetry.* Ed. Matthew Campbell. Cambridge: Cambridge UP, 2003. 42-58. Print.

Brown, Terence. "After the Revival: O'Faoláin and Kavangagh." *Ireland's Literature: Selected Essays.* Westmeath: Lilliput Press, 1988. 91-116. Print.

_____. "Ireland, Modernism and the 1930s." *Modernism and Ireland: The Poetry of the 1930s.* Eds. Patricia Coughlan and Alex Davis. Cork: Cork UP, 1995. 24-42. Print.

Cleary, Joe. *Outrageous Fortune: Capital and Culture in Modern Ireland.* Dublin: Field Day Publications, 2007. Print.

Coohill, Joseph. *Ireland: A Short History.* Oxford: Oneworld, 2008. Print.

Garratt, Robert F. "Tradition and Continuity II." *Modern Irish Poetry.* Berkeley: U of California P, 1989. 137-66. Print.

Gibbons, Luke. *Transformations in Irish Culture.* Notre Dame: U of Notre Dame P, 1996. Print.

Graham, Colin. "Subalternity and Gender: Problems of Postcolonial Irishness." *Theorizing Ireland.* Houndmills: Palgrave Macmillan, 2003. 150-59. Print.

Grennan, Eamon. "Pastoral Design in the Poetry of Patrick Kavanagh." *Renaiscence* 34.1 (Fall 1981): 3-16. Print.

Heaney, Seamus. "A Tale of Two Islands: Reflections on the Irish Literary Revival." *Irish Studies.* Ed. P. J. Drudy. Cambridge: Cambridge UP, 1980. 1-20. Print.

Hirsh, Edward. "The Imaginary Irish Peasant." *PMLA* 106.5 (Oct. 1991): 1116-33. Print.

Hobsbawm, Eric. Introduction. *The Invention of Tradition.* Eds. Eric Hobsbawm and Terence Ranger. Cambridge: Cambridge UP, 1983. 1-14. Print.

Jameson, Fredric. *The Political Unconscious.* New York: Cornell UP, 1981. Print. Joyce, James. *A Portrait of the Artist as a Young Man.* New York: Penguin Books, 2003. Print.

_____. *Ulysses.* New York: Vintage Books, 1986. Print.

Kavanagh, Patrick. *Collected Poems*. New York: W. W. Norton & Company, 1964. Print.

_____. *A Poet's Country: Selected Prose*. Ed. Antoinette Quinn. Dublin: Lilliput Press, 2003. Print.

Kearney, Richard. *Postnationalist Ireland: Politics, Culture, Philosophy*. New York: Routledge, 1997. Print.

Kiberd, Declan. *Inventing Ireland: The Literature of the Modern Nation*. Cambridge: Harvard UP, 1995. Print.

Kilcoyne, Catherine. "Patrick Kavanagh and the Authentic 'Dispensation': Rereading the Role of Narrator in The Great Hunger." *Irish University Review* 42.1 (2012): 86-104. Print.

Lloyd, David. *Ireland after History*. Notre Dame: University of Notre Dame Press, 2000. Print.

_____. *Irish Culture and Colonial Modernity 1800-2000: The Transformation of Oral Space*. Cambridge: Cambridge UP, 2011. Print.

Marx, Karl and Fredrich Engels. *Ireland and the Irish Question*. Ed. R. Dixon. New York: International Publishers, 1972. Print.

Nemo, John. *Patrick Kavanagh*. Boston: Twayne Publishers, 1978. Print.

O'Brien, Darcy. *Patrick Kavanagh*. Pennsylvania: Bucknell UP, 1975. Print.

Quinn, Antoinette. *Patrick Kavanagh: Born-Again Romantic*. Dublin: Gill and Macmillan, 1991. Print.

Tomaney, John. "Parish and Universe: Patrick Kavanagh's Poetic of the Local." *Environment and Planning Society and Space* 28.2 (2010): 311-25. Print.

Thornton, Weldon. "Virgin Queen or Hungry Fiend?: The Failure of Imagination in Patrick Kavanagh's The Great Hunger." *Mosaic* 12.3 (Spring 1979): 153-62. Print.

Yeats, William Butler. *Yeats's Poetry, Drama, and Prose*. Ed. James Pethica. New York: W. W. Norton & Company, 2000. Print.

Youngmin Kim. "Post-nationalism in Modern and Contemporary Irish Literature." *The Yeats Journal of Korea* 16 (2001): 171-98. Print.
[김영민. 「현대 아일랜드 시에 나타난 포스트민족주의」. 『한국예이츠저널』 16 (2001): 171-98.]

※ 이 글은 「패트릭 캐바나의 『대기근』에 나타난 포스트민족주의」. 『영어영문학』 60.2 (2014): 315-338쪽에서 수정 · 보완함.

'사이', 리미노이드, 그리고 탈주
―셰이머스 히니의 『산사나무 등』

● ● ● 김은영

I. '사이'에 서 있는 히니의 아일랜드

셰이머스 히니(Seamus Heaney, 1939~2013)의 12권의 시집 중 7번째 시집인 『산사나무 등』(*The Haw Lantern*)[1]은 히니 시의 변화과정을 연구할 때, 여러 의미에서 '사이'의 시집이라 할 수 있다. 사전의 정의에 따르면 '사이'라는 말은 "한곳에서 다른 곳까지, 또는 한 물체에서 다른 물체까지의 거리나 공간"[2]을 의미한다. 여기서 '사이'라는 말을 하나의 공간으로 본다면, 공간 자체는 중간에 위치한다. 실제로 히니의 시 창작 활동 경력과 관련지어 보았을 때 『산사나무 등』은 중간에 위치한다. 시 세계의 변화 과정 측면에서 보았을 때도 『산사나무 등』은 『현장답사』(*Field Work*)와 『스테이션

---

[1] 이후 *The Haw Lantern*은 *HL*로 줄여서 표기하기로 함.
[2] 출처: http://krdic.naver.com/detail.nhn?docid=19376400

아일랜드』(*Station Island*)에 등장하는 죽은 이들과의 조우에서 다시 아일랜드의 삶으로 돌아오는 과정 사이에 '끼어 있는' 시집이며, 『북쪽』(*North*)에서 보여주었던 북아일랜드라는 공간에 대한 집요한 정체성 추구 과정에서, 더 폭넓은 보편적인 공간으로 눈을 돌리게 되는 '과정에 있는' 시집이기도 하다. 이를 반영하듯 『산사나무 등』에는 사이와 공간에 대한 여러 가지 메타포들이 등장한다. 그러나 『산사나무 등』에서는 전작들에서 정체성의 상징으로 등장했던 북아일랜드의 구체적인 지명과 공간들이 등장하지 않는다. 또한 전작과는 다른 차원으로 변화했음을 본격적으로 알리는 시들도 등장하지 않는다. 대신 히니는 자신의 글쓰기와 공동체에 대한 반성, 그리고 어머니의 죽음이라는 개인적인 죽음의 경험이 던져준 내적 공간에 대한 인식을 그리고 있다. 이를 통해 히니는 사라진 것들이 남겨놓은 공간이나 보이는 것과 보이지 않는 것 사이의 틈에 대해 재조명한다.

　『산사나무 등』에서는 우화적인 상황과 우화적인 공간들에 대한 묘사가 두드러진다. 사실 이들의 모티브는 실제로 존재하는 것들, 즉 아일랜드의 실제 상황이지만, 히니는 실재를 가리고 가상의 것들을 창조해낸다. 때문에 실재의 아일랜드는 등장하지 않으며 가상의 아일랜드가 등장한다. 벤들러(Helen Vendler)는 『산사나무 등』이 "히니가 최초로 가상의 것에 대해 쓴 책"(113)이라고 언급한다. 또한 오브라이언(Eugene O'Brien)은 『산사나무 등』과 『사물의 응시』(*Seeing Things*)를 가리켜 "아일랜드와 아일랜드성에 대한 히니의 생각이 얼마나 복잡한 것인가를 보여주는 책"이며 여기서 히니는 "현존뿐만 아니라 부재 또한 유효한 것으로 인정하면서, 한 원천으로서의 공간의 개념을 발전시키고 있다"(*Creating Irelands of the Mind* 81)고 말한다. 결국 가상의 공간에서 출발하여 부재의 공간에 대한 새로운 인식에 도달하는 히니의 여정은 아일랜드라는 공간이 갖고 있는 다양한 정체성에 대한 인식이라는 의미를 갖게 된다.

본 글에서는 사이, 혹은 중간 단계와 관련 있는 터너(Victor Turner)의 반성과 리미널리티(liminality)의 개념을 빌어 『산사나무 등』의 우화적인 시들을 분석하고, 리미널리티가 개인 차원으로 확장된 리미노이드(liminoid)의 개념을 빌어 어머니에 대한 애도를 그린 연작 소네트 「간격들」("Clearances")을 분석하고자 한다. 이를 통해 부재의 공간에서 실재의 존재를 확인하는 히니의 역설적인 상황을 공간에 대한 새로운 인식으로 발전시키고, 더불어 이를 아일랜드라는 공간의 미래 지속성으로 연결 지어 논하고자 한다.

II. '사이'에서 쓰기: 반성으로서의 시

히니는 한 인터뷰 모음집에서 『산사나무 등』을 가리켜 "오픈 파티션 혹은 일본식 미닫이문을 밀어서 연 것과 같다. 낯선 방들, 새로운 빛, 특히 우화식 시들에 무단 침입한 것과 같은"(O'Driscoll 286) 시집이라고 표현한다. 이는 『산사나무 등』이 글쓰기에 대한 순례를 나타냈던 『스테이션 아일랜드』 이후, 전작들과는 궤를 달리하게 되는 계기를 나타내는 시집임을 암시적으로 표현한 것이다. 그러나 히니는 『산사나무 등』을 새로운 공간으로 들어선 것이 아닌, 새로운 공간으로 나 있는 문을 연 것과 같다고 말함으로써 시집의 위치가 바로 '문지방'의 위치에 있음을 말하고 있다. '문지방'이라는 단어는 인류학자 터너가 제넵(Van Genepp)의 이론을 자신의 공연 이론으로 확장, 발전시키는데 핵심 개념으로 사용했던 단어이다. 터너는 제넵이 사회의 통과의례를 분리, 전이, 통합이라는 3단계로 구분하면서, '가장자리'(margin) 혹은 '리멘'(limen, 그리스어로 '문지방'이라는 의미)이라고 부른 중간상태, 즉 "전이단계"(phase of transition)에 주목한다. 터너에 의하면 이 단계는 이전의 규범이나 가치는 더 이상 작용하지 않으면서 새로운 규범과 가치는 정립되지 않은 모호한 상태이다. 터너는 이 상태를 리미널리티 혹은 리미널한 상태라고 부른다. 이 단계에서는 세속의 사회적 관계들이 단절되기고 하고, 그 이전의 권리와 의무가 중단되고, 사회적 질서가 전도되는 양상도 보인다. 이처럼 서로의 위치나 역할에 대한 재분류가 일어나기 때문에 그 어떤 것도 분명한 정체성을 드러낸다고 할 수 없다("Liminal to Liminoid" 57-60).

자신 스스로 언급했듯 히니는 『산사나무 등』에서 과거의 것에서 떠났지만 아직 새로운 것에는 도달하지 않은 문지방의 상태, 즉 리미널리티 단계를 그리고 있다. 전작들에서 보여준 시들과는 다른 시들을 쓰겠다는 의지를 암시하고 있는 의미심장한 제목의 시 「종착역」("Terminus")에서 히니는 자신의 위치를 가리켜 "나는 3월의 배수로였고 3월의 배수로 둑이었다 / 각각 요구의 한계를 견디는"(HL 4)이라고 말한다. 겨울의 결빙과 봄의 해빙의 요구를 각각 견뎌야 하는 "3월 배수로"와 "3월의 배수로 둑"은 히니가 위치한 리미널한 상태를 상징적으로 보여준다. 아울러 히니는 중간에 있는 자신의 상태를 묘사함에 있어 "한계"라는 단어를 선택함으로써 새로운 단계로의 변화가 임박했음을 예고한다.

나는 남작의 영지들과 교구들이 만나는 곳에서 태어났다.
내가 중간의 징검다리 위에 서있었을 때

나는 가운데 지점에서 말을 타고 있는 마지막 백작이었다
동료들의 목소리가 닿는 거리에서 여전히 협상하고 있는. (HL 5)

히니가 자신이 영국을 상징하는 "남작의 영지들"과 아일랜드 가톨릭을 상징하는 "교구들"이 만나는 지점에서 태어났다고 말하는 부분은 아일랜드

라는 공간이 가진 복합적인 정체성의 가능성을 암시한다. 또한 "중간의 징검다리"에 서서 "여전히 협상하고 있는" 시인의 모습은 리미널한 공간속에서 새로운 차원으로의 전이를 끝없이 모색하는 모습으로 파악될 수 있을 것이다.

리미널리티의 단계에 머물고 있는 히니는 새로운 단계로 나아가기 위해, 전작과는 다른 새로운 시를 쓰기 위해 끊임없이 자신을 검증하려 한다. 히니의 자기 검증에 대한 시도는 터너가 말하는 수행적인 반성 행위와 맞닿아 있다. 터너는 리미널리티를 설명하면서 연극과 반성 행위를 동일한 맥락에 놓는다. 터너는 연극을 "집단이 반성"하는 의미로 다루며, "집단이나 공동체가 스스로를 묘사하고 이해하고 행동하는 방법으로 다루는 것"이라 말한다. 또한 터너는 나아가 이 집단적 반성행위를 리미널리티와 연관 짓는다. 그는 연극에서 자신들의 집단이나 공동체의 모습을 객관적으로 재현하는 과정을 리미널리티가 발현하는 시간이라 규정하고, 연극을 보는(겪는) 관객들은 새로운 인식의 지평에 도달하게 됨을 강조한다. 또한 리미널리티 속에는 가능성과 잠재적인 힘, 그리고 다양한 실험과 유희가 넘쳐흐르는데, 이는 "사고의 놀이, 언어의 놀이, 상징의 놀이, 메타포의 놀이"라 할 수 있다고 말한다. 아울러 터너는 리미널리티를 제의나 공연적 예술에 국한시키지 않고 문화적인 차원으로 볼 것을 강조한다(『제의에서 연극으로』207-08). 이처럼 즉 연극과 반성의 공통점을 연결하는 맥락과, 언어와 상징, 그리고 메타포의 놀이라는 맥락에서 파악될 수 있는 리미널리티의 특성은 히니의 『산사나무 등』에서 두드러진다고 할 수 있다.

시집의 제목과 동명의 시 「산사나무 등」에 등장하는 산사나무 열매는 시인을 관찰하고 판단하려는 탐색의 등으로 묘사된다. 이를 증명하듯 히니는 「종착역」에서와는 다르게, 시에 등장하는 인물을 1인칭이 아닌 2인칭 대명사로 나타낸다. 한 겨울 서리에도 빨갛게 빛나는 산사나무 열매는

"작은 사람들을 위한 작은 빛"으로 비유되었다가, 단 한명의 올바른 사람을 찾으려고 등을 든 / 디오게네스의 방랑하는 형상"으로 비유된다. 히니는 이어 산사나무의 빨간 열매의 등이 마치 화자를 "세밀히 조사하거나"거나 또는 "시험하고 정화한다"고 말하며, 결국 그 등은 화자를 "유심히 살펴보고, 그리고 나서 새로운 곳으로 옮겨가는"(*HL* 7) 빛으로 발전하게 됨을 묘사한다. 여기서 주목할 것은 자신을 들여다보고, 검증하게 만드는 산사나무 등의 빛은 결국은 "새로운 곳으로 옮겨가는" 빛이라는 것이다. 이는 산사나무 등의 빛이란 자신을 들여다보는 반성 행위를 이끄는 빛이며, 나아가 새로운 차원으로 안내하는 빛임을 암시하고 있다고 볼 수 있다.

히니는 자신에 대한 도덕적 검열과 더불어 시인으로서 글쓰기에 대한 반성과 검열을 위해 검문이라는 우화적인 절차를 모티브로 사용한다. 시 「글쓰기의 국경에서」("From the Frontier of Writing")는 제목에서 드러나듯 한 장소에서 다른 장소로 넘어가는 국경에 있는 시인의 모습을 보여준다. 총 8연으로 구성된 시에서 히니는 전반부의 4연까지는 실제 영국 군대와 마주쳐서 검문을 당하고 있는 상황을, 후반부의 5연부터 8연까지는 가상의 검문 과정과 공간을 우화적으로 그리고 있다. 후반부를 차지하는 4연은 「산사나무 등」에서 묘사되었던 자신의 양심에 대한 자기 검증의 노력에 대한 확장된 은유이다. 히니는 영국 군대의 검문을 겪으면서 "조금 더 텅 빈, 조금 더 소모된" 자신을 글쓰기의 국경이라는 가상의 공간으로 몰고 간다.

> 그렇게 당신은 글쓰기의 국경으로 차를 몰고 간다
> 그곳은 그 일이 다시 일어나는 곳. 삼각대 위의 총들;
> 온오프 마이크로 당신에 대한 데이터를
>
> 반복하며, 승인한다는 끽끽대는 소리를 기다리는

상사; 태양을 피해 매처럼
당신에게 총을 겨눈 저격수.

그리고 갑자기 너는 통과한다, 소환되었다가 풀려나,
마치 당신이 폭포 뒤에서
타맥 포장도로의 검은 해류를 타고

장갑으로 무장한 차량들 지나친 것처럼, 사이 바깥,
말뚝처럼 선 군인들, 잘 닦인 자동차 앞 유리 속으로
나무 그림자처럼 흘러 들어오고 물러나는 그들 사이 바깥으로. (*HL* 6)

스스로를 몰고 간 가상의 공간, 글쓰기의 국경에서 히니는 앞의 4연에서
묘사되었던 것과 마찬가지로 다시 한 번 검문이라는 절차를 통과한다. 히
니는 시인으로서 통과해야하는 글쓰기의 국경 또한 앞의 4연과 마찬가지
로 총과 신원확인 절차, 만일의 경우를 대비한 저격수 등의 이미지를 나열
하여 묘사한다. 이는 여전히 계속되고 있는, 북아일랜드의 폭력 사태나 분
파주의 등을 다루었던 전작의 시들을 암시한다. 시인은 검문을 당했지만,
풀려나 국경을 통과한다. 벤들러는 이를 가리켜 실제의 검문 절차와 가상
의 검문 절차의 대비는, 물질세계의 경험이라는 비유를 통해 우리 내부의
보이지 않는 움직임을 이해하기 위한 장치라고 말한다. 또 히니가 자신
스스로를 데려간 글쓰기의 국경은 "양심의 국경"(the frontier of conscience)
과 동일시 할 수 있다고 덧붙인다(115). 오브라이언 또한 히니가 통과한 글
쓰기의 국경에 대해 언급하고 있는데, 이 시에서 국경이란 "문지방이 되는
지점"(liminal point), 또는 새로운 차원으로 진입하는 지점의 "경계"(border)
를 의미한다고 말한다. 때문에 여기서 검문소는 단순히 개인의 삶을 정치

적으로 침입하는 곳이 아니라, 자아가 변화하려할 때 "타자에 의한 심문이 필요하다는 것을 보여주는 우화"로 파악해야 한다고 말한다(Creating Irelands of the Mind 88-89).

시인에게 검문을 행하거나 총을 겨누고 있던 군인들의 모습은 이제 자동차 앞 유리에 비치는 나무 그림자처럼 한 덩어리로 합해진다. 히니는 검문하던 군인들의 모습을 유리에 비춘 나무 그림자로 묘사하며 현존과 부재를 통합하려한다. 이제 시인이 있는 곳은 "사이 바깥"이다. 그것은 새로운 공간으로 나아가기 위한 출발점이지만 동시에 가시적인 것과 비가시적인 것이 만나는 문지방의 공간이기 때문에, 현재로써는 알 수 없는 부재를 향한 공간이다. 이런 부재에 대한 인식은 이미 시의 첫 행에서도 등장했던 것으로, 시의 처음에서 영국 군대의 검문행렬과 마주친 히니는 "그 공간을 둘러싼 조임과 없음"(HL 6)의 분위기를 느낀다. 히니가 검문을 받는 공간을 "조임과 없음"이라는 서로 모순되는 이 두 단어로 묘사한 것은 물리적으로, 가시적으로 존재하지 않지만, 느낄 수 있는 보이지 않는 공간에 대한 암시를 준다.

국경을 통과한 후 "사이 바깥"에 선 히니가 향하는 곳은 어디인가? 존재하지 않지만, 느낄 수 있는 공간에 대한 인식은 가상공간을 그려보는 것으로 이어진다. 또한 부재의 공간에 대한 히니의 인식과 가상공간에 대한 묘사는 아일랜드라는 공간이 갖고 있는 다양한 정체성을 암시한다. 가상공간에 대한 인식은 다시 객관화를 통한 반성과 공동체 구성원들 간의 유대의식을 나타내는 커뮤니타스(communitas)에 대한 소망이라는 두 가지 양상으로 나타난다. 먼저 히니는 아일랜드이면서도 아일랜드가 아닌 우화적인 가상공간을 창조해 낸다. 이는 앞서 터너가 말한 연극의 기능과 비슷한 것으로 객관화를 통한 자기반성이며, 히니가 수행했던 자기 검증 노력의 연장선상으로 파악될 수 있다. 즉 연극과 반성, 그리고 리미널리티가 가진 의미는 『산사나무 등』에 나타난 객관화 또는 거리두기와 통한다고 할 수 있는 것이다.

히니는 시 「우화의 섬」("Parable Island")의 처음에서 "그들은 점령당한 국민이며 / 그들의 유일한 국경은 국내에 존재하지만 / 그들의 나라는 하나의 섬이라는 믿음에 있어서는 / 그 어느 누구에게도 굴복하지 않는다."(HL 10)라고 아일랜드 공화국과 영국령인 북아일랜드로 분단된 아일랜드의 현재 상황을 묘사한다. 그러나 히니는 섬에 대한 많은 말들과 많은 해석들이 분분하지만, 그것은 섬의 고유한 정체성에 대한 고민에서 비롯된 것이 아니라 "하나의 섬"을 차지하기 위한 아일랜드 가톨릭과 영국계 아일랜드의 갈등에서 비롯되었음을 풍자한다. 즉 아일랜드 가톨릭 혹은 영국계 아일랜드가 주장해 온 아일랜드의 고유한 정체성이란 결국 분파주의자들이 자신들의 입장에 유리하게 만들어 낸 허구의 신화임을 암시하고 있는 것이다. 또 「침묵의 땅으로부터」("From the Land of the Unspoken")에서 히니는 민족주의를 선동하는 시인들이 말을 오염시켜왔음을 지적하며 오히려 침묵이 더 강한 힘을 발휘하는 북아일랜드의 일상의 풍경을 이야기한다. 시에서 히니는 "나의 가장 깊은 접촉은 러시아워 기차를 탔을 때 / 등에서 등을 맞댄 지하철 손잡이에 있었다"고 말하거나, 말없이 전시물을 감상하고 있는 젊은이들의 뒷모습을 "완전히 침묵을 지킨 맷돌들"로 형상화하면서 "한때 박물관에서도, 나는 / 목과 어깨로부터 젊음의 동의를 흡입했다"(HL 18)고 묘사한다. 히니는 이러한 묘사를 통해 지하철이나 박물관 등 공동체 구성원들과 마주치는 소소한 일상의 공간에서도 말 보다는 침묵이 공감과 소통의 매개체가 될 수 있음을 보여주고자 한다. 다시 말해 분파주의가 난무하는 북아일랜드 상황 하에서, 히니가 말하는 침묵이란 의사소통의 포기와 고립을 의미한다기보다, 오히려 들리지 않는 상대의 내면의 말에 귀 기울임으로써 더 강한 연대 의식을 갖게 하는 도구를 의미한다.

히니가 느낀 침묵을 통한 연대 의식은 커뮤니타스에 대한 희망으로 이어진다. 여기서 커뮤니타스란 리미널한 기간 중에 나타나는 사회 현상 중 하나를 말한다. 터너는 리미널한 기간 중에 구조화되지 않았거나 미완성된 사회 구조에서 볼 수 있는 "차별이 없는 커미타투스,[3] 공동체 혹은 평등한 개인들 사이의 교감"을 커뮤니타스라고 말하면서, "본질적이고 포괄적인 인간의 유대에 관한 인식의 문제"(*The Ritual Process* 96-97)로 그 범위를 넓힌다. 즉 커뮤니타스는 계급의 높낮이나 사회적 지위에 상관없이 다양한 존재들이 섞이는 이상적인 공동체, 다양한 정체성을 지닌 개인들 간의 평등한 유대와 공감 등을 나타낸다.

히니가 상상하는 커뮤니타스의 모습은 「양심 공화국으로 부터」("From the Republic of Conscience")의 "양심 공화국"으로 구체화된다. 히니의 "양심 공화국"은 "짐꾼도 없고, 통역자도, 택시도 없는 곳 / 당신이 직접 자기 짐을 날라야 했고 빠르게 / 스멀거리는 특권의 징후가 사라지는 곳"(*HL* 12)이다. 또 그곳의 지도자들은 "불문법을 수호한다는 것을 맹세해야 하며 울음으로 / 주제넘게 직책을 맡게 된 것에 대해 속죄해야 하는"(*HL* 13) 곳이다. 이처럼 히니는 "양심공화국"이라는 커뮤니타스를 그려냄으로써 독자로 하여금 아일랜드라는 공간의 현주소를 되돌아보게 만든다.

히니는 반성과 커뮤니타스에 대한 시를 통해 자신이 리미널한 '사이'의 공간과 '사이 바깥'의 공간을 인식하고 있음을 드러낸다. 히니의 '사이 바깥'의 공간에 대한 인식은 부재의 공간에 대한 인식으로, 부재의 공간에 대한 인식은 아일랜드의 다양한 공간과 다양한 정체성에 대한 인식으로 이어지게 된다.

---

[3] 중세의 봉건제도에서 군주를 중심으로 소수의 정예용사가 결합하는 관계를 일컫는 말로 이는 개인과 개인의 계약으로 맺어지는 관계이다.

III. 죽음과 리미노이드:
아일랜드의 다른 이름, "밝게 빛나는 어딘가"

『산사나무 등』의 연작 소네트 「간격들」에서 히니는 어머니와의 추억
이 얽힌 가정생활의 자잘한 일과를 다루면서 어머니의 죽음이 가져 온 새
로운 공간의 의미를 이야기한다. 연작 소네트의 프롤로그는 전통적인 비
가(elegy) 형식을 딴 것으로, 어머니의 죽음이 히니에게 시심을 일깨우는
뮤즈와 같이 작용함을 보여주면서, 동시에 히니의 전작들의 모티브를 연
상시킨다. 어머니의 삼촌에서 어머니로, 그리고 시인 자신으로 대를 이어
전해지는 석탄 쪼개기에 대한 묘사는 『한 자연주의자의 죽음』(Death of a
Naturalist)에 나타난 북아일랜드 농촌 공동체의 노동의 풍경을 재현하는 시
들을 떠오르게 한다. 또한 석탄을 쪼개면서 생기는 소리들과 망치와 덩어
리들은 「어둠으로 향한 문」("Door into the Dark")의 대장간의 풍경으로 이어
진다. 마지막으로 "이제 가르친다 귀 기울이라고, / 흠씬 갈기라고, 줄 모
양 검정 뒤 그것을"(HL 24)에서는 연작시 「스테이션 아일랜드」("Station
Island")의 가장 마지막 부분에서 제임스 조이스가 등장해서 히니에게 했던
"자넨 오랫동안 듣고만 있었네. 이제 자네의 말을 해야지"(93)라는 부분을
연상시킨다. 이를 통해 히니는 연작 소네트에서 말하고자 하는 것이 어머
니의 죽음에 대한 애도이지만, 다른 한편으로는 전작들과의 결별에 대한
애도임을 암시한다. 이제 히니가 해야 할 일은 귀 기울인 다음에 "그 결에
망치 각도를 제대로 맞추어"(HL 24) 큰 것을 쪼개는 일이다.

첫 번째 소네트와 두 번째 소네트는 외가쪽의 혈통과 자신과의 관계를
그린 것이다. 첫 번째 소네트에서 히니는 어머니의 대를 거슬러 올라가,
분파가 다른 남자와 결혼한 어머니의 조상(a great-grandmother)의 이야기를
꺼낸다. 히니는 "백 년 전에 던져진 자갈 하나 / 계속해서 내게 오고 있다,

첫 번째 돌멩이, / 변절자 증조할머니의 이마를 겨냥했던"이라고 말하거나 "전향자", "종족 외 혼인을 한 신부"(HL 25) 등의 표현을 통해 북아일랜드 가톨릭과 영국 국교회의 혼합된 혈통이 자신에게 이어져 내려오고 있음을 말해 준다. 이런 중간자적인 위치는 앞서 논했던 「종착역」이라는 시에서 "두 동이는 하나보다 더 쉽게 옮겨진다. / 나는 둘 사이에서 성장했다"(HL 4)고 표현된 바 있다. 그러나 이런 혈통의 중간자적인 위치에 대해 히니는 "그것은 풍속화 작품 한 점이다. / 어머니 쪽으로 물려받은 / 그리고 내 것이다, 그녀가 이제 없으니 내 처분에 달린"(HL 25)라고 말함으로써 이제는 자신 스스로가 어떤 것을 선택해야 하는, 혹은 다른 단계로 나아가야하는 리미널한 상황에 있음을 이야기 한다. 이는 그가 과거와의 관계를 정리할 수 있는 가능성에 대한 암시이지만, "그가 모든 속박에서 벗어난 것을 의미하기보다는, 이제 의식적으로 미래의 일부를 형성해 나갈 수 있음을 보여준다(Tyler 83)."

두 번째 소네트에서 히니는 어머니가 일상에서 강제했던 규칙들을 나열하며 어머니의 모습을 추억한다. 실제로 인터뷰에서 히니는 연작 소네트 중 어떤 소네트를 어머니가 가장 즐겼을 것 같으냐는 질문에 "아마 어머니의 유령이 뉴로우에 있는 당신의 첫 번째 집으로, 빛나고 깔끔한 부엌으로, 그리고 안경을 쓰고 머리가 빛나는 아버지에게 돌아온 것에 대한 것일 것이다"라고 말한다. 또 그는 어머니가 오래된 맥칸(McCann)가 스타일과 가정의 깔끔하고 정확한 분위기, 잘 차려진 테이블, 광이 나는 가구들 등을 다시 환기시키는 것을 즐겼을 것이라고 덧붙인다(O'Driscoll 312).

　　윤이 나는 리놀륨 거기서 빛났다. 놋쇠 수도꼭지도 빛났다.
　　도자기 잔들은 매우 하얗고 컸다—
　　깨진 구석 없는 설탕 그릇과 주전자 한 세트,

탕관이 휘파람 불었다. 샌드위치와 홍차 스콘이
있었고 정확했다. 녹아서 흘러내리니까,
버터는 햇볕 닿지 않는 곳에 둬야지.
그리고 빵 부스러기 떨어뜨리지 마라. 의자 똑바로 하고.
손 뻗지 말고. 손가락질 하지 말고. 움직일 때 소리를 내면 안 되지.

죽은 자들의 나라, 뉴 보우가, 5번지,
할아버지가 자기 자리에서 일어나는 중
안경을 완전한 대머리 위로 밀어 올리고
당혹스럽게 귀가하는 딸을 반갑게 맞아주기 위해
그녀가 노크도 하기 전에. '이건 뭐죠? 이건 뭐죠?'
그리고 둘은 그 빛나는 방에 함께 앉는다. (*HL* 26)

시는 깔끔하고 빛나는 주방의 풍경에서 시작하여 짧은 문장으로 이루어진
어머니의 목소리를 거친 후, 어머니와 죽은 외조부와의 만남을 그린다. 시
에서 등장하는 세계는 죽음의 세계이지만 빛이 가득한 세계이다. "윤이 나
는 리놀륨 거기서 빛났다. 놋쇠 수도꼭지도 빛났다"로 시작하는 소네트는
익살스럽게도 외조부의 대머리로 이어지다가 "빛나는 방"으로 끝난다. 이
를 통해 히니는 일상의 삶과, 어머니의 주방에서 빛나던 빛과, 죽음의 세
계를 빛이라는 하나의 이미지로 연결시킨다. 이 빛나는 방, 빛의 세계는
앞서 히니가 추구해왔던 아일랜드의 어둠과 늪의 이미지와는 반대되는 또
하나의 다른 공간이다. 이 공간에서 어머니를 대변해주었던 일상의 규칙
들과 죽은 외조부가 어머니를 환대하는 분위기는 서로 조우한다. 콜린스
(Floyd Collins)는 이 소네트에서 히니가 일시적인 것과 영속적인 것에 매우
교묘하게 다리를 놓고 있다고 말한다. 어머니가 강제했던 엄격했던 규율
은 순간, 순간의 행동을 지적하는 일시적인 것이지만, 히니에게는 소중히

간직된 기억이기 때문에 결코 시간의 변화에 의해 사라지지 않는 것이다
(64). 또 타일러는 시의 후반부에 주목하면서 "죽은 자들의 나라, 뉴 로우
가, 5번지"라고 어머니의 영혼이 당도한 주소를 메모한 것은 히니의 위트
있는 표현이자, 죽음 후의 광경을 안락하고 평화로운 광경으로 묘사하고
자하는 장치라고 말한다. 이를 통해 히니는 죽음이란 인간이 꼭 직면해야
하는 공포의 대상이자 소름끼치는 것이 아니라 따뜻하게 환대해야 하는
익숙한 것으로 그리고자 했음을 지적한다(85).

또한 시에서 어머니가 정돈해 놓은 주방의 풍경이나, 자식들에게 부과
했던 엄격한 생활의 규칙들을 나열하는 어머니의 목소리의 이미지는 마치
전작의 시들에서 정교하게 그려냈던 땅을 파는 할아버지의 모습이나 아버
지의 모습, 더불어 여러 남성들의 모습을 연상시킨다. 히니는 전작들에서
남성들의 모습은 시각적으로 그려냈지만, 여성인 어머니의 모습은 단음절
단어의 사용이나 짧은 문장의 반복 등 청각적인 이미지를 사용하여 시각
과 청각이 섞인 형태로 묘사한다. 청각을 통해 어머니의 모습을 재현하고
기억하는 것은 연작시의 프롤로그에 등장했던 듣는 것에 대한 강조로 연
결되면서, 시인인 히니에게 새로운 시에 대한 모티브를 더해준다.

「간격들」은 또한 어머니의 죽음을 애도함에 있어 어머니와 아들 사이
의 조용한 유대의 순간을 부각시키고 있다. 앞서 2장에서 「침묵의 땅으로
부터」의 예를 들어 논했던 침묵을 통한 유대는, 말없이 어머니와 공유한
단순한 일상의 가사노동에 대한 추억으로 묘사된다. 어머니와의 추억은
히니에게 리미노이드 현상을 경험하게 하는 발판이 된다. 터너는 전통적
인 공동체사회에서 후기 산업사회로의 이행과 더불어 집단이 개인으로 분
화하게 되면서 개인이 차별적으로 경험하는 리미널리티와 유사한 심리적
인 상태를 리미노이드라는 개념으로 발전시킨다. 여기서 터너는 리미노이
드 현상들은 생산적, 혹은 정치적 사건들의 주류로부터 분리된 중립적인

공간이나 특권이 부여된 영역들에서 이루어진다고 강조한다("From Liminal to Liminoid" 64-65). 또 터너는 리미노이드 현상이란 개인적인 반성의 반영임을 강조하는데, "리미노이드는 각본가로서의 개인으로부터 생겨나는 경우가 많기 때문에 리미널보다 특이하고 변덕스럽고 빈약하고 신기하고 기괴한 것이다. 그리고 그 상징은 객관적이고 사회 유형적인 연극보다는 개인적이고 심리적인 연극에 더 가까운 것이다"(『제의에서 연극으로』 234-36)라고 주장한다. 다시 말해 리미노이드 상태란 개인이 반성을 수행한 결과이기 때문에 다양한 창조적 양상으로 드러나게 됨을 제시하고 있는 것이다.

「간격들」의 시들에서 히니는 가족 모두가 미사를 가고 없는 동안 어머니와 함께 감자 껍질을 벗기거나 어머니와 함께 천을 잡아당겨 개거나, 미사에 참석하는 등 어머니와 함께 한 일상의 풍경들을 묘사한다. 히니는 아일랜드와 남성, 그리고 글쓰기라는 자신의 영역에서 물러나 지금껏 자신의 작품에 속하지 않았던 여성(어머니)과 가사노동, 무엇보다 가족의 죽음이라는 새로운 영역에 편입하면서 '사이 바깥'의 새로운 차원으로 나아갈 수 있는 리미노이드 상태를 경험한다. 새로운 차원에 대한 인식은 어머니의 죽음의 순간에서 절정을 이룬다.

> 우리 모두 거기 있음으로써 한 가지를 알았다.
> 우리가 둘러 서있던 공간이 텅 비면서
> 우리 안으로 들어와서 간직되었다, 그것이 꿰뚫었다
> 갑자기 열려 서 있는 간격들을.
> 높은 통곡들이 꺾이고 순수한 변화가 일어났다. (*HL* 31)

어머니의 죽음의 순간, 죽음의 침상을 둘러싼 가족들은, 모순적이게도, 자신들의 내부가 텅 빔으로 가득 채워짐을 느낀다. 라마자니(Jahan Ramazani)

는 어머니의 죽음의 순간, 히니를 비롯한 가족들이 "끊어진 연결고리에서 비롯된 내부의 커다란 빈 공간을 열어주는 순수한 상실감"(357)을 경험했다고 말하며, 「간격들」이라는 시 자체가 그 상실의 순간에 대해 많은 의미를 지닌 메타포라고 덧붙인다. 이러한 상실의 순간은 히니가 가지고 있던 기존의 삶에 대한 인식은 사라지고 새로운 인식은 아직 도달하지 않은 상태, 즉 리미노이드 상태를 거치고 있는 순간을 의미한다. 라마자니는 이 메타포를 인간의 내면을 꿰뚫는 한줄기 빛의 이미지로 파악한다. 죽음을 이기는 빛의 이미지는 앞서 논의한 두 번째 소네트에 등장했던 것으로, 이 빛의 메타포가 제시하는 것은 어머니가 가족들 안에 빛나는 기억으로서 계속 존재할 것이라는 암시뿐만 아니라, 죽음의 순간, 어머니와의 관계를 통해 불명확함, 모호함, 방해물들이 정화될 것이라는 암시를 준다는 것이다.

일곱 번째 소네트에서 히니가 말했던 "순수한 변화"와 빛의 이미지는 여덟 번째 소네트에서 보다 구체화되며, 부재가 가져다주는 공간의 인식으로 확장된다. 히니는 어머니의 죽음이 가져온 심리적인 간격 혹은 공간에 대해 몰입하며 어린 시절 밤나무가 잘려 나간 공간과 연결시킨다. 히니는 산문집 『말의 정부』(*The Government of the Tongue*)에서 시의 소재가 된 밤나무에 대해 언급한다. 히니의 회상 속 밤나무는 어린 시절 자신이 태어나던 해에 숙모가 심었던 것으로 10대 초반 가족들이 이주하면서 베어졌다. 그러나 히니는 최근 어느 순간부터 갑자기 나무가 있던 자리에 대해 생각하기 시작했으며 "내 마음의 눈 속에서 나는 나무를 일종의 빛나는 텅 빔으로 보았고", 나무를 나무가 있던 자리(나무가 잘려 나간 자리)와 동일시하기 시작했다고 고백한다(3-4).

시의 서두에서 히니는 밤나무가 잘려 나간 공간을 "완전히 텅 빈, 완전히 한 원천인"(*HL* 32) 공간으로 묘사한다. 밤나무가 잘려 나간 공간은 현재는 텅 빈 곳이지만 원래는 밤나무가 있던 자리이다. 밤나무가 사라진 공간의 풍경과 밤나무가 존재했던 과거의 풍경은 다르지만, 히니에게 그 차이에 대한 인식은 사라짐이나 단절을 의미하지 않고 오히려 연속의 느낌으로 강하게 각인된다. 텅 빔에서 가득 찬 존재의 원천을 보고자 하는 히니는 과거의 부재와 현존을 동일시하면서 아직 닥치지 않은 미래를 상상한다.

> 그것의 무게와 침묵은 밝게 빛나는 어딘가가 된다,
> 가지로 뻗어나가며, 영원히 침묵하는,
> 우리가 귀를 기울일 침묵 너머의 한 영혼. (*HL* 32)

히니는 "가지로 뻗어나가며, 영원히 침묵하는 / 한 영혼"이라는 표현을 통해 밝게 퍼져 나가는 빛의 이미지와 나무 가지의 생장의 이미지를 결합시킨다. 이 이미지는 비물질적인 것과 물질적인 것의 결합을 나타내는 이미지로 끝없이 미래로 이어지는 느낌을 준다.

　어머니의 죽음의 순간 경험한 심리적인 간격이 만든 빈 공간들은 어머니의 죽음 이후로 새롭게 빛난다. 그리고 히니는 삶과 죽음의 순환이 계속되듯이, 이 벌어진 공간들은 지금이 아니라도 다음 세대에 의해 서서히 채워지리라는 것을 느끼게 된다(Mahony 51). 그러나 여기서 히니가 말하려 하는 것은 어머니의 죽음이 가져다준 사랑과 초월적인 힘에 대한 것이 아니다. 이제 '사이 바깥'에 선 히니는 어머니의 죽음을 매개로 자신의 전작들에 대한 애도와 아일랜드라는 공간에 대한 재고를 위해 미래로의 진행형에 귀 기울일 것을 요구한다. 오브라이언 또한 어머니의 죽음이 가져다준 심리적인 공간과 밤나무가 있던 자리를 북아일랜드라는 장소의 문제와 연결시킨다. 오브라이언은 "빛나는 어딘가"(a bright nowhere)라는 말에서 "어딘가"를 "지금 여기"(now here)로 쓸 수도 있음을 지적하며, 북아일랜드라는 장소의 정체성에 대해 논한다. 그는 히니의 전작들, 특히 『북쪽』에서 다루었던 북아일랜드의 문화와 정체성의 정의들에 있어 "장소"의 중요성에 대해 언급하면서, 이제 아일랜드의 정체성의 진실을 파내기 위한 궁극적인 장소는 데리다의 말을 빌자면, "장소 없음"(non-site)이라고 주장한다. 이는 본질주의적인 정체성의 영향 너머에 있지만 동시에 그 영향력을 통해 본질주의적으로 한정짓는 것을 재정의할 수 있는 해체적인 말이 된다 (*Place of Writing* 82). 이는 시의 초점을, 아일랜드라는 공간의 고정된 정체성 탐색에서 아일랜드라는 굴레와 예술가적인 욕망 사이의 갈등의 표출로, 그리고 마침내 끊임없이 새로운 아일랜드를 구축해나가는 과정 자체로 옮긴 히니식의 탈주라 말 할 수도 있을 것이다.

시집의 후반부에 등장하는 「아이슬란드에서 온 엽서」("A Postcard from Iceland")에서 히니는 온천에 손을 담그며 "물의 살랑거림과 압력을 얼마나 평범하게 느끼는지 / 물의 안쪽 손바닥이 내 손바닥을 찾을 때"(*HL* 37)라고 말하면서 보이지 않는 "물의 안쪽 손바닥"이라는 공간과 보이는 "내 손바닥"이라는 존재의 공간이 만나는 것에 대한 익숙함을 다시 한 번 확인한다. 어머니의 죽음이 가져다 준 리미노이드를 경험한 히니는 이제 '사이 바깥'에서 좀 더 먼 거리로 여행할 것을 예고하고 있는 것이다.

IV. 시의 터미널, 미완성의 아일랜드

히니는 『산사나무 등』에서 자신과 자신의 시가 직면한 리미널한 상황을 제시하며 자신의 시세계가 어떤 방향으로 변해갈 것인가를 예고하고 있다. 시 「돌 가는 사람」("The Stone Grinder")에서는 자신이 석판에 새겼던 것을 반복적으로 지우는 한 인물을 등장시켜, 현존과 부재에 대해 이야기한다. 석판에 새기는 행위는 작가인 히니가 시를 쓰는 행위를 연상시키는

데, 화자는 자신이 하는 일의 핵심은 새겼던 것을 지우는 일임을 이야기한다. 그는 지도 제작자나, 지도 제작자들이 무엇인가를 정확히 명시하거나 새겨서 흔적을 남기는 행위, 그리고 그들이 남긴 줄긋기와 잉크 그림들보다 더 오래 살아남기 위해 지워진 빈 석판을 준비한다고 말한다. 왜냐하면 다른 이들에게 지워버린 석판이란 "새로운 시작과 깨끗한 석판"을 의미하지만, 자신에게는 "그것이 고요 속에서 완성되는 잔물결 같이 / 온전해 지는 원이었기"(*HL* 8) 때문이다. 히니에게 반복적으로 지우고 다시 쓰는 석판이란, 반복의 과정 속에서 스스로 알아채지 못하는 사이 조금씩 완성되어 가는 미래의 그림을 의미한다.

여기서 히니는 완성된 정체성보다는 불완전함, 지워진 것들, 부재, 그리고 그 사이에 존재하는 틈에 대해 이야기하면서, 동시에 전작들에서 추구하고자 했던 아일랜드의 확실한 정체성이란 현재에는 존재하지 않으며, 혹시 존재한다면 그것은 미래에 존재할 것임을 암시한다. 그러나 더 중요한 것은 현재 완결되지 않은 것들은 우리가 알 수 없는 부재의 미래에서 고요히 완성될 것이라는, 불완전한 존재의 지속성에 대한 강조이다 (McDonald 13-14). 작가인 자신을 끊임없이 쓰고 지우며 무엇인가를 완성해 가는 불완전한 존재에 비유한 것은 다시 시에 대한 히니의 언급을 연상시킨다. 히니는 『말의 정부』에서 "시는 길이라기보다는 문지방이다. 지속적으로 도착하면서 지속적으로 떠나는 그 곳. 그 곳에서 독자와 작가는 그들만의 다른 방식으로, 호출되는 동시에 풀려나는 존재의 경험을 한다"(108)고 말한다. 히니는 시를 문지방에 비유하며, 자신의 작품 또한 유동적인 것으로, 단지 새로운 것을 향해 끊임없이 변화하는 길목에 서 있음을 암시한다. 또 작품이라는 리미널한 공동 구역을 통과하면서 작가와 독자가 각각의 경험을 할 것이라는 히니의 언급은 개인이 그려내는 공간과 미래의 다양성에 대해서도 재고하게 만든다.

터너, 빅터. 『제의에서 연극으로』. 이기우, 김익두 옮김. 서울: 현대미학사. 2011.

Collins, Floyd. *Seamus Heaney: The Crisis of Identity*. Newark: U of Delaware P, 2003.

Heaney, Seamus. *The Haw Lantern*. London: Faber and Faber, 1987.

_____. *The Government of the Tongue*. New York: Noonday, 1998.

Mahony, Christina Hunt. "Irish Poetry for Our Age." *Contemporary Irish Literature: Transforming Tradition*. London: Macmillan, 1998. 27-118.

McDonald, Peter. "A Sixth Sense." *Mistaken Identities: Poetry and Northern Ireland*. New York: Oxford UP, 1997. 1-19.

O'Brien, Eugene. *Seamus Heaney: Creating Irelands of the Mind*. Dublin: The Liffy, 2002.

_____. *Seamus Heaney and the Place of Writing*. Gainesville: UP of Florida, 2002.

O'Driscoll, Dennis. *Stepping Stones: Interviews with Seamus Heaney*. London: Faber and Faber, 2008.

Ramazani, Jahan. "Seamus Heaney." *Poetry of Mourning: The Modern Elegy from Hardy to Heaney*. Chicago: U of Chicago P, 1994. 334-60.

Tyler, Meg. "Making Small: The Sonnet, Personal Elegy and The Haw Lantern." *A Singing Contest: Convention of Sound in the Poetry of Seamus Heaney*. New York: Routledge. 2005. 75-100.

Turner, Victor. "Liminal to Liminoid, in Play, Flow, and Ritual: An Essay in Comparative Symbology." *Rice University Studies* 60.3 (1974): 53-92.

_____. "Liminality and Communitas." *The Ritual Process: Structure and Anti-Structure*. Chicago: Aldine Transaction, 1995. 94-130.

Vendler, Helen. *Seamus Heaney*. Cambridge: Harvard UP, 2000.

※ 이 글은 「'사이'에서 '사이 바깥'으로 ―셰이머스 히니의 『산사나무 등』」. 『영어영문학 21』. 28.4 (2015): 29–48쪽에서 수정·보완함.

경계의 공간에서 이방인과 관계 맺기
—J. M. 쿳시의 『슬로우 맨』

● ● ● 김현아

I. 쿳시의 이민과 주제변주

쿳시(J. M. Coetzee, 1940-)가 2003년에 오스트레일리아로 이주하기 전까지만 하더라도 그의 소설에 대한 주된 비평의 경향은 한동안 정치적인가 그렇지 않는가의 문제로 쟁점화 되어 왔다. 그 이유는 쿳시의 작품성향을 주로 포스트식민적인 관점으로 분석해 왔다는 데서 찾을 수 있다. 그러나 네쉐프(Hania Nashef)[1]는 그간의 비평의 흐름에 대해 "곤혹스럽고 미묘할 정도의 곤경에 처한 쿳시의 주인공들을 포스트식민적인 견해로만 분석하

---

[1] 그녀는 쿳시 소설들의 주인공들이 "개인적" 차원에서 감내해야 하는, 회피할 수 없는 수치와 모욕, 불구 등을 사회, 정치적 맥락에서 분석했다. 지금까지 간행된 쿳시를 다루는 비평서에서는 개인의 고통이 부각되기는 했지만, 주로 공동체의 하위 개념으로서 개인을 형상화 한 연구가 일반적이었다고 볼 수 있다. 그러나 네쉐프는 "개인"의 고통이 공동체의 그 것보다 하위 개념이 될 수 없다는 측면에서 쿳시와 비슷한 견해를 보인다.

는 것은 충분하지 않으며 이러한 처사는 작가의 소설에 배어있는 포스트모던적인 고뇌를 소홀히 하는 것"에 불과하다고 반박한다(177). 남아공 출신의 비평가인 해드(Dominic Head) 역시 쿳시가 아파르트헤이트 역사에 모호한 입장을 취하며 작가로서의 임무를 회피했다는 의견이 한때 공론화됐었지만 그의 완곡하고 에두르는 글쓰기를 쿳시만의 저항, 특히 문학이 역사의 보충물이 되어야 하는 당위성에 대한 저항으로 보면서 그동안 작가가 구현한 세계를 편협하게 해석하지 않았는가라는 회의를 피력한 바 있다(x). 쿳시에 대한 분분한 비평적 견해들을, 과거와는 좀 더 다른 차원으로 그의 소설을 조명해야 한다는 요청으로 받아들인다면, 『엘리자베스 코스텔로』(Elizabeth Costello, 2003), 『슬로우 맨』(Slow Man, 2005), 『어느 운 나쁜 해의 일기』(A Diary of a Bad Year, 2007)는 개인의 실존적 조건이 부각되며 "공동체적·역사적 딜레마"라는 주제를 벗어난다는 점에서 과거의 비평적 틀을 전환시키는 분기점으로 삼을 수 있는 작품들이다.

"오스트레일리아 소설"로 불리는 이 세 소설들은 쿳시가 자전적인 공간인 남아공을 떠나면서 소설의 배경 역시 그가 정착한 오스트레일리아를 중심으로 변화된 주제를 제시한다. 그 중에서 특히 『슬로우 맨』은 작가의 이주와 새로운 공간이 교차되는 가운데 노년의 삶과 이민, 그리고 이방인의 수용문제를 망라하는 서사적 특징을 보인다. 즉, 공간적 배경이 변하면서, 그가 과거에 주로 쟁점화 했던 제국, 폭력, 인종, 그리고 윤리의 문제로 얽힌 남아공의 변혁기에 대한 밑그림은 『슬로우 맨』에 이르러 오스트레일리아에서의 노년/개인의 삶과 이주민의 삶을 바탕으로 하는 환대에 대한 성찰로 대비되는 것이다. 그럼으로써 쿳시의 오스트레일리아로의 이주는 작가의 자전적인 공간의 변화와 더불어 그의 개인적인 삶의 변주, 나아가 작가로서의 관점의 변주를 야기하는 토대로 작용하게 된다.

그러나 주제를 변화시킨 기폭제라 할 수 있는 작가의 이주는 단순히 정치적 공간을 탈피하는 차원만은 아니다. 사실상 쿳시는 모든 작가가 왜 그처럼 획일적인 것을 강요받아야 하는지, 그 역사적 짐의 성격은 무엇인지, 그리고 그것이 자신의 창작과 어떤 역학 관계에 있는지를 탐색하는 자의식적인 소설을 쓰면서, 획일적인 미학을 강요하는 남아프리카공화국의 문화적 현실로부터 탈출하고자 했던 것이다(왕은철 129). 이것은 역사와 결부된 예민한 주제를 다루면서도 그에 민감하게 반응하는 과거의 소설 풍토에 거리를 두고 싶고, 그래서 "역사적인 악몽으로부터 자유롭고 싶은"(Attwell, "J. M. Coetzee and South Africa" 175) 작가의 상반된 심리를 반영한다.

그간 작품마다 다양하게 설정된 쿳시의 컨텍스트적인 공간은 남아공을 모태로 하는 문학에 큰 변화의 축으로 작용해 왔으며 역사적 영역에서 자전적인 삶의 영역으로 이행하기까지 그의 공간을 경험하는 방식은 저마다 다르게 반향되어 왔다. 구체적으로 작가의 공간적 추이는 크게 남아공·익명의 변방·러시아·오스트레일리아라는 네 개의 개별적 영역으로 구분할 수 있다. 『철의 시대』(*Age of Iron*, 1983), 『나라의 심장부에서』(*In the Heart of the Country*, 1997), 『추락』(*Disgrace*, 1999)은 남아공을, 『야만인을 기다리며』(*Waiting for the Barbarians*, 1981)는 익명의 변방을, 『페테르부르크의 대가』(*The Master of Petersburg*, 1994)는 러시아를, 후반기 소설들은 오스트레일리아를 각각 배경으로 한다. 그의 이러한 텍스트적 공간들이 저마다 특수한 정체성 문제와 긴밀한 관계를 구현해 왔음을 감안할 때, 시간의 흐름이란 공간의 변화를 바탕으로 감지되고 다시 공간적 명시의 변환을 통해 인식된다는 측면에서 공간에 함의된 맥락을 짚어내는 것은 긴요하다고 볼 수 있다.

이러한 차원에서 특히 『슬로우 맨』의 연구에 공간의 문제가 새롭게 대두되어야 함은, 오스트레일리아로 이주하여 2007년에 시민권을 획득한 쿳시가 자신의 문학관을 새로운 공간에서 어떻게 투영하는지를 이 소설을 통해 명백히 보여주기 때문이다. 뿐만 아니라 작가가 남아공이라는 공간과 남아공으로부터 파생된 정치적 주제를 과감히 탈피하려는 시도 자체가 "『슬로우 맨』이 민족문학의 장애요소와 틀을 넘어서고자 하는 작품"(Vold 47)임을 설명해 준다. 나아가 이 소설은 후기 소설들 중에서도 오스트레일리아와 맞물리는 새로운 정체성에 대한 상관관계를 제시함으로써 작가의 과거 소설에 대한 단절보다는 공동체에서 개인의 주제로 이행되는 분기적인 텍스트라는 점에서 그 분석은 중요하다고 볼 수 있다.

상징적인 언어로 알레고리와 미니멀리즘을 구사해 오던 쿳시의 응축된 문체는 『슬로우 맨』에 이르러 노년의 육체와 심리상태를 전개하면서 언어적 상상력과 현란함은 더욱 배제된다. 그 이유는 이 소설이 역사적인 차원을 탈피하여 불구가 된 노년의 삶에 투영된, 더디 가는 고단함에 집중함에 따라 "점차 자의식적이고 메타픽션적인 전환"(Head 85)을 보이기 때문이다. 그 일환으로 쿳시는 "육체"가 처한 개인의 실존적 현실을 중요한 조건으로 내세우면서 주인공이 당면한 문제, 즉 불구의 육체로 맞닥뜨린 고통의 문제를 역사적인 문제보다도 더 직접적인 대상으로 묘사해 간다. 이것은 쿳시가 사회·정치적 현실이 제아무리 긴박하게 작동된다 하더라도 개인을 극한까지 몰아세우는 육체적 고통이나 불구보다 더 절박할 수 없다고 간주했기 때문일 것이다. 이러한 고백을 설득력 있게 전달하기 위해 쿳시는 레이먼트(Paul Rayment)와 코스텔로(Elizabeth Costello)라는 두 인물을 통해 ""노년"에게 닥친 쓸쓸함의 부단한 위협을 부각"(Pellow 529)시킨다. 그럼으로써 작가는 고통의 지표가 된 불구의 육체와 노년의 시간이 개인의 삶을 어떻게 변화시키는가를 모색하고 나아가 이러한 변화가 궁극적으로 자신을 향해서는 성찰을, 타인을 향해서는 환대를 지향하게 한 결과 자기담지에 이르게 하는 과정임을 밝힌다.

『슬로우 맨』에서 자기 정체성에 대한 각성의 토대로서의 굴욕의 지점은 좁게는 불구의 처지이며 넓게는 이민자로 느끼는 이방인으로서의 처지를 의미하는데, 두 처지가 불러일으킨 각성은 이방인에 대한 수용을 부추기고 환대에 대한 실천을 요구한다는 점에서 이 소설의 핵심적인 주제를 부각시킨다. 이 과정은 쿳시 소설의 주제가 개인의 문제에서 다시 이민과 같은 공동체의 삶으로 집중되면서 개인들 간의 유대 속에서 자연스럽게 맞이하는 이방인 수용의 문제를 환기시키는 서사적 거점으로 작용한다. 그럼으로써 쿳시의 글쓰기는 공동체에 대한 관심, 그리고 그 불가피한 확장으로서 환대의 주제, 즉 공동체의 일원인 개인이 이방인의 신분으로 자신이 아닌 다른 이방인에게 어떻게 반응하는가를 다루고 있다(Marais, *Secretary of the Invisible* 1).

그동안 쿳시가『철의 시대』를 통해 타인에 대한 실천적 행위들에서도 부재할지 모르는, 흑인들과 백인들 간에 발생하는 타자수용의 문제를 인종적·공동체적 차원에서 쟁점화 했다면,『슬로우 맨』에서는 불구가 된 레이먼트와 그를 돌보는 마리야나 조키치(Marijana Jokić), 그리고 소설의 중간에 예고도 없이 등장하는 코스텔로와의 관계에서 발생하는 개인의 환대를 그 지향점으로 삼는다. 특히 "소설의 논리적인 전개를 교란하는 코스텔로의 당혹스런 등장은 타자성을 대표하는 메타포"(Marais, *Secretary of the Invisible* viii)가 되면서 그녀를 받아들여야 하는 레이먼트에게 타자수용과 연관된 회피할 수 없는 과업을 던져주는데, 그것은 "이제 어떻게 관계를 맺을 것인가, 이방인의 요구를 어떻게 수용할 것인가"에 관한 대응이라 할 수 있다. 다시 말해 작가는『슬로우 맨』에서 이러한 장치를 통해 늙고 불운한 처지에 더구나 이민자인 주인공이 또 다른 개인/타자에 어떻게 반응하는가의 문제를 초점화 함으로써 종국에는 개인이 어떻게 자기담지의 길에 들어설 수 있는지를 구체화하고 있는 것이다.

II. 고통의 육체를 통한 이방인 수용

『슬로우 맨』과 쿳시의 과거의 소설들과의 뚜렷한 차이점을 개인의 문제에 집중하는가 그렇지 않는가로 구분하더라도, 이 소설 역시 "고통"을 성찰의 지침으로 삼는다는 점에서 기존의 소설들과 크게 다르지 않다. 가령 『야만인을 기다리며』의 치안판사(The Magistrate)와 『철의 시대』의 커렌(Elizabeth Curren), 『추락』의 루리(David Lurie)와 『페테르부르크의 대가』의 도스토예프스키(Fyodor Mikhailovich Dostoevskii)처럼, 이 소설의 레이먼트 역시 고통에 처해있으며 자기 완결성을 찾는 주인공과는 요원하다. 그들 모두가 무기력한 지점에서 미완의 진전만을 보이는 주인공들인 것이다. 가령 『야만인을 기다리며』의 치안판사는 제국의 적이나 다름없는 소위 "야만인"에게 동정심을 가짐으로써 자신이 제국의 적이 되어 폭력까지 당하지만 결국 제국에 공모하는 인물이다. 그리고 『철의 시대』의 커렌은 은퇴한 대학교수이자 암에 걸린 백인여성으로, 흑인의 참혹한 실상을 목격한 후에야 남아공의 사회상을 비로소 직시하게 되는 불완전한 지식인이며, 『추락』의 루리는 안정적인 신분의 백인 교수이지만 성폭력과 관련된 제자와의 불미스런 사건으로 인해 "추락"한 신분이다. 또한 『페테르부르크의 대가』의 도스토예프스키는 작가로서의 뛰어난 상상력을 끊임없이 발현하기 위해 죽은 아들을 포함한 주변 인물들뿐만 아니라 자신의 영혼까지 파는 배반적인 인물이다.

『슬로우 맨』역시 자전거 사고를 계기로 "슬로우 맨"의 처지로 뒤바뀌게 되고 이 변화된 삶에 반응하는 레이먼트에 관한 서사로서 "더 이상 즐거움을 얻지 못하는 삶과 그 여파들을 주인공이 어떻게 견뎌내는가에 대한 과정"(Markovits 51)으로 요약될 수 있다. 프랑스 태생의 이민자이며 은퇴한 사진작가인 레이먼트는 사고로 인해 "미래는 없으며 미래로 가는 문은 이미 닫혔다"(12-13)[2]고 할 만큼 절망에 처한 주인공이라는 점에서 쿳시의 여느 불완전한 주인공들과 다르지 않다. 쿳시의 대부분의 주인공들이 안정적인 지위에서도 늘 자기고통에 위협 당하듯이, 레이먼트 역시 불구의 육체와 더불어 자기한계에 갇힌 채 "고문과 굶주림, 병과 상실 그리고 예측할 수 없는 폭력과 같은 유형에 의해 인간의 극한까지 내몰리는 주인공"(Neuman 103)으로부터 예외가 아닌 것이다. 어느 날 차에 부딪쳐 공중으로 뜨는 찰나를 회상하며 시작되는 이 소설에서 주인공은 사고의 순간을 "가장 편안하게"(1) 생각하고 "다리 하나를 잃는 것을 모든 것을 잃는 것에 대한 예행연습"(15)으로 여길 만큼 체념적으로 받아들인다. 그의 체념은 "사고가 자신에게 왜 일어났는지 논리적인 이유로 설명할 수 없지만 필연적인 이유로 일어났다고 자신을 설득해가는 과정"(Nashef 172)에서 비롯되었으며 불구가 된 "굴욕의 영역"(the zone of humiliation)을 "그의 집"(61)으로 받아들였다는 의미가 된다.

이렇듯 능동적인 주체자로 살기에 불가능한 육체적 조건에서 레이먼트는 자신을 돌봐 줄 간호사 마리야나를 만난다. 환자와 보호자로 만난 두 사람 사이에 진전이 없는 사건의 개진 속에서 레이먼트는 그녀에게 차츰 특별한 감정을 품는데 소설의 극적 긴장은 쿳시가 노년의 삶과 사랑을 주요한 사건으로 부각시키면서도 사랑이 진전되는 것은 허용하지 않음으로써 고조된다. 즉 그는 "마리야나에 대한 레이먼트의 적절치 못한 열정을 이 소설 전개의 큰 축으로 작용"(Attwell, "Coetzee's Postcolonial Diaspora" 15)하도록 설정하면서도 주인공의 감정이 플라토닉적이거나 에로스적인 성격으로 구분되는 것조차 거부한 것이다. 대신 두 사람의 관계에 중심을 두는 것은 마리야나에게 섣불리 다가설 수 없는, 레이먼트의 육체적 차원의

---

[2] 본문 인용은 이하 쪽수만 표기하기로 한다.

불가능성이며 이 불가능성은 "정체된 그의 삶을 재현하기 위한 메타포"(Dancygier 238)로 기능한다. 주인공이 사랑을 하면서도 동시에 이를 상실해 가는 일련의 어긋나는 과정은 작가의 "아이러니컬하고 회의적이며 사색적인"(Tremaine 588) 수사법과도 상응한다.

　　레이먼트의 불구의 몸과 노년의 쓸쓸한 일상을 쉽게 동정하지 않고 간호사로서의 역할에만 충실한 마리야나는 쿳시의 건조한 문체와 부합되는 인물이다. 가령 레이먼트가 자연스러움을 이유삼아 의족을 거부할 때 "레이먼트 씨, 당신 생각에는 다리가 다시 자랄 것 같나요?"라던가 당신이 의족을 하더라도 아무도 당신을 쳐다보지 않아요"(62)라며 현실을 직시하라고 냉정하게 조언하는 데서 작가의 문체는 두드러진다. 레이먼트는 불구가 된 자신의 몸을 "굴욕의 영역"(61)과 동일시하면서 목발과 의족, 그리고 특수하게 개조된 자전거까지 거부하는데, 이 태도는 개조된 자전거가 자신을 과거로 되돌려주지 못한 현실에 대한 터득으로서 그의 "회복에 대한 무관심"(Neuman 103)을 반영한다. 댄시기어(Barbara Dancygier)는 목발을 거부하는 레이먼트를 가리켜 그가 자신에게 부여된 선택권을 제한함으로써 결국 자신의 조건을 개선시키기를 일부러 거절하고 있다고 분석한다(238).

　　이러한 처지의 레이먼트에게 물리치료사인 매덜린(Madelyn)은 그가 더 이상 "로켓 맨(rocket man)이 아니라 슬로우 맨"(258)이며 이제 "잘린 옛 몸"이 그의 "새 몸"(61)을 대신하고 있으므로 옛 몸에 대한 기억을 소거해야 할 때라고 조언한다. "노년"과 "불구"의 수식을 받는 레이먼트의 처지는 "슬로우 맨"이라는 제목과 일맥상통하며 "슬로우 맨"은 육체적 조건으로 인해 정체될 수밖에 없는 삶에 대한 징후로 해석할 수 있다. 소설의 제목처럼 레이먼트는 "천상 이방인"(113)이고, "보잘 것 없는"(114) 존재로서의 "슬로우 맨"인 것이다. 그런데 이 소설에서 "슬로우 맨"의 의미망은 레이먼트로 한정되지 않는다. "슬로우 맨"은 레이먼트를 보살피는 크로아티아 출신의 마리야나와 그 가족일 수 있고, 나아가 소설의 중간에 예고도 없이 나타나 자신이 창작한 소설의 주인공인 레이먼트가 밋밋한 삶에서 탈출하여 자신의 소설과 삶에 활력을 가져다주기를 희망하는 코스텔로일 수 있다. 그들은 "로켓 맨"(125)의 처지를 욕망하면서도 노년, 이민자, 불구, 쓸쓸함이라는 궤적에 갇힌 "슬로우 맨"들인 것이다.

그중에서도 레이먼트는 육체의 불구라는 직접적인 고통에 직면한 사실만으로도 "굴욕적일 만큼 무기력한 주인공을 상징"(Nashef 171)한다. 그러나 쿳시는 레이먼트가 "슬로우 맨"이 되는 과정을 체념적인 상황으로 전개하면서도 이 모종의 딜레마적인 순간들을 공허한 동요로 삼지 않고 삶의 변화된 조건의 지표로 삼게 함으로써 깨달음의 가교로 전환시킨다. 레이먼트가 갖는 육체의 유한성은 곤궁과 결핍으로 고착되지 않고 소설의 후반부에 이르러 이방인과 접촉하는 중요한 조건으로 수렴된 것이다. 즉 그는 극화된 고통의 경험과 상처 입은 육체 때문에 "슬로우 맨"으로 뒤바뀐 삶의 지점을, 한계를 넘어서는 가능성의 지점으로 열어 놓는다. 이것은 『추락』의 루리가 "치욕"의 순간을 성숙과 은총의 지점으로 회복시키듯이, 레이먼트 역시 불완전한 육체적 조건에서 파생된 고통을 자기성찰이나 이방인 수용의 필요성을 깨닫는 과정으로 환원시키는 것과 유사하다. 이러한 견해가 타당할 수 있는 근거는 그가 "슬로우 맨"이 된 시점에서 이방인 수용의 전제조건인 자기담지와 자기성찰에 이를 뿐만 아니라 마리야나의 "보살핌"을 계기로 환대의 수혜자에서 시혜자로 전환되기 때문이다.

레이먼트의 이러한 변화는 그의 관심이 비로소 자신 너머에 있는 "타자"로 이행했다는 점을 말해주는데 이는 쿳시가 후기소설을 통해 강조하고자 한 주제이기도 하다. 그러나 작가가 주제를 이행한 본질적의 의도가 왜곡된 채 한때 남아공 문단에서는 『슬로우 맨』을 비롯한 쿳시의 후기 소설들이 왜 남아공과 그 역사를 더 이상 거론하지 않는가를 문제 삼으며 비판의 날을 세우기도 했다. 그러자 머레이(Michael Marais)는 작가의 글쓰기에 영감을 주는 요소는 "역사의 바깥, 외재성, 비가시성, 타자성의 영역"(*Secretary of the Invisible* xi)에 존재하기 때문에 쿳시가 역사가 아닌 개인과 타자에 관심을 보이는 것은 오히려 역사적 글쓰기를 보완한다고 반박하면서 그간의 논란을 일축시켰다. 머레이는 쿳시에게는 소설의 주제가 역사 안을 향하는가 바깥을 향하는가가 일차적인 문제가 될 수 없고 두 영역 어디에서든 타자에 대한 관심과 수용이 최우선의 관심대상이 되는데 이것이야말로 작가의 성숙된 변화라고 파악한 것이다.

머레이의 견해를 바탕으로 분석을 이어가자면, 개인, 즉 타자에 대한 관심에서 출발하는 『슬로우 맨』은 특정 이데올로기를 뒤로 한 채 공간의 이동에 대응되는 새로운 주제를 부각시키면서 소설의 후반부에서 강조될 이방인의 수용과 이민이라는 공동체의 문제에 밀도 있게 접근해 가는 텍스트라 할 수 있다. 나아가 이러한 접근과정에서 무엇보다도 두드러지는 특징은 이 소설이 "고통의 심리를 파헤치는 것에 주력하기보다는 보살핌이 갖는 힘"(Neuman 103)을 탐색한다는 점이다. "보살핌이 갖는 힘"이란 레이먼트가 마리야나의 보살핌에 대해 환대로 응수하듯이 긍정적인 변화를 일으키는 근원으로 작용한다. 그는 타자/이방인이 출현하는 순간 그들에 응답하는 행위를 통해 이기적인 욕망을 벗어나 책임 있는 주체가 되고자 한 것이다. 소설이 전개되면서 타자에 대한 구체적인 응답은 레이먼트/마리야나, 레이먼트/코스텔로와의 관계를 통해 서로 다른 양상으로 전개되는데 이러한 성취야말로 노년과 불구의 육체에 내포된 불가능성이 가능성으로, 더 나아가 타자수용의 불가능성이 가능성으로 이행되는 중요한 지점이라 할 수 있을 것이다.

III. 이민자적 삶에서 대면하는 이방인

글로벌 자본주의의 확산과 그로 인한 이주/이민의 추이가 가속화되면서 이민 문화가 세계화의 산물로 상정되어 온 만큼 "20세기를 규정하는 핵심 사안을 이민"(Rushdie 277)이라고 규정한 러시디(Salman Rushdie)의 주장은 현재적 시점에서 더욱 유효하게 적용될 수 있을 것이다. 그런데 이주/이민자가 낯선 공간을 통해 접촉하는 다양한 사람들과 문화는 그들의 삶에 정체성의 동요와 재구성이라는 문제를 초래하게 된다. 이러한 이주/이민의 양상과 여파는 『슬로우 맨』에서 조국을 떠나온 주인공들에게도 해당된다. 가령 오스트레일리아는 레이먼트와 마리야나 모두에게 "여기가 내가 속하는 곳일까"(192)라는 의문을 야기할 만큼 불확실하고 미결정적인 공간이기 때문에 그들은 새롭게 정착한 공동체에서 온전한 주체가 되지 못하는 어려움을 안고 살아간다.

이주공간에 대한 불확실성을 바탕으로 서로 다른 조국으로부터 낯선 영역에 정착한 두 남녀의 개인 서사를 들려주는 이 소설은 공적인 주제와 맞물린 이민의 삶을 환기시킨다. 우선 오스트레일리아가 레이먼트나 마리야나와 같은 이주자들의 후손들로 구성된 공간이라는 사실은 이 소설에서 이민의 문제가 부각될 수밖에 없는 요인으로 작용한다. 나아가 마리야나가 크로아티아 출신의 이민자이며 레이먼트가 프랑스를 떠나왔지만 오스트레일리아를 자신의 온전한 귀착지로 품지 못하는 측면 역시 이민의 문제를 부각시킬 수밖에 없다. 이러한 점에 비춰볼 때 주인공들의 삶의 접합 지점인 오스트레일리아는 사회문제로 대두된 공동체와 이방인의 관계를 대변하는 공간이라 할 수 있다.

쿳시는 『슬로우 맨』을 통해 마리야나처럼 경제적인 이유로 조국을 떠나는 이민자의 삶, 그리고 단순히 경제적인 이유가 아니면서도 이주해온 공간을 떠나지 못하는 레이먼트의 삶을 동시에 반추한다. 개별적인 두 삶을 성찰하는 과정에서 레이먼트의 처지뿐만 아니라 마리야나 조키치의 가족이 대변하는 것은 21세기에 부상된 이민의 문제가 된다(Head 86). 그리고 두 사람은 낯선 공간 오스트레일리아에서 낯섦을 친밀함의 조건으로 삼는 이민의 삶을 부각시키는 주인공들이다. 이 소설에서 이민의 삶이 사유되어야 할 이유는 "이민"은 "낯선 공간"과 접목되면서 이민자로 하여금 반드시 타자들과 "접촉"하게 하고 접촉은 "이방인의 수용" 문제에 직면하도록 하는데 있다. 그럼으로써 이 과정은 "이민 - 낯선 공간 - 접촉 - 이방인의 수용"이라는 긴밀한 구도를 형성하게 하고 개인의 문제에 집중하던 쿳시 소설의 주제가 다시 공동체의 문제를 아우르게 됨에 따라 소설의 의미망은 확대된다.

『슬로우 맨』에서 이방인과 같은 주인공들의 불안정한 처지는 그들이 어느 위치를 점유하더라도 서로의 처지가 크게 다르지 않음을 깨닫게 해주는 매개이다. 레이먼트와 마리야나는 환자와 간호사 또는 고용자와 고용인이라는 대조적인 위치에 있지만 사실상 레이먼트의 처지는 그를 돌보는 마리야나의 그것과 동일하다. 레이먼트 역시 모국인 프랑스를 떠나 온 지 오래됐으면서도 현재 정착한 오스트레일리아에서 여전히 "어디를 가도 추위를 느끼는"(192) 이방인이라는 점에서이다. 공간을 통해서뿐만 아니라 그들은 언어를 통해서도 이방인의 처지를 드러내는데 이를 지적하는 주체는 다름 아닌 마리야나이다. 그녀는 자신보다 훨씬 영어를 잘 구사하는 레이먼트에게 그가 아무리 원주민처럼 유창하게 영어를 사용하더라도 그의 영어는 간신히 조합된 언어이고 "가면"(230)이며 이방인의 삶을 더욱 드러낼 뿐이라고 직설적으로 말한다.

그래요, 당신 말이 맞아요, 당신은 영어로 이야기를 하고, 아마 영어로 생각하며, 영어로 꿈도 꾸겠지만, 영어가 당신의 언어는 아니에요. 난 영어가 당신의 진짜 언어는 아니라고 말하고 싶어요. 거북이껍질의 일부처럼 영어는 당신에게 위장이나 가면일 뿐이라고 말하고 싶다고요. 당신이 말할 때, 당신이 갖고 다니는 말 상자에서 단어를 하나씩 고른 후 짜 맞추는 게 들려요. 그 언어 속에서 태어난 진짜 원어민은 그렇게 하지 않아요. (230-31)

마리야나는 오스트레일리아가 두 사람에게 모국이 될 수 없듯이 영어 역시 그들의 모국어가 될 수 없음을 레이먼트에게 주지시킨다. 그녀의 주장은 『환대에 대하여』를 통해 언어와 소속의 관계, 주체와 이방인의 문제를 정리한 데리다(Jacques Derrida)의 주장과 일치한다. 그에 따르면 언어는 "소속의 첫 조건이자 마지막 조건"이면서도 "박탈"의 여부를 결정하는 중요한 요소로 작용한다(89). 그렇기 때문에 모국어가 프랑스어이며 타국에 사는 레이먼트와 같은 이방인에게 영어는 "박탈감"을 제공한다. 그런데 한편으로 고향을 떠나온 이들에게 "최후의 고향이자 마지막 안식처"인 모국의 언어 역시 오랜 시간동안 고향을 떠난 사람들이나 이방인들에게는 "이미 타자의 언어"(89)이다. 이러한 견해로 해석하면 레이먼트에게 프랑스어와 영어는 모두 타자의 언어나 다름없으며 특히 현재 정착한 오스트레일리아에서 그가 영어를 아무리 유창하게 구사하더라도 그는 천상 이방인이고 영어는 박탈감을 주는 근원이므로 궁극적으로 그의 언어가 되지 못한다. 따라서 영어를 사용하면서 오스트레일리아에 거주하고 있지만 이 공간에서 "나는 누구의 '우리'도 아니죠"(193)라고 느끼는 레이먼트의 심경은 오스트레일리아를 고향으로 품지 못하는 두 사람의 공통적인 아웃사이더로서의 처지를 부각시킨다. 이러한 맥락에서라면 "그들을 외국인으로 소외시키는 것은 오스트레일리아라는 국가보다는 결국 영어라는 언어"(Clarkson 54)라는 분석은 데리다의 주장과 더불어 설득력 있어 보인다.

　이민의 문제와 연계해 환대에 대한 쿳시의 본격적인 관심은 이방인의 도착을 수사학적으로 발전시킨 데서 뚜렷해지며『슬로우 맨』에서 이 이방인(마리야나)은 그녀를 받아들이는 주인(레이먼트)의 변화를 촉진시키는 역할을 한다(Marais 274). 이방인의 출현은 레이먼트에게 환대를 실천하게 하는 계기이자 촉매제가 된 것이다. 바로 이 시점에서 쿳시가 주인공의 자전거 사고를 통해 무엇을 전달하려고 했는지에 대한 작가적 의도가 표명된다. 이방인의 출현이 접촉을 불러일으키는 요인이 되고 자전거 사고는 레이먼트와 마리야나를 환자와 간호사로 대면시키는 결정적인 모티프인 것이다. 즉, 자전거 사고는 이방인의 도착을 야기하고 예기치 못한 손님인 마리야나를 받아들이도록 허용하면서 레이먼트가 수용할 환대의 범위를 예측할 수 없었던 "보이지 않는 대상"으로 확장시킨 셈이다. 따라서 마리야나와 후반부에 등장하는 코스텔로의 출현이 의미 있는 기제가 될 수 있는 것은 그녀들과 같은 이방인들이 레이먼트에게 환대를 실천하도록 동기를 부여한 데서 찾을 수 있다.

　레이먼트가 실천하는 환대의 긍정성은 마리야나를 향한 레이먼트의 감정이 차츰 그녀의 가족까지 수용하는 범주로 전치될 때 더욱 분명해지며 그 구체적인 행위는 크게 두 번에 걸쳐 제시된다. 그 첫 번째는 레이먼트가 마리야나에게 그녀의 아들인 드라고(Drago)의 학비를 지원하겠다는 제안이고, 두 번째는 마리야나의 딸인 블랑카(Blanka)가 절도행위에 연루되어 위기에 처했을 때 가게 주인을 만나 직접 해결에 나서겠다는 제안이다. 이글턴(Terry Eagleton)은 두 가지 제안을 통해 보이는 레이먼트의 변화는 "내러티브가 전개되면서 실제로 사심 없는 사랑이 존재할 수 있음을 독자에게 성찰"시키고 "마리야나에 대한 그의 감정은 충분히 확고하지만 그녀와 그녀의 가족까지 보호하려는 부모다운 심리"(Eagleton 1917)로 발전해

간다고 분석한다. 그러므로 이제는 레이먼트가 "마리야냐와만 사랑에 빠진 게 아니라 다른 방식이긴 하지만 마리야나의 아이들과도 사랑에 빠졌다"(209)고 해석할 수 있다.

이로써 소설의 초반부에 레이먼트가 자신의 "필요"에 의해 마리야나를 받아들였던 환대, 데리다 식으로 표현하면 "조건적인 환대"(conditional hospitality)가 갖는 결함은 마리야나의 가족까지 돌보고자 하는 레이먼트의 "부모다운 심리", 즉 이타주의적인 환대의 실천으로 차츰 극복된다. 머레이는 레이먼트가 환대하는 대상이 "다양한 방문자"에 의해 점차 폭넓어진다는 점에서 이 소설을 환대의 수사학으로 읽을 수 있다며 다음과 같이 설명한다.

> 『슬로우 맨』에서 예고되지 않은 방문자나 그/그녀가 내키지 않은 채로 환대자가 되어가는 상황에 중점을 두는 점은 쿳시의 이전 소설들보다 더욱 뚜렷하다. 내러티브의 상당 부분은 레이먼트가 환대의 범주를 마리야나, 맥코드, 코스텔로, 마리아나, 드라고 등 다양한 방문자들, 초대받은 사람들/초대받지 않은 사람들로 확대해가는 것으로 이루어져 있다. 이 방문은 레이먼트가 병원과 마리야나 가족으로부터 받는 환대로 형성된 것이다. (Marais, *Secretary of the Invisible* 196)

레이먼트가 실천하는 환대의 범주가 확대된 까닭은 그가 마리야나의 간호를 받는 동안 품게 된 애정이 에로스적, 플라토닉적 차원으로 머물지 않고 그녀를 통해 삶의 희망을 키우는 차원으로 전환되었기 때문이다. 따라서 레이먼트가 마리야나에게 빠져드는 이유는 그가 불구가 되었을 때 그녀가 "'보살핌을 제공하는' 구원자의 역할을 한 것"(Nashef 174)에 대한 일종의 응답이며 그러므로 그의 환대는 자발적이라기보다는 그녀, 즉 이방인의 방문을 계기로 발현된 것이다. 이러한 과정을 통해 쿳시는 레이먼트가 실천하는 환대가 어떤 계기를 통해 "비자발적인" 형태로 출발하기는 했지만 "자발적" 형태로 전환되는 가운데 타자를 수용하는 범주 역시 개인에 한정되지 않고 다른 공동체를 받아들일 가능성으로 전환되고 있음을 강조한다.

한편 레이먼트가 환자이고 마리야나가 그의 회복을 돕는 간호사라는 관계는, 그가 과거에 사진작가였고 그녀는 고향 크로아티아에서 한때 사진복원사였던 상징적인 관계로 대비된다. 사진사와 사진복원사라는 대비는 현재 환자와 간호사에 대한 상호보충적인 관계로 이어지고 두 사람의 관계는 다시 "비대칭적인 애정(asymmetrical attachment)"(Neuman 104)으로 발전하는 과정을 설명해 준다. "비대칭적"이란 마리야나가 베푼 보살핌에 레이먼트가 동일한 형태의 응답을 전제로 하지 않고 더 큰 책임과 애정으로 반응함에 따라 두 사람이 교환하는 환대가 "비대칭적인" 형태를 취한다는 의미로, 이것은 자아와 타자의 비대칭적 형태의 윤리적 책무를 강조한 레비나스(Emmanuel Levinas) 윤리학의 핵심과 동일한 맥락이다. 다시 데리다의 견해로 주인공들의 얽힌 관계에 내포된 환대의 의미를 읽어가자면, 간호사로서 마리야나는 환자인 레이먼트의 신분과 조건을 가리지 않고 보살핀다는 점에서 그녀는 데리다가 구분한 "무조건적 환대"(unconditional hospitality)를 실천하는 인물이다. 반대로 레이먼트는 첫 번째 간호사를 거절하고 자신이 원하는 기준에 부합하는 마리야나를 선택했다는 점에서 "조건적 환대"를 실천하는 인물이다. 여기에서 무조건적 환대자로서 마리야나가 갖는 위험성은 타자, 즉 레이먼트의 구체적인 개별성에 무관심하기 때문에 추상적이고 비현실적이며 허상적일 수 있다는 점이다(Derrida 79). 반대로 레이먼트의 "조건적 환대"가 보이는 결함은 주인이 손님, 즉 마리야냐를 맞이하기 전에 구체적인 요건들을 확인한 후에야 환대할 대상인지를 결정하는 제한적인 범위라는 데 있다(Derrida 135).

환대가 진척되는 과정에서 확인할 수 있는 사실은 주인공들이 실천하는 환대가 결코 완전할 수 없으며 따라서 결함을 드러낼 수밖에 없다는 점이다. 요약하자면, 마리야나의 환대가 보이는 결함은 타자의 구체성을 보완할 수 없다는 점이며, 레이먼트가 드러내는 환대의 한계는 조건을 두고 타자를 맞이한다는 점이다. 바로 이러한 경우를 두고 데리다는 환대가 갖는 개별적인 한계와 결함을 지적할 수 있다고 하더라도 "무조건적인 환대"에 우위와 정당성을 부여할 수 없다고 강조한다. 조건적/무조건적 환대 사이에는 필연적으로 이율배반이 존재할 수밖에 없으므로 그는 환대에 전제되는 딜레마적 차원과 불완전성을 인정해야 한다고 주장하는데, 이것이 바로 『슬로우 맨』에 적용될 수 있는 환대의 의미이기도 하다.

앞에서 언급한 조건적/무조건적 환대를 다시 예정된/예정되지 않은 환대의 기준으로 개념을 정리해가면, 레이먼트가 마리야나로부터 받는 보살핌은 환자와 간호사의 관계에서 발생할 수 있는 "예정된 환대"이지만 뜻밖의 사고를 계기로 마리야나를 자신의 세계로 받아들이는 행위는 "예정되어 있지 않은 환대"이다. 예정되어 있지 않은 환대는 조건 없는 환대를 통해 사람들로 하여금 자신을 구원하게 하는 역할을 하는데, 이것은 예기치 못한 사람에게 자신을 헌신하고 포기함으로써 가능해진다(Marais, "Coming into Being" 280). 즉, 레이먼트는 "예기치 못한 사람"인 마리야나와 그 가족에게 헌신함으로써 불구의 육체를 초월해 자신을 성찰하는 계기를 마련하게 되고 마침내 자기한정적인 삶에서 벗어나게 된다. 이 부분에서 간과하지 말아야 할 점은 두 사람이 보이는 환대의 한계지점을 통해 "진정한 환대란 현실적인 모순이나 한계를 배제하는 것이 아니라 그것까지 포함하는 넓은 개념"(이은정 118)임을 인식하는 것이라 할 수 있다.

Ⅳ. 포스트모던적 전략으로서의 소설 속의 소설

총 30장으로 구성된 『슬로우 맨』은 코스텔로라는 낯선 여성이 과거에 함께 살아온 사람처럼 레이먼트의 삶에 성큼 들어서는 13장부터 예기치 못한 국면을 맞는다. "작가인 코스텔로가 등장인물이자 동시에 텍스트의 탄생을 돕는 산파 역할"(Wicomb 217)을 하면서 레이먼트의 삶에 관여하고 소설의 일관성 있는 배치를 방해한 것이다. 코스텔로의 개입과 교란이 이 소설에서 중요한 전환점이 되는 이유는 개입의 시점부터 그는 마리야나가 아닌 코스텔로와 함께 있기 때문이다. "코스텔로는 쿳시의 텍스트 『엘리자베스 코스텔로』에서 또 다른 텍스트인 『슬로우 맨』으로 뛰어드는 존재" (Eagleton 1917)로서 그녀의 재등장은 "『엘리자베스 코스텔로』와 가장 우선 적으로 상호텍스트적인 관계를 촉진"(Vold 35)시키는 역할을 한다. 바로 이러한 특징, 소설의 전통적인 기법을 거스른 채 쿳시의 다른 소설의 주인공 이 『슬로우 맨』의 주인공에게 조언을 한다는 점에서 이 소설은 허구와 리얼리티가 중첩된 메타픽션으로 분류될 수 있다.

그런데 레이먼트는 마리야나를 자연스럽게 맞이했던 것에 비해 느닷없 이 나타난 코스텔로에게는 "그의 인생 밖으로 사라져주기를 바랄 뿐"(130) 이라며 반감부터 내비친다. 그러나 코스텔로의 등장에 방어할 겨를도 없 이 그는 그녀를 받아들이게 되면서 이 소설은 그녀의 난데없는 출현처럼 또 한 번의 새로운 전환을 맞는다. 코스텔로가 자신을 "환영받지 못한 손 님"(84)이라고 지칭하면서도 "모범적인 손님"(87)이 되겠다며 그의 곁에 이 미 머물게 된 것이다.

폴. 좋든 싫든, 난 잠시 당신과 함께 있을 거예요. 모범적인 손님이 될 거 라고 약속할게요. 욕실에 내 속옷을 걸어두지도 않겠어요. 당신을 방해하지 않겠다고요. 음식도 거의 안 먹을 거예요. 대부분 당신은 내가 여기 있는지 알지도 못할 거예요. 다만 가끔씩 당신이 길을 제대로 갈 수 있도록 왼쪽이나 오른쪽 어깨를 건드리기는 할 거예요. (87)

계속해서 코스텔로는 레이먼트에게 "당신은 말할 위치에 있지 않다"(87)는 사실을 강조하며 자신은 손님이지만 그가 그녀보다 결코 우위에 있지 않음을 통보한다. 그녀의 이 같은 행동은 자신이 단순한 등장인물이 아니라 레이먼트의 행동을 조종하게 될 신분임을 암시한다. 소설의 후반부에 이르러서까지도 레이먼트는 여전히 그녀가 누구인지, 왜 나타났는지 확신하지 못한 채 코스텔로라는 존재를 거듭 의문시한다. 심지어 코스텔로는 이 소설의 등장인물로서가 아니라 정의할 수 없는 영역에 존재하는 "무형적이고 비실재적이며 심지어는 유령적인 존재"(Marais, "Coming into Being" 283)로 비친다. 따라서 레이먼트는 갑작스레 다리를 잃은 것에 대해서는 심하게 좌절하지 않았지만 코스텔로가 등장하자, 완전히 낯선 이방인이 자신의 귀중한 무엇인가를 빼앗았다고 생각하면서 충격 받는다(Eagleton 1917). 팰로우(Kenneth Pellow) 역시 "그녀가 나타나서 그의 집에 머물며 그의 삶에 들어오는 행위는 레이먼트가 사고로 잘린 다리를 안고 살아가야 하는 상실감, 그리고 이것으로부터 나오는 낯설음과 고통만큼 버거운 것"(531)이라고 본다.

이처럼 처음에는 코스텔로의 개입에 당황하고 두려워하지만 레이먼트는 그녀에게 차츰 담담하게 대응하는 변화를 보인다. 그가 코스텔로를 받아들이는 과정은 시간이 경과하면서 다리가 절단된 상태의 낯선 몸을 익숙하게 대하는 맥락과 흡사하다. 이제 코스텔로는 레이먼트뿐만 아니라 마리야나의 심정까지 속속들이 들여다보는 소설의 창작자라면서 "육십 대 남자가 그의 가슴을 부적절하게 쓸 때 무슨 일이 생기는지 보려고"(198-99)

나타났다고 알린다. 이는 메타픽션적인 요소를 확연히 부각시켜주는 대목으로, 코스텔로가 레이먼트의 모든 일을 꿰뚫어 보는 전지적 작가처럼 행동하는 것을 알 수 있다.

이 소설에서 코스텔로는 레이먼트에게 고통의 근원이자 동시에 그가 봉착한 구체적인 문제들에 대해서는 실질적인 해결자라는 이중적인 역할을 한다는 점에서 아이러니컬하다. 이에 대해 데이비스(Allan Davis)는 "쿳시가 메타픽션적이면서 약간은 코믹한 방식으로 레이먼트의 곤경을 극화했다면, 코스텔로는 레이먼트의 이러한 상황을 사유하고 분석"(170)하며 궁극적으로 해결책을 제시한다고 구분한다. 코스텔로가 레이먼트의 문제를 현실적으로 해결해주는 과정은 『슬로우 맨』에서 크게 두 가지 형태로 나타난다. 첫째는, 마리아나(Mariana)라는 장님 여성을 데려와 그의 육체적 욕망을 채워주려 하는 것이고, 둘째는, 레이먼트가 마리야나와 그녀의 가족을 무조건적으로 도와주려고 할 때 그의 조급함에 대해 조언하는 것이다. 코스텔로를 통한 해결책 제시는 쿳시가 이야기 전개과정에 느닷없이 소설가를 등장시킴으로써 처음에는 "불행한 삶에 갇힌 한 남자를 설명할 수 없는 한계를 토로"(Markovits 51)하는 것처럼 보이지만 이 과정은 주인공을 예측하지 못한 환대에 들어서게 하는 중요한 서사장치로서의 역할을 하게 된다.

그런데 코스텔로가 레이먼트에게 조언하게 된 동기는 사심없는 차원에서 비롯되지 않았음이 밝혀진다. 그녀는 자신이 쓴 소설에서 "아무 일도 일어나지 않기 때문에 지루해서"(157) 자신이 창조한 주인공 레이먼트에게 강요를 해서라도 파격적인 사건들이 일어나기를 종용했던 것이다. 그녀는 처음부터 자신의 소설을 완성하기 위해 레이먼트의 삶이 제공하는 극적인 사건들을 필요했으며 "그에 대한 배려 차원이 아니라 그녀 자신을 위해서 여기에 와 있는 여성"(106)이었던 것이다. 이는 코스텔로가 자신의 글쓰기를 진척시키기 위해 레이먼트에게 나타났다는 전적인 암시이기도 하다. 여기에서 "레이먼트는 코스텔로의 상상력의 산물이자 주인공이며 그녀가 창작하는 소설의 재료"(Allen 30)라는 사실이 밝혀진다. 그녀는 자신이 쓴 소설이 흥미롭게 전개되도록 레이먼트를 이용하고 급기야는 창작한 대로 이야기가 구성되도록 그의 삶에 개입하고 있었던 것이다.

상황을 파악하게 된 레이먼트는 코스텔로에게 "당신은 이야기를 꾸미고 우리가 당신을 위해 연기하도록 만드네요"(109)라며 분노한다. 마치 작가가 소설의 내러티브를 통제하는 과정과 상응한 코스텔로의 관여는 순전히 내러티브의 "단순함"에 대한 개탄에서 비롯된 것이다. 이 단순함은 레이먼트에게 하는 지적이 아니라 작가인 그녀 자신에게 하는 넋두리이며 좀 더 구체적으로 지적하자면, 쿳시의 것이기도 하다(Banville 33). 살펴본 것처럼, 코스텔로는 이방인의 신분에서 소설의 질서를 교란시키는 인물이기도 하지만 "이 소설의 창작자이자 주인공"(Nashef 83)이며 점차 레이먼트의 실질적인 조언자가 됨으로써 소설의 후반부를 장악하는 중요한 인물이다. 결국 코스텔로의 등장이 불러일으킨 소설의 복잡한 전개양상은 차츰 네러티브의 표상에서부터 작가와 등장인물, 궁극적으로 텍스트와 독자 사이의 관계를 포함한 자기 성찰의 문제로까지 확장된다(Marais, *Secretary of the Invisible* 199).

뿐만 아니라 코스텔로와 같은 낯선 손님이 생명력을 불어넣는 존재로 발전하면서 마리야나와 그의 관계에서 형성된 환대적 관계는 이들 사이에서도 본격화된다. 마리야나나 코스텔로가 나타나기 전, 레이먼트는 자신만의 고통에 갇힌 나머지 환대에 대한 인식조차 불가능했다면 그녀들의 출현을 계기로 타자를 이해하기 위한 딜레마적 시기를 거치면서 예기치 못한 손님의 출현에 신뢰 여부를 뒤로 한 채 "조건 없는 환대"를 비로소 실천하게 된 것이다. 결국 레이먼트와 코스텔로, 그리고 마리야나 세 사람의 관계에서 서로를 수용하는 맥락은 자신에 관한 진실을 얻기 위해 "나"

는 반드시 타자를 거쳐야 한다는 사르트르의 타자의 개념과 필요성을 확장하여 설명해 준다. "타자는 나를 존재하게 하는 대상"(사르트르 78)이므로 레이먼트에게 마리야나와 코스텔로와 같은 타자의 존재는 그를 안내하고 반사시켜주는 이상적인 존재가 되면서 이방인에 대한 수용의 계기를 마련해주기 때문이다.

V. "낯설음"을 공유하며

정치적 도그마나 당위성에 경도되지 않아 오히려 소설이 갖는 긍정적인 미학의 길에 도달해 가는 쿳시의 글쓰기는 『슬로우 맨』을 통해 개인의 문제를 부각시키면서 과거보다 더욱 자기성찰적인 작가의 목소리를 들려준다. 이 소설에서 작가의 목소리란 때로는 줄거리를 교란시켜 주인공과 독자까지 당황시키는 코스텔로일 수 있고, 때로는 욕실에서 미끄러진 레이먼트를 수습해 주면서도 "이것은 위급한 상황이 아니다"(129)며 냉정한 판단을 내리는 마리야나 일 수 있으며, 또는 낯선 나라에서 이방인으로 살며 또 다른 이방인을 맞이해야 하는 레이먼트일 수 있다. 작가의 목소리를 세 사람에 투영할 수 있는 이유는 그들 모두가 어느 지점에서 "낯설음"을 공유해가는 이민자이자 이방인, 그리고 "슬로우 맨"의 처지로서 쿳시와 동일시 될 수 있기 때문이다. 그리고 이 동일시 되는 지점을 통해 그들은 각자의 결핍을 극복하고 이방인 수용에 관한 문제를 인식할 뿐만 아니라 이방인을 수용하는 실천자로 변모함으로써 이 소설이 전달하고자 하는 주제를 극화시킨다.

미쉬라(Pankaj Mishra)는 쿳시를 "현대사회의 주요한 쟁점들인 폭력과 고통 앞에 대책을 내세우기보다는 자신의 무기력함으로 정직하게 맞서는 작가"(42)로 정의한다. 작가에 대한 이 같은 정의는『슬로우 맨』의 내러티브에서도 적용된다. 레이먼트가 처한 고통이 집단적 폭력이나 고통과 같은 거대서사는 비켜가지만 이 소설을 관통하는 것은 개인의 무기력함, 희망이 없는 상황, 노년과 불구라는 극한의 고통스런 조건이기 때문이다. 이를 형상화하는 과정에서『슬로우 맨』은 레이먼트처럼 고통에 처한 개인이, 더구나 사고로 불구가 된 노년의 개인이 어떻게 이방인을 수용하는 주체로 변화되는지를 상기시킴으로써 타자에 대한 수용의 문제를 되짚어 준다. 무엇보다도 이방인에 대한 수용의 긍정성은 레이먼트의 자기성찰이 타자 수용의 요건인 "베풀기"와 "관용"이라는 구체적인 실천으로 범주화되는 데 있다.

작가가 제시하는 낯선 타자에 대한 수용은 레이먼트, 마리야나, 코스텔로 세 사람의 관계에서 이해되듯이 자전거 사고 또는 문 앞에 예고 없이 당도한 이방인과의 대면처럼 예측하지 못한 상황을 매개로 실현된다. 쿳시가 재현하는 타인에 대한 반응이 레이먼트와 코스텔로, 또는 레이먼트와 마리야나와의 관계처럼 비록 서로를 완전하게 이해하는 희망적인 관계로 구현되지는 않지만 이방인이면서도 결국은 서로를 수용할 수 있는 과정 자체에 중요성을 둘 수 있다. 특히 레이먼트의 경우, 그는 "슬로우 맨"의 조건에서 사랑을 완성해가지 못하는 불완전한 여정 속에서도 "예정된 환대"와 더불어 "예정되어 있지 않은 환대"까지도 수용할 정도의 진전을 보이기 때문이다. 즉, 부재의 길, 죽음의 길에 가까운, 그래서 구원받는 것과는 점차 거리가 먼 "슬로우 맨"이라는 굴욕의 처지가 레이먼트로 하여금 궁극적으로 이방인을 수용하도록 부추긴 것이다. 그럼으로써 "슬로우 맨"이라는 객관적인 처지에 함축되어 있던 부정성(不定性)은 레이먼트가 경험하는 이방인의 수용을 통해 마침내 부정(否定)되고 궁극적으로 자기담지에 이른다고 볼 수 있다. 이러한 이행과정을 주시해 본다면,『슬로우 맨』

에 대해 개인적인 서사로의 침잠이라거나 정치적 공간에 대한 공식적인 선긋기라는 식의 이분법적 해석을 적용하는 것은 더 이상 유효하지 않음을 알 수 있다. 대신 이 소설을 "쿳시가 남아공에서 오스트레일리아로 이주한 것에 대한 중요성과 이것이 작품에 미친 영향"(Attwell, "Coetzee's Postcolonial Diaspora" 10)이 개인의 자기담지와 이방인의 수용 문제로 어떻게 접목되는지를 조명하는 의미 있는 텍스트라 할 수 있을 것이다.

사르트르, 장 폴. 『실존주의는 휴머니즘이다』. 방곤 옮김. 서울: 문예출판사, 1999.

왕은철. 『문학의 거장들: 세계의 작가 9인을 만나다』. 서울: 현대문학, 2010.

이은정. 「데리다의 시적 환대 ―환대의 생성적 아포리아」. 『성균관대학 인문과학』 44 (2008): 91-121.

Allen, Brooke. "Distinguished Disabilities." *The New Reader* (Sep/Oct 2005): 28-30.

Attwell, David. "J. M. Coetzee and South Africa: Thoughts on the Social Life of Fiction." *J. M. Coetzee's Austerities*. Ed. Graham Bradshaw. England: Ashgate, 2010. 163-76.

_____. "Coetzee's Postcolonial Diaspora." *Twentieth-Century Literature* 57.1 (2011): 9-19.

Banville, John. "She's Back." *The New Republic* 233.15 (October 2005): 31-33.

Bhabha, Homi K. *Location of Culture*. London: Routledge, 2004.

Clarkson, Carrol. "Responses to Space and Spaces of Response in J. M. Coetzee." *J. M. Coetzee's Austerities*. Ed. Graham Bradshaw. England: Ashgate, 2010. 43-55.

Coetzee, J. M. *A Diary of a Bad Year*. New York: Penguin, 2007.

_____. *Elizabeth Costello*. New York: Penguin, 2003.

_____. *Slow Man*. New York: Penguin, 2005.

Dancygier, Barbara. "Close Encounters: The Author and the Character in *Elizabeth Costello, Slow Man* and *Diary of a Bad Year*." *J. M. Coetzee's Austerities*. Ed. Graham Bradshaw. England: Ashgate, 2010. 231-52.

Davis, Allan. "A Clear Conscience and a Good Night's Sleep." *The Hudson Review* (Spring 2006): 169-75.

Derrida, Jacques. *Of Hospitality: Anne Dufourmantelle invites Derrida to Respond*. Trans. Rachel Bowlby. Stanford: Stanford UP, 2000.

Dooley, Gillian. *J. M. Coetzee and Power of Narrative*. Amherst-New York: Cambria, 2010.

Eagleton, Terry. "A Slow Redemption." *The Lancet* 366 (December 2005): 1917-18.

Head, Dominic. *The Cambridge Introduction to J. M. Coetzee*. Cambridge: Cambridge UP, 2009.

Marais, Michael. *Secretary of the Invisible: The Idea of Hospitality in the Fiction of J. M. Coetzee*. Amsterdam-New York: Rodopi, 2009.

_____. "Coming into Being: J. M. Coetzee's *Slow Man* and the Aesthetic of Hospitality." *Contemporary Literature* 50.2 (2009): 273-98.

Markovits, Benjamin. "Out on a Limb." *Newstatesman* 134.4757 (2005): 51.

Mishra, Pankaj. "The Uncertainty Principle." *The Nation* 14 (November 2005): 40-43.

Mulhall, Stephen. *The Wounded Animal: J. M. Coetzee & the Difficulty of Reality in Literature & Philosophy*. New Jersey: Princeton UP, 2009.

Nashef, Hania A. M. *The Politics of Humiliation in the Novels of J. M. Coetzee*. New York: Routledge, 2009.

Neuman, Justin. "*Slow Man* Review." *Modern Language Studies* 35.2 (2005): 103-16.

Pellow, C. Kenneth. "Intertextuality and Other Analogues in J. M. Coetzee's *Slow Man*." *Contemporary Literature* 50.3 (2009): 528-52.

Rushdie, Salman. *Imaginary Homelands: Essays and Criticism*. London: Granta, 1991.

Tremaine, Louis. "The Embodied Soul: Animal Being in the Work of J. M. Coetzee." *Contemporary Literature* 44.4 (Winter 2003): 587-612.

Vold, Tonje. "How to "Rise above Mere Nationality": Coetzee's Novels *Youth* and *Slow Man* in the World Republic of Letters." *Twentieth-Century Literature* 57.1 (2011): 34-53.

Wicomb, Zoë, "*Slow Man* and the Real: A Lesson in Reading and Writing." *J. M. Coetzee's Austerities*. Ed. Graham Bradshaw. England: Ashgate, 2010.

※ 이 글은 「굴욕의 지점에서 찾는 자기담지와 이방인 수용의 문제—쿳시의 『슬로우 맨』」, 『영어영문학21』, 26.4 (2013): 25–47쪽에서 수정·보완함.

역사와 침묵
─한국인 독자의 시각에서 살펴본 『오바쌍』

● ● ● 민태운

I. 일본계 캐나다인의 중간자적 위치

일본계 캐나다인 조이 코가와(Joy Kogawa)는 1981년에 출판한 『오바쌍』 (*Obasan*)이라는 소설과 속편에 해당되는 『이추카』(*Itsuka*)에서 2차 세계대전 동안 및 그 직후에 일본계 캐나다인들이 겪어야 했던 박해와 고통을 역사적 사실에 입각해서 그려냄으로써 인종, 정체성, 문화 등에 관한 다양한 문제들을 제기하고 있다. 이 소설들에서 그녀는 캐나다가 외면적으로는 다양한 민족들이 하나의 집단을 이루며 조화롭게 사는, 소위 '모자이크' 같은 모습이지만 내면적으로는 백인 중심의, 백인 지배적인, '백인의 나라'임을 고발하였다. 존 탐슨(John Herd Thompson)이 말하듯이,

캐나다인들은 자신들의 나라를 전쟁의 영향을 거의 받지 않는 "평화로운

왕국"으로 묘사하고 싶어 한다. 그들은 또한 캐나다로 이민 온 사람들이 동화적인(assimilative) "용광로"(melting pot)에 힘들게 저항하는 미국 이민자들에 비해 관용적인 "다민족문화 주의적 모자이크"(multicultural mosaic) 안에서 번영한다는 생각을 소중히 간직하고 있다. (Thompson 3)

그러나 캐나다인들의 이러한 이상화된 자화상은 2차 세계대전 중, 그리고 그 후에 일본인들에 대해 그들이 보인 인종차별적 태도에 의해서 허구임이 드러난다. 『오바쌍』은 이러한 허구를 일본계 캐나다인들의 파괴된 삶을 통해 효과적으로 재현해내고 있다. 이제 캐나다인들의 부끄러운 과거를 들추어내는 이 소설은 캐나다의 많은 고등학교와 대학교 등에서 교재로 사용됨으로써 거의 정전화 되다시피 하였고, 이러한 과정을 통해 캐나다인들은 마치 자신들의 과거의 수치를 극복하기나 한 것처럼 보인다. 따라서 대부분의 캐나다인들에게 이 작품은 "개인적, 민족적 치유의 소설"(Amoko 54)로 보일 수 있을 것이다. 실제로 이 소설이 출판된 1981년까지 인종차별에 대한 상처는 전혀 치유되지 않고 있었고, 이 소설의 출판은 캐나다 정부가 일본계 캐나다인들에게 공식 사과하고 또한 보상을 하도록 하는데 중요한 영향력을 미쳤다. 1991년의 캐나다 인명록이 코가와를 설명하면서 말하듯이, 이 작품은 "2차 세계대전 동안 캐나다에서 일본계 캐나다인들이 당한 자유와 재산의 상실에 대한 캐나다 정부의 해결방안을 이끌어 내도록 영향력을 미쳤다"("Kogawa, Joy" 552). 더구나, 정부가 마침내 공식적으로 사과하고 생존자에게 보상금을 지불하겠다는 조치를 취했을 때 이 소설의 일부분이 하원에서 낭송되었다는 사실은 이 작품의 정치적 역할을 분명하게 보여주는 대목이라 할 수 있을 것이다(Davidson 14-15).

이 소설에는 억압자와 억압당한 자가 나뉘어 있다. 따라서 누가 어느 편에 서서 이 작품을 읽느냐에 따라 그의 반응이 달라질 수밖에 없다. 그렇기 때문에 주로 백인들로 이루어진 초기 서평가들 사이에서 부정적 반응이 적지 않았으리라는 것은 충분히 예상할 수 있는 일이다. 예를 들면, 한 서평가는 일본계 캐나다인 등장인물을 단지 "시끄럽게 지껄여대면서 시정을 요구하는" 사람으로 폄하하고 있다(Collins 54). 또한 데이 슨(Arnold Davidson)은 『캐나다의 간행 서적들』(*The Books in Canada*)이 이 작품을 처녀소설상(award for first novels)으로 선정했을 때 백인 심사위원들이 느꼈던 불편한 심기에 대해서 일일이 지적해 내고 있다(18-19). 이들은 "지배세력에 대한 강력한 고발"(Shahani 84)이라 할 수 있는 이 소설에 의해서 갑자기 가해자의 위치에 선 자신들을 발견하고 당황했을 것이다. 하지만 이들은 처음에는 자신들의 어두운 과거를 들추어내는 이 작품을 높이 평가하지 못했지만 나중에는 과거에 대한 속죄를 할 수 있는 기회를 마련해 준다는 점에서 수용하는 입장에 서게 되었다. 반면에 일본계 미국인인 푸지타(Gayle K. Fujita)는 그의 논문에서 소설의 주인공을 자신과 같은 일본계 미국인으로 (잘못) 보고 미국적 맥락에서 작품을 읽는다. 뿐만 아니라 한 일본인 학자는 이 소설에서 "일본계 캐나다 사회의 민족적 문화"가 "캐나다 문학의 모자이크 속에서" 희석되고 있는 슬픈 증거를 발견한다(Tsutsumi 109). 흥미롭게도 이런 반응은 오히려 지워지지 않는 일본의 문화가 일본계 캐나다인들을 지배하고 있음을 발견한 필자를 포함한 다른 한국인 독자들의 반응[1]과 대조되는 것이다. 뿐만 아니라, 이 소설의 일본판 제목인 『잃어버린 조상의 땅』(데이 슨의 영어번역에 의하면, *Lost Ancestral Land*)은 조국을 잃고 고통 받는 동포들에 대한 동정심이 깃들여 있다. (이 제목은 특히 한국계 미국인 작가인 김은국(Richard E. Kim)이 동시대의 한반도를 배경으로 하여 쓴 『잃어버린 이름들』(*Lost Names*)과 연결되어 한국

---

[1] 물론 한국 독자들의 반응을 모두 조사할 수는 없기 때문에 일반화한다는 것은 불가능하지만, 최소한 필자의 대학원 수업에 참여한 다수의 학생들이 이런 점을 지적하였다.

독자들에게 미묘한 아이러니를 불러일으키는 것으로 이 두 소설의 대조에 대해서는 뒤에서 좀 더 구체적으로 논의할 것이다).

이처럼 다양한 소리를 들려주는 다성적 텍스트에서 "우리가 무엇을 듣는가 하는 것은 우리가 누구이냐에 달려 있다"는 데이 슨의 진단(18)은 옳다고 여겨진다. 즉 독자들의 인종적·민족적 정체성에 따라 작품을 보는 시선이 조금씩 달라질 수 있다는 것이다. 물론 이 작품은 캐나다인들과 일본인들만을 위하여 쓰이지 않았다.[2] 루쉬디(Salman Rushdie)의 주장대로, 작가는 그가 쓰고 있는 대상들의 일부분이라고 느끼는 사람들뿐만 아니라 그 밖의 모든 사람들을 위하여 쓴다(20). 당연히 이 소설이 한국인 독자들을 위해서도 쓰였다는 것은 말할 필요도 없을 것이다. 그리고 한국인 독자들이 차지하는 독특한 위치로 인해서 생겨나는 특별한 해석에도 동일한 가치를 부여해야 할 것이다. 무엇보다도, 한국인은 인종적·문화적으로 다른 어느 나라 민족들보다도 일본인에 가깝기 때문에 일본인의 문화를 잘 이해하고 또 그들이 겪는 인종차별에 공감할 수 있다. 그럼에도 불구하고, 동시에 이러한 억압이 캐나다에서 이루어지고 있던 제2차 세계대전 중에 한국은 일본의 식민지였고 일본의 인종차별을 받고 있었다는 사실이 한국인 독자들로 하여금 독특하고 복합적인 시각으로 이 작품을 보게 만든다.

여기서 반론이 제기될 수 있다. 즉, 코가와가 다루고 있는 인물들은 일본인이 아니라 캐나다인이고 그들을 일본인으로 간주하는 것은 2차 대전 중에 캐나다인들이 그들을 일본인으로 잘못 본 것과 다름없지 않느냐는 것이다. 그러나 이러한 반론은 문제를 매우 단순화시킬 수 있는 위험을 안고 있다. 왜냐하면 일본계 캐나다인들은 정치적·법적으로는 캐나다인이

---

[2] 이 작품에 대한 논문들을 읽다보면 자칫 그런 오해에 빠지기 쉽다. 실제 일어난 일에 바탕을 둔 소설이기 때문에 많은 캐나다인들은 소설 속의 이야기가 (남의 것이 아닌) "우리의 역사", "우리의 고통"을 다루고 있다는 것을 전제하고 있는 듯이 보이기 때문이다.

지만 인종적·문화적으로는 일본인으로서 중간자적 위치에 있기 때문이다. 이 논점을 좀 더 명백하게 하기 위해 라다크리쉬난(Radhakrishnan)이 "미국 흑인"(African-American)의 정체성에 대해서 세 가지로 요약한 내용을 참조할 필요가 있다. 첫째, 이 용어는 흑인들의 인종적 뿌리가 아프리카까지 추적된다는 것을 가리킨다. 둘째, 이들이 국적의 문제에서 미국인이라는 것을 가리킨다. 셋째, 특별히 백인들이 국민의 정체성을 자신들 마음대로 정의 내릴 수 있는 특권화된 위치에 있는 상황에서 흑인들의 특정한 인종성이 잘못 표현되지 않게 하는 것을 나타낸다(91). 이 세 가지 면에서 살펴보았을 때 캐나다인들은 두 번째 관점을 무시하고 첫 번째 관점에서만 일본계 캐나다인들을 보려고 고집한 것이고, 반대로 일본계 캐나다인들은 첫 번째 관점을 부인하고 두 번째 관점으로만 자신들을 보아주기를 요청하는 한 것이다. 그리고 마침내 셋째 항에서 말하듯이 백인들이 국민의 정체성을 마음대로 정의하고 일본계 캐나다인들을 적으로 규정할 뿐만 아니라 열등한 인종으로 차별하게 되기에 이른 것이라 할 수 있다. 그들은 "차이 안의 동질성" 혹은 "동질성 안의 차이"(라다크리쉬난 84)를 인식하는 대신, 한쪽은 "차이"만을 다른 한쪽은 "동질성"만을 주장하는 오류를 범한 것이라 할 수 있다. 길로이(Paul Gilroy) 식으로 표현하자면, 양쪽은 문화적 정체성을 묻는 "어디에서 왔느냐"(where you're from)와 법적 정체성을 묻는 "어디에서 살고 있느냐"(where you're at) 중 택일하여 한 가지 정체성만을 고집하고 있는데, "하이픈(hyphen)으로 살고 있는" 일본계 캐나다인들에게 두 정체성은 모두 유효한 것이다(Gilroy 3-16). 다시 말해서, 백인들은 일본계 캐나다인들의 인종성을 근본적인 형태의 타자성으로 규정하고 그들을 같은 캐나다인의 범주에서 몰아내려 하였고, 반면에 후자는 자신들이 캐나다인이라는 것만 내세우고 문화적 타자성을 애써 인정하려 하지 않고 있다. 즉, 백인계 캐나다인들은 "한번 왜놈이면 영원한 왜놈"(O 89)[3]이라며,

"단지 뿌리가 일본인이라는 이유만으로"(*O* 90) 일본계 캐나다인들을 증오했고, 일본계 캐나다인들은 전생 상황과 그에 따른 위기의식 때문인지 일본적 유산을 애써 감추며 캐나다인 이외의 다른 어떤 정체성도 가지고 있지 않은 듯이 말하고 있다.

그 당시에 일본계 1세는 말할 필요도 없고 2세 캐나다인들도 "이중 시민권"(Sunahara 11)을 가지고 있는 자들이라고 할 수 있었다. 1세들은 캐나다에서 살지만 일본의 문화를 그대로 간직하고 있었다. 그리고 2세들은 정규 수업 후에 일본에서 가져온 교과서로 수업하는 일본어 학교를 다녔다. 그렇기 때문에 일본계 캐나다인들이 "그들의 많은 관습을 유지하고 있었다"(Sunahara 12)는 것은 익히 예상할 수 있는 일이었다. 코가와의 소설은 심지어는 일본계 캐나다인들에 대한 박해가 진행되고 있는 동안에도 일본어 학교를 다니는 아이들이 있었다(*O* 149)고 쓰고 있다. 이처럼 일본계 캐나다인들의 삶에 깊이 스며들어 있는 일본 문화의 유산 때문에 많은 한국인 독자들(예컨대, 필자가 개설한 대학원 과목을 택한 학생들)은 코가와의 소설을 읽을 때 등장인물들의 국적이 일본이 아니고 캐나다라는 것을 되풀이해서 스스로에게 상기시켜야 했다는 것을 고백하게 된다.

그럼에도 불구하고 이러한 유산을 애써 부인하려 하는 대표적인 인물이 에밀리(Emily)이다. 그것은 그녀가 나오미(Naomi)에게 던져 준 소책자에서 "일본 인종"(Japanese race)이라는 단어들을 모두 "캐나다 시민"(Canadian Citizen)으로 바꾸어버린 사실에서 단적으로 나타난다. 물론 전쟁 당시에는 "일본 인종"이라는 표현이 인종차별적인 의미를 함축할 수 있고 "캐나다 시민"은 정치적인 정체성을 가리킨다고 볼 수도 있지만, 그녀가 자신의 정체성으로부터 '일본'을 삭제하고자 하는 의지는 분명하고 이후에도 지속

---

[3] 앞으로 『오바쌍』과 『이추카』를 인용할 때 각각 *O*와 *I*로 축약함.

된다. 이러한 의지는 그녀의 원고에서 "나는 캐나다인 이다"라는 표현에 붉은 잉크로 밑줄을 긋고 동그라미 친 것에서도 알 수 있다(O 41). 그녀는 일본계 캐나다인의 중간자적 입장에서 한 쪽을 지워버리고 다른 한쪽만을 고집하고 있는 듯이 보인다. 나오미가 공격적인 어조로 쓰인 에밀리의 원고를 읽자 이민 1세대인 아저씨가 에밀리의 "일본인 답지 않은" 태도를 나무라듯이 말하고, 이에 에밀리는 "왜 그래야 해요?"라든지 "우리는 캐나다인이잖아요"(O 43)라고 간단명료하게 대답하는 데에서도 그녀의 결연함을 볼 수 있다. 여기서 아저씨는 문화적 정체성을 말하고 있는데 반해 에밀리는 그것을 법적 정체성으로 받아들이고 있는 오류를 범하고 있다. 이러한 잘못은 그녀가 한쪽에 대해서는 눈을 감고 오로지 다른 한쪽만을 보겠다는 의지에서 나온 것이라 할 수 있다. 그녀가 학회에서 전쟁 중 일본계 캐나다인들의 구금을 공개적으로 찬양하고 나선 한 남자를 비난하자, 나오미는 그것이 반대편의 관점을 보려는 시도가 아니겠느냐고 대답한다. 그러자 에밀리는 "문제의 모든 측면"을 다 보느라 필요한 행동을 취하지 못하게 되는 문제점을 지적한다(O 36-37). 그런데 이것은 아이로니컬하게도 에밀리와 정반대의 극단에 서 있는 백인 캐나다인들의 입장과 같은 것이다. 그들은 문제의 모든 측면을 다 고려해 보지 않고 일본인들을 위협적인 존재로 규정한 후 인종차별적 발상을 실천에 옮긴 것이다. 마찬가지로, 에밀리도 그녀와 다른 입장을 고려해 보지 않거나 배제하고 그녀의 입장만을 큰 소리로 외치며 행동에 옮기는 사람이다.

이와 같은 그녀의 맹목적 태도는 다음과 같은 나오미와의 대화에서 더 분명하게 드러난다.

그녀는 고개를 내 저었다. "난 네가 울었던 것을 본 기억이 없다. 넌 말이 없었어. 미소를 짓지도 않았어. 넌 꽉 막힌 아이였어. 얼마나 심각한 아이였는지 몰라－우유와 모모따로를 먹고 크는.”

“우유와 모모따로요?” 내가 물었다. “문화 충돌?”

“말도 안돼. 모모따로는 캐나다의 이야기야. 우리는 캐나다인이잖아? 그
렇다면 캐나다인이 하는 모든 것은 캐나다의 것이야.” (*O* 61)

이 대화에는 두 가지 관점이 들어 있다. 하나는 일본계 캐나다인이 충돌하
는 두 문화 사이에 존재하는 중간자적 존재라는 것이고, 다른 하나는 일본
계 캐나다인의 타자성이 소멸되어 일본적인 것은 없고 오직 캐나다적인 것
만 있다는 것이다. 에밀리는 후자의 관점을 견지하고 있지만, 인도계 미국
인인 라쓰(Sura P. Rath)가 던지는 다음과 같은 수사적 의문문은 그녀의 관
점에 대해 의문을 제기하게 한다: “나의 미국 시민권이 과거를 지워버리고
나를 백지상태(tabula rasa)로 만드는가? 사람이 무(無), 공허로부터 새로 태어
날 수 있는가?”(20). 모모따로는 일본의 전통적인 설화로서, 그것을 엄마가
아기에게 들려준다는 것은 일본적 문화의 전승을 암시한다고 볼 수 있다.
다시 말해, 일본인으로서의 문화적 정체성이 캐나다에서 태어난 일본계 캐
나다인에게 전달되고 있는 것을 단적으로 보여주는 대목이라 할 수 있다.
나중에 다시 좀 더 자세히 논의하겠지만, 특히 나오미의 어머니가 일본의
역사 및 땅과 밀접한 관련이 있다는 점에서 더욱 그러하다. 그런데도 에밀
리는 캐나다인으로서의 자신의 정치적 정체성을 내세우기 위해 일본의 문
화적 배경마저도 인정하려지 않고 모든 것을 캐나다의 것이라고 우기고
있는 것이다. 사실은 나오미의 오빠인 스티븐(Stephen)의 진술대로 일본계
캐나다인들은 일본인이면서 캐나다인이고 따라서 “적임과 동시에 적이 아
닌” 수수께끼인 것이다(*O* 76). 왜냐하면 그들은 중간자적 위치에 서 있고
소위 “양 문화성”(*biculturality*)의 현실에서 자유로울 수 없기 때문이다.

II. 모모따로 이야기와 일제(日帝)

특히 한국인 독자들에게는 에밀리의 주장이 또 다른 의미를 지닐 수 있다. 복숭아에서 태어난 소년이 섬나라로 가서 키 큰 적들을 물리치고 보물과 함께 금의환향한다는 모모따로 이야기가 제국주의적 요소를 지니고 있다는 것은 이미 널리 알려져 있는 사실이다. 나오미가 캐나다에서 엄마로부터 이 설화를 듣고 있던 시기에 한국에서는 어린이들이 학교에서 같은 설화를 강요된 일본어를 통해 듣고 있었다. 이어령은『흙 속에 저 바람 속에 - 이것이 한국이다』(1963)에서 제국주의적 침략의 이야기인 모모따로 설화를 수난과 도피의 이야기인 한국의「해와 달」설화와 대조시킴으로써 이 두 설화가 각각 얼마나 일본적인 것이고 한국적인 것인가를 설명한다.

> 식민지의 외로운 아이들은 두 개의 다른 설화를 듣고 자라났다. 학교에서는「모모따로」나「잇슴보시」의 이야기를 배웠고 집에 돌아 와서는 희미한 등잔불 밑에서 호랑이에게 쫓기는 두 남매의 옛 이야기를 들었다. 일본어로 들은 이야기들은 한결같이 침략적이고 야심적인 것이었으며 우리말로 들은 그것은 너무나도 슬프고 너무나도 수난에 찬 이야기였다. ...「모모따로」의「경단」과「칼」은 곧 일본인들의「간계」와「무력주의」를 상징하는 것이었으며 난쟁이가 구척을 넘는 도깨비를 친다는 것은 작은 섬나라(일본)일망정 대륙을 넘보아 진출하려는 침략주의적 근성을 암시하는 것이다. (41-42,「」기호는 원문대로)

따라서 예민한 한국 독자들에게 모모따로 설화는 일본 이야기이외의 다른 어떤 것도 될 수 없고 이 설화가 캐나다의 것이라는 에밀리의 주장을 수용하기 힘들다는 것을 발견하게 된다. 더욱이, 에밀리가 일본계 캐나다인이 당했던 고통을 열거할 때 한국인 독자들은 같은 시기에 한반도에서 한국인들이 겪었던 유사한 혹은 더 심한 고통을 떠올리지 않을 수 없다. 예를 들면, 남자 일본계 캐나다인들이 "자원해서" 노동 캠프에 갔을 때 (O 93), 한국인들은 "자원해서" 노동 캠프뿐만 아니라 전쟁터에도 갔었다. 일본계 캐나다인들이 "낮은 단계의 사람들"(O 94)로 대접받았을 때 한국인들은 일본인들에 의해서 열등한 민족으로 취급받고 있었다. 나오미가 에밀리에게 "죽은 자들로 죽은 자들을 장사지내게 하자"(O 44)고 말함으로써 과거는 잊어야 한다고 주장하자, 에밀리는 "과거는 미래"(O 45)라고 말하며 역사의 범죄를 잊어서는 안 된다는 점을 강조한다. "기억해야 해. 넌 너의 역사야. 네가 역사의 한 부분이라도 절단해 버린다면 넌 네 수족을 절단한 자(amputee)야. 과거를 부정하지 마. 모든 것을 기억해야 해"(O 54). 아이로 니컬한 것은 이처럼 에밀리가 과거와 관련해서 항의하는 것은 정확하게 한국인들이 일본에 대해서 취해 온 태도라는 점이다. 뿐만 아니라, 『이추카』는 "유감"(regrets)만을 표시하는 캐나다 정부에 진정한 확실한 "사과" (apology)를 요구하는 일본계 캐나다인들을 그리고 있는데(I 191), 이것은 정확히 한국인들이 일본 정부에 요구해 온 것이다. 이런 이유들이 한국인 독자들로 하여금 코가와의 소설을 단순하게 읽지 못하게 하는 것이다.

그런데 이상한 것은 캐나다 안에서 고통당하고 있는 일본계 캐나다인들에 대해서는 그렇게 많은 정보를 알고 있는 에밀리가 캐나다 밖에서 일본인들이 벌이고 있는 일에 대해서는 아무것도 모르는 양 전혀 언급하지 않는다는 것이다.4 그녀는 다른 모든 정체성을 거부하고 오직 캐나다인이

---

4 물론 필자는 작가나 등장인물이 세계에서 일어나는 모든 일을 하나도 빠뜨리지 않고 알아야 하고, 또 그것에 대해서 절대 침묵하지 않아야 한다고 주장하는 것은 아니다. 여기서 에밀리가 특별히 관심(?)을 끄는 이유는 그녀가 불의 앞에서 참지 못하고 "외치는" 전사로 그려져 있음에도 불구하고 한반도의 또 다른 희생자들이 겪는 불의에 대해서는 "외치지 않는"다는 점과 특히 이 희생자들이 그녀가 맞서 싸우고 있는 바로 그 인종차별을 당하고 있다는 점 때문이다.

라는 것만을 주장하기 때문에 캐나다 밖에서 일어나는 제국주의적 모모따로의 이야기에 무관심한 것일까? 아니면 그것은 무지인 것일까? 그러나 그녀가 캐나다 밖에서 일어나는 일에 대해서 알고 있다는 것은 그녀가 독일을 예로 든 것에서 알 수 있다. 그녀는 히틀러가 저지르고 있는 만행에 대해서 언급할 뿐만 아니라(O 90) 독일이 벌이고 있는 다른 일들도 알고 있는 듯이 보인다: "이런 행위를 독일에서 일어나고 있는 어떤 만행과도 비교해서는 안 돼. 그 나라는 드러내놓고 전제주의적 국가이지만 캐나다는 민주주의 행세를 하고 있는 나라잖아?"(O 93). 일본계를 옹호하는 입장에서 책을 쓴 수나하라(Ann Gomer Sunahara)도 그 당시 일본계 캐나다인들이 캐나다 국외의 사정을 비교적 상세히 알고 있었음을 암시한다. 그들은 국외의 소식을 인지하고 있었을 뿐만 아니라 심지어 보수적인 일본계 캐나다인 협회(Canadian Japanese Association)에서는 1930년대 초에 있었던 일본의 중국 침략을 옹호하기도 하였다(13). 수나하라는 2차 세계대전이 일어날 당시 일본계 캐나다인들에 대해서 다음과 같이 묘사한다.

> 일본계 캐나다인들은 1941년 12월 7일에 일어난 진주만과 홍콩에 대한 일본의 공격에 아연실색했다. 그들은 전쟁의 상태가 존재한다는 것에 충격을 받았고, 전쟁을 초래했던 전략에 놀랐으며, 전쟁이 개인과 집단으로서 그들에게 가져다 줄 것에 대해서 두려워했다. 더러는 일본이 대단한 힘과 재주를 보여준 것에 대해서 자랑스러워했고 결국은 일본이 승리자가 될 것으로 생각했다. (27)

이런 맥락에서 보았을 때 그들은 캐나다 국외의 사정을 알고 있었을 뿐만 아니라 그들 중 더러는 심지어 일본의 힘을 자랑스럽게 생각하고 있었던 것을 알 수 있다.

그럼에도 불구하고 에밀리가 일본의 만행에 대한 언급을 회피한 채 독일과 히틀러만을 비난하는 것은 눈여겨볼 필요가 있다. 또한 그녀가 언니, 즉 나오미의 어머니에게 보내는 편지 형식으로 쓴 일기에서도 진주만 폭격을 언급하지만 일본계 캐나다인들이 느끼는 당혹감만을 말할 뿐 공격자에 대한 비난의 어조는 발견되지 않는다: "전 대륙이 진주만 폭격에 관해서 충격에 싸여 있다. 1세 교포들 중 더러는 배신감과 수치심을 느끼고 있다"(*O* 86). 여기서 1세들이 느끼는 배신감이란 아마 아직도 일본인이라 느끼고 있는 자신들이 일본의 공격 대상이 되었다는 데에서 온 것일 것이다. 반면에, 『이추카』에서 에밀리는 일본에 던져진 원자폭탄에 대해서 매서운 공격을 하면서 일본 땅에 있는 일본인들과 캐나다에 있는 일본인들을 하나로 묶는다.

> "일본의 자그마한 황인종들 위에 폭탄을 떨어뜨린 것은 인종차별 때문이었어. 그것은 우리(일본계 캐나다인들)를 가축우리에 가두었던 것과 같은 미친 짓이었어. 인종차별은 아직도 우리 주위에 있고, 그것은 반드시 막아야 해." (*I* 60)[5]

인종차별 철폐를 외치는 에밀리는 정의의 사도처럼 보인다. 그리하여 나오미는 그런 그녀를 이상화시키기까지 한다. "불의는 에밀리 이모를 분노케 한다. 어떤 불의라 할지라도. 일본계 캐나다인의 문제이건, 여성의 권

---

[5] 물론 일본에 던져진 원자폭탄이 인종차별 때문이었는지의 여부에 대한 판단은 시각에 따라 다를 수 있고 아직도 논란의 여지가 있는 문제이다. 참고로, 일본계 미국인 사학자 다카키(Ronald Takaki)교수는 그의 책 *Hirishima: Why America Dropped the Atomic Bomb* (Boston: Little Brown and Co., 1995)에서 이미 패한 것이나 다름없는 일본에 원자폭탄을 던진 것은 정책 결정자들의 인종차별적 인식 때문이었다는 논의를 편다. 그러나 본 논문은 한국인의 관점에서 코가와의 작품을 보는 것이기 때문에 한국인의 역사와 관련된 각도에서 이 역사적 사건을 논의한다.

리 문제이건, 혹은 빈곤의 문제이건, 그녀는 이 문제 지역에서 저 문제 지역으로 뛰어 다니며 가시적, 비가시적 상처 위에 약물을 쏟아 붓는 세계의 백혈구 중의 하나이다"(O 35). 이처럼 지구의 모든 문제에 예민한 에밀리가 왜 모모따로 일본에 대해서는 일언반구도 없는 것일까? 에밀리가 캐나다인들이 저지른 국민적 범죄에 대해서는 끊임없이 상기시키면서 왜 그녀가 자신의 정체성과 관련이 없다고 극구 부인하는 일본에 관해서는 침묵하고 있는지 의아하게 한다.

III. 에밀리와 오바쌍의 침묵

그녀가 어떤 지식을 배제하는 것, 혹은 그것에 대해서 침묵하는 것과 오바쌍이 침묵하는 것은 어떻게 다를까? 에밀리가 침묵하는 원인은 두어 가지가 있을 수 있다. 우선, 일본의 제국주의적 행보에 대한 그녀의 무지이다. 대부분의 비평가들이 에밀리와 오바쌍을 각각 '발언'과 '침묵'을 나타내는 사람으로 이원화시켜 왔다는 점에서 볼 때 그녀가 사실을 알았다면 발언을 했을 것이라는 추측도 해 볼 수 있기 때문이다. 최소한 논리적으로는 세계정세에 밝은 지식인이라 하더라도 모르는 부분도 있을 수 있다고 가정해볼 수도 있기 때문이다. 그러나 이러한 주장은 왠지 설득력이 약해 보인다. 아무리 본인과의 연관성을 부인한다 하더라도 캐나다를 제쳐두고는 어떤 나라보다도 가까운 일본에 대해서 그녀가 모르고 있었다는 것은 이해되기 어렵기 때문이다. 그녀는 1954년에 이미 그녀의 언니의 운명에 대해 알고 있었고 그 운명은 일본의 역사와 뗄 수 없는 관계를 유지하고 있는 것이었다. 또한 아래의 인용문이 보여주듯이 『이추카』에서는 그녀가 일본이 받고 있는 비난을 알고 있었음을 보여준다. 그녀가 알고도 침묵으로 일관했다면, 어떤 지식은 그녀의 '발언'의 영역에서 배제한 것일까? 이 작품에서 어른들은 자주 "어린이들을 위하여"라는 미명하에 어린이들이 듣지 않도록 자기네들끼리 속삭임으로써 어린이들을 무지의 상태에 두려고 애쓴다. 그리고 에밀리도 어린이들을 보호적인 침묵의 벽으로 둘러쌀 것을 공모한 그런 어른들 중의 하나였다. 그녀는 나오미와 달리 언니, 그리고 아마도 그녀가 나타내는 일본의 운명에 대해서 잘 알고 있었을 것이다. 이런 점에서 에밀리는 모든 역사적 사실을 말하는 것이 아니라 부분을 선택하여 '발언'하고 있다고 볼 수 있을 것이다. 혹은 그녀의 관심이 어떤 특정한 부분, 즉 일본계 캐나다인들에게만 배타적으로 쏠려 있다고 할 수 있을 것이다. 그래서 그녀는 나오미에게 일본계 2세와 관련된 뉴스가 나왔다 하면 놓치지 않고 잡아내는 "파리잡이 끈끈이 종이"를 상기시킨다(*I* 116). 그녀는 일본의 만행에 대해서 언급하기를 꺼려 하지만 『이추카』에서 참전 용사인 올리 올리버(Ollie Oliver)가 중국 난경(Nanking)의 강간 사건 등을 상기시키자 다음과 같이 일본에 대한 비난을 비웃듯이 그것을 되뇐다.

> 애나가 머리를 이쪽에서 저쪽으로 흔들면서 흉내를 낸다. "한번 왜놈이면 영원한 왜놈. 세상에서 가장 믿을 수 없는 종족. . . .한국을 35년간 지배했고. 불가침 조약을 맺는답시고 특사를 워싱톤에 보냈다가. . . ."
> "그랬다가 진주만을 폭격했고." 에밀리 이모가 안경을 벗으며 말했다. . . . (*I* 149)

여기서 에밀리를 포함한 일본계 캐나다인들은 일본의 잔혹한 행위에 대한 언급을 회피하려 할 뿐만 아니라 그것을 무의미한 상투어구(cliché)로 전락시키려는 의도를 보인다. 그리고 서술자인 나오미는 과거를 들먹이는 것을 "죽은 자들이 대문간에 서서 잊지 말아달라고 요청하는 것"과 같다고 말하는데(I 149), 이렇게 말함으로써 그들은 캐나다에서의 인종차별은 잊지 않아야 할 과거이고 한국에서의 일본의 만행은 잊혀야 할 과거인 것처럼 말하는 이중성을 드러낸다.

에밀리의 침묵의 원인에 대한 다른 가능성은 그녀가 밖으로 말하는 것과 달리 자신을 일본과 불가분의 관계로 이해하고 있을 수 있다는 점이다. 그것은 위에서도 말했듯이 그녀가 일본계 캐나다인들의 고통과 원폭을 맞은 일본인들의 고통을 하나로 묶어 이해하는 점에서도 추측해 볼 수 있다. 실제로 캐나다에서 그녀가 인종차별을 당하고 있는 동안 일본에서 그녀의 언니와 어머니가 고통을 당하고 있었다. 혹은 코헨(Robin Cohen)이 일반적인 이민자들에 대해서 말하듯이, 그녀가 다른 대부분의 이민자들처럼 조상들의 나라를 이상화했을 수 있다(185). 꿈속에 존재하는 듯한 그 나라는 희생자는 될 수 있어도 절대 범죄자가 될 수는 없을 것이다. 그렇기 때문에 제2차 세계대전 기간을 그리고 있는 이 소설에서 역사적 사실과 다르게 일본은 대체로 피해자로만 그려지고 있는 것이다. 여기에 "결코 어떤 일에 대해서도 사과하는 법이 없는"(I 91) 에밀리의 성격이 더해져서 일본의 추한 면이 가려졌는지 모른다. 그런 점에서 에밀리가 제시하고 있는 역사는 "결코 허위가 아니라 할지라도 부분적이거나 임시적인 진실로만 남아 있다"고 할 수 있다(Goellnicht 263).[6]

오바쌍도 에밀리와 마찬가지로 어린이들의 보호를 위해 진실에 대해

---

[6] 특히 Donald Goellnicht는 이 소설을 Linda Hutcheon의 용어를 사용하여 포스트모더니즘적 관점에서 "historiographic metafiction"라고 정의하여 논쟁을 불러일으켰다. 즉 역사는 "투명하게 지시적인" 언어로 재현될 수 없는 것이기 때문에 코가와의 소설은 역사를 재구성하는 행위 자체를 문제화 한다고 주장한다(287). 이에 대해 Rachelle Kanefsky가 "Debunking a Postmodern Conception of History: A Defence of Humanist Values in the Novels of Joy Kogawa" *Canadian Literature* 148 (1996): 11-36에서 정면으로 반박하고 나선다. 필자는 Goellnicht와는 다른 관점에서 작품을 분석하고 있으므로 그의 시각에 부분적으로 동의할 뿐이다.

서 말하지 않기로 공모한 사람이다. 그러나 그녀가 에밀리와 다른 점은 에밀리는 일본계 캐나다인들의 부당한 대우에 대해서 멈추지 않고 그녀의 목소리를 내는 데 반해 오바쌍은 오로지 침묵으로 일관한다는 점이다. 따라서 그녀의 침묵은, 책의 프롤로그에 나와 있다시피, "말하지 않는 침묵"(a silence that will not speak)이다. 이민2세인 에밀리에게 일본이 멀리 있는 조상들의 나라라면, 일본 태생의 이민1세인 오바쌍에게 그것은 막연히 언젠가는 돌아가야 할 곳으로 생각되는 곳일 것이다. 따라서 캐나다 태생의 에밀리가 일본과 관련하여 받는 고통을 부당하게 여기는 것에 반해 오바쌍 부부는 좀 더 순응적인 자세로 받아들이는 것일 것이다. 오바쌍은 남편과 마찬가지로 "일본산"(made in Japan,[O 2])이고, 캐나다에 살고 있으면서도 일본의 문화와 관습을 고스란히 보존하고 있는 여성이다. 뿐만 아니라 그들 부부에게 자녀가 없다는 것은 새로운 땅에 뿌리를 깊이 내리지 못했음을 암시한다. 그들은 일본과 관련하여 벌어지고 있는 일들에 대하여 곤혹스럽게 느꼈을 것이다. 나오미가 지적하듯이, "곤경에 빠져 있는 것은 불평하는 아이들보다는 오히려 아무 말도 하지 않는 아이들이기"(O 36) 때문이다.

오바쌍은 모든 것을 보존한다. 그녀는 남은 음식뿐만 아니라 온갖 잡동사니를 고스란히 간직해 왔다. 따라서 그녀는 "무한정으로 많은 사소한 개인적인 것들을 소유한 자"(O 16)이다. 그녀가 "결코 어떤 것도 버리지 않는다"(O 47)는 것은 그녀에 관해 시사하는 바가 크다. 그녀는 일본의 유산뿐만 아니라 일본과 관련되어 그녀가 들은 모든 지식을 그녀의 기억 속에 저장해 두었을 것이다. 이 둘의 연결은 서술자인 나오미가 오바쌍이 냉장고에 넣어둔 음식을 언급한 후 바로 이것을 기억에 비유하는 것에서 더욱 분명해 진다(O 48). 그러나 그녀의 기억의 저장 창고는 항상 자물쇠로 채워져 있다.

나는 어렸을 때 오바쌍에게 "엄마에 대해서 제발 얘기 좀 해 주세요"라고 말하곤 했다. 나는 그 질문을 해대느라 녹초가 되어 있었다. 아예 죽을 지경이었다. 그러나 오바쌍은 아무런 대답도 하지 않았다. 나는 그녀의 생각의 저장 창고를 열 열쇠를 가지고 있지도 않았고, 그 이후로도 가져 본 적이 없었다. (O 26)

오바쌍의 기억 혹은 생각의 저장 창고 안에서 가장 중요한 것은 임마에 관한 것이고 그것은 곧 일본 역사와 밀접한 관련이 있다. 그리고 이 지식은 나오미가 성인이 될 때까지 숨겨진다. 그녀는 작품의 끝 부분에 이르러서야 비로소 그녀의 어머니는 나가사키의 원폭투하 때 몰골을 알아볼 수 없을 정도로 흉한 모습으로 변하게 되었음을 인지하게 된다. 어머니의 추한 모습은 나오미의 기억 속에 남아 있는 밴쿠버(Vancouver)에서의 이상화된 아름다운 어머니의 모습과 대조를 이룬다. 오바쌍은 나오미에게 그녀가 두세 살 때 한쪽 팔로 어머니의 한 쪽 다리에 매달린 채 찍은 사진을 자주 보여준다. 그리고 "부드럽고, 친절하며, 사려 깊은 마음을 가진" 어머니의 사진을 가리켜 "이게 최고의 편지야. 이게 가장 좋은 시절이지. 이게 가장 좋은 기억이지"(O 50)라고 말하며 그녀가 숨기고 있는 "추한" 어머니의 모습과 대조되는 이상적인 어머니를 제시한다.

IV. 일본(역사)의 상징으로서의 어머니

나오미의 어머니는 비록 캐나다에서 태어났지만 주로 할머니의 보살핌 아래 일본에서 자랐다(O 72). 그렇기 때문에 그녀는 이민 1세대인 오바쌍 부부처럼 일본어를 한다(O 51). 그녀는 소위 "키베이," 즉 캐나다 태생이지만 일본의 교육을 받은 일본계 캐나다인이었다. 이런 키베이들에 대해서 수나하라는 다음과 같이 쓰고 있다.

> 어린 나이에 일본에 보내져서 모든 교육을 그곳에서 받은 이들은 문화적으로 일본인이었다. . . . 일본어에 능통한 이들은 일본 문화를 이해했고, 이민 2세들보다 일본 문화에 대한 훨씬 깊은 공감대를 형성하고 있었다. (8)

따라서 어머니는 캐나다 여성이라기보다는 이상화된 일본 여성의 모습으로 그려지고 있고 일본 역사의 큰 획을 긋는 사건이 일어났을 때 일본에 있었다. 그녀는 나오미의 개인적인 어머니이기도 하지만 일본 혹은 일본 민족을 상징하는 존재로서 일본 패전의 절망감 및 폐허의 참혹함이 그녀의 몸에 구체적으로 재현되었다고 할 수 있다.[7] 따라서 그녀는 "모성의 형상이면서 동시에 인종적 의식(racial consciousness)의 형상"(Lim 293)이 되는 것이다. 그렇기 때문에 어머니가 남긴 마지막 말, "말하지 말라"는 그녀 자신의 추한 모습뿐만 아니라 일본 역사의 추한 면을 말하지 말라는 것과 다름없다. 림의 표현을 쓰자면, 그녀는 "일본 민족의 이야기"를 금한 것이다(*O* 302).

　한편, "말하지 말라"는 노인 가우어(Old Man Gower)가 어린 나오미를 성적 괴롭힘의 대상으로 삼은 후 그녀에게 한 말이기도 하다.

---

　[7] 본 논문에 대해서 두 가지 비판이 가능하다. 첫째는, 앞에서도 언급했듯이, 일본계 캐나다인을 일본인과 혼동하지 않았느냐는 것이고, 둘째는 (특히 에밀리의 경우와 관련하여) 개인을 집단(혹은 국가)와 혼동하고 있지 않느냐는 것이다. 그러나 일본계 캐나다인인 어머니가 일본의 전형적인 어머니를 나타낼 뿐만 아니라 일본의 역사적 상처를 상징한다는 점에서 둘 간의 연결은 불가피하다. 또한 에밀리가 두 작품에서 사적인 존재로서 보다는 집단을 대표하고 집단을 대변하는 존재로서 부각되고 있다는 점에서 집단을 나타낸다고 보아도 무리가 없는 듯이 보인다.

"엄마한테 말하면 안 돼"라고 그는 내 귓속으로 속삭인다. 이것이 그가 항상 하는 말이다. 엄마는 어둠 속 어디로 가버린 것일까 . . . . 하지만 비밀이 우리를 이미 갈라놓았다. (O 69)

그녀는 수치의 비밀을 자기 안에 간직한 채 어머니에게 말하지 않음으로 써 어머니로부터 분리되었다. 실제로, 이 사건이 일어났을 때쯤 어머니의 존재가 사라진다(O 71). 그리고 나중에는 반대로 어머니 쪽에서 자신의 수 치를 말하지 않고 간직함으로써 나오미는 어머니와 더욱 멀어지게 된다. 그리하여 후에 숨겨진 어머니의 죽음에 대한 지식을 얻은 후에야, 역설적 이게도, 그녀는 비로소 어머니의 존재를 느끼게 된다. 로스(Marilyn Russell Rose)의 표현을 빌리자면, "아는 것이 그녀를 위로한다"(224)고 할 수 있다. 그리고 나오미는 다음과 같이 다시 찾은 어머니에게 고백을 하게 된다: "어린이일 때 나는 육신이 없으면 존재도 없다고 생각했습니다. 하지만 비 록 당신이 여기 계시지 않지만 당신의 존재를 느낄 수 있는 것은 아마 내 가 더 이상 어린이가 아니기 때문인가 봅니다"(O 267). 따라서 어머니에 대 한 지식을 숨기는 것은 나오미에게 "허위"이자 "위장"(O 265)에 불과한 것 으로 보였고, 지식이 주어진 이후에야 그녀는 비로소 육신의 어머니, 그리 고 나아가서는 "인종적 근원"(Lim 307)으로서의 어머니를 다시 찾을 수 있 었다. 림은 나오미를 통해서 독자가 두 담론 양식, "일본적인 담론 양식과 캐나다적인 담론 양식," 즉 오바쌍의 회피와 침묵 및 에밀리의 메모와 사 실적인 서류를 각각 비판하게 된다(307)고 말한다. 다시 말해서, 오바쌍으 로 대표되는 일본적 양식이건, 에밀리로 대표되는 캐나다적 양식이건, 그 어느 것도 나오미의 근본적인 문제를 해결해 주지는 못했던 것이다. 이 두 담론 양식의 공통점은 어머니, 나아가서는 그것이 상징하는 일본의 역사 에 대해서 침묵한다는 것이다.

V. 원폭투하에 대한 상이한 시선

소설 속의 일본계 캐나다인들은 단순히 어머니의 추한 면에 대해서 말하지 않으려 할뿐만 아니라, 오히려 나가사키에서 희생당한 어머니를 "순교자"(O 265)처럼 다루고 있다. 한국인 독자들은 이러한 역사 읽기가 낯설게 느껴질 수 있고, 이 작품의 작가가 "'좋은' 설득력 있는 역사가"(Rose 224)라는 서구 비평가의 견해에 전적으로 동의하기가 어렵다는 것을 발견할 수 있다. 그것은 재미 교포 작가인 김은국의 작품의 한 장면과 비교해 보았을 때 극명하게 드러난다. 『오바쌍』과 유사한 시기를 다루고 있는 그의 『잃어버린 이름들』은 일본의 식민지가 된 한반도에서 한국인들이 일본인들에 의해 당하고 있는 압박과 고통을 그리고 있다. 일본계 캐나다인들이 고통을 당하고 있는 동안에 지구의 다른 편에서는 일본인들이 가해자가 되고 있다는 점이 역설적이다. 특별히 눈길을 끄는 것은 두 작품에서 일본에 투하된 원폭의 의미를 보는 시각이 대조적이라는 점이다. 학생 노동 수용소에 갇혀 있던 주인공이 면회 온 어머니로부터 듣는 원폭에 관련된 사실에 대한 그의 반응은 그 차이를 분명하게 보여준다.

> [어머니는] 목소리를 죽이며 말했다. "미국 사람들이 일본에 어떤 새로운 폭탄을 떨어뜨렸는데, 소문에는 그 폭탄이 매우 강한, 어떤 과학적인 무기라고 하더라. 폭탄 하나가 도시 전체를 쓸어버릴 수 있단다. 그런데 네 아버지 말로는 이미 두 도시가 이 폭탄으로 파괴되었다는구나. . . ."
> "그렇다면 이제 얼마 남지 않았어요. 이번에는 정말 얼마 남지 않았어요."
> 그녀는 고개를 끄덕이며 말한다. "게다가 미군들이 오키나와에 상륙했단다. . . .이제 일본 본토에 착륙할 날도 얼마 남지 않았어. 기다려 봐라."
> 나는 의기양양해지면서도 두려움을 떨치지 못하며 심장이 마구 뛰는 것을 느꼈다.

"그것이 언제였어요!"

"거의 4개월 전이란다. 어떻게 일본인들이 그런 사실을 우리에게 숨길
수 있었는지!" (151)

김은국의 주인공은 일본에 원폭이 투하되었다는 말을 듣고 "의기양양해
하는"(triumphant) 식민지인으로 그려져 있고, 그는 곧 제국주의적 억압으로
부터의 해방을 고대하고 있는 다른 한국인 식민지인들을 대표한다고 해도
무리가 없을 것이다. 얼마 후 일본 천황이 라디오를 통해 항복을 선언하자
한국인들은 감격에 복받쳐 울음을 터뜨린다. 원폭의 이와 같은 해방적 이
미지는 코가와의 작품에서 그려지고 있는 파괴적인 이미지와 대조를 이룬
다. 하지만 원폭투하와 관련된 역사적 사실을 숨기고 있는 일본계 캐나다
인 혹은 일본인의 모습이 두 소설에서 다르지 않다는 것은 흥미롭다.

VI. 저항하는 독자

지금까지 보아 왔듯이, 에밀리가 일본계 캐나다인들을 법적으로 캐나
다인이라고 부르는 것은 틀리지 않다. 그리고 캐나다가 2차 세계대전 중
과 후에 그들이 단지 일본계라는 이유만으로 그들에게 가한 인종차별은
비난받아 마땅하다. 그러나 지나치게 일본적 배경을 자신들로부터 분리하
는데 몰두한 나머지, 에밀리는 자신들이 종족적, 문화적으로는 일본인이라
는 것마저 부인하려 든다. 그리고 그녀를 포함한 일본계 캐나다인들이 일
본으로부터 완전히 분리될 수 없음은 그녀의 언니이자 나오미의 어머니
(그녀 자신이 캐나다 시민권자이기도 하다)가 일본의 역사와 불가분적으
로 얽혀있다는 사실에 의해서 강하게 뒷받침된다. 그런데 그 일본의 역사

와 한국의 역사의 관계는 뗄 수 없을 정도로 밀접하다. 둘은 제국과 식민지의 입장에서 같은 사건을 정반대의 관점에서 볼 수밖에 없는 위치에 있다.『오바쌍』의 서술자인 나오미는 에밀리의 집요한 주장처럼 분명히 일본인이 아닌 캐나다인이지만, 작품의 끝부분에서 어머니, 나아가서는 일본을 만나며, 자기도 모르게 일본인의 관점을 떠맡는다. 그 관점은 한국에 인종적 근원을 두고 있는 김은국의 관점과 대조되는 것일 뿐만 아니라 한국인 독자들의 시각과도 거리가 먼 것이다.

독자반응에 대한 페미니스트적 견해에 따르면, "문학―읽기와 쓰기의 행위―은 정치적 투쟁의 장(場)"으로서(Schweickart 39), 예컨대, 남성 텍스트를 읽는 여성 독자의 경우에 텍스트에 저항하며 읽어나가는 "저항하는 독자"(resisting reader)가 되어야 한다(50). 작가의 감수성에 대한 이러한 독자의 저항은 일본계 캐나다인의 관점에서 쓴 텍스트를 읽는 한국인 독자들에게도 해당되는 것이라 할 수 있을 것이다. 그리고 이러한 읽기는 캐나다인들을 포함한 다른 독자들이 생각해 낼 수 없는 의미를 포함하게 할 것이며, 그것은 작품에 대한 관점을 다양화함으로써 궁극적으로는 작품에 대한 시야를 넓히는데 공헌할 것으로 본다.

인용문헌

이어령. 『흙속에 저 바람속에 — 이것이 한국이다』. 서울: 현암사, 1963.

Amok, Apollo O. "Resilient ImagiNations: No-No Boy, Obasan and the Limits of Minority Discourse." *Mosaic.* Vol. 33 No. 3 (Sep 2000). 35-55.

Collins, Anne. "A White and Deadly Silence." Rev. of Obasan. Maclean's 13 July 1981: 54.

Davidson, Arnold. *Writing against the Silence: Joy Kogawa's Obasan.* Toronto: ECW Press, 1993.

Fujita, Gayle K. "'To Attend the Sound of Stone': The Sensibility of Silence in Obasan." *Melus* 12.3 (1985): 33-42.

Gilroy, Paul. "It Ain't Where You're From, It's Where You're At ... The Dialectics of Diasporic Identification." *Third Text* 13 (Winter 1990/91) 3-16.

Goellnicht, Donald C. "Minority History as Metafiction: Joy Kogawa's Obasan." *Tulsa Studies in Women's Literature.* Vol 8 No 2 (Fall 1989). 287-306.

Kim, Richard E. *Lost Names: Scenes from a Korean Boyhood.* Seoul: The Sisayongo-sa, 1970.

Kogawa, Joy. *Obasan.* 1981. Toronto: Penguin, 1983.

"Kogawa, Joy." *Canada's Who's Who.* Ed. Kieran Simpson. 1991 ed.

Lim, Shirley Geok-Lin. "Japanese American Women's Life Stories: Maternality in Monica Sone's *Nisei Daughter* and Joy Kogawa's Obasan." *Feminist Studies.* Vol 16 No2 (Summer 1990). 289-312.

Radhakrishnan, R. *Diasporic Mediations: Between Home and Location.* U of Minnesota P, 1996.

Rath, Sura P. "Home(s) Abroad: Diasporic Identities in Third Spaces." *Jouvert.* Vol 4 No 3 (2000).

Rose, Marilyn Russell. "Politics into Art: Kogawa's Obasan and the Rhetoric of Fiction." *Mosaic* 21/3. 215-26.

Rushdie, Salman. *Imaginary Homelands: Essays and Criticism: 1981-1991.* London: Granta Books, 1991.

Schweickart, P. P. "Reading Ourselves: Toward a feminist theory of reading." Eds. E. B. Flynn & P. P. Schweickart. *Gender and Reading.* Baltimore:

Johns Hopkins UP, 1986. 31-62.

Shahani, Roshan G. & Gitanjali Shahani. "Nation and Narration: An Analysis of Joy Kogawa's Fiction." *The Literary Criterion* 32 (1997): 84-95.

Sunahara, Ann Gomer. *The Politics of Racism: The Uprooting of Japanese Canadians During the Second World War.* Toronto: James Lorimer & Company, 1981.

Thompson, John Herd. *Ethnic Minorities during Two World Wars.* Canada's Ethnic Groups 19. Ottawa: Canadian Historical Association, 1991.

Tsutsumi, Toshiko. "Japanese-Canadian Literature in the Multicultural Society." *Report on Canadian Studies* [Japan] 4 (1983): 107-09.

* 이 글은 「역사와 침묵: 코가와(Joy Kogawa)의 소설을 한국인의 시각에서 읽기」, 『현대영미소설』, 10.1 (2003): 7-28쪽에서 수정 보완함.

인종

스카이 리의 『잔월루』에 나타난 소수인종 서사

●●● 김미령

I. 캐나다 다문화주의와 소수인종 서사

문화 다원화 현상은 전 세계적인 추세이며 다문화주의는 현대의 중요한 이슈 중 하나이다. 다문화주의에 대한 인식과 문제점이 커지면서 가장 성공적인 다문화사회로 인정받고 있는 캐나다 다문화주의에 대한 관심 또한 고조되고 있다.

현재 200여개 민족들이 거주하고 있는 다인종, 다민족 국가인 캐나다는 1971년에 세계 최초로 다문화주의 정책을 채택했고, 1988년 캐나다 다문화주의법(Canadian Multiculturalism Act)을 제정하였다. 캐나다는 다문화주의를 국가 정체성으로 내세우는 과정에서 이것이 원주민과 소수인종에게 관대했던 캐나다 역사의 "관용의 유산"(Mackey 2)이라는 담론을 생산해 냈다. 원주민을 대상으로 한 '자애로운 기마경찰'이나 밴쿠버 차이나타운은 캐나다의 타문화에 대한 관대함과 배려의 이미지를 부각시키는 데 이용되었다. 또한 다양성과 개방성을 특색으로 하는 캐나다에서는 각 고유문화가 공존하며 백인문화가 중심문화로 군림하지 않는다는 평가를 받는다(심성곤 12).

그러나 포스트모더니즘의 영향으로 주변부 계층의 목소리를 복원시키려는 현상이 나타나면서 소수인종 문학이 대두되었고 그와 함께 캐나다 다문화주의의 어두운 면이 드러나기 시작했다. 소수인종 작가들은 캐나다 공식 역사와 담론에서 배제된 서사를 통해 오랫동안 침묵당해 온 그들 공동체의 목소리를 대변하였다.

"캐나다에서 원주민을 제외하고 중국인처럼 심한 대우를 받은 인종이나 민족은 없었다"(Li 5)는 지적처럼, 캐나다에서 중국인들은 오랫동안 사회 지배 계층인 유럽계 백인 집단에 의해 철저히 타자화되고 소외되어 왔다. 그들은 1950년대까지 "시민권 자격이 없는 외국인"으로 여겨져, 선거권, 시민권, 교육혜택, 대지 소유권, 법원에 증거를 제출하거나 배심원이 되는 것, 전문직에 진입하는 것이 금지되었다. 더욱이 캐나다 태평양 철도(Canadian Pacific Railway)를 건설한 중국 남성들은 캐나다 국가 역사에서 배제되었다(Goellnicht 310).

캐나다 사회에서 중국인 이주자들에 대한 차별은 조직적이고 합법적이었으나 그들은 오랫동안 침묵했다. 그 원인에 대해 차오(Lien Chao)는 캐나다 주류 문학에서 공식 언어로 글을 쓰는 중국계 캐나다인 작가들의 수가 너무 적어서, 사실상 그들의 목소리가 거의 존재하지 않았기 때문이라고 진단한다("The Collective Self" 238).

중국계 캐나다인 작가들 중 선구자의 한 사람으로 여겨지는 스카이 리(Sky Lee, 1952-)는 인종과 성에 기반을 둔 사회적 계급의 목소리를 내는 작가로 평가되고 있다. 『잔월루』[1](*Disappearing Moon Cafe*, 1990)는 캐나다에서 초기 중국인 이주자들의 경험을 다룬 최초의 소설이자, 주류 비평가들의 관심을 받은 최초의 현대 중국계 캐나다인 소설이다(Chao, *Beyond Silence* 93). 이 소설에서 리는 소수인종의 관점에서 캐나다 역사에서 제외된 주변부를 재현하고 있으며 중국인 이민자들이 겪은 인종차별적 억압에 대한 서사를 통해 캐나다 다문화주의의 이면을 예리하게 노정한다.

그동안 『잔월루』에 대한 비평은 캐나다 중국인 공동체의 역사에 대한 관심과 더불어 주로 페미니즘과 관련된 것이 대부분이었다. 차오와 피프리(Marie Peepre)는 이 소설에 등장하는 4대에 걸친 웡(Wong)가 여성들의 고통과 억압의 삶을 고찰하고 있고, 푸(Bennett Yu-Hsiang Fu)와 보우(Leslie Bow)는 이 작품을 동성애 코드로 읽기도 한다. 골드먼(Marlene Goldman) 역시 가부장 사회에서 여성의 성역할과 그것으로부터 벗어나는 과정에 관심을 보인다. 그 외에 디아스포라, 인종성, 잡종성, 문화 등의 주제와 관련하여 이 작품이 논의되기도 하였다.

본고는 『잔월루』에 나타난 '자넷 스미스 법안'(Janet Smith Bill)과 캐나다 태평양 철도 건설 도중 사망한 중국인 노동자들의 유골 찾기 원정을 중심으로 캐나다의 소수인종 서사를 살펴보고자 한다. 그리하여 '관용의 유산'이라고 주장하는 캐나다 다문화주의 이면에 있는 인종차별적 억압이 이 작품에서 어떻게 재현되고 있는지 탐색하고 그 결과, 진정한 다문화주의 사회로 나아가는 길을 모색하는 데 본 논문의 목적이 있다.

---

[1] 『잔월루』(殘月樓)라는 한문식 제목은 *Disappearing Moon Cafe*, Vancouver: Douglas & McIntyre, 1991년도 판 표지에 영어와 함께 제시되어 있다. 중국계 캐나다인의 문학사에 획기적인 작품으로 평가받는 『잔월루』는 학계와 일반 대중으로부터 모두 주목을 받았다. 밴쿠버 도서상(*City of Vancouver Book Award*, 1990)를 받았고, 총독상(Governor General's Award)의 최종 심사대상 명단에 올랐으며(1990), 보어미스터(Erica Bauermeister)의 『여성작가가 쓴 500권의 위대한 책』(*500 Great Books by Women: A Reader's Guide*)에 포함되기도 했다.

II. 제도적 인종차별주의와 자넷 스미스 법안

『산월루』는 1892년부터 1986년까지를 배경으로 캐나다 태평양 철도 건설 중에 죽은 중국인 노동자들의 유골 회수, 인두세(head tax), 중국인 배제법(Chinese Exclusion Act), 자넷 스미스 사건과 같은 역사적 사건들을 소재로하고 있다. 20세기 전반 캐나다에서의 중국인에 대한 인종차별주의를 다루고 있는 이 소설의 배경이 되는 브리티시 콜롬비아(British Columbia) 주는 유럽계 백인들을 중심으로 보수적인 성향이 강한 곳인 동시에 대부분의 중국 이민자들이 몰려있던 곳이었다. 리는 화자 케이(Kae Ying Woo)와 그녀의 외증조부인 웡 구웨이 챙(Wong Gwei Chang)을 중심으로, 에피소드식 서술 방식을 통해 현대 중국계 캐나다인의 삶과 초기 중국 이민자들의 삶, 과거와 현재, 개인과 공동체를 연결하고 있다.

중국인의 캐나다 이주는 1858년경 미국 사금채취에 참여했던 이들이 서부 해안을 통해 들어오면서 시작되었다. 초기 중국인 이주자들은 대부분 가난한 소작농 출신으로 형편없이 낮은 임금에 힘든 일을 했다. 캐나다 태평양 철도 건설 기간(1881-1885) 동안 캐나다 정부는 중국과 홍콩에서 노동자들을 직접 모집하여 브리티시 콜롬비아 주에 대거 유입시킨 후, 국가 건설에 필요한 자원과 산업 개발에 이들을 이용하였다. 중국인 계약 노동자들의 대거 이동은 디아스포라를 생성해냈다.

캐나다 사회는 필요에 의해서 그들을 데려와서 그들을 이용하면서도 그들을 무시하고,[2] 위협적인 "타자"나 "악마"로 묘사하였다(Huggan 34). 당시 신문들은 브리티시 콜롬비아 주가 동화될 수 없는 중국인 이주자들로 뒤덮이려 한다는 선동적이고 강한 분노를 유발하는 기사들로 가득했다.

---

[2] 초기 중국인 이주자들이 인종차별적 경멸과 조롱이 함축된 '존 차이나맨'(John Chinamen)이라는 호칭으로 불린 데서 알 수 있듯이, 이들은 사용가치를 지닌 "하나의 기계나 말"(Bolaria and Le 106)과 동일시되었다.

한편, 캐나다 정부는 철도가 완공되면 중국인 노동자들에게 귀향할 돈을 주겠다는 약속을 지키지 않았고, 그들은 캐나다 사회에서 주변인으로 남겨졌다. 1885년 철도가 완공되어 더 이상 값싼 중국인 노동력이 대량으로 필요하지 않게 되자 브리티시 콜롬비아 주는 중국인들에게만 이민입국세를 부과하였다.[3] 인두세의 부과는 중국인들을 캐나다에서 "원치 않는 종족"으로 낙인찍는 역할을 하였다(Chao, *Beyond Silence* ix). 그러나 인두세 부과에도 불구하고 여전히 중국 이민자들이 캐나다에 몰려들자 백인들은 그들을 위협적인 존재로 받아들였고 중국인 이민을 근본적으로 차단하려고 했다.[4]

인두세와 중국인 배제법으로 인해 캐나다 중국인 공동체는 여성이 거의 없는 독신남들의 사회가 되었고 역사상 유래가 없는 성비 불균형으로 압박감을 느꼈다.[5] 이 소설에서 구웨이 챙과 켈로라(Kelora)의 아들인 팅 안(Ting An)이 어릴 때, 할아버지 첸(Chen)은 그를 중국인 노동자들로 가득한 공사장 합숙소에 데려가곤 했다. 그들 중 어떤 이는 팅 안을 무릎에 앉히고 찢어진 신문지 위에 목탄으로 好(하오)라고 쓴 후 그것이 남성과 여성이 함께 있어 조화를 나타내는 것으로, 모든 것이 좋다는 의미라고 팅 안에게 설명한다(*D* 113-14).[6] 이것은 그 주위 몇 마일 내에 여성이 전혀 존재하지 않았던 당시 중국인 노동자들의 삶과 그들의 억압된 성적 욕망을

---

[3] 이 차별적인 입국세는 1885년에는 1인당 50달러, 1900년에는 100달러, 1903년에는 500달러까지 인상되었다. 500달러는 당시 중국인 노동자들의 평균 2년 치의 임금에 해당했다.

[4] 캐나다는 1923년 중국인 이민을 금지한 중국인 배제법을 통과시켜 1947년까지 시행하였고 이 기간 동안 중국인 이민은 거의 사라지게 되었다.

[5] 1880년대 캐나다에서 중국인 성비는 남성 98.8% 대 여성 1.2%였고, 1924년에는 전체 중국계 인구 중 6%만을 여성이 차지하였다(Chao, "The Collective Self" 254). 그 비율은 1981년에 이르러서야 균형 상태를 회복하였다.

[6] Lee, Sky. *Disappearing Moon Cafe* (Vancouver: Douglas & McIntyre, 1991) 이후 이 소설에서의 인용은 (D 쪽수)만 표기함.

단적으로 보여준다. 뮤 란(Mui Lan)이 아들 초이 푹(Choy Fuk)을 위해 둘째 부인을 마련해주자고 제안할 때, 구웨이 챙이 그녀에게, 여자가 한 명도 없는 차이나타운의 남자들을 둘러보라고 하는 것은 바로 이런 맥락에서이다(D 30).

이런 상황은 오랫동안 나아지지 않았고 1946년에 키맨(Keeman)이 비어트리스(Beatrice)와 결혼하겠다고 하자, 그의 어머니 송 앙(Song Ang)이, 그에게 다른 결혼상대자를 찾아보라고 말하는 것은(D 147) 무의미한 조언이다. 당시 차이나타운에는 중국 여성이 거의 없었고, 캐나다 사회의 인종차별주의 때문에 중국 남성이 다른 인종의 여성을 만나는 것도 힘들었기 때문이다.

오랫동안 캐나다 사회에서 중국인에 대한 인종차별은 공공연한 것이었다. 어린 키맨이 늘 일등을 했으면서도 우등상을 빼앗긴 것이나(D 141), 캐나다 태생인 비어트리스가 음악학과를 지망했을 때 영어 성적이 좋지 않다고 입학을 거부당한 것은 명백하게 "인종차별주의 때문"(D 202)이었다. 음대 학과장은 하찮은 중국계 소녀에게 그런 음악적 재능이 있다는 사실에 질투를 느낄 뿐만 아니라 증오심을 숨기지도 않는다.

리는 "인종적 편견은 차이나타운을 벗어난 더 큰 공동체로부터 비어트리스를 분리시켰다"(D 164)라고 말하며 당시의 중국계 캐나디안 2세대들의 삶을 압축적으로 드러낸다. 젊은 중국계 캐나디안들은 차이나타운 바깥으로 과감히 나가보지만 결국 상처만 받고 돌아오게 된다. 그들이 공동으로 경험한 굴욕은 쉽게 잊히지 않았고 그로 인한 그들의 유대감은 질기고 강할 수밖에 없었다.

『잔월루』에서 캐나다 백인사회의 인종차별주의를 가장 적나라하게 드러내는 일화는 1924년 자넷 스미스 사건과 그 관련 법안이 결정되는 일련의 과정이다. 1923년 중국인 이민법의 제정 후 밴쿠버는 중국인에 반대하는 히스테리로 가득했다. 그런 상황에서 1924년 가을, 브리티시 콜롬비아 주 입법부는 백인 여성과 동양인 남성을 같은 집에 하인으로 고용하는 것을 금지하는 법안에 대한 뜨거운 논란을 벌였다. 그것은 그해 여름에 있었던 자넷 스미스 사건으로 인해 야기되었다.

1924년 7월 26일 스코틀랜드 출신의 22세 여성 자넷은 자신이 보모로 일하는 부유한 지역 한 저택 세탁실에서 시체로 발견되었다. 그녀의 머리에는 총알이 박혀있었고 근처에서 총이 발견되었다. 그 사건을 처음 조사한 경관과 검시관이 그 사건을 자살로 결론을 내리면서 사건은 조용히 마무리되는 것처럼 보였다.

그러나 그 사건은 선동적인 소문들로 인해 밴쿠버 주민들의 성적 가십거리로 전락하고 자넷의 죽음은 다음 몇 주 동안 밴쿠버를 특별한 논쟁의 도가니에 몰아넣었다(D 67). 자넷과 한 집에 있던 중국인 하우스보이(houseboy)가 그녀에게 속옷을 선물했고 둘이 함께 찍은 사진에서 다정한 표정이었다는 사실이 밝혀지면서 여러 소문과 억측이 난무했다. 그런 가운데 스코틀랜드인 연합회는 자넷이 영국 여성임을 강조하였는데, 이는 두 사람 간에 어떤 애정 관계도 불가능함을 암시할 뿐만 아니라 그녀가 살해되었음을 주장하는 것이었다.

1924년 8월, 당시 지역신문 『밴쿠버 스타』(Vancouver Star)의 출판인이자, 밴쿠버 정계에서 가장 유명한 배타주의자 중 한 사람인 오들럼 장군(General Vitor W. Odlum)은 독자들을 끌기 위해 사건이 발생할 때 자넷과 한 집에 있던 25세인 중국인 하우스보이 웡 푼 싱(Wong Foon Sing)을 살인 용의자로 거론하는 기사를 게재했다. 오들럼은 그 기사에서 자넷 스미스를 순진한 처녀로 묘사하며, 그녀가 중국인 하우스보이에 대한 끊임없는 공포 속에서 살았으며 그로부터 자신을 보호해달라는 간청을 고용주가 무시했다고 주장했다. 오들럼은 브리티시 콜롬비아 주의 많은 백인 엘리트

계층처럼, 아시아 이민자들은 백인들이 살아가기 힘든 환경에서도 생존할 수 있는 "생물학적" 특성 때문에 경제적인 위협이 된다고 믿었다. 그리하여 그는 중국 남부에서 온 "막노동꾼"(coolie) 계급에 대한 특별한 혐오감을 갖고 있었다(Kerwin 88-89).

명백한 황색 저널리즘이라고 할 수 있는 오들럼의 기사는 다른 신문들과 일반 대중들에게 큰 반향을 불러일으켰다. 구웨이 쳉을 비롯한 차이나타운의 원로들은 불길한 징조를 파악하고 그 사건이 가져올 파장을 예견한다.

> 그들은 이 상황이 매우 터무니없다는 것을 알고 있었다. 황인종을 싫어했던 백인들은 중국인들에게 침을 뱉는데 별다른 이유가 필요하지 않았다. 그리하여 젊고, 혼자이고, 노란 피부를 가진 남성이 하얀 피부를 가진 여성의 연약한 신체를 옆에서 지켜보고 있었다는 생각은 그들을 피에 굶주린 광분 상태로 몰아넣을 것이다. (*D* 70)

차이나타운의 중국인들은 캐나다 사회가 "우연히 살해당한" 수많은 중국인들에 대해서는 눈 하나 깜짝하지 않으면서 한 백인 여성의 죽음에 그토록 흥분하는 것에 분통을 터트린다(*D* 225). 또한 대중의 압력 때문에 시 관리들이 자넷 스미스의 시체를 다시 파내어 사인을 밝히기 위한 두 번째 조사를 시작하려한다는 소문에 중국인 사회는 충격을 받는다. 중국계 이주민들을 "이교도", "악귀"라고 부르고 그들이 철도 건설 당시 희생된 노동자들의 유골을 파내 고국으로 보낼 때 그들의 관습을 "야만적"(*D* 72)이라고 비난하던 백인들이 중국인 하우스보이를 단죄하기 위해 무덤을 파헤치는 행위는 중국인 사회의 시각에서 "백인들의 히스테리"(*D* 226)로 밖에 볼 수 없었던 것이다. 또한 이유 없이 거리에서 거구의 백인 여성에게 폭행을 당한 한 일본인 청과상의 이야기는 당시 캐나다 사회에서 아시아인들에 대한 백인들의 혐오감이 어느 정도였는지를 단적으로 보여준다(*D* 71).

이처럼 자넷 스미스 사건은 브리티시 콜롬비아 주에서 아시아인에 대한 적대감을 극에 달하게 하였고 특히 중국계 이주자들은 범죄자 취급을 당했다. 밴쿠버 차이나타운 중국인들은 이 사건이 자신들의 공동체에 끼칠 영향을 염려하며 푼 싱을 심문하기 위해 모인다. 맥도날드(Tanis MacDonald)는 중국인 후원회 건물에 모인 중국인들이 푼 싱을 심문하는 장면에서 차이나타운의 억압된 성적 욕망을 읽어낸다(40-41). 푼 싱을 심문하는 그들의 언어는 성적으로 억압된 "독신남들"의 외롭고 좌절된 욕망을 드러낸다. 어쩔 수 없이 독신 생활을 해야 하는 중국인 남성들은 자신들의 좌절된 성적 욕망과 살인자의 욕망을 동일시하는 가운데, 그들의 질문은 외설적이고 음탕함으로 가득하다. 구웨이 챙은 원한과 증오로 가득한 그 방에서 진저리나는 폭력의 험악한 분위기와 그 방 안에 있는 남성들의 "억제된 분노"를 느낀다(*D* 77).

> "그 크고 빈 집에서 꽤 아늑한 상황이었을 거야. 예쁜 젊은 아가씨 옆에서 하루 종일 일했었잖아, 안 그래? 아마 그건 너같은 미련한 녀석이 견디기에는 너무 좋은 것이었을 거야."
>
> 웡을 심문하는 모든 사람들이 그들의 눈을 그에게 고정한 채, 입 주위에 무심코 드러나는 경련이나 은밀한 움직임을 초조하게 기다리며 앞으로 바싹 다가섰다. "이봐, 말해봐! 남자를 미치게 하기에 충분한 거였지? 하고 싶어 미치도록 . . ." (*D* 76)

언뜻 보면 이 장면은 차이나타운에는 성희롱이나 성폭력이 만연하다는 고정관념을 재현한 것처럼 보인다. 하지만 이들의 외설에 가까운 음란

한 말은 당시 인두세와 중국인 배제법, 인종차별주의로 인해 인간의 기본적인 욕구마저 억압당한 채 살아가야 했던 중국인 남성들의 상황과 그들의 고통을 단적으로 보여주는 것이다.

그 사건의 용의자로 지목된 푼 싱이 문제의 심각성을 인식하지 못하고 명확한 답변을 회피하자, 구웨이 쳉은 푼 싱에게, 그로 인해 공동체 전체가 고통을 받아야 할지도 모른다고 화를 낸다(D 80). 밴쿠버 차이나타운의 원로들에게는 푼 싱이 실제로 자넷 스미스를 죽였는지 보다 공동체를 방어해 내는 것이 더 중요했다. 그리하여 그들은 푼 싱을 끔찍하게 고문하는데, 구웨이 쳉은 당시 차이나타운의 중국인들을 "구석에 몰린 동물들"로, 푼 싱을 "인질"로 표현한다(D 218).

지독한 고문으로 인해 푼 싱은 거의 죽음 직전까지 도달했음에도 불구하고 그는 "백인들의 히스테리"에 맞서 중국인 공동체를 위태롭게 하지 않기 위해 입을 다물어야한다는 사실을 알게 된다. 중국인 원로들은 "너는 우리의 군인이다"거나, "너는 우리 모두를 위해 싸우는 거다"(D 219)고 푼 싱을 가르친다. 푼 싱 자신의 운명 뿐 아니라 차이나타운의 운명이 그에게 달려있기 때문이었다. 그런 상황에서 밴쿠버 차이나타운은 곧 또 다른 공격에 직면하는데 그것은 바로 '자넷 스미스 법안'이었다.

브리티시 콜롬비아 주 역사상 최악의 인종 폭동이었던 1907년 밴쿠버 폭동이 아시아인들에 대한 백인들의 물리적인 폭력이었다면, 1924년 자넷 스미스 법안은 기존의 인종차별과 분리정책을 합법화하는 것이었다. 밴쿠버의 유명한 하원의원 메리 엘렌 스미스(Mary Ellen Smith)가 일명 자넷 스미스 법안을 의회에 입안한 것이다. 'Bill 24'로 알려진 자넷 스미스 법안은 1919년의 '여성과 소녀 보호법'7(Women's and Girls' Protection Act)을 확대한

---

7 '여성과 소녀 보호법'은 원래 동양인이 소유한 세탁소나 식당에서 백인과 원주민 여성을 고용하지 못하도록 한 것이었다. 그러나 중국인 공동체의 거센 항의에, '동양인 사업장'이

것이다. 자넷 스미스 법안은 중국인 남성과 백인 여성이 한 곳에서 일하는 것 자체를 법적으로 금지하는 것으로 표면상 중국인 남성들의 범법 행위를 막으려는 것이지만 사실은 중국인 남성 전부를 범죄자 취급하는 것이었다(Calder 13). 당시 많은 중국인들은 생계를 위해 백인 가정의 하인으로 일했기 때문에[8] 그 법안은 하우스보이로서 중국인 남성들의 고용을 막으려는 것이었고 중국인 공동체는 생계와 직결된 이 법안에 강력하게 항의하였다.

혼혈의 위험성을 경고하는 당시 과학자들의 견해는 브리티시 콜롬비아 주의 백인 엘리트계층의 사고에 영향을 주었고, 자넷 스미스 법안에 대한 논쟁의 근본 원리가 되었다(Kerwin 83). 자넷 스미스는 백인 여성이지만 다른 곳에서는 무시당하는 노동계급이다. 그러나 백인인 그녀가 중국인 남성과 관련되는 것은 백인 캐나다인들에게는 용납될 수 없는 일이었다.

인종 정체성의 문제는 수십 년 동안 백인 캐나다인들의 주요 관심사였다.[9] 브리티시 콜롬비아 주의 백인 캐나다인들은 인종적으로 혼합된 사회가 그들 문화의 모든 요소들을 변화시킬 것을 두려워한 것이다. 결국 자넷 스미스 법안은 '황화'(Yellow Peril)와 유라시아 혼혈아에 대한 두려움, 그로 인하여 백인들의 나라인 캐나다의 인종 정체성이 바뀔 것에 대한 두려움을 반영한 것이라고 할 수 있다.

소설 속에서, 밴쿠버 차이나타운 중국인들은 생계위협을 무릅쓰고 불

라는 항목이 삭제되고 대신, 경찰이 판단하기에 백인 여성과 원주민 여성을 도덕적으로 위험에 빠지게 할 수 있다고 느끼는 사업장으로 변경되었다(Kerwin 93-94).

[8] 1883년과 1903년 사이 캐나다에서 중국 이민자들 대부분(72.5%)은 백인 가정의 하인으로 일했다(Ng 168).

[9] 브리티시 콜롬비아 주에서 일본인 출생률이 백인 공동체의 거의 두 배가 되자, 스미스 같은 정치적 지도자들은 "비어있는 땅"으로 여겨지는 캐나다 서부에서 백인 인구가 빠르게 증가하지 않는다면 브리티시 콜롬비아는 아시아 이민자들로 채워질 것이며, 곧 황화에 의해 침수될 것이라는 두려움을 느낀다고 주장했다(Kerwin 92).

매운동(boycott)까지 각오하며 이 법안을 저지하기 위해 힘을 기울인다. 결국 자넷 스미스 사건은 미제로 남게 되고, 지극히 부당한 이 법안은 법제정에 실패하였다. 리는 이 법안의 패배를 "차이나타운의 첫 번째 실제 성공이야기"(D 227)라고 정의한다. 그러나 구웨이 챙은 "중국인들은 이 지역의 법을 만들지 않기 때문에 항상 법 밖에서 살 것이다. 사실, 그들이 여기 있는 것만도 범죄다"(D 221)라고 생각하며, 캐나다 사회의 제도적 인종차별주의가 미칠 파급효과를 염려한다.

스카이 리는 이 소설에서 캐나다의 법률적인 인종차별적 억압과 더불어 자넷 스미스 사건을 다루며 백인중심 담론에서 벗어나, 푼 싱의 입장에서 이 사건을 되받아 쓰고 있다. 작가는 캐나다 백인 사회가 순진한 피해자로 인식하고 있는 자넷 스미스를 중국인 남성에게까지 쉽게 웃어 보이는(D 222) 자유분방한 여성으로, 폭력적인 가해자로 낙인찍은 푼 싱을 성실하고 외롭고 불행한 한 이민자 남성으로 그려낸다. 리는 13세에 큰 꿈을 안고 캐나다에 와서 하우스보이로 살아가는 푼 싱의 모습과 더불어, 중국에 있는 가족들에게 돈을 보내며, 언젠가는 함께 살게 되는 날을 꿈꾸다가 그것이 불가능함을 느끼고 희망을 버린 그의 척박하고 외로운 삶에 대해 묘사한다. 이를 통해 우리는 푼 싱을 하찮은 이민자 하우스보이로서가 아니라, 캐나다 내의 중국인 디아스포라의 한 초상으로 인식하게 된다.

III. 유골 찾기 원정과 공동체 역사의 회복

『잔월루』는 1939년 죽음을 앞두고 있는 웡 구웨이 챙의 회상으로 시작하고 그의 죽음으로 끝을 맺는다. 그의 인생은 중국계 캐나다인들의 초기 이민사와 깊은 관련이 있다. 중국에서 캐나다로 이주한 그는 밴쿠버 차이나타운에서 가장 번창한 중국식당 "잔월루"의 주인이다. 작가는 "지금도 유명한 잔월루"(D 23)라는 표현을 통해 과거를 현재와 연결시키고 있다.

많은 초기 중국인 이주민들처럼 구웨이 챙 역시 꿈을 찾아 캐나다의 골드 마운틴(Gold Mountains)으로 불리던 브리티시 콜롬비아 주에 와서 힘든 이민 생활을 경험했다. 이제 임종을 앞둔 그의 기억은 그가 브리티시 콜롬비아 중국인 후원회에 의해 캐나다 태평양 철도 건설 과정에서 희생된 중국인 노동자들[10]의 유골을 찾아 고국으로 보내는 사명을 받고 캐나다 황야를 헤매던 1892년으로 거슬러 올라간다.

> 그는 이제 늙은이가 되었다. 그리고 그는 하루 종일 기억을 곱씹으며 보냈다. 혹은 그 기억들이 그를 가지고 놀았다. 그는 캐나다 태평양 철도를 따라 흩어져있던 중국인 노동자들의 유골들을 찾으러 갔던 그때 쯤, 그가 꾸었던 매우 기이한 꿈에 대해 설명을 해야 한다고 느꼈다. 그들의 유령들은 침목 위에 앉아있고, 어떤 유령들은 한 발을 빛나는 선로 위에 얹고 서서, 기다리며, 불평하고 있었다. 중국인들이 대개 그렇게 잊혀지듯 백인들이 준공식을 한 후 반세기 동안이나 아직도 그들은 그 철로 끝에서 기다리고 있었다. (D 5-6).

실제로 캐나다 태평양 철도 완공을 기념하기 위해 세워진, 브리티시 콜롬비아 주 크레이글리치(Craigellachie)에 있는 '마지막 대못'(The Last Spike)에는 커다란 사진이 하나 걸려 있다. 그 사진에는 양복차림의 백인들의 모습만 있을 뿐 단 한 명의 중국인 노동자의 모습도 보이지 않는다. 이것은 캐나다 태평양 철도 건설에 큰 희생과 공헌을 했음에도 불구하고, 중국인들

---

[10] 캐나다 태평양 철도 건설 기간 약 17,000명의 중국인 노동자가 동원되었고 그 중 약 600여 명이 사망한 것으로 추정된다.

이 공식적인 캐나다 역사에서 배제되었음을 상징적으로 보여준다.

그리하여 소설 속에서 철도가 완성되고 백인들만의 기념식이 있은 후 반세기가 지났지만, 중국인 노동자들은 아직도 무언가를 기다리며 선로 주변을 서성대고 있는 유령의 모습으로 묘사된다. 이것은 캐나다 태평양 철도뿐 아니라 국가 건설에서의 자신들에 대한 정당한 평가와 인정을 기대하는 것을 나타낸다고 해석할 수 있다. 그러므로 구웨이 챙의 "유골 탐색 원정"(D 1)은 과거 대륙횡단 철도 건설에서 일한 중국인 노동자들의 발자취를 따라 중국계 캐나다인 공동체의 역사를 찾아가는 여정인 동시에, 기존의 공식적인 캐나다 역사에 대한 저항 담론이라고 할 수 있다.

중국인들이 이주한 초기부터 캐나다 사회에는 중국인들은 부도덕하고 군집본능이 있으며 전염병을 퍼뜨리는 인종이라는 부정적인 고정관념이 퍼져 있었다. 백인들은 전염을 막기 위해 중국 이주자들을 사회적, 경제적 조치를 통해 차이나타운이라는 특별한 장소에 거주지를 국한시켰다(Ng 160). 아편과 마약에 중독된 이교도 무리라고 여겨지던 중국인들의 '침입'을 두려워한 백인들은 그들이 자신들의 지역에 이사 오는 것을 막았고, 되도록이면 중국인들에게 부동산을 팔거나 임대하려 하지 않았다. 그 결과 밴쿠버 차이나타운은 "초만원의 토끼장"(Calder 9)같은 너무나 붐비고, 더러운 장소로 게토화되었다. 그런데 백인들은 중국인들이 이러한 불편한 환경을 더 좋아한다고 자의적으로 해석했다.

이러한 대중의 편견과 차별의 환경에서 중국인들은 자발적으로 협회를 조직하고 그 협회를 중심으로 단결하였다. 이 협회들은 새로운 이주자들을 지원하고 차이나타운을 통제하고 중국 본토와의 연락과 본국으로의 송금 업무 등을 돕는 역할을 하였다. 중국인 노동자들의 유골을 찾도록 구웨이 챙을 보낸 밴쿠버의 중국인 후원회 역시 그러한 협회 중 하나였다. 돈을 벌어 중국의 가족들에게 돌아가려고 한 중국인 노동자들의 소망은 철로 주변에 대충 묻힌 그들의 죽음과 함께 허망하게 사라졌다. 따라서 중국인 후원회는 아무도 기억해주지도 인정해주지도 않는 그들의 죽음을 기리고 유해를 중국으로 송환함으로써 그들의 소망을 이루어주길 바랐다.

중국인들의 관습에서 적절한 장례와 매장은 매우 중요한 의미를 갖는다. 따라서 철도 주위에 방치된 유골들을 찾아 본국으로 송환하여 적당한 장례와 매장을 하게하는 것은 영혼들이 "방향을 잃고 천 년 동안 헤매는 것"(D 17)을 멈추게 하기 위한 것이다. 이것은 뮤 란이 남편에게, 만약 그의 후손이 없어 제사를 지내지 않는다면 "보살핌을 받지 못한 그의 영혼이 천 년을 헤맬 가능성"(D 29)에 대해 언급하는 것에서 잘 나타나 있다. 예전 중국에서는 적절한 장례가 주어지지 않는다는 것은 죽은 자에 대한 산 자들의 저주가 될 수 있고, 산 자들에 대한 죽은 자들의 위협이 될 수 있었다. 유골을 찾아 본국에 송환함으로써, 그들은 중국인 노동자들이 캐나다 사회의 인종차별주의에서 벗어나 "진짜" 정체성, "실제" 자아를 되찾기를 바란 것이다(Goellnicht 307).

중국인 후원회에 의해 선택된 구웨이 쳉은 1892년, 완성된 철도의 지도를 갖고, 그 지도에 표시된 명확하지 않은 지점을 따라 철도 건설 도중 죽은 중국인 노동자들의 유골을 수집하여 중국 본토로 보내는 사명을 갖고 로키 산맥을 헤매고 있었던 것이다. 이 유골 탐색 작업은 그를 극도로 지치게 만들고, 캐나다의 거친 자연은 그를 죽음 직전까지 몰아간다. 황야에서 배고픔과 극도의 피로, 외로움 속에 길을 잃고 헤매던 그는 중국어를 말하는 원주민 혼혈 소녀 켈로라를 만나 구조된다. 그를 죽음에서 구해주는 켈로라는 시아트코(Shi'atko) 원주민 여성과 중국인 남성 첸 곽 파(Chen Gwok Fai)의 딸로 원주민 안내자의 전형적인 역할을 수행한다. 첸은 과거 금광과 철도 건설에서 일한 중국인 노동자로, 절벽 위의 한 오두막에 도착했을 때 총상으로 죽어가던 한 백인 남자와 원주민 여성을 우연히 만나고, 그 남자가 죽은 후 그 여성과 아이와 가족을 이루고 원주민에 동화되어 살아왔다.

정보도 장비도 부족한 구웨이 챙은 켈로라와 첸의 도움으로 철도 주변에 흩어져있던, 표시조차 지워져버려 찾기 어렵던 중국인 노동자들의 유골 발굴 임무를 무사히 마치게 된다. 켈로라는 오래 전에 희미해져버린 묘지들의 위치를 찾는데 특별한 직관력을 가지고 있을 뿐만 아니라 그 지형과 환경에 익숙하기 때문에 구웨이 챙과 중국인 노동자들 유해 사이의 다리 역할을 한다.

구웨이 챙은 첸과 함께 중국인 노동자들이 묻힌 장소에 대한 정보를 찾아 채금선(gold dredgers)의 독립적인 그룹으로 아직도 남아있는 공사장 합숙소에 있는 중국인 노동자들을 찾아간다. 그는 개울가 빈터 가장자리에 천막을 치고 있던 중국인 노동자들이 일하는 모습을 직접 보게 된다. 그들은 "외로움과 고립" 속에 서로 의지하며 힘든 노동을 견디고 있었다(D 11). 이들의 모습을 통해 구웨이 챙은 과거 철도 건설 현장에서 일하던 중국인 노동자들의 모습을 상상할 수 있게 된다.

첸의 도움을 받으면서 구웨이 챙은 유골의 정보를 찾아 작은 차이나타운, 농장, 노동자 합숙소 등을 찾아다니며, 수많은 중국인 노동자들을 만나게 된다. 그의 임무를 알게 된 그들은 그에게 기꺼이 음식을 주고 그가 원하는 것은 무엇이든지 나눠주려고 하지만 이기적인 그는 고마움을 깨닫지 못한다. 철도 완공 후 중국으로 돌아갈 비용을 주기로 한 캐나다 정부가 계약을 어기자 어쩔 수 없이 캐나다에 남게 된 많은 중국인 노동자들은 캐나다 사회에서 쇠약해져 가고 있었다. 구웨이 챙은 그들에게서 외로움을 보았으면서도 자신의 일을 쉽게 하기 위해 물건과 정보를 챙길 뿐 자신에 대한 그들의 공손한 태도를 하찮게 여긴다(D 12). 또한 그는 가난한 중국인 노동자들에게 약간의 경멸감마저 느낀다. 중국에서 온 지 얼마 안 된 그는 중국에 있는 마을 소식을 전해줌으로써 자신이 큰 호의를 베풀고 있다고 생각하기도 한다. 그는 그때 너무 젊어서 그들의 고통과 외로움을 이해하지 못한 것이다. 하지만 마침내 유골을 직접 만지게 되면서 그는 변화를 경험한다.

그가 유골들을 만질 때까지는 아니었다. 그가 마침내 유골들을 만졌을 때, 그는 경외심에 사로잡혔다. 처음에, 그는 사실 이 섬뜩한 일을 두려워했다. 몇 개의 마른 뼛조각들이 그에게 역겨운 게 아니라면 무엇이겠는가? 하지만 산의 정령은 강하고 설득력이 있었다. 뼈가 모아져서 젊은 남자들의 형상을 하게 되었는데, 각각 늠름하고 대담한 모습이었다. 그들은 그가 어디를 가든 따라다니며 그에게 속삭였기에, 그는 마침내 그들 각각이 가슴 속 비밀스러운 곳에 자신과 똑같은 열망을 간직하고 있는 영웅이라는 것을 알게 되었다. (*D* 12)

구웨이 챙은 험악한 로키산맥, 늪지대, 광산, 절벽 같은 철도를 놓기 어려운 캐나다 자연 환경에서 유골의 주인들이 "산 속의 바위들과 인간의 잔인함"에 맞서며 "믿을 수 없는 여정"을 이어가면서 백인들 앞에서 위험을 막아주는 "보호용 부적"(*D* 13) 역할을 했음을 알게 된다. 자신의 임무에 대해 힘들다고 불평하던 그는 유골들을 탐색하고 발굴하는 과정을 통해 극한 상황에서 철도 건설 작업을 해야 했던 중국인 노동자들의 고난과 아픔을 공감하게 되고, 형제들인 그들을 고향으로 보내는 자신의 사명의 중요성에 대해 비로소 깨닫게 된다.

그 즈음에 그는 이해하게 되었다. 그 즈음에 숲의 완전한 평화 속에서 그는 그들 모두와 만났다−산을 높이 올라갔다가 떨어진 삼촌들, 밀려드는 깊은 물에 빠져 죽은 삼촌들, 붕괴된 광산의 먼지 속에서 벽을 긁다가 죽어간 삼촌들. 이제 그는 두렵지 않고 그들은 더 이상 이방인이 아니었다. 그들처럼 그는 흩어지고 산산이 부서진 뼈로부터 다시 자기 자신을

이어 맞추고, 참아낼 수 있었다. (D 13)

중국인 후원회에 의해 선택되어 임무를 받고 왔지만 자신의 일에 대해 자부심도 중요성도 인식하지 못하던 구웨이 챙은 중국인 노동자들의 유골을 직접 만지면서 비로소 그들이 "생존이라는 고된 일"(D 13)을 이겨낸 이들이고, "모험과 대담성"(D 17)을 위해 죽은 영웅들임을 알게 된다. 그는 초기 중국인 노동자들을 "삼촌"(uncle)이라고 부름으로써 자신이 그들에게 느끼는 유대감을 표현한다.

이와 같이 『잔월루』는 구웨이 챙의 유골 탐색 원정을 통해 오래 전에 잊혀진 캐나다 태평양 철도 건설 중국인 노동자들에 대한 관심을 환기시킨다. 리는 자넷 스미스 사건의 하우스보이, 푼 싱이 한 인간임을 보여준 것처럼, 중국인 노동자들 역시 값싼 노동력, '노동 기계'가 아니라 외로움과 그리움, 고단함을 느끼는 인간이었음을 이야기하고 있다. 이 소설은 그동안 묻혀 있던 중국인 공동체의 서사를 통해, 캐나다 공식 역사에서 인정받지 못한 그들의 공헌을 주장하고, 그들이 겪었던 인종차별주의의 억압을 노정하고 있다. 그러므로 구웨이 챙의 유골 발굴 작업은 침묵당한 중국계 캐나다인 공동체 역사의 회복을 상징한다고 할 수 있다.

IV. 진정한 다문화주의 사회를 위하여

다원주의가 법으로 보장되었지만, 1965년 캐나다의 저명한 사회학자 포터(John Porter)가 '수직적 모자이크'(vertical mosaic)라고 상징적으로 표현한 캐나다 사회의 종족성과 사회적 계급 사이의 상관관계가 그 이후 근본적으로 변한 것처럼 보이지는 않는다. 인도계 캐나다인 바너르지(Himani Bannerji)는 캐나다 사회에서 "캐나다인"이라는 범주는 시민권과 상관없이 북미 유럽계 백인을 의미하며 인종은 이념적, 정치적, 문화적 추정과 국가의 행정까지 반영한다고 주장한다(64). 백인 캐나다인 허치언(Linda Hutcheon) 역시 캐나다인은 영국과 프랑스계 사람들을 의미하며, 이들을 제외한 소수인종은 차별받는 주변부를 상징하며, 항상 타자의 사회적 위치와 관련되고, 사회적, 문화적 위계질서와 밀접하게 연결되어 있다고 지적한다(2).

백인이 주류인 캐나다 사회에서 인종은 그 자체로 중요한 요인이고 '가시적인 소수인종'(visible minorities)[11]은 여전히 인종차별주의의 대상이 되고 있다. 그러므로 캐나다 다문화주의가 '관용의 유산'이라는 것은 백인 중심의 담론으로, 이러한 인종차별적 위계질서를 무시한 것이다.

캐나다가 다문화주의 정책을 시행한 후에 밴쿠버의 차이나타운은 중국계 캐나다인들의 역사를 기념하는 곳이자, 보존된 일련의 문화유산으로서 관광명소가 되었다. 그곳은 관용적인 캐나다의 역사를 보여주는 공간이자 기억의 장으로 소수인종의 경험과 정체성을 상품화하기 위한 장소였다(Martin 93).

그러나 스카이 리는 『잔월루』에서 캐나다 내 중국인 디아스포라의 서사를 통해 다문화주의와 관련된 밴쿠버 차이나타운에 대한 공식담론에 문제의식을 제기한다. 밴쿠버 차이나타운은 포용적인 캐나다 다문화주의의 역사적 상징의 이미지가 아니라 캐나다의 인종차별주의로 인해 소수인종이 억압당해 온 역사의 공간임을 이 작품은 폭로하고 있다.

따라서 본고는 이 소설에 나타난, 캐나다 공식 역사와 담론에서 침묵당해 온 중국인 공동체의 서사에 대한 고찰을 통해 캐나다 다문화주의가

---

[11] 1986년 고용의 형평법에서 처음 등장한 표현으로, 캐나다 정부는 캐나다에서 차별받는 네 그룹으로 여성, 원주민, 장애인, 가시적인 소수인종(원주민을 제외한 비백인, 비유럽계 사람들)을 거론하였다.

소수인종에 관대했던 역사의 유산이라는 주장이 허구적 담론임을 밝히고 있다. 그것은 오히려 다양한 인종들을 다루고 통합하기 위한 일종의 '진정제 정치학'(sedative politics)(Kamboureli 82)이라고 할 수 있다.

『잔월루』는 지금까지 캐나다 공식 역사에서 배제된 소수인종의 역사를 다룸으로써 캐나다 사회의 인종차별적 억압의 관행이 담론화되는 계기를 만들었고, 캐나다의 사회적, 정치적 변화를 이끄는 데도 영향을 미쳤다고 할 수 있다.

마침내 2006년 6월에 보수당 정부의 하퍼(Stephen Harper) 총리는 의회에서 중국인들에게만 부과했던 인두세에 대해 사과하였다. 또한 캐나다 정부는 인두세를 납부했던 당사자와 배우자, 가족들의 배상요구를 받아들여 2만 달러의 배상금을 지급하겠다고 하였다.

허치언은 캐나다의 차별의 역사를 언급하며 다문화주의 사회인 캐나다의 긍정적인 면과 더불어 소수인종들에게 편협했던 캐나다의 과거도 인정해야 한다고 주장한다(11). 즈위커(Heather Zwicker) 역시 공식적으로 승인된 인종차별주의를 언급하면서, 다문화주의 정책의 낙관주의적 주장은 캐나다 역사를 눈가림하려한다고 지적하고 있다(147-48). 다양성과 관용을 지향하는 다문화주의 정책은 곧 인종차별주의의 과거까지도 인정해야 하기 때문이다.

백인중심의 담론에서 벗어나 공식 역사 이면을 조명하는 소수인종의 목소리에 귀를 기울이고 과거를 직시하여 인정하는 것이 캐나다가 진정한 다문화주의 사회로 나아가는 데 꼭 필요한 요소일 것이다. 또한 이 작품을 통해 알 수 있듯이, 형식적인 "인정의 정치학"이 아니라 다른 문화에 대한 진정한 상호 존중과 "동등 존엄성의 정치학"(Taylor 41)에 기반을 둘 때 진정한 다문화주의가 뿌리내릴 수 있을 것이다.

김성곤. 「모자이크문화와 캐나다문학」. 『외국문학』. 28 (1991): 11-26.

Bannerji, Himani. *The Dark Side of the Nation: Essays on Multilculturalism, Nationalism and Gender.* Toronto: Canadian Scholars' P, 2000.

Bolaria, B. Singh and Peter S. Li. *Racial Oppression in Canada.* 2nd ed. Toronto: Garamond P, 1988.

Calder, Alison. "Paper Families and Blonde Demonesses: The Haunting of History in Sky Lee's '*Disappearing Moon Cafe*'". *ARIEL* 31.4 (2000): 7-21.

Chao, Lien. *Beyond Silence: Chinese Canadian Literature in English.* Toronto: TSAR Publications, 1997.

_____. "The Collective Self: A Narrative Paradigm in Sky Lee's *Disappearing Moon Cafe.*" *Cross-Addressing: Resistance, Literature and Cultural Borders.* Ed. John C. Hawley. Albany: State of New York UP, 1996. 237-55.

Goellnicht, Donald C. "Of Bones and Suicide: Sky Lee's *Disappearing Moon Cafe* and Fae Myenne Ng's *Bone.*" *Modern Fiction Studies.* 46 (2000): 300-30.

Huggan, Graham, "The Latitudes of Romance: Representations of Chinese Canada in Bowering's *To All Appearances A Lady* and Lee's *Disappearing Moon Cafe.*" *Canadian Literature.* 140 (1994): 34-48. Ⅲ

Hutcheon, Linda. "Introduction." *Other Solitudes: Canadian Multicultural Fictions.* Eds. Linda Hutcheon and Marion Richmond. Toronto: Oxford UP, 1990.

Kamboureli, Smaro. *Scandalous Bodies: Diasporic Literature in English Canada.* Toronto: Oxford UP, 2000.

Kerwin, Scott. "The Janet Smith Bill of 1924 and the Language of Race and Nation in British Columbia". *B. C. Studies.* 121 (Spring 1999): 83-114.

Lee, Sky. *Disappearing Moon Cafe.* 1990. Vancouver: Douglas & McIntyre, 1991.

Li, Peter S. *The Chinese in Canada.* 2nd ed. New York: Oxford UP, 1998.

MacDonald, Tanis. "'Dead Girl-Bag': The Janet Smith Case as Contaminant in Sky Lee's *Disappearing Moon Cafe*". *Studies in Canadian Literature.* 27.1

(2002): 32-46.

Mackey, Eva. *The House of Difference: Cultural Politics and National Identity in Canada*. New York: Routledge, 1999.

Martin, Daniel. "Ghostly Foundations: Multicultural Space and Vancouver's Chinatown in Sky Lee's *Disappearing Moon Cafe*". *Studies in Canadian Literature*. 29.1 (2004): 85-105.

Ng, Maria Noëlle. "Representing Chinatown: Dr. Fu-Manchu at the *Disappearing Moon Cafe*." *Canadian Literature*. 163 (Winter 1999): 157-75.

Taylor, Charles. "The Politics of Recognition." *Multiculturalism: Examining the Politics of Recognition*. Ed. Amy Gutmann. Princeton: Princeton UP, 1994. 25-73.

Zwicker, Heather. "Multiculturalism: Pied Piper of Canadian Nationalism (And Joy Kogawa's Ambivalent Antiphony)." *ARIEL*. 32.4 (October 2001): 147-75.

※ 이 글은 「침묵당한 소수인종 서사—스카이 리의 『잔월루』」. 『영어영문학 21』. 28.3 (2015): 33–53 쪽에서 수정·보완함.

아파르트헤이트 이후의 백인 정체성
―나딘 고디머의 『줄라이의 사람들』

● ● ● 이혜란

I. 『줄라이의 사람들』이 열어주는 정치의 공간

1981년에 발표된 나딘 고디머(Nadine Gordimer, 1923-)의 『줄라이의 사람들』(*July's People*)은 남아프리카 공화국에서 아파르트헤이트(Apartheid)가 공식적으로 폐지되던 때인 1994년보다 무려 13년이나 앞서서 이 같은 상황을 예언적으로 다룬 작품으로 알려져 있다. 고디머는 1976년의 소웨토 봉기(the Soweto Riots)[1]와 1970- 80년대에 본격화되고 있었던 남아공 흑인들

---

[1] 1976년 6월 흑인 집단거주 지역 중의 하나인 소웨토에서 발생한 대규모 학생시위로 흑인학교에서 영어교육을 금지하고 아프리칸스(네덜란드어에서 전화한 남아공 공용어)를 수업 언어로 강제하는 정책에 대한 반발에서 비롯되었다. 이러한 정책은 흑인학생들이 영어를 습득할 수 있는 길을 차단함으로써 흑인들을 낮은 단계의 교육수준에 묶어놓으려는 아파르트헤이트 정책의 일환으로 마련된 것이었다. 소웨토봉기는 경찰의 발포로 인해 600여 명에 이르는 사상자를 내었다. Brian Lapping. *Apartheid: A History*. (New York: George Braziller, 1987) 참조.

의 일련의 파업운동에서 아파르트헤이트가 현실적으로 붕괴되어가고 있음을 확신했고, 이제 그 이후를 상상하고 문학적으로 재현하는 것이 "작가의 책무"(the writer's responsibility)라고 여겼다(*Essential* 286). 그러나 『줄라이의 사람들』은 단순히 다가올 미래를 예견하는 소설이 아니며, 더욱이 아파르트헤이트 이후의 상황을 막연히 낙관적으로 묘사하는 유토피아적 메시지를 담고 있지도 않다. 고디머가 『줄라이의 사람들』에서 제기하는 문제의식은 무엇보다 "낡은 것은 소멸해가고 새로운 것은 탄생할 수 없는 이같은 단절기에는 매우 다양한 병적인 징후들이 출현한다"(The old is dying and the new cannot be born; in this interregnum there arises a great diversity of morbid symptoms)는 소설의 에피그라프에 집약되어 있다. 이 구절은 안토니오 그람시의 『옥중수고』의 한 대목을 인용한 것으로서, 고디머가 아파르트헤이트의 종결을 남아공 역사에서 하나의 혁명적 단절기로 보았으며 그녀가 주목하는 것이 바로 이 시기에 등장하는 '병적인 징후들'임을 시사해준다.

아파르트헤이트가 마침내 종언을 고하고 다수 흑인들이 빼앗겼던 권력을 마땅히 되찾는 혁명적 상황에서 고디머가 주목했던 '병적 징후들'이란 무엇이었을까. 남아공에서 아파르트헤이트는 '원주민 토지법'(The Natives Land Act)과 '그룹 구역법'(Group Areas Act) 등을 통해 흑 · 백 인종간의 거주지를 분리하고, '통행법'(The Pass Law)과 '시설물 분리법'(Reservation of Separate Amenities Act), '인종간 혼합결혼 금지법'(Prohibition of Mixed Marriages Act), '부도덕법'(Immorality Amendment Act) 등을 통해 개인의 사적 영역을 규제함으로써 인종집단 간의 극단적 분리는 물론, 사회 구성원들의 개별적 생활양식까지를 강제했던 일련의 법적 시스템이다. 네덜란드에서 영국으로 이어지는 수 세기 동안의 식민통치의 역사를 배경으로 1948년 이래 반세기 동안 지속되었던 아파르트헤이트가 남아공 사회에 미친 영향을 고려해볼 때, 고디머에게 있어서 아파르트헤이트 이후(post-apartheid)의 시기는 인종 간의 피상적인 권력교체를 넘어 거대한 사회 내부적 혁명을 동반하는 과정이었다. 고디머가 보기에 이는 흑백 인종 모두의 내적 준비를 필요로 하는 문제였고, 탄생할 새로운 질서를 온전히 수용하지 못하는 낡은 질서들이 내뿜는 병적 징후들, 즉 "낡은 질서의 함정을 넘어서려는 시도가 직면하게 될 어려움들"(Erritouni 68-69)에 대한 예견과 통찰이 필요했다.

이와 같은 문제의식 하에 고디머는 『줄라이의 사람들』에서 흑인 혁명의 시작을 배경으로 남아공의 백인 일가족이 흑인들의 거주지역인 '홈랜드'(homeland)의 깊숙한 곳에서 흑인 원주민과 직접적으로 대면하게 되는 상황을 설정한다. 즉, 요하네스버그에서 백인 중산층의 삶을 영위하던 스메일즈(Smales) 일가가 흑인 혁명이 초래할 위험을 피해 그들의 원주민 하인인 줄라이의 마을로 피신하게 되고, 이 같은 상황은 곧 그들의 하인이었던 줄라이가 그들의 "보호자"(1)[2]이자 "구원자"(9)가 되는, 관계의 역전 상황을 열어놓는다. 이들 스메일즈 부부, 모린(Maureen)과 뱀(Bamford)은 "수영장과 일곱 개의 방이 딸린"(25) 저택 대신 의미를 알 수 없는 장신구들과 농기구가 걸려있는 한 칸짜리 오두막에서 자신들이 15년 동안 하인으로 고용해온 줄라이에게 "모든 것을 의존"(58)해야 하는 처지에 놓이게 된 것이다.

소설은 이 같은 역전된 관계 속에서 모린과 뱀이 겪는 문화적 단절과 그로 인한 변화, 특히 모린이 겪는 의식의 변화를 긴장감 있게 따라간다. 변화된 줄라이와의 관계, 낯선 자연환경과 이질적 문화 등은 그들이 신봉해온 자유주의적 세계관을 근저에서부터 뒤흔들고, 모린과 뱀은 자신들의 삶을 구성해왔던 요소들, 너무도 자명하게 여겨졌던 탓에 의심할 수 없었

---

[2] Nadine Gordimer. *July's People*. (New York: Penguin Books, 1982) 이하에서는 괄호 안에 쪽수만 표시함.

던 요소들의 붕괴를 경험한다. 이런 점에서 고디머가 『줄라이의 사람들』을 통해 탐색하는 대상은 남아공의 자유주의 백인들(liberal whites)에 그 초점이 주어져있다고 할 수 있다. 이는 남아공의 진보적 백인 작가로서 고디머가 그녀의 문학세계 전체에 걸쳐 일관되게 탐색해 온 주제이기도 하거니와, 특히 흑인 중심의 권력이 새로운 질서를 구축하게 될 시점에서 백인들의 공존의 가능성, 그들의 변화의 가능성에 고디머의 현실적 고뇌가 실려 있었기 때문이다.

그간 『줄라이의 사람들』에 대한 비평의 주된 초점은 백인 자유주의자로서 모린과 뱀의 내적 변화와 그 의미에 대한 해석에 맞춰졌으며, 특히 모린과 관련된 소설의 결말부분을 어떻게 해석하고 평가할 것인가의 문제가 논란의 핵심을 이루었다. 모린은 줄라이의 마을에서 비로소 줄라이의 삶과 대면하게 되고 "백인의 무지"(white ignorance)(75)를 자각하게 되는데, 이어 소설의 마지막 장면은 남편인 뱀과 아이들을 줄라이의 마을에 남겨둔 채, 마을에 들어온 헬리콥터를 타기위해 질주하는 모린의 모습으로 급속히 이동한다. 예상치 못한 모린의 선택으로 처리되는 마지막 장면은 특히 포스트아파르트헤이트(post-apartheid) 시대의 '남아공 자유주의적 백인들의 가능성'을 탐색하고 있는 작품 전체의 주제와 결부되어 많은 논란의 대상이 되었다.

논란의 초점이 되고 있는 결말 부분에 대한 평자들의 의견은 크게 두세 갈래로 나뉜다. 우선 모린의 행위를 줄라이가 대변하는 새로운 질서와의 소통과 화해의 불가능함에 대한 절망적 행위이자, "참여가 아닌 떠남"(Lenta 135)으로 해석하는 관점이 있다. 다른 한편에서는, 이를 고디머의 모호함이 드러나는 지점으로 평가하는 관점, 즉 모린의 행위는 "판독 불가능한 행위"(almost unreadable act)(Bodenheimer 119)이며, 여기서 고디머의 모호함, "의미에 대한 거부"(refusal of meaning)(Neill 80)가 드러난다고 진단하는 의견이 있다. 이 경우, 고디머가 의도적으로 모린의 행위에 의미를 부여하는 것을 어렵게 함으로써 남아공에서 백인 자유주의자의 정치적 태도의 문제를 모호한 상태로 남겨 둔다는 비판으로 연결될 수 있다. 그러나 몇몇 평자들은『줄라이의 사람들』에서 포스트아파르트헤이트 시대의 "유토피아적 전망"(Erritouni 69)을 발견하는데, 이 같은 관점에 의하면 모린의 행위는 "변화에 대한 긍정적 껴안음"(Bazin 122)이자 아직 결정되지 않은 미래를 향한 도약이며 "희망의 몸짓"(Heywood 37)으로 읽힌다.

그러나 이처럼 마지막 장면만을 따로 떼어내어 이를 소설 전체에 대한 판단의 절대적인 열쇠로 삼는 경우, 앞서 언급한 평자들의 결론에서 알 수 있듯이 각각 매우 상반된 관점들로 귀결될 수밖에 없다. 다시 말해, 결말을 근거로 소설 전체의 메시지를 찾으려는 데 집착하게 되면 결국 소설의 구체적 전개 과정이 드러내는 더 중요한 문제의식을 놓쳐버리는 우를 범하기 쉽다. 그러므로 이 같은 비평적 오류를 피하기 위해서는『줄라이의 사람들』을『보호주의자』(*The Conservationist*, 1974)나『버거의 딸』(*Burger's Daughter*, 1979) 등과 같은 고디머의 후기 소설들이 제기하는 보다 커다란 문제의식의 맥락에서 접근할 필요가 제기된다. 이런 측면에서 이들 후기 작품들이 "사멸해가는 백인우월주의 질서와 탄생을 기다리고 있는 새로운 질서 사이의 교섭을 위한 공간(a space of negotiation)을 창출"한다는 매카스킬(Macaskill)의 지적(60)은 작품을 보다 생산적으로 읽어 낼 수 있는 지평을 열어준다. 또한 고디머의 주요 평자 가운데 한 사람인 클링먼(Stephen Clingman)의 다음과 같은 설명 역시 보다 열린 시각으로 작품을 읽을 필요를 제기한다는 점에서 좋은 참조물이 된다.

[. . .] 이 시기[소웨토 봉기가 발생하고『버거의 딸』과『줄라이의 사람들』을 썼던 1970년대 후반과 1980년대 최] 동안 그녀[고디머]는 다시 한 번

남아프리카에서 작가가 된다는 것의 책무에 대해 깊이 생각하고 있었다. 기본적인 문제의식은 다음과 같았다. 백인작가는 어떻게 발생하고 있는 새로운 질서의 진정성 있는 일부분이 될 수 있을 것인가? 무엇이 그러한 통합(integration)의 조건들이 될 것인가? 그녀의 작가적 소명을 염두에 두면서, 타당하게도 고디머는 새로운 정치 문화(a new political culture)의 전개를 우선적인 문제로 생각하기 시작했다. (194)

클링먼은 고디머가 포스트아파르트헤이트 시대의 '새로운 정치 문화의 전개'를 가장 중요한 문제로 생각했으며, 이를 상상하고 문학적으로 재현하는 것이 작가의 책무임을 자각하고 있었다는 점을 지적한다. 즉, 『줄라이의 사람들』은 백인 자유주의자로서 모린과 뱀이 갖는 한계를 드러내줌으로써 "백인들의 죄의식"(Neill 71)을 배출하는 데 그 의도가 있지 않으며, 다가올 필연적 미래와 새로운 질서를 염두에 두고, 남아공 백인과 흑인 간의 직접적 대면의 장을 창출하는 데 그 진정한 목적이 있었다고 할 수 있다. 이처럼 『줄라이 사람들』이 열어주는 소설적 공간을 새로운 정치 문화를 염두에 둔, 낡은 질서와 새로운 질서 사이의 교섭의 공간으로 본다면, 작품 곳곳에서 드러나는 모린과 뱀, 줄라이의 관계를 둘러싼 불화와 단절의 장면들은 이제 "봉쇄"(blockage)나 "막다른 난국"(impasse)(Smith 176) 아닌, 고디머가 말하는 "서로 알고 있지만 결코 말해지지 않았던, 그러나 씌어져야 할 것"(Interregnum 278)을 드러내줌으로써, 새로운 질서를 논의하고 협상할 수 있는 생산적 공간을 열어주는 셈이 된다.

이러한 관점과 관련하여 정치에 대한 랑시에르(Jacques Rancière)의 견해는 유용한 참조물이 된다. 랑시에르는 정치의 원리를 정의하는 개념으로 '불화'(la mésentente/ dissensus)라는 개념을 제시하는데, 그의 설명에 의하면 '불화'는 공동체 안에서 논쟁의 공통공간을 열어줌으로써 지배의 공간에서 억압되어 있던 목소리들을 들리게 하는 계기를 마련해준다.

> 나는 불화를 정치의 원리로 정의함으로써 포함과 배제의 관계에 대한 이
> 이중의 전복을 이론화하려고 했다. 불화란 계쟁(係爭)적인 공통의 대상들
> 을 그것들을 '보지 않는' 자들에게 부과하는 논쟁적인 공통공간을 구성하
> 는 것이다. 이는 지배공간에서 말로 인정되지 않고 그저 고통이나 분노
> 의 소음으로만 간주되던 말들을 그 지배공간에서 듣게 만든다. (26)

이를 좀 더 구체적으로 설명하면, 랑시에르는 통치 행위를 '치안'
(police)이라는 개념으로 설명하는데, 이때 '치안'이란 곧 "사람들을 공동체
로 결집하여 그들의 동의를 조직하는 것으로 이루어지며, 자리들과 기능
들을 위계적으로 분배하는 것에 바탕"을 두는 행위이다(133). 그리고 불화
는 바로 이러한 '치안'의 행위가 초래한 "비가시성과 제거"(223)에 맞서는
정치적 행위이자 원리가 됨으로써 이를 통해 갈등관계에 놓인 분할된 대
상들의 논쟁적인 공통공간이 구성된다는 것이다. 랑시에르의 관점에서 본
다면, 고디머는『줄라이의 사람들』를 통해 남아공 사회의 비가시성과 제
거의 대상이었던 다수 흑인들의 삶과 그것들을 보지 않아왔던 백인들을
대면시키고 그들 간의 불화를 분출시킴으로써 논쟁적인 공통공간을 마련
하는 셈이다.

불화가 형성시키는 논쟁적인 공통의 공간은 필연적으로 그 공간에 존
재하는 대상들의 정체성의 균열을 예고한다.『줄라이의 사람들』역시 모
린과 뱀, 특히 백인 여성으로서의 모린의 인종적, 계급적, 성적 정체성이
균열되는 순간들을 정밀하게 포착한다. 이 정체성의 문제 역시 랑시에르
에 의해 설명되는데, 정체성이란 "정해진 자리와 기능의 공동체로 정의된
'치안' 공동체"에 다름 아니며, '정치적 주체화'란 바로 "이 (정해진) 자리와

정체성들의 분배를 해체"하는 과정을 통해 형성되는 것이다(28). 본 논문은 랑시에르의 이 같은 개념들을 길잡이 삼아 모린과 뱀의 정체성이 균열되는 순간들을 면밀히 살펴보고, 이를 남아공 사회에서 백인에게 부여되었던 '정해진 자리'와 '분배된 정체성들'이 해체되는 과정으로 설명하고자 한다. 또한 논란이 되었던 결말 부분의 모린의 행위에 대해서는, 이를 아파르트헤이트 이후의 새로운 질서가 요구하는 '정치적 주체화'를 위한 단절적 과정으로 해석하고 '탈정체화'(désidentification/ de-identification)라는 개념으로 이를 분석하고자 한다.

II. '병적 징후들' - 소유의 문제

『줄라이의 사람들』은 일견 『로빈슨 크루소』(*Robinson Crusoe*)나 『암흑의 핵심』(*Heart of Darkness*) 류의 작품들이 담고 있는 식민서사의 반복적 모티프, 즉 '원시의 공간'에 좌초하게 된 '문명화된 백인'의 "난파와 표류의 기록들"(Titlestad and Kissack 208)의 전통을 차용하고 있는 듯하다. 소설의 첫 머리에서 스메일즈 일가족은 여느 아침처럼 하인인 줄라이의 차 시중을 받지만, 그들이 눈을 뜬 곳은 수영장과 일곱 개의 방이 있는 요하네스버그의 저택이 아닌 줄라이의 가족들이 내어준 한 칸짜리 오두막이다. 흑인 혁명의 화염에 휩싸인 요하네스버그를 탈출해 줄라이의 마을로 숨어들어오게 된 그들은 이제 "먼 나라에 정박"(14)하게 된 난파자들의 처지에 놓이게 된 것이다.

그러나 『줄라이의 사람들』은 "로빈슨식의 계몽"(the Enlightenment "Robinsonade")(Titlestad and Kissack 208)의 서사를 결코 반복하지 않는다. 스메일즈 가족은 15년 동안 그들의 하인이었던 줄라이의 눈에 이제 "아무것도 할 수 없"(21)는 무력한 존재이며, "그들 스스로를 돌볼 수 없"는 존재로 여겨진다(10). 그들이 정박하게 된 '원시의 공간' 역시 더 이상 그들에게 쉽게 점유되지 않는다. 가족들에게 먹일 야채를 구하러 줄라이의 부족 여자들이 일하는 들판에 나가려는 모린에게 줄라이는 "You don't need work for them in their place"[3](97)라고 말하는데, 여기서 모린은 줄라이가 사용하는 'place'라는 단어를 이해하는 데 있어 혼란을 느낀다. 이는 곧 줄라이에게 모든 것을 의존해야하는 상황이 모린에게 불러일으킨 자의식에서 비롯된 것으로서, 모린은 줄라이가 말하는 'place'라는 단어가 "역할"을 의미하는 것인지('place' in the sense of role), 혹은 "영역"을 의미하는 것인지('place' as territory), 그래서 그녀가 "땅에 대한 어떤 주장도 할 수 없다는 것을 기억해야 함을 암시"하는 것인지, 그 진짜 의미를 종잡을 수 없게 된다(97).

『줄라이의 사람들』은 무엇보다 백인들의 삶과 사고방식에 일정한 형식을 부여하는 틀이었던 자본주의적 소비와 소유의 문제를 중심으로 '불화'의 장을 연다. "검은 대륙의 백인 떠돌이 개"(8)로 평생을 살아가는 것에 염증을 느끼는 모린과 뱀은 "기꺼이 백인으로서의 특권을 벗어던져버릴"(8) 준비가 되어 있으며, 한때는 뜻을 같이하는 정치적 그룹들과 접촉을 시도했을 만큼 남아공 백인 자유주의자의 면모를 지니고 있다. 그들은 카스트로(Fidel Castro) 같은 혁명가들을 동경하며, 그들의 하인 줄라이에게 그들을 부르는 호칭으로 "master" 대신 "sir"를 사용하도록 했다(52). 그러나 이들의 삶을 본질적으로 규정하는 것은 남아공의 백인 중산층이라는 '정해진 자리'와 이에 부과된 '기능'이며, 이것을 가능케 하는 자본주의적 소비의 틀이다. 그들에게 있어 "토끼에게 풀을 먹이는 따위의 일"은 아무런

---

[3] 이 문장은 모린이 줄라이의 말에 대해 스스로 해석적 혼란을 느끼는 대표적인 구절에 해당한다. 이 대목에 관한 논지를 효과적으로 전달하기 위해 원문을 우리말로 번역하지 않고 그대로 옮긴다.

흥미를 불러일으키지 못하며, 주말의 쇼핑으로 물건들을 사들여 "새로 물건을 소유하는 것" 이상으로 그들을 행복하게 할 수 있는 일은 없다(6).

특히, 모린과 뱀은 그들의 안락한 삶과 소비를 가능케 하는 물질적 부의 출처를 알지 못함으로써 그들의 자유주의적 정치의식과는 별개로 '백인의 무지'에 갇혀 있다고 할 수 있다. 은행이 관리하는 그들의 예금과 투자금은 매년 저절로 불어나지만 그들은 자신들의 부가 백인들의 경제적 이익을 배타적으로 옹호하는 각종 법과 제도에, 나아가 모린의 아버지가 소유했던 금광처럼 대대로 내려온 식민주의적 착취시스템에 절대적으로 의존한다는 사실을 보지 못한다. 아프리카의 자원과 흑인 노동의 착취에 기반을 둔 백인 중심의 사회적, 경제적 구조를 인식하지 못하는 모린과 뱀의 한계는 모린이 줄라이의 오두막에서 한때 자신의 소유였던 자질구레한 물건들을 발견하는 장면에서도 드러난다. 자신의 저택을 채웠던 무수한 물건 더미들 가운데 사용되지 않은 채 굴러다니다 언제 어디서 없어졌는지 자신조차 기억하지 못하는 물건들에 대해, 모린은 줄라이가 그간 자신의 집에서 "자잘한 물건들"을 훔쳐왔음을 비난한다. 그러나 이 같은 모린의 비난은 남아공 사회의 소유 문제를 제기함으로써 아버지가 아프리카의 광산에서 캐낸 금으로 발레를 배우며 성장한 모린으로 하여금 백인들이 아프리카에서 아무런 죄의식 없이 훔치고 강탈한 것이 얼마인가에 대한 아이러니컬한 질문에 직면하게 한다. 또한 줄라이의 마을에 와서 발견하게 된 타운쉽(township)이나 홈랜드 같은 흑인 거주지의 황폐한 환경은 그녀로 하여금 금광 감독관의 딸로 원주민 하녀를 거느리는 특혜 속에 성장한 자신의 과거와 마주하게 한다.

『줄라이의 사람들』은 무엇보다 모린과 뱀의 소유에 대한 집착을 통해 백인들이 드러내는 낡은 질서의 '병적 징후들'을 보여준다. 600킬로미터를 달려 그들을 줄라이의 마을로 도피시켜준 그들의 자동차를 줄라이가 운전할 수 있게 되었다는 사실, 나아가 그가 이 자동차를 점유할 수도 있다는 사실을 받아들이지 못하는 모린과 뱀은 태도는 그들이 "자신들이 지닌 소유권과 특권과 결별할 준비가 되어 있지 않"다는 점을 암시한다 (Erritouni 74). 특히, 모린은 줄라이가 운전하는 법을 터득하고 자동차를 점유함으로써 과거의 주인이었던 자신이 역으로 그에게 생필품을 의지해야 한다는 사실에서 점차 줄라이의 남성성을 인식하게 되고 그를 두려워하게 된다.

> 그녀는 남자를 두려워해본 적이 없었다. 이제 벼룩이나 누더기 천 조각에 생리를 받아내는 것 따위에 대한 두려움에 앞서 이 같은 두려움이 엄습했고 이것은 이 사람, 바로 '그'에게서 비롯되는 것이었다. 두려움은 그에게서 뻗어 나왔다. 그녀가 그에게 개인적 위협을 느끼는 것은 아니었다. 외부적 위협이 아닌, 어쨌든, 그것은 그녀 내부에서 느껴지는 위협이었다. (98)

15년 동안 그들의 충직한 하인이었던 줄라이가 점차 수동성을 벗어나 독립적 남성으로 변화하는 과정에서 모린과 뱀이 줄라이에 대해 느끼는 낯설음과 두려움은 '과연 백인들이 흑인들을 정치권력의 주체로 인정하고 받아들일 준비가 되어있는가' 라는 질문을 직접적으로 제기한다. 이런 측면에서 볼 때, 『줄라이의 사람들』은 자동차라는 상징적 매개물을 통해 아파르트헤이트 이후의 남아공 사회에서 백인들이 배타적으로 점유해 온 생산수단이 흑인 권력에게 이양되어야 하며, 그것을 운용하고 배치하는 일 역시 전적으로 새로운 질서를 구축해갈 흑인들의 몫이 되어야 함을 우회적으로 지적한다고 볼 수 있다.

III. '병적 징후들' - 정체성의 문제

고디머는 아파르트헤이트 이후의 새로운 질서가 필연적으로 정체성에 대한 문제를 제기할 것임을 예견한다. 『줄라이의 사람들』이 발표된 지 일 년 후에 있었던 한 연설에서 고디머는 낡은 질서가 소멸하고 새로운 질서가 탄생하는 과정에 놓인 '단절기'는 또한 사회구성원 각자의 정체성에 있어서의 단절기이기도 할 것임을 지적한다.

> 단절기는 두 개의 사회 질서 사이에 존재하는 것 일 뿐만 아니라, 두개의 정체성 사이, 즉 알고 있으나 부인되어야하는 하나의 정체성, 그리고 알려져 있지 않으며 결정되지 않은 다른 하나의 정체성 사이에 존재하는 것이기 때문이다. (Interregnum 268)

『줄라이의 사람들』은 "알고 있으나 부인되어야 하는" 기존의 정체성과 포스트아파르트헤이트 시대에 아직 "결정되지 않은" 정체성의 문제를 둘러싼 '불화'의 장을 펼쳐놓는다. 이는 무엇보다 자아와 타자에 대한 기존의 앎에 대한 혼란으로부터 시작된다. 모린과 뱀은 이제 자신들이 "다른 시간, 다른 공간, 다른 의식"(29) 속에 존재하게 되었다는 것을 인식하는데, 이것은 남아공의 백인이라는 자신의 정체성을 구성하는 것을 가능케 해주었던 타자들의 존재에 대한 자각, 자명했던 대상들과 의문을 갖지 않았던 가치들이 돌연 흐리고 뿌연 불확실성의 영역에 놓이는 것을 경험하는 것을 의미한다. 그들은 역전된 관계가 초래한 줄라이의 변화를 쉽게 받아들이지 못하지만, 사실 애초에 그들은 "그를 읽을 수 없었"(60)으므로, 그를 전혀 알지 못했다고 할 수 있다. 그와 그들을 연결해주었던 언어는 "부엌과 광산과 공장에서 습득된 영어"이며 "사고와 감정의 교환이 아닌, 명령과 응답에 기반한" 언어였기 때문이다(96).

모린은 줄라이의 마을에 와서야 그가 자신의 하인으로 일했던 15년 동안 단 일곱 차례 아내와 가족이 있는 홈랜드에 올 수 있었다는 사실, 그 같은 삶의 조건이 줄라이의 삶을 얼마나 황폐하고 찢겨진 것으로 만들었는지를 볼 수 있게 된다. 줄라이에게는 홈랜드의 아내 마사(Martha)와의 삶이 있으며, 또한 백인의 하인으로서 기거했던 요하네스버그의 골방에는 엘런(Ellen)과의 또 다른 삶이 이중적으로 존재한다. 그러나 15년 동안 2년에 한 번씩 홈랜드를 오갈 수밖에 없었던 줄라이에게 그밖에 다른 어떤 선택이 있을 수 있었을까? 홈랜드의 오두막에서의 남편 뱀과의 생활은 모린 자신에게 자명하게 속한다고 생각했던 신의, 정직함, 사랑 등과 같은 "인간적 신조"(the human creed)(64)가 지니는 가치들이 사실은 자신이 누렸던 남아공 백인 중산층의 삶의 조건이 만들어내고 허용한 가치일 뿐이라는 인식에 직면하게 한다.

[. . .] 그 같은 친밀한 관계의 절대적 본성은 어떻게 도달되는 것일까? 누가 정했던 걸까? '우리'(모린은 때로 돌이켜보았다)는 성적 사랑의 신성한 힘과 권리가 안방 침실, 그리고 가짜이름을 기입한 모텔방에서 정식화되는 것으로 이해한다. 여기 이곳에서는, 성적 사랑의 신성한 힘과 권리가 아내의 오두막과 도시에 있는 뒷켵 방에서 정식화된다. 욕망과 의무 사이의 균형은 연인의 경제적 지위의 차이에 따라 아주 다르게 얻어진다. (65)

모린은 뱀과 자신을 묶어주었던 아내와 남편으로서의 관계가, 그리고 그들의 사랑의 방식이 사실은 하인의 노동으로 유지되는 안락한 '안방 침실'에서, 그리고 도시의 모텔비를 지불할 수 있는 경제적 지위로부터 만들어진 것이라는 것을 인식한다.

남편인 뱀 역시 아내인 모린을 예전의 모린으로 느낄 수 없다. 주말의 쇼핑과 나들이, 잘 갖추어진 식사와 침실이 더 이상 존재하지 않는 전혀 낯선 공간에서 모린은 더 이상 '모린'이 아니며, 아내는 더 이상 '그의 아내'가 아닌, 그저 '그녀'라는, 성별을 구별해주는 대명사로 정의될 뿐이다.

> 그녀. '모린'이 아닌. '그의 아내'가 아닌. 그저 있음의 행위, 감각의 행위로 침묵하며 오두막 흙집에서 대면한다는 것, 그(뱀)는 이 같은 상황을 따라잡을 수가 없었다. 이곳에서는, 눈앞에 움직임이 그려질 수 있는 낯익은 공간들이, 그 움직임에 모습을 부여할 수 있는 낯익은 실물들이 부재했기 때문이었다. (105)

실재하는 것으로 여겨지던 관계나 그 관계에 부여되었던 의미들은 그것을 가능케 하는 조건이 더 이상 유효하지 않게 되는 순간 그 허약한 토대를 드러낸다. 줄라이의 오두막에서 아무렇게나 노출된 모린의 가슴은 더 이상 친밀함의 표현이 아닌, 백인 중산층으로서 "그와 그녀의 섹슈얼리티의 거세"(90)를 말해주고 있을 뿐이다.

뱀이 겪는 정체성의 균열은 그가 요하네스버그에서 가지고 왔던 자동차와 총을 잃게 되는 상황에서 더욱 극적으로 드러난다. 이제 자동차는 혁명세력의 눈을 피해 숲에 은닉해 두어야 할 물건이 되었으며 열쇠를 관리하는 것은 그들에게 "무엇이 최선책인지를 아는"(40) 줄라이에게로 넘어간다. 오두막의 지붕 천정에 숨겨두었던 총은 흑인 혁명세력의 뒤를 따라간 마을 청년 다니엘(Daniel)에 의해 도난당한다. 자동차에 대한 점유권을 잃고 총까지 잃게 된 뱀이 절망적으로 바닥에 얼굴을 묻고 엎드려 있는 모습은 모린에 의해 "이제 아무 것도 가진 게 없는 이 남자"(145)라는 표현으로 묘사된다. 이는 바로 자동차와 총이야말로 백인 남성인 뱀의 인종적,

성적 정체성을 규정해주는 물건들이었음을 보여준다. 사실상, 주말의 사파리 여행으로 상징되는 아프리카 백인 남성으로서 뱀의 위치는 줄라이의 마을에 들어서게 되면서, 즉 아프리카의 수풀이 더 이상 여가활동의 대상이 될 수 없는 상황에 처하게 되면서 동요하기 시작한다. 자신의 페니스에 묻어 있는 피 때문에, 그것이 모린의 생리 혈이라는 것을 미처 기억하지 못하고 한밤중에 줄라이의 오두막에서 공포에 떠는 뱀의 모습은 정확히 거세 공포에 위협받는 무력해진 백인 남성의 모습을 드러낸다.

IV. '탈정체화'를 향한 탈주

주인과 하인의 관계, 남편과 아내의 관계가 명확하게 규정되고 분배되었던 '치안'의 공간을 떠난 순간, 즉 "역할들의 파열"(an explosion of roles) (117)이 진행되는 순간, 백인 남성으로서 뱀의 정체성, 백인 여성으로서의 모린의 정체성은 균열의 순간을 피해갈 수 없다. 통치하는 자로서 백인 남성의 권력으로부터 자신의 정체성을 재분배 받는 백인 여성의 경우, 이 정체성의 균열이 펼쳐놓는 '불화'의 장에 더욱 고독한 자신의 모습을 드러낼 수밖에 없다. 이는 마을의 물탱크를 수리해주고 멧돼지 사냥을 도움으로써 마을의 남성 구성원으로서 새로운 역할을 모색하는 뱀과 달리 줄곧 단절과 고립을 경험하는 모린의 상황에서도 알 수 있다.

그녀의 삶 중 어느 부분도 자기 것으로 여겨지지 않았다. 우연히 이런 저런 부분들이 불쑥 떠오를 수는 있었지만 말이다. 배경으로 둘러쳐져 있던 무대가 쓰러져버린 것이다. 오두막에서 깨어났던 그 첫날 아침부터. 그녀는 그녀 자신을 일관성 있게 인식하도록 해줄 어떤 연속적 현재라는 정립된 순간에 대한 감각을 회복할 수 없었다. (139)

줄라이와 자신을 매개하는 유일한 관계였던 주인과 하인의 관계 형식이 흐려지고, 남편 뱀이 더 이상 자신과 세계의 관계 방식을 규정해줄 수 없을 때, 모린이 줄라이에게 느끼는 고립과 단절감은 새로운 질서에서 백인 여성과 흑인 남성의 관계 맺기의 난점을 예상케 한다. 모린이 사라진 뱀의 총을 찾아줄 것을 종용하며 그가 지난 세월동안 자잘한 자신의 물건들을 훔쳐왔다는 점을 비난할 때, 줄라이가 분출하는 폭발 하는듯한 언어들은 그녀에게 줄라이와 자신의 관계가 막다른 상태에 이르렀음을 확인시켜준다. 줄라이가 모린을 향해 쏟아낸 언어는 주인과 하인 사이의 지시와 응답의 수단이었던 영어가 아닌 바로 자기 자신의 언어인 아프리카어였으며, 따라서 이는 줄라이가 모린이 그에게 부여해왔던 원주민 하인이라는 틀, 즉 "그에 대한 그녀의 이해"(her idea of him)(152)의 범주를 벗어나 한 인간이자 남성으로서 자신의 존엄을 드러내는 순간이라 할 수 있다. 모린은 그의 언어를 한마디도 알아듣지 못했음에도 불구하고 "모든 것을 이해했다"(152)고 하는데, 이는 모린이 이 순간 더 이상 줄라이가 자신의 하인이 아님을, 자신과 줄라이를 매개했던 백인 여주인과 흑인 하인의 관계가 더 이상 유효하지 않다는 것을 이해하게 되었다는 것을 의미한다.

그러나 낡은 관계의 틀이 붕괴된 그 자리에 새롭게 기입할 자신의 위치를 모린은 아직 찾아낼 수가 없다. 남아공의 흑인 남성으로서 줄라이는 백인 여성 모린에게 어떤 의미일 수 있으며, 어떤 관계 형성의 가능성이 주어지는가?

　　하지만, 그[줄라이]가 그녀[모린]에게 영민함을 갖춘 존재로 느껴졌다거나, 정직하다거나, 위엄 있는 존재가 된다는 것은 아무런 의미를 지니지 못했다. 남자로서 그의 척도는 어딘가 다른 곳에서, 다른 사람들에 의해 주어졌다. 그녀는 그의 어머니도, 아내나 자매도 아니었으며, 그의 친구,

그의 사람이 아니었던 것이다. (152)

이와 같은 모린의 상황은 바로 그녀의 마지막 행위를 이해할 수 있는 중요한 단서가 된다. 뱀과 아이들이 줄라이와 함께 강으로 낚시를 하러간 어느 날 오후 마을에 혼자 남아 있던 모린은 먼 곳에서 들려오는 헬리콥터의 소리를 듣고 이 물체를 향해 무작정 달리기 시작한다. 모린의 이러한 행위는 그녀가 남편 뱀과 두 아이들을 뒤로하고 줄라이의 마을을 떠나버린다는 점, 특히 자신이 쫓아가는 헬리콥터의 정체가 무엇인지도 모른 채, 즉 "살인자를 태우고 있는지 혹은 구원자를 태우고 있는지"(158)를 판단하지 않은 채 이루어진다는 점에서, 그 행위의 동기를 쉽사리 파악하기 어렵다.

모린의 행위는 그 자체만을 떼어놓고 보면 매우 극단적이며 돌발적인 양상을 보이지만, 그럼에도 불구하고 모린이 줄라이의 마을에서 겪게 되는 일련의 내적 변화에 주목해 볼 때, 이를 단순한 도피나 탈출 행위로 치부해버리는 것은 너무 손쉬운 결론이라는 위험을 안는다. 모린은 줄라이의 마을에서 남아공 사회의 백인 여성에게 주어졌던 성 역할과 정체성의 파열을 경험하는 '불화'의 순간들을 맞이하게 되었다고 볼 수 있다. 이는 곧 모린이 마치 "짝도 찾지 않고 자식도 돌볼 필요가 없는"(160) 동물처럼, 날 것 그대로의 자신의 존재와 대면하는 과정이라 할 수 있으며, 나아가 그녀가 비로소 자신의 삶을 스스로의 손아귀에 거머쥐게 되는 순간을 맞이하게 되었다는 것을 의미한다.

그녀는 달린다. 살아오는 동안 억눌렸던 믿음으로 자기 자신만을 믿으며. 짝도 찾지 않고 자식도 돌볼 필요가 없는 그런 고독한 계절을 민첩하게 살아온 동물처럼, 오직 자기 자신만의 생존을 위해서 그곳에 있는 동물처럼, 책임감을 묻는 모든 것을 적대하면서. 그녀는 사방의 나무들의 뒤

에서 여전히 웡웡거리는 소리를 들을 수 있다. 그녀는 그것을 향해 달린다. 그녀는 달린다. (160)

그러므로 이제 모린에게는 낡은 질서의 요소들이 강요하는 역할로부터 벗어나 새로운 질서에의 참여를 모색하고 선택할 수 있는 단절과 도약의 계기가 필요하다. 그러나 '알려져 있지 않고 결정되지 않은' 새로운 정체성은 부인되어야 할 낡은 정체성의 파괴를 전제한다. 모린의 정체성이 남아공 사회가 백인 여성에게 분배한 역할, 곧 백인 남성인 남편 뱀과의 관계로부터 규정되고 부과되는 역할과 관계가 깊은 것이라면, 이제 모린에게 필요한 것은 이처럼 "치안의 논리에 따라서 고착된, 타자가 부과하는 정체성을 부인"하는 것이다(랑시에르 143). 그러므로 마지막 장면에서 모린의 행위는 고디머가 낡은 질서와 새로운 질서 사이의 단절기에 필연적으로 거쳐 갈 수밖에 없음을 예견했던 두 개의 정체성, 즉 '의식하고 있으나 부인되어야 할 하나의 정체성'과 '알려져 있지 않으며 결정되지 않은 다른 하나의 정체성'이라는 두 개의 정체성 사이를 가로지르는 심연의 강을 건너뛰는 상징적 행위로 해석될 수 있다.

랑시에르에 의하면 정치적 주체화란 "주어진 정체성에 대한 단순한 긍정이 아니"며(143), "탈정체화 혹은 탈계급화의 과정"(141)을 동반하는 과정이다. 즉, 분배되고 고정된 정체성을 거부하고 '불화'가 펼쳐놓는 논쟁적인 공통의 공간에서 새로운 정치적 주체화를 이루는 것. 고디머 식으로 바꿔 말하자면, 이는 곧 이질적인 두 개의 정체성 사이의 심연을 가로질러가는 과정이기도 하다. 그러므로 『줄라이의 사람들』의 마지막 장면이 보여주는 모린의 행위는 다가올 '줄라이의 시대'에, '줄라이의 사람들' 사이에 스스로를 내던지기 위한 일종의 통과 의례적 행위라 할 수 있다. 다시 말해 이는 남아공 사회의 새로운 질서를 수용하고 여기에 참여할 수 있는 '정치적 주체화'의 과정으로 나아가기 위해 모린이 거쳐야 할 단절과 비약의 순간을 암시한다고 할 수 있다. 고디머는 마지막 장면의 모린의 행위가 그녀가 "미래를 향해 더욱 깊이 나아가고 있"(*Conversation* 294)음을 나타내는 행위라는 의견을 피력함으로써 이러한 해석의 타당성을 뒷받침 한다.

고디머는 남아공 백인들의 문제가 이미 눈앞에 다가와 있는 미래를 위해 "스스로를 준비하지 않는다"(*Conversation* 279)는 것이라고 지적해왔다. 그녀는 『줄라이의 사람들』을 통해 모린과 뱀과 같은 자유주의적 백인들이 아파르트헤이트에 반대하고 저항하면서도 정작 흑인 권력이 들어설 미래의 새로운 질서를 위해 스스로를 본질적으로 변화시킬 준비를 하지 않고 있음을 제기하며, 동시에 모린의 행위를 통해 이러한 준비는 근본적인 단절과 비약의 순간을 포함하는 '탈정체화'의 과정을 동반하는 것이어야 함을 암시한다.

랑시에르, 자크. 『정치적인 것의 가장자리에서』. 양창렬 옮김. 서울: 길, 2008.

Bazin, Nancy Topping. "Women and Revolution in Dystopian Fiction: Nadine Gordime's *July's People* and Margaret Atwood's *The Handmaid's Tale*." *Selected Essay: International Conference on Representing Revolution 1989*. Ed. John Michael Crafton. Carrollton: West Georgia College, 1991.

Bodenheimer, Rosemarie. "The Interregnum of Ownership in *July's People*." *The Later Fiction of Nadine Gordimer*. London: Macmillan, 1993.

Clingman, Stephen. *The Novels of Nadine Gordimer: History from the Inside*. Amherst: U of Massachusetts P, 1992.

Erritouni, Ali. "Apartheid Inequality and Postapartheid Utopia in Nadine Gordimer's *July's People*." *Research In African Literature* 37.4 (2006): 68-84.

Gordimer, Nadine. *July's People*. New York: Penguin Books, 1982.

_____. *The Essential Gesture: Writing, Politics and Places*. Ed. Stephen Clingman. London: Jonathan Cape, 1988.

_____. "Living in the Interregnum." *The Essential Gesture: Writing, Politics and Places*. London: Jonathan Cape, 1988.

_____. *Conversations with Nadine Gordimer*. Ed. Nancy Topping Bazin and Marilyn Dallman Seymour. Jackson and London: UP of Mississippi, 1990.

Heywood, Christopher. *Nadine Gordimer*. Windsor: Profile Books, 1983.

Lenta, Margaret. "Fiction of the Future." *English Academy Review* 5.1 (1988): 133-45.

Lapping, Brian. *Apartheid: A History*. New York: George Braziller, 1987.

Macaskill, Brian. "Placing Spaces: Style and Ideology in Gordimer's Later Fiction." *Later Fiction of Nadine Gordimer*. Ed. Bruce King. London: Macmillan, 1993.

Neill, Michael. "Translating the Present: Language, Knowledge, and Identity in Nadine Gordimer's July's People." *Journal of Commonwealth Literature* 25.1 (1990): 71-97.

Nicholls, Brendon. *Nadine Gordimer's July's People*. New York: Routledge, 2011.

Smith, Rowland. "Nadine Gordimer," *International Literature In English*. Ed. Robert L. Ross. New York & London: Garland, 1991.

Titlestad, Michael and Mike Kissack. "The Persistent Castaway in South African Writing." *Postcolonial Studies* 10.2 (2007): 191-218.

※ 이 글은 「포스트아파르트헤이트 시대의 '탈정체화'」, 『영어영문학21』. 26.2 (2013): 183-200쪽에서 수정·보완함.

동양 속의 이방인
—유진 오닐의 백만장자 마르코

● ● ● 임미진

I. 중국에 간 마르코가 아니라 중국에 온 마르코

『백만장자 마르코』(*Marco Millions*, 1928)는 동양의 초월적 정신주의 및 우주관과, 서양의 현실적 물질주의 및 세계관이 대비되고 역사와 로맨스가 혼합된 풍자극으로 동양과 서양의 만남을 통해 그 차이와 차이에 대한 오닐(Eugene O'Neill, 1888-1953) 자신의 관점을 극명하게 드러낸 작품이다. 동양의 우화적 환상을 서방세계에 심어주고 콜럼버스에게 동방 항해의 충동을 준 베니스의 상인 마르코 폴로(Marco Polo)의 기행문 『동방견문록』으로부터 기본 얼개와 내용의 전개를 빌려온 이 작품에서 오닐은 마르코(Marco)의 경박스러운 천박성을 중심으로 동양의 정신세계와 서양의 물질주의를 극명하게 대비시키고 있다. 이 과정에서 동양 속의 이방인 마르코의 특성과 그 문화적 대응이 적나라하게 드러난다.

유럽인 최초로 아시아 기행문을 남긴 마르코 폴로의 일대기를 바탕으로 씌어진『동방견문록』은 최초의 동서양 만남이라는 문화사적 의의에도 불구하고 마르코 폴로의 회고를 바탕으로 여러 사람의 손을 거쳐 기술된 기행문인 탓에 역사 텍스트로서 읽기에는 오류와 과장이 많고 지나치게 주관적인 묘사와 근거 없는 상상력에 치우친 경향이 있다. 그럼에도 이 책은 유럽인들의 상상을 자극하는 원천이 되었고, 그 내용을 진실이라고 믿으며 동양이라는 새로운 세계를 향한 탐구에 일생을 바친 콜럼버스 등 소수 모험가들에 의해 유럽을 근대로의 일보를 내딛을 수 있게 한 원동력이 되었던 것이다.

프롤로그, 에필로그와 함께 총 3막 11장으로 구성된『백만장자 마르코』의 중심무대는 13세기 말 무렵의 중국이며,『황제 존스』(*The Emperors Jones*, 1920)와『털보 원숭이』(*The Hairy Ape*, 1922)의 경우처럼 여정이라는 형식 아래, 주인공 마르코가 상인인 아버지를 따라 고향 베니스를 떠나 중국에서 부를 축적한 다음 백만장자가 되어 다시 고향으로 돌아오는 일련의 과정을 연대기적으로 묘사하고 있다. 그는 지나게 되는 지역의 관습과 문화와 종교를 관찰, 기록하지만 오직 샘플상자를 든 장사꾼의 견지에서만 세상 물정을 인식하고 처음에 지녔던 감수성과 순진성이 물질적 탐욕과 정신적 황폐함으로 변화하는 퇴행적 여정을 밟는다.

마르코의 상대인물로 원나라 초대 황제 쿠블라이 칸(Kublai Kaan)과 손녀 쿠카친(Kukachin)이 등장한다. 마르코와 쿠블라이라는 두 대립적 인물을 중심으로 서양문화와 동양문화, 기독교와 도교, 유물론과 유심론, 서양과 동양의 이질적 사유체계와 문명사항이 확연하게 대조되고, 마르코와 쿠카친의 관계를 통하여 위의 것들에 대한 각자의 감성적 대응태도와 수용방식의 차이가 선명하게 제시된다. 동양세계로 깊숙이 들어갈수록 마르코가 편협하고 독선적인 오만과 물질중심적 정신의 황폐함을 강조해 드러낸다는 점은 그가 동양의 문화를 이해하지도, 받아들이지도 못 함으로써 이방인의 한계에 더우더 깊이 갇히게 된다는 사실을 역설적으로 말해준다. 동양에 대한 서양의 인습적 우월감에서 벗어나지 못하는 한 그는 서양 중심적 유물주의의 극단적 표상이 되어, 정신과 사유의 자유로움을 추구하는 동양 세계 속에서 영원한 이방인으로 남을 수밖에 없게 된다.

『백만장자 마르코』에 대해 비평가들은 "생의 아름다움에 무감각한 물질주의자로서의 주인공"(Gelb 527)을 통해 서양의 물질중심 사상이 "동방에 끼친 파괴적 영향"(Stroupe 382)을 고발하고 작가의 치열한 "반물질주의 정서"(Bogard 258)에 근거해 서양인의 "충분히 만개했지만 잘못 성취된 꿈의 마비효과"(Miller 193)를 그려냈다고 평가하고 있다. 이들은 주로 서양 또는 서양인을 대표하는 마르코의 입장과 시각에서 이 작품을 보고 있는 것이다. 그러나 중국에 간 마르코가 아니라 중국에 온 마르코라는 견지에서 본다면 마르코라는 인물은 물론 작품 전반에 대해 해석과 평가의 기준이 달라질 수 있을 것이다. 그는 중국에서 오랫동안 머무르며 부귀와 권력을 누렸지만 끝내 아무것도 배우지도, 깨닫지도 못한 채 올 때보다 더 퇴행한 상태에서 떠남으로써, 서양인들이 발전과 동일 범주에서 생각했던 시간을 역행한 인물로 볼 수 있기 때문이다. 이러한 논거에서 이 글에서는 서양이 동양을 오리엔탈리즘적으로 보는 관점에서가 아니라, 동양인이 바라본 서양인, 요컨대 서양의 기독교적 유물주의를 대표하는 마르코의 행적을 동양사상, 특히 도교적 신비주의를 대표하는 쿠블라이의 시각에서 관찰하고 마르코를 동양에서의 문화적 이방인으로 보는 입장에서 살펴보고자 한다.

II. 동양과 서양의 만남을 통해
그 차이와 차이에 대한 오닐의 관점

자아와 그것의 타자인 자연 및 세상이 서로 다른 영역을 차지하고 있다고 상정한 서양인들은 자연과 세상을 지배하려 들었으며 인간의 삶을 자연에 대한 투쟁의 관점에서 그려냈다. 희랍 비극은 인간과 운명의 치열한 투쟁을 기독교 신화는 신과 악마의 영원한 대립을 중점적으로 서술하고, 이러한 대결구조는 합리적 목표에 따라 행동하는 인간의 의지를 무조건적으로 강조하기에 이른다. 그러나 동양의 신비사상에서는 현상계인 세상을 환상으로 인식함으로써 일체의 행위가 불필요하게 되는 존재의 근원적 영역에 도달하려고 노력했다. 의지의 힘은 깨달음에 접근하기 위해 자신을 훈련시키고 준비하는 단계에서 요구되긴 하지만 인간의 변화를 가능하게 하는 것은 의지가 아니라 깨달음이며, 인간의 의지 위에 구축된 선과 악이라는 도덕률도 해방되어 깨어난 영혼과는 무관하다는 것이 동양 신비주의자들의 생각이었다.

역사 또한 서구인들에게 선형적으로 진행되는 것이라면 동양인에게는 반복적으로 순환되는 것이어서 동양의 관점에서 죽음과 재생이라는 삶의 양면적 패턴은 영혼의 해탈이 이루어질 때까지 영원히 지속되는 것일 뿐 역사적 진행이나 발전적 변화와는 관계없는 것으로 받아들여졌다. 서양인들이 폐쇄된 주관적 가치체계를 근거로 자아와 타자의 대립, 그리고 모순의 지양이라는 변증법을 통해 역사가 발전하는 것이라고 생각한 반면, 동양에서는 인간의 가치 판단을 상대성에 집착하지 않고 자연이라는 전체로 넓혔기 때문에 서양식의 역사 발전개념은 적절치 않았다고 할 수 있는 것이다(김용옥 302). 따라서 서양적 발전개념이 가치를 어느 한 점에 고정시켜 놓고 선형적으로 역사를 파악할 때만 두드러지는 상대적 개념이라고 한다면 동양적 발전개념은 자연의 순환과정 속에서 이해해야 되는 것으로, 그 순환과정은 "원융적이고 동시적이며 연계적이고 상황적인 것이며 전체적인 것"(303)이다. 예컨대 서양의 직선적 발전사관은 기독교의 종말론으로 대표되고 동양의 순환적 변화개념은 노자의 도(道)와 도의 귀착점이며 출발점인 무위사상에 뚜렷이 드러난다고 할 수 있다(김충렬 51-2).

이 작품의 지표이자 기반이라 할 동양사상에 대한 인식을 오닐에게 확실하게 심어주었던 사람들로 그의 두 정신적 지주였다 할 니체(Friedrich, Nietzsche)와 스트린드버그(August Strindberg)를 들 수 있다. 『비극의 탄생』(*The Birth of Tragedy*)에서 니체는 서구문명이 지닌 병폐의 근원을 자발적 본능에서 분출되는 창조성을 희생시킨 합리주의적 기능의 극단적 발전경향에서 찾고 있다. 니체는 논리와 이성을 강조한 소크라테스(Socrates)와 플라톤(Plato)에 의해 조장된 지능숭상 풍조와 합리주의 이론이 아이스킬러스(Aeschylus)와 소포클레스(Sophocles)의 비극 작품 속에서 가능했던 삶의 환희를 파괴했음을 지적한다. 그는 개별적인 것의 파괴를 뜻하는 디오니소스적 열락과 개별적인 형식 속에서 침잠된 기쁨을 얻는 아폴로적 절제가 동양사상의 음양의 관계처럼 긴장 관계를 유지한 채 비극 작품 속에 용해되어 있으며, 이러한 비극 작품을 통해 인간은 존재의 심연에 도사린 근원적 질서, 즉 개별적 존재의 몰락이나 고통과는 상관없는 영원한 생명의 흐름을 인식하게 되고 이로 인해 환희와 황홀감을 느끼게 된다고 주장한다. 요컨대 이성의 힘에 대한 근원적인 회의, 개별적 외부 현상세계를 원초적 하나로 존재하는 본체계의 환상으로 보는 관점(45), 그리고 전혀 상반된 개념인 디오니소스적 열락과 아폴로적 절제가 음양의 관계처럼 맞물려 통합된 기능을 한다는 인식(46)은 동양 사상과 연결되는 니체의 사유라고 볼 수 있다.

한편, 스트린드버그는 외부로 드러난 현상을 넘어 정신적 체계의 무한한 다양성을 끊임없이 추구했던 극작가이다. 로빈슨(James A. Robinson)에 따르면 1894년부터 98년까지 스트린드버그는 일종의 신경분열증 시기를 겪는다. 그리고 이 시기에 그는 불교와 힌두교에 심취한다(62-63). 그의 『몽환극』(*Dream Play*, 1901)은 바로 스트린드버그가 빠져들었던 동양종교의 영향을 두드러지게 보여주고 있으며, 특히 이 극의 서문에 밝혀져 있듯이, '등장인물들이 이중, 다중으로 분열되며, 증발했다가 모이고 흩어졌다 다시 수렴 되도록' 의도된 것은 개별적으로 분리된 정체성 간의 경계선을 모호하게 함으로써 분리된 자아의 비실재성을 드러내기 위한 것으로서 현상의 모든 차이점들이 인위적이라는 동양적 사고를 고스란히 반영하고 있다. 스트린드버그는 동양의 신비주의자들처럼 이성이 그어 놓은 한계들을 무시한다. "어떤 것도 일어날 수 있으며, 모든 것이 가능하고 개연성이 있다. 시간과 공간은 존재하지 않으며 [. . .] 상상력이 기억과 경험과 얽매이지 않은 환상과 부조리함과 즉흥성을 이용해 새로운 형태의 실재들을 짜고 직조한다"(425)는 그의 견해는 표현주의에 대한 것이기는 하지만, 그가 동양적 사유체계에서와 같이 현상과 실재의 구별을 뛰어 넘는 일원론적 통합을 추구했으며 그러한 통일성을 획득하고 표현하기 위한 새로운 방식을 모색했음을 보여준다.

오닐이 동양사상에 관심을 기울였던 또 다른 요인으로, 미국이라는 사회가 지니고 있는 독특한 이원성을 극복하고자 많은 선배 미국작가들이 집요하게 천착했던 노력을 그가 계승했다는 점을 들 수 있다. 미국이라는 나라의 구축과정은 이질적 요소들의 동질화과정이었고 미국의 역사는 이질적 요소들의 갈등이 부단히 드러나고 치유되는 과정이었다고 할 수 있다. 미국은 대륙의 광활함, 기회의 다양함과 선택의 자유로움, 개인의 능력에 따른 보상 가능성 등 "전례 없이 많은 긍정적 요소들"(Raleigh 272)이 존재하는 낙관적 전망의 나라이지만, 변덕스러움과 불안정성, 이기심과 천박함, 그리고 꾸중과 처벌에 익숙한 유일신을 모셔야 하는 강박함이 내재하고 있는 사회였다. 천국에 대한 열렬한 갈망을 지니고 있으면서도 조악하고 거친 세속적 물질주의를 버리지 못하고, 새로운 국가를 건설했으면서도 유동성과 허약함에서 벗어나지 못했으며, "행복한 부르주아와 의심 많은 회의론자"(269)라는 두 가지 뚜렷한 유형의 국민들로 이루어져 "자기만을 염두에 둔 이기주의와 공공심에 뿌리를 둔 관대함이 혼재했던 사회"(274)이기도 했다.

에머슨(Ralph Waldo Emerson)을 위시한 19세기 문예부흥기 작가들로부터 20세기 파운드(Ezra Pound)와 엘리엇(T. S. Eliot)에 이르기까지 미국 작가들이 천착했던 문제는 바로 이처럼 뚜렷하게 드러나 있는 미국 사회의 애매성과 양면성을 극복하는 일로서 그들은 일원론적 동양 사상을 통해 이를 해결하려 들었다. 예컨대 『거대한 영혼』("The Over-Soul")에서 에머슨이 밝히고 있는 물리적 실재와 추상성의 조화, 인간 내면의 양심과 자연에 비친 신의 도덕률 간의 상응에 대한 초절주의적 신념은 범신론적 동양적 사유와 맞물려 있다.

> 인간의 내면에 전체의 영혼이 있다. 이 현명한 침묵, 이 보편적 아름다움에 모든 부분과 파편이 똑 같이 연결되어 있다. 바로 영원한 하나다. 우리는 그 속에 존재하며, 그 아름다움에 모두 접근할 수 있다. 이 심오한 힘은 항시 스스로 자족하고 온전할 뿐만 아니라, 보는 행위와 보여지는 것, 보는 자와 보이는 것, 주체와 객체가 하나인 힘이다. 우리는 해나 달, 동물이나 나무 같은 조각들을 통해 세상을 본다, 그러나 이 모든 것들은 전체인 영혼의 겉으로 드러난 부분들이다. (532)

또한 현실 세계의 모순을 극복하기 위해 자연과의 친화적 삶을 살았던 소로우(H. D. Thoreau)나, 현상과 실재의 어긋남에 대한 회의감에서 결코 자유롭지 못했던 호오손(Nathaniel Hawthorne), 초자연적이고 비합리적인 그로테스크함에 빠져들었던 포우(E. A. Poe), 내면적 진리와 현상적 사실 사이의 간극에 대해 시선을 거두지 않았던 멜빌(Hermann Melville), 일본의 시와 노극을 편집하고 출판한 파운드, 그리고 「황무지」("The Waste Land")를 통해 근대 서구의 정신적 건조함을 질타하고 고발했던 엘리엇도 동양 사상의 비합리적 신비주의 측면에 동감했던 작가들이었다(Robinson 74-80). 오닐은 바로 이러한 미국 작가들의 맥을 잇는 극작가였던 것이다.

이밖에 오닐에게 동양 사상에의 관심을 갖게 한 요인은 바로 그의 경험 자체이다. 편협한 가톨릭 교리를 신봉하면서 빈곤에 대한 강박관념에 빠져 있던 아버지에 대한 반감, 엄격했던 가톨릭 기숙학교에서 겪었던 소외감, 어머니의 몰핀 중독과 관련해 자신의 기도를 외면한 신에 대한 불신, 그리고 형 제임스의 악마적 영향으로 조장된 서양 종교에 대한 냉소적 회의감 등 청소년 시절에 겪었던 일련의 심리경험들은 가혹한 서구 기독교 신에 대한 불신으로 이어졌고, 니체가 그랬듯이 오닐 또한 동양의 종교에서 새로운 형태의 구원 가능성을 추구하기에 이르렀다. 그리고 1928년 세 번째 아내 칼롯타(Carlotta)와 함께했던 중국 여행과 이 시기에 탐독했던 힌두교와 불교, 그리고 도교에 관한 많은 책들은 그를 동양사상에 심취하도록 이끌었다. "중국에 내재하고 있는 신비한 이상"(Gelb 930)에 경도되고 "노자와 장자에 심취했을"(Bogard 401) 만큼 중국 지향적이었던 그에게 동양 사상은 "앞으로 쓰게 될 작품의 완성에 도움이 될 무한한 가치"(Gelb 678)로 받아들여졌던 것이다.

이러한 동양사상에 대한 오닐의 관심은 초기 해양극에서부터 나타난다. 동양은 『지평선 너머』(Beyond the Horizon, 1920)에서는 "멀리 떨어진 미지의 아름다움, 나를 유혹하는 신비와 마술"의 세계이며, 『샘』(The Fountain,

1925)에서는 "영원한 젊음"이 있을 뿐 "더 이상 죽음이 없는" 황금과 불사 (不死)의 세계이고, 『상복이 어울리는 엘렉트라』(*Mourning Becomes Electra*, 1931)에서는 "피안의 세계이자 낭만과 해방의 세계"이다. 고대부터 로맨스, 색다른 존재, 잊을 수 없는 기억과 풍경, 특별한 체험담 등에 연관된 장소로 상정되어왔던(Said, 13-4) 동양의 이미지는 사실상 유럽인이 조작한 허구로서 동양은 처음부터 서양인의 흥미주의, 상업주의 및 침략주의의 차원에서 인식되었고 진귀한 물건의 교역과 착취 또는 지배의 대상으로 간주되었다.

이와 같이 일견 긍정적인 듯하면서도 비현실적, 허구적인 서양식 동양관은 관념에 머물러 있는 동양보다 실질을 찾아 나아가는 서양이 앞선다는 이분법적 차등논리에 기반을 두고 있다. 서양이 지식과 과학의 세계라면 동양은 무지와 미몽의 장소로 치부된다. 동양은 서양이 힘과 지식에 있어서 우월하다는 인식을 떠받쳐주는 상대적 열등체일 뿐이다. 서양의 불평등한 이분법적 구축으로 인해 동양은 서양의 '타자'로서 종속적 위치에 있는 반면 서양은 주체로서 우월한 위치를 지니는 탓에 동서양의 관계는 불균형적일 수밖에 없게 된다(McLeod 40-41). 이와 같은 전통적 동양관에 깊이 젖어 있는 서양인 마르코에게 동양은 처음부터 끝까지 서양이 아닌 모든 것으로 서양의 열등한 '타아(alter-ego)'로 인지된다. 그리고 이 관점이 중국에 온 마르코를 역설적이게도 결국 문화적 이방인으로 만들게 된다.

III. 서양 중심적 유물주의의 극단적 표상, 마르코

『백만장자 마르코』에서 오닐이 취하고 있는 것은 이상과 같은 서양의 전통적 동양관, 즉 오리엔탈리즘에 대한 비판적 시각이다. 그는 오리엔탈리즘적 사고의 일방성과 유물론적 편협성에 갇힌 마르코를 풍자, 야유함으로써 문화에 대한 새로운 인식을 창출하고자 했던 것이다. 1막에서 마르코는 고향 베니스에서 시를 쓰고 사랑하는 소녀의 창문 밖에서 연가를 부르는 15세의 낭만적 소년으로 등장하지만 그의 물질주의적 성향은 이때부터 드러난다. 마르코는 벤 존슨(Ben Jonson)의 『볼포네』(*Volpone*, 1606)에서 물질적 탐욕에 눈이 먼 볼포네(Volpone)가 실리아(Celia)에게 바치는 시를 연상시키는 시를 써서 결혼을 약속한 도나타(Donata)에게 바친다.

> 그대는 태양 속에 비치는 황금처럼 아름답고
> 그대의 피부는 달빛 속의 은과 같고
> 그대의 눈은 내가 쟁취한 흑진주
> 나는 그대의 루비 입술에 키스를 하고
> 우리가 나이 들어 내가 백만장자가 되어
> 성대한 결혼식을 올려
> 아이들을 갖기 시작하고
> 신을 축복하기 위하여
> 돈을 벌기 위해 멀리 떠나 있는 동안에
> 그대가 진실하면
> 내가 많은 돈을 벌어 오겠노라고 약속하자
> 그대는 감사함으로 미소를 지으며
> 넋을 잃는다! (*Complete Plays* II-397)

도나타의 육체는 온통 금, 은, 진주, 루비와 같은 보석에 비유되어 있고 아이들과 돈에 대한 언급은 그의 실용주의적인 목표를 그대로 반영한다. 교황 테달도(Thedaldo)가 지적하듯이 마르코에게 "천국 같은 사랑은 보잘 것 없는 찰라적인 것이고" "지나치게 광물적"인 것에 지나지 않는다

(II-397). 부를 좇아 상인인 아버지를 따라 중국으로 떠나는 그에게 테달도는 "서구의 남성을 표본으로 내세워 명예롭게 백만장자가 되라"(II-399)고 말하며 교황 특사로 임명하는데, 이는 마르코의 사고와 행동을 지배하는 결정적인 지침이 되고 서양의 물질적 가치와 종교적 이념을 하나로 묶어 동양의 정신체제와 대비시키는 기준으로 작용한다.

페르시아, 인도, 몽골 등을 거쳐 여행하는 동안 마르코는 동양의 이들 나라를 우월감 어린 호기심으로 대하기는 하지만 애정을 갖거나 보고 배워야 할 대등한 대상으로는 생각하지 않는다. 서양인들은 동양으로 여행하면서도 한 장소로부터 다른 장소로 공간상 이동한다기보다 현재로부터 과거로 돌아가는 시간상의 회귀여행을 한다고 생각했고(Mcleod 44) 마르코에게도 동양은 고정되고 관념적인 무시간의 장소이자 역동과 변화가 단절된 장소에 지나지 않았던 것이다. 이윽고 중국(Cathay)에 도착한 마르코는 황제 쿠블라이에게서 "노자와 공자 그리고 부처와 예수의 성스러운 가르침들에 대해 나의 현자들과 토론을 해볼 서양의 현자 백 사람은 어디에 있는가?"라는 질문을 받는다. 마르코가 백 사람의 현자만한 가치가 자기에게 있기 때문에 교황이 자신을 중국에 보냈다고 대답하자(II-412-3) 쿠블라이는 서양인들이 그 실재를 믿는다는 영혼의 불멸성에 대한 마르코의 신념과 태도를 시험하기 위해 그의 목을 당장 자르겠다고 위협한다. 영혼은 오직 죽음을 통해서만 실체가 입증될 수 있으므로 그 시험은 실질적으로 영혼의 존재유무에 관한 것이 아니라 죽음을 건 지혜의 시험이며 그 공포의 초월가능성 여부를 묻는 용기의 시험이다. 질문의 의미를 파악하지 못한 마르코가 쿠블라이에게 보여준 행동은 무지에서 비롯된 용기, 즉 지혜 없는 만용일 뿐이라는 사실이 드러난다. 그리고 이 일은 결과적으로 마르코에 대한 쿠블라이의 판단에 결정적인 영향을 미치게 된다.

마르코가 서양 종교의 대표자로서 쿠블라이를 만나는 이때부터 서양과 동양의 문화적 양극이 직접적으로 대두되기 시작한다. 서양인들이 생각하는 영혼이라는 것에 대해 백 사람의 서양 현자를 대신해 설명해보라고 쿠블라이가 요구하자 마르코는 "영혼 문제는 제쳐두고 저도 먹고 살아야 합니다. [. . .] 야망이 있으니까요. 그래서 성공을 해야겠습니다. 얼마를 주시겠습니까?"(II-414)라고 대꾸한다. 마르코의 반응에 당황한 쿠블라이는 중국의 현자인 추인(Chu Yin)에게 조언을 구한다.

> 쿠블라이: 저들의 교황은 백 명의 바보들보다 한 명의 바보가 바보들의 통치자에게 더 나은 연구거리라 생각했을까? 이 마르코라는 아이는 아이답게 내게 와 닿기는 하지만 무언가 그릇되고 뒤틀린 게 있어. 내가 저 아이에게 어떻게 해야 할지 말해주게.
> 추인: 제 취향대로 발전하도록 놓아두시고 그가 원한다면 진실로 성장할 수 있도록 모든 기회를 주십시오. 그런 다음 두고 보는 것이지요. 그가 배우지 못하면 우리가 배울 수 있을 터이니까요. (II-415-16)

추인은 평정과 초연함으로, 서양인 청년이 자신의 소신대로 처신하도록 내버려두라고 쿠블라이에게 권고한다. 변화가 자연의 본질적 특성이므로 마르코를 그 변화 가운데 두면 그가 어떤 인간의 유형인지 자연 밝혀지지 않겠느냐는 것이다. 그러나 쿠블라이와 추인의 의도를 알지 못하는 마르코는 자신이 그들의 우위에서 자신의 관점과 의도에 따라 상황을 이끌어간다고 오인한다.

마르코가 인생의 목표를 재물의 축적에 두는데 반해, 쿠블라이는 삶 속에서 얻는 마음의 평화에 두고 있다. '하늘의 아들', '지상의 군주'로 불리는 쿠블라이는 음과 양이 조화된 인물로서 주기적으로 재나두(Xanadu)의 별장에 은둔하여 권력의 무상함에 대해 숙고하고 명상에 열중하는 지혜로운 통치자이다. 오닐은 쿠블라이를 통해서 동양의 도교사상이 지닌 특징을 강조한다.

> 도교사상과 『백만장자 마르코』의 연관성은 이 작품의 주제와 구성에 분명히 나타난다. 고요한 직관과 신비주의적인 동양철학은 서양의 단정적인 행동과 합리적 실용성에 대조된다. 철학체계로서의 도교는 내재적 원리인 도에 근거를 두고 있다. 도는 모든 생명의 근원이고 모든 생명을 지배하며 모든 존재의 시작이자 끝이다. 도의 추구에는 투쟁과 강요가 필요 없는 것이 특징이다. 완벽에 이르는 길잡이로서 도는 인간으로 하여금 물질계를 초월하여 일종의 정신적 자유, 즉 죽음을 초월하는 삶에 이르게 한다. (Frenz 170-71)

쿠카친과 마르코의 관계 또한 동양과 서양의 차이와 갈등을 잘 보여준다. 페르시아의 왕 아르쿰 칸(Arghum Kahn)과 결혼약속이 되어 있는 쿠카친이 마르코에 대해 연정을 품고 있다는 사실을 믿을 수 없어 하던 쿠블라이가 말한다.

> 쿠블라이: (당황하여) 믿을 수가 없어! 그래, 어린 아이였던 때부터 겨우 2년에 한 번 정도 그 자와 이야기를 나누었을 뿐 아니던가!
> 추인: [. . .] 그는 이국적인 서양에서 온 낯설고 신비한 꿈속의 기사였겠지요. 쓸모도 보잘 것도 없지만 감동적인 선물을 올 때마다 가져다주는 멋진 소년이었던 그에게는 무엇인가 신비스러운 것이 있었던 것입니다. 그것도 그가 자신의 과업을 이룬 다음 승리감으로 우쭐대는 영웅 행세를 하며 돌아오던 때였음을 기억해 보십시오. (II-422)

쿠카친은 마치 환상 속에서처럼 이국적이고 신비한 서구의 기사이자

동화 속에서와 같이 용감하고 멋진 소년의 모습을 한 마르코를 사랑했던 것이다. 데이비드 헨리 황(David Henry Hwang)의 『M. 나비』(M. Butterfly, 1986)에서 갈리마르(Gallimard)가 '서양 남성이 창조해낸 동양 여성을 사랑한 남자'였다면, 쿠카친은 '동양 여성이 환상 속에서 창조해낸 서양 남자를 사랑한 여자'였다 할 수 있다. 이들의 비극은 바로 벨라스코(D. Belasco)의 『나비부인』의 여주인공이 저지른 간단하고 분명한 실수, 즉 사랑할 아무런 가치도 없는 서양남자에게 맹목적인 사랑을 바쳤다는 점과 동일한 인과관계의 산물이다.

동양 여성은 마르코에게 있어서 매춘이나 일부다처제 등과 같이 부정적이고 색정적인 관점에서 대상화된 존재들로서 "마음의 휴식"이 필요할 때 돈으로 살 수 있는 물적 상대에 지나지 않는다. "마음의 휴식이 필요할 때면 가끔씩 즐겼답니다. 인간의 본성이지요. 그들 중 몇몇 여자들은 미인이었어요! 음, 즐거웠지만 이젠 돌아가야 하니 그만 정리해야겠습니다!" (II-436)라고 그는 말한다. 그는 서양 남자들이 일방적으로 만들어 통용시켰던 대로 동양 여자는 환상적이고 이국적이며 성적으로 난잡하다는 선입관을 고수하고 있다. 수백 년간에 걸친 식민시대에 서양의 예술작품 속에서 종종 전체적, 부분적 나신으로 그려졌던 동양 여성은 서양 남성들을 신비롭고 에로틱한 쾌락으로 인도하는 열쇠를 가진, 음란하고도 도발적인 피조물로 제시되었던 것이다(McLeod 45). 이 또한 지배 세력의 횡포가 만들어낸 조작된 편견의 한 단면이라고 할 수 있다.

예컨대 플로베르(Gustave Flaubert)는 이집트인 창녀와 실제로 만났기 때문에 광범위하게 영향을 미친 동양여성의 모델을 창조 할 수 있었다. 그 창녀는 결코 자신에 대해 말하지 않았고 그녀 자신의 감정, 존재, 이력을 설명하지도 않았다. 바로 플로베르 자신이 그녀 대신 말했고, 그가 그녀를 표현했다. 플로베르는 외국인이고 비교적 부유했으며 남자였다. 그리고 이러한 조건들은 바로 지배라고 하는 역사적 사실을 뜻했다. 그 사실들로 인하여 플로베르는 쿠추크 하넴(플로베르가 이집트 여행 중에 만난 창녀)의 육체를 소유했을 뿐만 아니라, 그녀를 대신하여 말하고 그녀가 얼마나 '전형적인 동양인'이었는가를 독자들에게 이야기 할 수 있었던 것이다. [. . .] 플로베르가 쿠추크 하넴에 대하여 우월한 지위에 있었던 상황은 결코 예외적인 것이 아니었다. 플로베르의 그러한 우월조건은 동양과 서양 사이의 상대적인 힘의 관계라고 하는 패턴, 그리고 그러한 조건으로 인하여 성립된 동양에 관한 담론을 상징한다. (Said, 6)

물론, 오닐의 동양여성을 대표하는 쿠카친은 플로베르의 쿠추크 하넴이나 마르코의 매춘부들과는 다른 존재이다. 공주라는 신분으로 인해 창녀들과 같이 성적으로 대상화된 종속적 존재가 될 수 없었던 쿠카친은 마르코에게 유일한 관심사인 재물을 얻게 해줄 권력자 쿠블라이 황제의 분신이거나 이용가치 있는 수단으로 인식되었을 뿐 물적 대상이나 로맨스 상대가 될 수 있는 여자가 결코 아니었다. 이 때문에 그가 그녀를 여성으로 받아들이지도, 이해하지도 못한 것이 사실이다. 마지막까지 그는 쿠카친이 자신을 사랑했으며 그 사랑에 절망하여 결국 삶에 대한 애착을 상실하였다는 사실을 알지 못한다. 동양을 있는 그대로 보지 못했던 그는 쿠블라이의 말대로 세속적 이익과 재물은 얻었으나 진정한 사랑과 지혜는 배우지 못했던 것이다.

교황의 특사라는 자격에 힘입어 마르코는 2급 정부중개관(Second Class goverment commission-agent)의 자리를 얻는다. 일급 관리를 원하는 마르코에게 숙부 마페오(Maffeo)가 "일급 정부중개관은 황동색 단추로 치장된 옷을 입지만 기회를 얻지 못한다. 이급 정부중개관이 되어야 경비를 지불받으며 여러 곳을 여행할 수 있을 뿐 아니라 사업가들과 친분도 쌓고 겁도 주고 하면서 합법적으로 수입을 챙길 수 있는 것이다"(II-415)라 말하는 것은 명목상의 지위나 체면보다 실질적인 부의 축적이 더 중요하다는 그들 식의 가치관에 근거한다. 이렇게 시작된 15년의 중국생활 동안 마르코는 교황 테달도의 지침을 지켜 남들이 실패할 때 항상 성공했으며 자신의 의지력과 결단력으로 마침내 최고의 지위까지 오르게 된다. 하지만 그는 그 오랜 시간 동안에도 동양에서 배울 것은 아무것도 없다고 생각하는 서양 중심의 오리엔탈리즘적 사고에서 결코 벗어나지 않는다. 그 또한 "변하지 않는 동양"(Said, 96)은 역사적 진보와 과학적 발전으로부터 멀리 떨어져 시간의 변화에 부응하지 못하고 과거의 고정된 틀에 갇혀 있는 탓에 18세기 때나 12세기 때나 본질적으로 다를 것이 없다고 간주하는 서양인의 한 사람에 지나지 않는 것이다. 쿠블라이는 이러한 마르코를 초연한 비평가 입장에서 바라보며 스스로 불러온 비극적인 운명의 희생자로서의 마르코의 역할을 자신의 관점에 따라 조장하고 그 결과를 예견한다.

> 쿠블라이: 서양은 부유할는지 모르나 정신이 가난한 고통의 땅일 것임에 틀림없다. 그 탐욕스러운 위선을 접하게 되면 우리까지 모든 것을 잃게 될 것이다. 정복자들은 무엇보다도 먼저 피정복자들의 악덕을 배우게 되는 법. 서양은 그들 스스로 탐욕 때문에 멸망하도록 내버려두라. (II-451)

마르코의 직위와 권한이 쿠블라이에 의해 주어진 것이라 하더라도 그가 행하는 과도한 권력남용은 오만과 탐욕에 찬 제국주의자로서의 행동을 극명하게 보여준다. 자신이 관할하는 양주(Yang-Chau) 시민들에 대한 지배의 적법성을 유지하기 위하여 그가 강화한 물리적 방법으로 인해 외견상 양주의 정치적, 사법적 구조가 확고히 되고 사회질서가 엄격하게 준수되는 성과가 이루어지는 것으로 보인다. 그러나 이는 철저하게 서양 중심적인 외형으로 치장되고 법과 합리를 빙자해 정당화된 편견과 독선의 산물에 지나지 않는다. 통치권을 강화하기 위해 그는 억압적인 권력을 행사하고 과도한 세금을 징수한다. 양주의 대다수 사람들이 사치품을 살 여유가 없다는 것을 알자 사치품에 대한 세금을 폐지하는 대신 생활필수품에 대해서는 가난하든 부유하든 모든 사람들에게 똑같이 세금을 부과하고 (II-425) 의사표현의 억제, 반대자들의 구속, 전통문명의 말살 등 강압적 통치를 수행한 그는 이를 자신의 업적이라고 자랑스럽게 떠들어댄다. 뿐만 아니라, 그는 그의 권력 남용에 대해 양주 시민들이 상소를 올렸다는 말을 듣자 단지 극소수 못된 자들의 소행일 뿐이라면서 불행한 자들은 항상 불만을 갖기 마련이라고 자신의 행위를 쿠블라이에게 정당화한다. "착한 자는 행복할 것이고 행복하지 못하다면 틀림없이 누구에게도 착하지 못한 자라는 표시일 것입니다. 그러니 그런 자들은 해가 되지 않도록 가두어버리는 게 더 낫습니다"(II-425)라고 그는 쿠블라이에게 주장한다.

마르코가 자신의 반대자들을 감옥에 가두어 분리시키려 하는 것은 푸코(Michel Foucault)가 광기의 역사를 통해서 보여주고자 한 것, 즉 사회의 기본적 가치에 적합하지 않은 타자들을 침묵시키고 통제하기 위해 '차이의 공간'에 감금하는, 권력에 의한 훈육방식을 보여주는 전형적인 예라 할 수 있다. 여기에는 주류의 뜻에 반하는 자들은 사회의 기본윤리에 위배되기 때문에 행정적 통제를 통해 국가의 통제공간인 제도적 감금시설에 가두어 배제, 감금, 감시의 대상이 되게 함으로써 선동과 폭동으로부터 사회를 보호해야 한다는 정치적 동기가 내포되어 있다(51).

푸코는 공간성을 사회적 산물임과 동시에 사회를 구성하는 원동력으로 인식하고 지식, 권력, 공간성의 관계를 일관되게 탐구했다. 그는 「타자의 공간에 대하여」("Of Other Spaces")라는 글에서 차이의 공간이자 타자의 공간인 이질적 공간을 헤테로토피아(heterotopia)라고 부른다(23). 헤테로토피아의 공간은 타자의 공간을 창출하며 이러한 공간은 생산되고 지배되고 통제된다. 이러한 방식으로 정치적 실천의 대상이 되는 타자의 공간에는 필연적으로 권력의 문제가 개입된다. 모든 권력 행사에 있어서 공간이 근본적인 요소라면, 공간화에는 동일자와 타자라는 이분법적 구도에 의해 작동하는 권력의 논리가 필수적으로 작용할 수밖에 없게 된다. 이와 같이 동일자와 타자의 이분법적 구도에 의해 타자를 특정한 공간 속에 질서정연하게 배치하는 일련의 과정에서 핵심적인 역할을 하는 것이 차이와 배제의 논리이다. 바꾸어 말하면 권력의 공간화는 바로 차이의 공간화, 즉 성, 계급, 인종 등의 차이에 기반 한 공간적 분리를 통해서 이루어진다고 할 수 있다.

마르코는 반대자들을 가두어 타자화 시킴으로써 질서를 유지하고 통치에 기여한다고 생각하지만 이러한 행위가 실질적으로 자신을 가두는 행위라는 사실을 깨닫지 못한다. 그는 자신을 배제, 감시, 감금의 주체라고 믿고 있지만 그 또한 쿠블라이에 의해 배제, 감시, 감금의 대상이 되는 타자에 지나지 않는다. 자신의 주체적 권위와 탐욕을 강화할수록 실질적으로 그는 자신이 이방인임을 스스로 강화하고 있는 셈이 된다. 이는 그의 오리엔탈리즘적 오만과 편견 때문이라 할 수 있다. 마르코가 추구하는 물질은 눈에 보이지만 보이지 않는 정신의 가시적 현상에 불과하고, 서양인들이 앞세우는 과학은 자연의 극히 작은 편린일 뿐이며, 서양지식의 기반을 이루는 현세는 광대한 우주의 한 부분에 지나지 않는다. 이와 같은 동양의 철리를 이해하지 못하고 서양 중심적인 물질과 과학 그리고 현세에 갇혀 있는 탓에 그에게는 쿠블라이의 철학적 의도도 쿠카친의 초월적 애정도 보이지 않는다. 쿠블라이의 보이지 않는 의도에 조종되어 그 스스로 자신을 문화적 이방인으로 가두었기 때문이다.

문화적 타자로서의 마르코의 기능은 양주의 전통문화를 말살하려는 정책이나 양주의 시민들을 다양하게 깎아내리는 방식으로 재현된다. 사이드(Edward W. Said)는 서양은 자신들에게 해당되지 않는 모든 것을 명시함으로써 자신들에 대해 알게 되고 따라서 "유럽문화는 일종의 대리자아이자 은폐된 자신이기도 한 동양으로부터 스스로를 소외시킴으로써 힘과 정체성을 얻는다"(3)고 주장한다. 마르코는 그 전형이고 쿠블라이는 이러한 마르코의 정신과 행동에 혐오스러움을 드러낸다. "그 자는 인간정신을 지니고 있지 않고 단지 탐욕적인 본능만을 소유하고 있을 뿐이다. 우리는 그 자에게 배울 수 있는 모든 기회를 주었다. 그 자는 모든 것을 탐할 뿐 아무것도 사랑하지 않는다. 단지 영리하고 간교한 탐욕자일 뿐이다"(II-420)라는 말로 쿠블라이는 마르코에 대해 최종적인 결론을 내린다. 그리고 더 이상 마르코에게 관심이나 기대를 갖지 않고 실질적으로 그를 도외시한다.

마르코는 동양인들을 기독교인으로 개종시키려 시도하기도 하는데 그의 태도 곳곳에서 타종교에 대한 배타적 고정관념이 드러난다. 중국인을 "미개인"이라 깎아내리고 기독교도 이외의 이교도는 모두 "천박한"(II-399) 사람들로 간주하는가 하면 이슬람 사람들을 "멍청이들"(II-402), "미친 사람들"(II-402), "책임감도 없는 자들"(II-407)이라 일컫는다. "이러한 방식으로 그들을 바라보는 것이 유일한 차선책(II-402)"이라고 단언하는 그의 태도는 전적으로 서구 기독교 우월주의에 근거한 것이다. 회교국가의 왕과 혼인하게 될 쿠카친에게 "공주님을 동정합니다. 회교국으로 가야 하니 말입니다. 동양 사람들을 신뢰할 수 없는 또 다른 이유가 있다면 그것은 회교에 대한 관점입니다. [. . .] 서양 사람에게는 그것이 매우 골칫거리라는 것을 경험을 통해 배웠지요"(II-436)라고 말할 만큼 그는 주체적 편견과 독선으로 가득 차 있다. 타문화에 대한 그의 재현은 항상 자신의 모습을 그리는 일과 함께 이루어지는데 이 경우 관찰되는 사람이 관찰하는 사람에 의해 어둠에 가려지고 갇히게 됨으로써(Richards 289) 왜곡되고 폄하된 평가를 받을 수밖에 없게 된다. 따라서 마르코가 일방적, 서구 우월적 기준에서 동양문화를 바라보는 한, 관찰되는 타문화의 정신적, 도덕적, 윤리적, 미적 가치를 이해하거나 받아들이지 못한다.

뿐만 아니라, 서양의 오리엔탈리즘은 동양인들을 그들의 재현 속에서 음험한 인종으로 정형화시켜 나타낸다. 동양인들의 타고난 '인종적' 특성은 전반적으로 부정적 재현의 틀 속에서 정의되고, 일련의 허구적 유형들, 즉 모든 아랍인은 과격하고 모든 인도인은 게으르다는 식의 표현을 보편적인 정형으로 고정시킨다. 동양은 서양 사람들이 자신들보다 열등한 인종을 만나게 되는 장소이고 이러한 식의 논리는 스스로가 태어날 때부터 우월하고 문명화되었다고 여기는 서양인들의 인식을 떠받치는 근거가 되었다(McLeod 75). 따라서 마르코에게 있어서 동양 사람들은 서양인의 우월성을 받쳐주고 확인시키는 데 도움을 주는 사람들에 지나지 않는다. 마르코는 마페오가 일러준 "간단히 말해서 그들은 짐승처럼 살고 있어"(II-408)라는 식의 시각으로만 동양인을 보고 있다.

이러한 배경에서 마르코에게 물질과 과학의 발전으로 서양이 이루어낸 편리화는 숭상해야 할 덕목이었으며 서양문명의 상징이라 할 대포와 지폐의 발명은 자랑해야 할 업적이었다. 그는 평화를 이루어낸 역사 속에 전쟁은 항상 있어 왔고 계속 있을 것이고 "전쟁을 종식시키는 유일한 해결책은 다른 사람들을 모조리 정복"(II-427)하는 것이라면서 정복을 용이하게 해줄 무기의 발명에 대해 자랑하고 정복이 이루어지면 "재산 파괴와 인명 살상이 엄청날 것이기 때문에 누구도 저항할 수 없을 것"(II-428)이라고 단언하는가 하면 세계를 지배할 수 있는 대포와 지폐를 백만 냥의 금을 받고 팔겠다고 쿠블라이에게 제안한다. 그리고 마침내는 "이제 재산을 모을 만큼 모았으니 고향에 가서 즐기고 싶다"(II-429)던 그는 혼인을 위해 페르시아로 떠나는 쿠카친 공주를 귀향 중에 수행하게 되고 이때에도 항해 중

지나게 되는 항구들에서 상거래를 할 수 있도록 해달라고 쿠블라이에게 요청(II-431)함으로써 마지막까지 재물에 집착하는 모습을 보인다.

페르시아 호머즈 항구에 도착한 쿠카친은 진정한 슬픔과 고통을 아는 여성의 모습을 보여준다. "왜 이 사나이는 보지도, 느끼지도, 알지도 못할까?"(II-441)라며 고통스러워하던 그녀는 결혼 상대였던 페르시아 왕 아르쿰 칸의 죽음을 알려주며 대신 자신과 결혼해줄 것을 요청하는 그의 아들 가잔(Ghazan)의 청혼을 감정의 동요 없이 받아들인다. 마르코는 "결코 본적이 없으니 이분이나 저분이나 마찬가지라고 생각하십시오. 왕비 되는 일이 중요하니까요."(II-442)라 말하고, 항해 중의 어려움을 이겨내고 그녀를 보호한 대가를 받을 수 있도록 가잔에게 말해달라고 천박스럽게 요청한다. 이러한 그의 모습에 완전한 절망과 통렬한 고통을 느끼면서도 쿠카친은 음식과 금을 가득 줘서 보내주도록 가잔에게 부탁한다. 무지와 탐욕에서 벗어나지 못한 채 재물을 배에 가득 싣고 쾌활하고 생기 있는 목소리로 "잘 계세요, 공주님. 그리고 오래 오래 행복하게 사시기를 빕니다!"(II-450)라며 베니스로 돌아가는 마르코는 행복해할 뿐이다. 그는 개인으로서의 편견과 서양인으로서의 오만 때문에, 자신에게 진정한 삶의 가치에 대한 인식의 기회가 주어졌음에도 이를 외면하고 물질에의 더 깊은 맹신과 자아에의 더 큰 무지에 빠져 정신적 퇴행과 몰락의 길을 떠나고 있는 것이다.

이처럼 마르코는 쿠블라이와 쿠카친이 그에게 보내는 암시와 경고, 경멸과 야유에서 아무것도 깨닫지 못할 뿐 아니라 동양의 어떤 아름다움이나 정신적인 가치도 이해하지 못한다. "모든 것을 외울 수는 있으나 아무것도 알지 못하고, 모든 것을 쳐다 볼 수는 있으나 아무것도 들여다보지 못하며, 모든 것을 탐욕스럽게 원하고는 있으나 아무것도 사랑하지 못하는"(II-420) 마르코가 보여주는 것은 정신의 천박성과 영혼의 공허함이다. 이 점은 그를 사랑하면서도 결코 존경할 수 없었던 쿠카친에 의해 역설적으로 제시된다. "소 같은 자에게 내 영혼을 보인 게 후회스러워! 이처럼 치욕스런 삶을 더 이상 견디며 살 수 없어"(II-446)라 생각하던 그녀는 쿠블라이에게 "그의 영혼에 관해서 폐하가 옳았습니다. 제가 얼마나 착각했던지요. 그를 비난하지는 않겠습니다. 그렇지만 제 자신을 용서 할 수가 없어요."(II-453)라고 편지를 썼던 것이다. 프롤로그에서 부활한 모습으로 등장하여 "사랑했고 죽었지만 이제 난 사랑이고 살아있어요"(II-390)라고 말함으로써 삶과 죽음의 경계를 초월한 인물로 제시되었던 쿠카친은 작품의 처음부터 마르코의 정신체제를 판단하고 평가할 수 있는 기준이 되었다 할 수 있다. 마르코를 진실로 비극적 인물로 만드는 것은 아무것도 보지 못하고 깨닫지 못한 탓에 그에게 어떠한 자기치유도 구제가능성도 남겨지지 않는다는 사실이다.

삶과 죽음의 순환이라는 일원론적 사유는 쿠블라이와 추인에 의해서도 표출된다. 쿠블라이는 쿠카친이 시신으로 돌아오자 그녀의 주검 앞에서 "내가 죽었고 네가 살았구나!"(II-466)라고 외친다. 그의 외침은 삶과 죽음의 가변성과 삶의 환상성에 대한 깨달음을 보여준다. 쿠카친이 비록 몸은 죽었지만 "살아 있는 자신들보다 더 살아 있으며, 영원한 침묵과 인내심으로 살아있는 자들의 말과 지혜에 미소를 보낸다"(II-463-64)라는 그의 말은 죽음이 곧 영원한 삶의 모습이라는 사실을 깨달은 성찰을 보여준다.

삶과 죽음의 경계를 극복한 쿠카친은 도교 사상에 근거한 투쟁과 집착을 버리고 무위에 의탁하여 모든 것의 근원에 다다름으로써 마르코의 실상을 비추는 거울이 된다. 물질세계를 초월해 정신적 자유로움을 얻고 죽음을 초월해 회귀의 삶에 이를 수 있었던 쿠카친은 마침내 정신적 부활을 이루었던 것이다. 이것은 그녀가 삶도 죽음도 자연의 일부분으로 인식하여 받아들이는 동양의 도교적 성취를 이루었음을 뜻한다. 도는 모든 존재의 근본으로서 인간과 자연의 생명을 소통시키고 물질계를 초월할 수 있는 자유를 줌으로써 현상으로서의 죽음을 초월할 수 있는 정신적인 삶을 가능하게 한다. 모든 것은 원래의 뿌리로 돌아간다는 도의 철학은 만물의 죽음을 불가피한 자연의 과정으로 설명한다. 그러므로 죽음은 모든 존재의 원상복귀이며, 총체적 의미에서는 생의 또 다른 현상이다.

쿠카친의 죽음을 통해 확인된 쿠블라이의 성찰은 같은 해에 발표된 오닐의 다음 작품인 『라자러스는 웃었다』(*Lazarus Laughed*, 1928)에서 보다 확연하게 전개된다. 쿠블라이는 라자러스(Lazarus)의 선지자라 할 수 있을 것이다. 예수에 의해 죽음으로부터 부활한 라자러스는 삶과 죽음의 비밀을 엿본 덕에 죽음을 두려워하지 않기 때문에 삶에 대해 웃을 수 있는 초월적 현자로 등장한다. 그의 부활은 삶에 대한 의지의 소산도, 역사적 필연의 결과도 아니다. 그의 죽음과 재생은 우주적 리듬의 또 다른 반복일 뿐이다. 긍정을 통해, 삶과 죽음이 분리되지 않는 영원한 생명의 질서에 합류하고 웃음을 통해 무아적인 자기 극복을 이룬 그는 집착을 버리고 모든 "영원한 변화, 영속하는 성"에 의탁한다(II-522). 롤리슨(Rollyson)에 따르면 "개인적 힘에 의존하지도 않으며, 자신에 대한 오만함을 비치지 않는 그는 개인적 자아를 포기함으로써 안식을 찾을 수 있었던 것이다"(129). 그가 부정하는 죽음은 죽음에 대한 인간의 인식, 죽음에 대한 공포 속에 존재하는 것이다. 죽음에서 부활한 라자러스에게 "죽음이 죽었으니 이제 공포는 없고, 오직 삶만이 있을 뿐"(II-547)인 것처럼 쿠블라이는 죽음이 삶의 끝이 아님을 인정하고 죽음을 수용함으로써 삶의 초월적 의의를 수용한다. 라자러스와 마찬가지로 쿠블라이나 쿠카친 또한 삶과 죽음의 선형적 진행 개념에 함몰된 서양인들의 인식과 달리 삶과 죽음이 별개의 경험 영역이 아니라 하나의 온전한 주기의 양면이라는 확신을 보여준다.

쿠카친의 죽음은 일종의 회귀이다. 인간의 삶은 자연의 순환 고리 속에서 변화하는 하나의 현상이며 죽음은 삶의 연속성 위에 존재한다. "나는 존재하지 않으며 오직 삶만이 존재하네. 구름이 해를 가리고 삶은 지속되네. 해는 다시 비치고 변한 것은 아무것도 없네"라고 그녀가 배 위에서 부르는 노래는 그녀가 삶의 영원한 회귀를 믿고 있음을 보여주며(II-448), "내가 푸른 바다 속에 잠든다면 내 슬픔에 어떤 아픔도 더하지 않으리. 옛 슬픔은 잊혀지고, 난 평화를 얻겠지"라는 그녀의 노래나 "바다 깊은 곳에는 평화가, 그러나 수면 위에는 슬픔만이"(II-440)라는 수부들의 노래에는 현상의 변모 뒤에 숨어 있는 삶과 죽음이 이루어내는 거대한 순환적 질서에 대한 동양적 인식이 담겨져 있다.

동양사상과 서양사상의 가장 큰 차이점은 초월주의적 일원론과 합리주의적 이원론일 것이다. 동양의 초월주의 사상이 모든 차이와 구분을 환상으로 보며 그 차이의 비실재성을 지지한다면, 서양의 합리주의 이론은 실재하는 모든 것들의 개별적 특성을 신뢰한다. 주체와 객체, 혹은 자아와 세계를 근원적으로 분리된 별개의 존재로 인식하는 서구 이원론은 신과 인간, 선과 악, 삶과 죽음, 빛과 어둠, 인간과 자연, 남성과 여성 등 무수한 이항대립적 서열체계를 지탱해 주는 사유체제이다(Derrida 279). 이에 반해 동양에서는 현상과 실체의 이분법적 구분을 근본적으로 인정하지 않으며, 현상에 나타난 대립관계들은 잠정적이거나 상호 의존적인 존재로서 부단한 변화 속에서 서로 끊임없이 순환하므로 분리될 수 없는 동일체로 보았다. 김충렬은 이를 "정리원융(情理圓融), 천인무간(天人無間), 공즉시색(空卽是色), 색즉시공(色卽是空) 등으로 표현되는 일원론"(38)이라고 말한다. 즉 감정과 이성의 세계가 하나로 조화되고, 하늘로 대표되는 자연과 땅으로 대표되는 인간이 간극 없는 하나이며, 본체계가 현상계이자 현상적인 것이 곧 본체적이라는 것이다. 동양의 일원론적 사유 체계에서 있음과 없음, 숨음과 나타남, 모임과 흩어짐, 속 본질과 겉 변화는 두 개의 독립된 실체가 아니라 섞여 있는 하나의 실재이다. 이것은 삶과 죽음에 있어서도 마찬가지이다. 죽음이 실재하는 것이라면 오직 삶 속에서이며 살아 있는 자의 관점에서 보면 죽음은 삶의 또 다른 형태일 뿐 분리될 수 있는 별개의 존재가 아닌 것이다.

3막이 되면 쿠블라이는 베니스에 돌아가 있는 마르코의 모습을 수정거울에 비춰본다. 악사들이 아름다운 음악을 연주하는 연회장이 거울에 비치고 진홍빛 공단으로 현란하게 차려 입은 마르코가 등장한다. 온갖 종류의 음식으로 거대한 식탁이 차려진 가운데 그가 하인들과 악사들에게 한줌의 금을 던져 주자 그들은 서로 더 많이 차지하기 위해 미친 듯이 달려들고 놀라움에 숨이 막힌 손님들까지 그 쟁탈전에 뛰어들 듯이 보인다 (II-458). 부러워하는 사람들 앞에서 자만심 가득한 표정으로 마음껏 부를 과시하는 마르코는 이제 자아를 갖춘 인격이라기보다 정신을 상실한 물격의 화신인 것으로 보인다.

> 쿠블라이: (높은 옥좌에 앉아 손에 수정구슬을 들고 역겨움에 질린 모습으로 바라보더니 [. . .] 혐오감으로 몸을 떨며 자기도 모르는 사이에 어두운 웃음을 흘린다. 그가 손의 수정구슬을 떨어뜨리자 구슬은 큰 소리를 내며 산산조각이 난다. 곧바로 무대가 어두워지고 높은 곳에서 연민에 찬 쿠블라이의 목소리가 들린다.) 말씀이 그들의 육신이 되었다고 그랬던가? 모든 게 이제 육신이 되어버렸어. 그들의 육신이 다시 말씀이 될 수 있을까? (II- 461)

정신적 몰락에 처한 마르코의 실상은 이 작품의 에필로그에서 뚜렷하게 부각된다. 13세기 후반의 상인 복장을 한 현대 미국판 마르코는 한 때의 기민함이나 자신감도, 자신의 업적에 대해 활기차게 자랑하던 허세까지도 모두 상실한 채 극장 밖에서 자신이 타고 갈 리무진을 기다리는 공허한 모습으로 등장한다. 지루함에 하품하고 사람들과 뒤섞여 있음에 당황해 하다 리무진에 몸을 실은 그가 안락함에 안도의 숨을 내쉬면서 작품의 막이 내리게 된다. 에필로그의 이 장면은 바로 이전 장면인 쿠블라이의 수정구슬 장면과 극명한 대조를 이루면서 동양의 지혜와 정신적 풍요로움을 수용하지 못하고 공허한 물질주의적 외양에 갇힌 서양인 마르코의 한계를 관객들에게 뚜렷하게 각인시킨다.

『백만장자 마르코』는 에필로그의 마지막 장면이 암시하듯이 물질주의에 대한 비판적 인식의 극이기도 하다. 실제로 오닐은 "인간이 전 세계를 손에 넣고도 자신의 영혼을 상실해 버린다면 무슨 의미가 있겠는가?"(Stroupe 382)라는 질문을 던졌던 적이 있다. 서구 문명인들은 영혼과 정신의 가치로부터 시선을 거두어 버린 지 오래이며, 그들이 구원의 가능성에 접할 수 있는 동양세계까지도 이미 오염시키고 물화시켰음을 오닐은 이 극에서 고발하고 있다. 마르코는 서양적 인생관과 가치관을 체현하고 그 세계 속에서 스스로 중심이라 생각하고 있지만 동양적 관점에서는 이 세계의 중심으로부터 벗어나 있는 주변적 인물에 지나지 않는다. 그리고 모든 것을 외울 수 있으나 아무것도 보지 못하고 모든 것을 탐욕스럽게 원하나 아무것도 사랑하지 못하면서 3막 구슬 장면이나 에필로그에서 보듯 스스로 공허한 안락이나 불안한 탐욕에 갇혀 있는 그는 동양속의 이방인으로 영원히 몰락한 모습일 수밖에 없는 것이다.

인용문헌

김용옥. 『동양학 어떻게 할 것인가』. 서울: 통나무, 1990.

김충렬. 『동양사상 산고』. 서울: 범한도서, 1997.

Bogard, Travis. *Contour in Time: The Plays of Eugene O'Neill*, New York: Oxford UP, 1988.

Derrida, Jacques. *Writing and Difference*. Trans. Alan Bass. Chicago: U of Chicago P, 1978.

Emerson, Ralph Waldo. "The Over Soul". *The American Tradition in Literature*. Eds. George Perkins & Babara Perkins. New York: McGraw, 1994. 531-542.

Foucault, Michel. *Discipline and Punish: The Birth of the Prison*. New York: Penguin, 1979.

_____. *Madness and Civilization: A History of Insanity in the Age of Reason*. London: Routledge, 2001.

_____. "Of Other Spaces." *Diacritics* 16. 2 (1986): 22-27.

Frenz, Horst and Susan Tuck, eds. *Eugene O'Neill's Critics: Voices from Abroad*. Carbondale: Southern Illinois UP, 1984.

Gelb, Arthur and Barbara. *O'Neill*. New York: Harper & Row, 1965.

McLeod, John. *Beginning Postcolonialism*, Manchester: Manchester UP, 2000.

Nietzsche, Friedrich. *The Birth of Tragedy and The Case of Wagner*. Trans. Walter Kaufmann. New York: Vintage, 1969.

O'Neill, Eugene. *Complete Plays*. vol. 2. Ed. Travis Bogard. New York: Library of America, 1988.

Raleigh John Henry. *The Plays of Eugene O'Neill*. Carbondale: Southern Illinois UP, 1967.

Richards, David. *Masks of Difference: Cultural Representation in Literature, Anthropology and Art*. Cambridge: Cambridge UP, 1994.

Robinson, James A. *Eugene O'Neill and Oriental Thought: A Divided Vision*. Carbondale: Southern Illinois UP, 1982.

Rollyson, Carl E. Jr. "Eugene O'Neill: The Drama of Self-Transcendence." *Critical Essays on Eugene O'Neill*. Ed. James J. Martine. Boston: G. K.

Hall, 1984. 123-37.

Said, Edward W. *Orientalism*. New York: Vintage, 1979.

Stroupe, John. "Marco Millions and O'Neill's Two Part Two Play Form." *Modern Drama* 13 (1971): 382-92.

※ 이 글은 「타자 마르코-오닐의 『백만장자 마르코』」. 『영어영문학21』. 22.3 (2009): 45-69쪽에서 수정·보완함.

젠더

전래동화 다시쓰기/다시읽기에 나타난 젠더 재현
―「백설 공주」와 패러디 작품 들여다보기

● ● ● 이수진

I. 전래동화는 무엇을 말하는가

어린이의 발달단계에서 전래동화가 갖는 힘은 무한하다. 선과 악이 분명하게 구분되어 있는 플롯의 전래동화는 어린이들로 하여금 자신이 미처 경험할 기회가 없었던 세계에 대한 간접경험의 기회를 주며, 이를 통해 삶에 대한 풍부한 감각을 발달시킬 수 있게 돕는다. 더불어 책을 읽어주는 사람과의 관계 맺기를 통해 사람 사이의 관계망 형성에 대한 인식을 개발시킨다. 전래동화의 가치를 긍정적으로 평가하는 베텔하임(Bruno Bettelheim)은 그 심리적 측면을 강조하면서 "서로 다른 여러 차원의 의미를 제공하며 다양한 방법으로 어린이의 존재를 풍요롭게 하기 때문에, 전래동화만큼 광범위하고 다양하게 어린이의 삶에 기여할 수 있는 책은 없을 것이다"라고 말한다(12). 구전의 전통 속에서 시간과 장소, 청중과 화자에 따라 가감되고 변형되는 전래동화는 해석에 따라 달라지는 수많은 의미의 겹을 지니고 있을 수밖에 없다.

　그림 형제(Wilhelm and Jacob Grimm)가 1812년과 1814년 두 권의 전래동화 모음집을 발간한 이래로 근 200여년이 지나는 동안, 전래동화는 지속적으로 재현되며 재해석되고 다시 쓰는 대상이 되었다. 그림 형제와 샤를 페로(Charles Perrault)는 사람들 사이에 구전되던 전래동화를 각각 책으로 묶어 편집하고 출판했는데, 이 과정에서 구전 전래동화의 교훈적, 계도적 특성이 더욱 강화되고 성과 계급에 따른 역할 구분 역시 더욱 강조되었다. 예를 들어 페로는 한 편의 전래동화가 끝날 때마다 아동들이 유념해야 할 교훈을 한 가지씩 마지막 장에 운문으로 집어넣었는데, 「푸른 수염」("Bluebeard")에서는 호기심이 얼마나 위험한가에 대한 경고를, 「빨간 망토」("The Little Red Riding Hood")에서는 낯선 이와 이야기하는 것에 대한 경고를 담는 식이다(44, 34).

　페로와 그림 형제의 전래동화 모음집은 다양하게 구전되는 전래동화를 보존하고 활자화시켜 계승한다는 데 그 의미가 있었다. 그럼에도 불구하고 이 모음집들이 오히려 성 역할의 구분을 더욱 고착화시키는 역할을 하게 될 가능성을 배제할 수 없다. 왜냐하면 구전 전래동화는 구연자와 이를 듣는 청중에 따라 얼마든지 다양하고 복합적인 서사와 열린 결말이 가능해지기 때문이다. 반면 채록된 전래동화들은 활자화의 특성상 이야기를 읽어주는 사람에 의해 변형될 가능성이 적으며, 교훈이 가미됨으로써 오히려 구전 전래동화보다도 성 역할의 구분을 더욱 고착화시키게 된다. 자잎스(Jack Zipes) 역시 "페로의 전래동화가 강인한 소녀를 수동적 여성으로 변화시킨다"고 비판한다(*Breaking* 46). 채록된 전래동화는 가공되고 편집되는 과정 속에서 일정한 이데올로기, 특히 가부장제를 지지하는 이데올로기에 적합하도록 변형되었는데, 이로써 동화를 듣거나 읽는 아이들을 사회규범에 적합한 존재로 길러내려는 목적이 보다 더 분명하게 드러나게 되었다.

　전래동화가 본래 갖고 있었던 보수적 이데올로기를 더욱 공고히 하는 작품이 있는 반면 이에 정면으로 도전하는 작품들도 끊임없이 만들어졌다. 2012년에는 「백설 공주」 탄생 200주년이라는 거창한 이름을 내세워 두 편의 실사영화가 잇달아 개봉되었다. 디즈니사(The Walt Disney Company)가 1937년 「백설 공주」의 장편만화영화인 〈백설 공주와 일곱 난쟁이〉(Snow White and the Seven Dwarfs)를 만든 이후 사람들의 뇌리 속에 백설 공주는 빨간 머리띠를 하고 파란 천을 두른 순진한 소녀의 모습으로 강렬하게 파고들어 자리 잡았다. 디즈니 만화영화가 만들어낸 이미지가 매우 강력하기 때문에 또 다른 모습의 백설 공주를 스스로 만들어내야 하는 독자의 주관적 상상력은 그 가능성을 잃어버리게 된다. 그런 백설 공주가 디즈니식 옷을 벗어던질 때가 왔다는 듯이 두 실사영화 모두 예고편을 통해 당차고 적극적인 여성인물로서의 백설의 재탄생을 드높여 외쳤다. 왕비의 기에 눌리고 사냥꾼의 위협에 놀라 숲 속으로 달아나던 착한 백설 공주는 이들 영화에서 새로운 변신을 마다하지 않는다. 아름답지만 무력한 백설 공주가 아름다우면서도 강한 백설 공주로 변하였다는 것을 보여주기 위해 많은 공을 들였기 때문이다.

　전래동화의 전형성은 이야기의 길고 짧음과 상관없이 빈틈없는 완결된 구도를 만들어낸다. 해피엔딩과 권선징악, 질서의 회복과 유지라는 전래동화의 완결성이야말로 전래동화를 지속적으로 다시쓰게 만드는 요인일 것이다. 그러면서도 보수적이고 전형적인 요소들은 완전히 사라지지 못한 채 여전히 끈질기게 담겨지는데, 이에 대한 궁금증을 출발점으로 삼아 전래동화 「백설 공주」("Snow White")와 디즈니 만화영화 〈백설 공주와 일곱 난쟁이〉, 두 편의 실사영화 〈거울아 거울아〉(Mirror Mirror)와 〈백설 공주와 사냥꾼〉(*Snow White and the Huntsman*)을 분석한다.[1] 새로 재현되는 작품들에서조차 백설 공주가 전래동화 속 이미지와 그 정형성을 완전히 벗고 더 나아가 디즈니식 재현의 틀을 벗고 새로운 백설 공주로 다시 태어났는지 확신하기 어렵다. 왜 여전히 백설 공주가 전래동화 속 모습에서 벗어나지 못한 채 갈 길을 몰라 헤매다가 일곱 난쟁이들의 도움을 받는지, 혹은 어두운 숲 속을 치렁치렁한 긴 드레스자락을 끌어대며 허둥대기만 하는지 그 이유를 생각해 볼 시점이 되었다.

II. 정형화의 틀에 갇힌 백설과 계모

"[피부는] 눈처럼 하얗고, [입술은] 피처럼 붉고, [머리카락은] 흑단처럼 검은"(83) 전래동화 속 백설 공주의 아름다움은 주변의 모든 사람을 매혹시킨다.[2] 생모인 왕비는 바느질을 하던 중 바늘에 찔린 손가락에서 흘러내린 세 방울의 피가 때마침 내리던 새하얀 눈 위에 떨어지자 "하얀 눈 위의 그 붉은 색이 정말 아름답다"(83)고 생각하며 그처럼 아름다운 딸을 낳기를 소망한다. 사냥꾼은 새 왕비의 명령을 받고 백설 공주를 죽이러 가지만 "백설 공주가 매우 아름다워 그녀를 불쌍히 여기게"(84) 되며, 난쟁이들은 허락도 없이 자신들의 집에 들어와 침대에서 잠을 자는 백설 공주를 발견하고 "정말 아름다운 아이구나"(85)라며 감탄한다. 길을 지나가던 왕자 역시 관 속에 누운 백설 공주를 보자마자 "백설 공주를 보지 않고서는 살 수 없소"(89)라고 말하며 그녀의 곁을 떠나려 하지 않는다. 타타(Maria Tatar)는

---

[1] 본 글에서 이 작품들을 다시 언급하는 경우 「백설 공주」는 「백설」로, 〈거울아 거울아〉는 〈거울〉로, 〈백설 공주와 사냥꾼〉은 〈사냥꾼〉으로 약칭한다.

[2] Maria Tatar, ed. *The Classic Fairy Tales* (New York: Norton, 1999). 이하 「백설 공주」의 원문 이용은 이 책을 이용한다.

백설 공주의 아름다움과 관련된 세 가지 색깔 중에서 특히 "우리 문화에서 흰 색깔과 연관시키는 순수함과 순진함이 백설 공주와 관련된다"(*Annotated* 246)고 주장한다. 아직 세상이 얼마나 타락한지를 알지 못하는 '눈처럼 하얀' 백설 공주의 순진함과 순수함은 그녀의 아름다운 외모를 통해 더욱 부각된다.

백설 공주의 이러한 아름다움은 욕망에 가득 찬 왕비의 아름다움과 대비를 이룬다. 왕비는 아름답지만 동시에 두려운 존재인데 "자존심이 강하고 교만하여 아름다움에 있어서 두 번째가 된다는 것을 참을 수 없었다"(83). 왕비는 마법의 거울 앞에 서서 자신의 욕망이 되비쳐 만들어낸 목소리를 듣는다.

> "거울아, 벽에 걸린 거울아,
> 세상에서 누가 가장 아름다우냐?"
> 거울이 대답했습니다.
> "여왕이시여, 당신은 이곳에서 가장 아름다운 분이십니다.
> 하지만 백설 공주는 당신보다 천 배는 더 아름답답니다!"
> 이 말을 들은 여왕은 질투로 몸을 떨면서 파랗게 질렸습니다. 그 순간부터 여왕은 백설 공주를 미워했는데, 백설 공주가 어디를 가든지 눈을 떼지 않았으며, 왕비의 마음은 돌처럼 차가워졌습니다. (83-84)

아름다움에 대한 열망은 왕비의 이성을 마비시킨다. 질투에 몸을 떠는 그녀는 의붓딸인 백설 공주를 죽여 그녀의 허파와 간을 가져오라고 사냥꾼에게 명령한다. 사냥꾼이 가져온 어린 수퇘지의 허파와 간을 먹으면서 "백설 공주의 허파와 간을 먹는다고 생각한"(84) 왕비는 이로써 백설 공주의 젊음을 자신이 가져왔다고 믿는다.

왕비는 자신의 아름다움이 누구보다 뛰어나다는 사실을 확정적으로 만들기 위해 거울로부터 답을 듣고자 한다. 그러나 왕비가 들여다보는 거울은 모든 것을 그대로 되비쳐주는 거울이 아니다. 그것은 일차적으로 들여다보는 자의 욕망의 발현이며, 거울의 목소리는 욕망하는 자의 목소리이다. 그러므로 거울은 필연적으로 왜곡을 낳는다. 왕비가 거울에 의존하는 것은 자기 스스로를 완전히 독자적으로 인식할 수 없기 때문이며, 왜곡된 상으로 자신을 더욱 왜곡시키는 행위가 된다. "근축"(paraxis)이라는 광학 용어를 이용하여 거울과 거울 이미지를 설명하는 잭슨(Rosemary Jackson)에 따르면, "그것[근축]은 그것이 어둡게 가리고 위협하는 '현실'의 본체와 이어지는 풀리지 않는 연결고리를 의미"(19)한다. 다시 말해서 "근축"은 주체와 주체가 바라보고 있는 거울 저편의 이미지 사이에 공간을 생성하는 축이다. 근축을 중심으로 주체와 거울 사이, 거울과 거울 이미지 사이에 공간이 형성되고, 주체가 스스로 생각하는 이미지와 거울 이미지 사이에는 간극이 생기게 된다. 바로 이 간극에 주체의 욕망이 끼어든다. 주체의 욕망이 끼어든 이미지는 실재일 수가 없고, 이미지로 채워진 듯한 근축 공간에는 아무 것도 존재하지 않게 된다. 왕비가 바라보는 거울 속의 아름다운 이미지는 결국 욕망의 반영물일 뿐 실재가 아닌데, 거울 이미지에 매혹된 왕비는 거울의 말에 따라 백설 공주를 없애려 든다.

베텔하임은 백설 공주와 계모인 왕비의 갈등을 설명하면서 실은 이 갈등이 자신들이 사랑해야 할 아이들을 미워하는 부모의 두려움에서 비롯된다고 말한다(195). 그림 형제가 이 동화를 처음 채록했을 당시 왕비는 질투에 눈이 멀어 딸을 미워하는 생모였다. 그러나 사람들이 생모가 아들이나 딸을 괴롭히고 심지어 죽이기까지 하는 이야기를 불편하게 여기자 1819년 판에서는 생모를 계모로 바꾸었고 이를 통해 "가족 내 가혹함을 부드럽게 했다"(Warner 211). 물론 옛이야기에 많은 계모들이 등장하는 것은 이 이야기들이 만들어지던 시대를 반영한다. 17세기에는 가난과 기근, 질병으로 인해 굶어죽거나 병들어 죽는 사람들이 많았으며 아이들은 거리에 내몰리거나 버려졌고, 가혹한 삶의 현실에서 어른들 역시 예외가 될 수 없었다. 단턴(Robert Danton)은 "계부보다는 계모가 훨씬 더 많이 여기저기에서 양산되었다. . . . 의붓아이들(stepchildren)이 신데렐라처럼 취급되지 않았을지도 모르지만 형제자매들 사이의 관계는 훨씬 가혹했을 것이다"(27)라고 분석한다. 생모의 빈자리를 채워야 하는 계모는 "아이들의 다정한 어머니로서가 아니라 한 남자의 아내로서의 역할을 먼저 선택"(이수진 158)하였는데, 계모의 발생과 아이들과의 갈등은 사회적으로나 심리적으로 피할 수 없는 일이었던 것이다.

전래동화에서 왕비가 "아름다운 여인이었지만, 자존심이 강하고 교만하였다"(83)고 묘사된 것과는 다르게, 디즈니 만화영화에서 왕비는 천성이 악하며 품위도 없는 인물로 그려진다. 찢어진 눈매와 과도한 화장, 검은 망토, 괴상한 약품이 쌓인 지하실 등은 그녀를 왕비가 아니라 마녀에 가깝게 만든다. 자잎스는 "그[디즈니]는 문학 이야기로부터 그 목소리를 강탈하고 형식과 의미를 바꾼다"("Breaking" 344)고 설명한다. 작품 속 인물의 사악한 특성을 과도하게 부각하는 이유는 마녀가 사악할수록 선한 캐릭터가 더욱 부각되기 때문이다.[3] 선한 캐릭터를 극명하게 만들기 위해서 악인은 더욱 사악한 면모를 띠어야 한다.

반면 백설 공주는 전래동화에서처럼 디즈니 만화영화에서도 선한 눈동자와 착한 성품을 지닌 천사 같은 인물로 그려져 있다. 푸른빛 상의와

---

[3] 아동문학텍스트를 영화화한 작품에서 인물의 악한 특성을 과도하게 부각시키는 경우는 흔하다. 한 예로 『오즈의 놀라운 마법사』(The Wonderful Wizard of Oz) 역시 마찬가지인데, 초록색 얼굴을 하고 검은 망토를 휘날리는 매부리코의 영화 속 마녀는 텍스트에서보다 그 사악함이 훨씬 강조되어 있다.

흰색 치마, 붉은 머리띠로 구성된 백설 공주의 의상은 밝고 경쾌하여, 검은 망토와 두건을 쓴 칙칙하고 어두운 왕비의 의상과 대조를 이룬다. 디즈니는 여기에서 한 걸음 더 나아가 백설 공주가 동물들에게도 사랑을 받는다고 그려놓는다. 사냥꾼에게서 달아난 그녀가 숲에 이르렀을 때 많은 동물들이 나타나 그녀를 반긴다. 백설 공주의 순수함을 과도하게 강조하는 이런 장면을 통해서 백설 공주는 비현실적인 인물로 변질된다. 천진한 영혼들과 교감하고 동물들과 대화하는 그녀는 사람이라기보다는 오히려 천사처럼 보인다. 에버트(Roger Ebert)에 의하면 디즈니의 만화영화는 "강렬하게 개성을 규정한 한두 명의 핵심캐릭터를 중심으로 . . . 명확한 목표들을 대담하게 요약해낸 줄거리를 지배한다"(208-9). 지루(Henry Giroux)와 폴록(Grace Pollock) 역시 "여성과 소녀에 대한 디즈니의 부정적인 정형화는 . . . 순환되고 재생산되는 방법으로 힘을 얻는다"(105)고 설명한다. 『신데렐라』(*Cinderella*, 1950)의 계모와 두 명의 새언니들, 『잠자는 숲속의 미녀』(*Sleeping Beauty*, 1959)의 악한 마녀, 『라푼젤』(*Tangled*, 2010)의 라푼젤(Rapunzel)의 엄마(실은 사악한 마녀)를 그린 디즈니의 방식을 보면 이러한 설명이 설득력을 얻는다. 사악한 왕비나 계모들은 특별한 이유 없이 순진하고 순수한 어린 소녀를 미워하여 저주를 내리고 그들을 가두며 억압한다. 이들에게 쫓기는 소녀들은 아름답고 착하며 헌신적이고 이타적이어서 모든 사람들과 동물들에게 사랑을 받는 천상의 인물로 묘사된다.

전래동화와 디즈니 만화영화가 백설 공주의 순수한 아름다움과 왕비의 사악한 면모를 보여주면서 선악의 갈등구도를 구축하는 데 많은 노력을 기울였다면, 두 편의 실사영화 〈거울〉과 〈사냥꾼〉은 새로운 이야기를 집어넣어 서사를 더욱 풍성하게 만들고 있다. 전래동화의 앞부분에 잠시 등장하던 백설 공주의 생모는 디즈니 만화영화와 두 편의 실사영화에서 아예 등장하지 않는다. 심지어 〈사냥꾼〉에서는 왕인 아버지조차 등장하지 않는다. 대신 왕비의 드러나지 않은 과거, 왕비의 주변사람들, 거울의 역할 등에 대한 이야기를 보강하여 구조를 보다 복잡하고 튼튼하게 만들어 두었다. 특히 가장 크게 첨가되고 수정된 부분은 왕비에 대한 것이다. 전래동화나 디즈니 만화영화에서 왕비가 아름다움에 집착하는 이유를 들려주지 않았던 것과는 달리, 영화에서는 왕비의 행동에 관객들이 수긍할 수 있을 만한 적당한 과거사를 빚어놓았다. 두 편의 영화 속에서 각각 왕비는 가장 아름다운 여인이 되어 이 아름다움을 영원히 유지하는 것을 중요하게 여긴다. 〈거울〉에서 왕비는 자신에 대한 이야기를 시작하면서 스스로를 "세상에서 가장 아름다운 여인"이며, "지적이고 강인한" 사람이라고 설명한다. 왕비가 그토록 간절히 원하는 젊음에는 신분의 보장과 권력 유지에 대한 욕망이 숨겨져 있다. 그녀의 젊음은 곧 생존과 직결되어 있는 것이다. 왕비는 젊음과 아름다움을 잃게 될 경우 현재의 자리에서 내쳐지고 말 것이라는 위기감을 갖는다. 왕비 자신보다 더 젊고 아름다운 백설 공주가 그녀의 자리를 흔드는 가장 강력한 위협이 될 수 있기 때문에 왕비는 백설 공주를 죽이기 위해 온갖 방법을 마다하지 않는다.

실사 영화의 백설 공주 역시 전래동화나 디즈니 만화영화의 백설 공주와는 다른 점이 드러난다. 전래동화의 백설 공주는 눈물을 뚝뚝 흘리며 "제발 제 목숨을 살려주세요. 숲 속으로 달아나 절대 돌아오지 않는다고 약속할께요"(84)라고 간청하는 여리고 가련한 소녀였다. 하지만 실사영화에서는 그녀를 수동적이며 비현실적으로 순수한 인물로 그리지 않는다. 백설 공주는 자신을 가두고 핍박하는 왕비로부터 과감히 도망치고 검술을 익혀 아버지인 왕이 그녀에게 남긴 '단검'을 들고 왕비에 대항하려 한다. 또 왕자로부터 키스를 받을 때까지 기다리는 것이 아니라 왕자의 마법을 풀기 위해 먼저 키스를 하는 적극적인 모습도 보인다(〈거울〉).

하지만 이런 몇 가지 단편적인 변화만을 보고 백설 공주가 전래동화 속 이미지를 벗고 능동적이고 적극적인 인물로 다시 태어났다고 말하기는 어렵다. 〈거울〉과 〈사냥꾼〉은 전래동화가 보여주는 이분법적 대응 구도를 완전히 벗어버리지 못한다. '입문' 단계에 선 백설 공주는 자신의 독립적 면모를 과시하는 듯 왕비와의 전면전을 선언한다. 그러나 그녀는 여전히 일곱 난쟁이의 집에서 요리를 하고(〈거울〉), 긴 드레스자락을 끌어대며 목적지 없이 숲과 마을을 헤맨다(〈사냥꾼〉). 왕비와 싸우기 위해 칼을 들었으나 그 칼을 휘둘러 진정으로 왕비를 쫓아내거나 악한 세력을 물리치기에는 역부족인 것이다. 〈거울〉에서는 일곱 난쟁이와 앤드류(Andrew) 왕자가, 〈사냥꾼〉에서는 윌리엄(William) 왕자와 사냥꾼이 왕비와 대적하는 인물로 등장한다. 이들의 싸움은 부정한 권력을 퇴출시킨다는 당위성 아래 전략적이며 정교하고 진정성을 담고 있는 것으로 보인다. 하지만 이 남성들과 함께 전장에 뛰어든 두 명의 백설 공주는 싸움에 어울리는 옷을 그럴듯하게 차려입기는 했으나 들고 있는 칼을 제대로 휘두를 만한 힘을 지니지 못한다. 〈거울〉의 공주는 바지차림으로, 〈사냥꾼〉의 공주는 갑옷차림으로 등장하지만 실제로 칼을 휘둘러 싸워야 할 순간에 왕비에 의해 무력하게 내동댕이쳐진다. 아쉽게도 백설 공주에게는 승리에 대한 간절함이나 싸움에 대한 긴장감이 상대적으로 적게 부여되어 있다. 변화된 역할에 대한 별다른 고민을 하지 않은 채 예쁜 드레스를 입던 조신한 공주가 바지를 입고 검은 머리카락을 휘날리는 천방지축 말괄량이로 변신했다고 해서 이것을 새로운 여성상의 제시라고 말할 수 없다. 치마 대신 바지를 입거나, 꽃 대신 칼을 든다는 것이 성 역할의 변화를 의미하지는 않기 때문이다.

　　루리(Alison Lurie)는 아동문학의 전복성에 주목하면서 "많은 이야기에서 중심인물은 거의 여성이며, 초자연적 힘을 지닌 여성이다"(Don't Tell 19)라고 주장한다. 그러나 이야기의 중심인물이 여성이라는 점이 여성의 힘이나 권력이 남성보다 더 크다는 뜻이 되지는 못한다. 여성이 주로 등장하는 것은 그만큼 아이들의 삶에 어머니가 차지하는 부분이 크다는 의미로 해석할 수 있다. 〈거울〉과 〈사냥꾼〉이 「백설 공주」를 다시 해석하는 작업을 통해 백설 공주가 '새롭게 태어났다'고 말하려는 것은 분명해 보인다. 이를 위해서 이 작품들은 백설 공주의 외면적 변화에 집중하는 대신 내면의 성장, 즉 자신이 찾아야 하는 것을 스스로 현명하게 깨달아가는 과정을 담고 있어야 한다.

전래동화의 틀을 완벽히 벗어나지 못한 채 구현된 만화영화나 패러디 영화의 세계에서는 기존 질서를 위협하거나 균열시키지 않는 순진한 소녀나 희생적인 어머니만이 가부장제 사회의 인정을 받는다. 계모처럼 자신의 욕망을 직접적으로 드러내고 이를 구현하려는 인물들은 "벌겋게 단 쇠구두를 신고 죽을 때까지 춤을 추는"(89) 벌을 받을 수밖에 없다. 「백설 공주」에서 순수한 소녀의 재현인 천진한 백설 공주는 죽음의 위협 앞에 눈물로 호소하며 목숨을 건지고 일곱 난쟁이들의 집에서 허드렛일을 하며 살아간다. 그녀가 자신을 꾸미는 일에 관심을 갖고 노파로 위장한 왕비의 꼬임에 "완전히 속아 넘어가"(87) 일곱 난쟁이 집의 문을 열어주는 순간, 실크 허리띠와 머리핀 같은 장식은 독이 되어 그녀의 목숨을 위협한다. 두 번의 위기를 겪고 나서도 백설 공주는 왕비의 세 번째 유혹에 넘어가 먹음직스럽게 보이는 사과를 거절하지 못한 채 "에덴에서 이브가 그랬듯이 사과를 먹게 된다"(Murphy 127). 왕비가 건넨 빨간 독 사과는 "원죄와 그녀[백설 공주] 자신의 섹슈얼리티를 발견하는 것을 의미한다"(Lubetsky 252). 이렇게 여성이 갖는 욕망은 이야기 내내 사람을 해치는 독으로 작용한다. 아름다워지려는 왕비의 욕망과 자신을 꾸미려는 공주의 욕망, 나아가 자신의 섹슈얼리티를 발견하려는 욕망은 모두 어떤 식으로든 처벌을 받는다. 따라서 전래동화에서 살아남으려면 자신의 욕망을 철저히 무시하고 드러내지 않아야 한다.

반면 남성의 욕망은 이 독을 해독하는 긍정적 힘으로 재현된다. 일곱 난쟁이들은 백설 공주가 자신들을 대신해 집안일을 할 것인지 묻는다. 그들은 백설 공주에게 "우리를 위해 요리하고 침대를 정리하고 세탁하고 바느질하고 뜨개질하고 모든 것을 정갈하고 깔끔하게 유지할 수 있다면 우리랑 같이 있어도 됩니다"(85)라고 말한다. 이들의 권유를 받아들이고 순응하는 백설 공주는 기꺼이 자신의 노동을 제공한다. 그녀의 노동은 일곱 난쟁이들의 집에서 거주하고 그들의 보호망 속에서 안전하게 머무름으로써 보상받는다. 게다가 난쟁이들이 사악한 왕비에게 목숨을 잃을 뻔한 위기에서 백설 공주를 두 번이나 극적으로 구해주기 때문에 백설 공주를 집안에 두려는 그들의 욕망은 긍정적인 힘으로 작용한다. 유리관에 놓여있는 백설 공주의 시체라도 가지려는 왕자의 욕망 역시 당연한 것이 된다. 백설 공주가 죽었다는 것을 알면서도 "그는 백설 공주를 소유하기를, 혹은 좀 더 정확하게 말해서 그녀의 아름다움을 소유하기를 원한다"(Cashdan 59). 그는 아름다움을 탐하지만 이것이 잘못된 것으로 그려지지 않는다. 백설 공주의 목에 걸려 그녀의 숨을 막았던 부정적 욕망의 덩어리인 독사과는 왕자가 신하들을 시켜 유리관을 나르는 순간 튀어나오게 되고, 이 덕에 백설 공주가 살아나기 때문이다. 왕자의 터무니없는 소유욕은 백설 공주에 대한 사랑으로 미화되며 백설 공주를 살리는 긍정적 힘이 된다.

남성 인물들은 여성 인물들이 순진하고 수동적이거나 혹은 타락하고 적극적인 이분법적 구도 속에서 그려지는 것과 달리 관대하고 정의로운 인물에 가깝게 재현된다. 그들은 언제나 여성의 뒤에서 한 발짝 물러선 채로 자신들의 '품위'를 유지한다. 스스로를 평화의 수호자이자 질서 유지자로 여기는 남성 인물들의 모호하고 불분명한 태도는 그들을 선악으로 분류하기 어렵게 만든다. 아버지인 왕에 대한 언급은 "일 년 뒤에 왕은 다른 여인이랑 결혼했습니다"(83)라는 단 한 줄에 불과하여 독자는 그가 어떤 인물이며 어떤 생각을 하는지 전혀 알 수 없다. 백설 공주를 죽이라는 명령을 받은 사냥꾼은 백설 공주를 죽이지 못하고 오히려 그녀를 불쌍히 여기며 풀어준다. 하지만 그는 달아나는 백설 공주의 뒷모습을 보고 자신의 손으로 백설 공주를 죽이지 않아도 된다는 사실에 안도할 뿐, "결국 야생 동물들이 널 잡아먹고 말겠지"(84)라고 말하는 이중성을 보인다. 일곱 난쟁이들은 백설 공주가 왕비의 위협으로부터 안전하게 머무르도록 돕는다. 자잎스는 "집은 착한 소녀들이 머무르는 장소이며, 전래동화와 영화에서 드러나는 특성 하나는 여성의 가정화(domestication)에 대한 것이다"(*Fairy Tale* 89)라고 분석한다. 특히 전래동화에서 "말로 표현할 수 없을 만큼 화사하고 청결한"(84) 일곱 난쟁이들의 집이 디즈니 만화영화에서는 매우 지저분한 곳으로 그려진다. 백설 공주가 더러운 집을 청소하고 정돈하는 장면이 필요했기 때문이다. 디즈니는 백설 공주가 무엇보다도 시급히 해야 할 일이란 '집안에서의 노동'이라고 재현함으로써, 남성들의 영역을 잘 유지하기 위해 여성의 가사노동이 필요하다는 사실을 강조한다.

「백설 공주」에서 가장 마지막에 등장하는 남성인 왕자는 일곱 난쟁이들이 살리지 못한 백설 공주를 '우연히' 살려낸다. 전래동화에서든 영화에서는 왕자는 결말에 이르러 중요한 인물로 떠오른다.

> 이야기는 부수적인데, 플롯에 주요한 변화가 있다면, 그것은 백설 공주를 구할 수 있는 유일한 인물인 왕자의 힘에 집중하는 것이다. 그리하여 왕자는 이야기의 마지막에서 중요한 핵심이 된다. (Zipes, "Breaking" 350)

전래동화 속 왕자는 백설 공주가 죽어서 유리관에 놓이기 전까지 등장하지 않았다. 일곱 난쟁이들이 이야기의 반 이상에 등장하는 것과 달리 가장 마지막 부분에 잠깐 언급되는 그는 이야기의 중심인물로 보이지 않을 수도 있다. 그가 유리관 속의 백설 공주를 기어이 자신의 성으로 옮기겠다고 말했을 때, 그리고 관이 흔들린 덕에 독 사과를 뱉어내고 다시 숨 쉬게 된 백설 공주가 왕자를 처음 보게 되었을 때 왕자는 순식간에 이야기의 중심에 자리 잡는다. 자잎스는 월트 디즈니가 전래동화를 만화영화로 제작하면서 가장 크게 신경을 쓴 부분 중 하나가 "남성 신화"("Breaking" 348)였다고 설명한다. 전래동화 속에서나 디즈니 만화영화에서 왕자는 다른 남성 인물들에 비해 하는 일이 거의 없다. 사냥꾼은 백설 공주를 살려주고, 일곱 난쟁이들은 그녀를 왕비에게서 보호하고 도와주며, 왕자의 하인들조차도 유리관을 옮기는 등의 일을 하는데, 아무런 일도 하지 않은 왕자는 다시 살아난 백설 공주를 차지한다. 베텔하임의 지적처럼 "무의식적인 아버지의 재현으로 볼 수 있는 남성이 나타난다"(204). 백설 공주의 곁에는 언제나 "아버지의 재현"인 인물들이 있는데, 일곱 난쟁이와 사냥꾼, 왕자는 번갈아 부재한 아버지의 자리를 대신한다.

III. '여전히' 정형화의 틀에 갇힌 백설과 계모

계모인 왕비가 사악한 마녀와 동일시되는 것은 그녀가 자신의 내밀한 욕망을 드러내기 때문이다. 왕비의 욕망은 표면적으로는 최고의 아름다움을 향한 탐욕으로 보인다. 하지만 실제로는 가부장제의 구성원이 되기 위한 욕망이며 나아가 권력의 자리에서 배제되지 않기 위한 욕망이다. 왕과의 혼인을 통해 왕비가 된 계모는 정통성을 지닌 왕/아버지가 사라진 후 그 빈 왕좌에 앉는다. 왕의 입장에서 본다면 재혼한 새 왕비는 죽은 전처의 자리를 대신해야 하는 인물이다. 즉 그녀는 본래부터 왕궁에 속한 자가 아니며 이질적인 존재이다. "왕의 두 번째 아내인 계모는 다시 말해서 가짜 아내(a false wife)"인데(Franz 120-21), 그녀가 왕의 적통 후계자를 제어할 수 없다면, 그녀가 차지한 왕좌는 심각한 위협에 직면하게 된다. 왕비가 후계자를 이기는 방법은 후계자가 힘을 얻기 전에 추방하거나 죽이는 것이다. 왕인 아버지와 왕비인 어머니(생모), 그 적통후계자인 백설 공주로 이어져야 하는 순환적인 완결의 세계에 끼어든 계모는 하나의 흠집이 된다. 해피엔딩을 지향하며 구축된 질서로 되돌아가는 완결성을 목표로 하는 전래동화에서 그 순환하는 완결성을 깨뜨리려는 이 인물, 계모이자 마녀인 이 여성은 언제나 사라질 수밖에 없다.

아버지는 이야기의 어딘가에 그저 존재하기만 하면 된다. 아버지가 전면에 등장하지 않아도 이미 이야기와 그 이야기 속 아이들은 아버지가 만들어놓은 질서와 제도 내에 자리 잡고 있기 때문이다. 게다가 어머니의 경우와 달리 아이들은 아버지에게 특별한 무언가를 원하는 것이 아니다. 아버지에게 아무것도 원하는 것이 없기 때문에 아버지의 상은 훼손되지 않으며 아버지는 온전하고 순수한 사랑의 상징이 될 수 있다. 반면 아이들이 어머니에게 바라는 것은 무수히 많다. 바라는 것이 많으므로 끊임없는 결핍과 갈등이 야기된다. 따라서 이야기 내의 어머니의 존재는 이질적이고 욕망에 가득 차 있다. 생모가 죽은 뒤 새로운 여인을 사랑하여 그 여인을 어머니(생모)의 자리에 들인 것은 아버지인 왕이었다. 즉 아버지는 자신의 생물학적 본성에 충실하게도 생모를 잊고 새로운 여인을 맞아들였던 것이다. 그런데 아이들에게 미움을 받는 쪽은 그런 아버지가 아니라 어머니의 자리에 선 여성이다. 아버지의 권위는 어떤 경우에서도 의심받지 않으며, 의심받아서는 안 되기 때문이다.

아버지의 권위에 도전하지 않은 것은 전래동화에서 빈번히 드러나는 특징 중 하나이다. 전래동화가 기본적으로 보수적 이데올로기, 가부장적 이데올로기를 반영하며 재생산하고 이를 구축하려 한다는 점에서는 당연한 일일 것이다. 「헨젤과 그레텔」("Hansel and Gretel")의 아버지는 아이들을 유기하지만 어떤 벌도 받지 않는다. 어떤 이야기에서는 아버지가 아예 드러나지 않는다. 아버지의 부재는 어머니의 존재로 채워지는 것이 아니라 어머니의 또 다른 얼굴인 계모에 대한 적대감으로 채워진다. 아버지는 보이든 보이지 않든 자신의 권위를 내려놓지 않아도 되는 것이다. 〈거울〉에서 아버지는 사악한 왕비의 저주를 받고 숲으로 쫓겨나 괴물이 된다. 겉모습은 괴물이지만 마음은 여려 보이는 이 괴물은 어느 누구도 해치지 않는다. 그는 마법에 걸려있었기 때문에 사람들을 위협한 일에 대해 면죄부를 받을 수 있으며 다시 인간으로 돌아올 수 있다. 〈사냥꾼〉에서 아버지는 처음부터 등장하지 않지만, 아버지의 그림자는 아버지의 자리를 되찾아야 한다는 절박함이 되어 언제나 백설 공주에게 드리워져 있다. 이렇듯 남성 인물들에 대한 묘사는 생략되어 있거나 간결하고 혹은 성격을 알 수 없게 되어 있으며, 사악한 왕비에 비해 상대적으로 선한 인물로 독자에게 비쳐지게 된다.

그러나 왕은 보이지 않을 뿐 그 존재감이 지워진 것은 아니다. 단 한 줄로만 등장한 뒤 사라져 부재하는 듯 보이지만 실제로는 그의 권위와 그의 목소리가 이야기 전체를 쥐고 흔든다. 길버트(Sandra Gilbert)와 구바(Susan Gubar)에 따르면 아버지는 이야기에서 사라지고 없으나, 아버지의 목소리는 거울을 통해서 들린다.

> 그의 목소리는 분명 거울의 목소리이며, 여왕과 모든 여성의 자기평가를 지배하는 가부장적 판결의 목소리이다. 그는 처음에는 그의 배우자가 "가장 아름다운 자"라고 판단하는데, 이후 그녀가 미쳐서 반항적이 되고 마녀처럼 되어가자, 천사와 같이 순수하고 충실하여서 여왕보다 "여전히 더 아름다운" 사람으로 규정되는 소녀인 딸에 의해서 대체되어야 한다고 판단한다. (38)

왕비의 내면의 욕망을 드러내는 목소리인 거울을 두고 길버트와 구바는 이것이 왕비의 목소리가 아니라 가부장인 왕의 목소리라고 해석한다. 자신의 존재 이유에 대한 질문을 끊임없이 반복하는 왕비의 불안감을 이용해 그녀를 판단하고 규정하는 목소리는 왕/아버지/남성의 것이다. 아버지의 모습은 존재하지 않지만 그의 질서는 거울의 목소리에 담겨 있으며, 딸의 마음속에 내재한다. 심지어 〈거울〉에서는 아버지가 죽은 것이 아니라 마법으로 인해 동물로 변해있다. 자신이 누구인지 모르는 이 동물은 백설 공주가 계모와의 싸움에서 이겨야만 아버지/사람의 모습으로 돌아갈 수 있다.

길버트와 구바는 "이 두 사람(왕비와 백설 공주)이 모두 마법의 거울과 매혹적인 유리관 속에 갇혀있다"고 지적한다(36). 즉 그들은 가부장제 사회에서 내재된 미의 가치기준에 스스로를 맞추고 이 기준에서 벗어나지 않기 위해 애를 쓴다. 그들을 가두는 것은 거울과 유리관이며, 나아가 남성들의 가부장적 시선이다. "거울은 절대로 거짓말을 하지 않는다"(86)는 왕비의 생각이나, "백설 공주가 어느 쪽에서든 보일 수 있도록 만들어진 유리 관" 속에 넣고 "금 글씨로 그녀의 이름을 써 넣은 다음 [. . .] 관을 산 꼭대기로 가져가"(88-89) 전시하는 난쟁이들의 모습은 전래동화의 보수적 세계에서, 그리고 남성 가부장제 사회에서 여성에게 내면화되어 굳어진 가치와 여성들에 대한 남성들의 시선을 명백하게 보여준다. 왕비는 거울을 통해 자신의 아름다운 모습을 보려 하지만 그녀가 보는 것은 자신의 얼굴이 아니라 자신 안에 내재된 남성적 질서가 만들어낸 욕망의 결과물이다. 왕비는 최소한 거울을 바라보는 행위를 스스로 할 수 있었으나 유리 관 속에 누워 전시되는 백설 공주의 경우는 더욱 심각하게도 아무 것도 할 수 없다. "수동적이고 의식이 없으며 천상의 것처럼 아름다운"(Tatar, *Annotated* 246) 백설 공주는 다른 사람들이 투명한 유리관을 통해 자신의 모든 것을 바라보고 관찰할 때 죽은 채로 누워있으므로 아무런 발언권이 없고 어떠한 선택이나 거부를 할 수 없다.

성에서 쫓겨나 백설 공주가 달아난 숲 속은 민담이나 전래동화에서 주요한 배경으로 작동한다. 토머스(Joyce Thomas)에 따르면 "숲은 초자연으로 가는 적절한 문지방이다. 그 경계선은 인간과 자연, 문명화 된 것과 문명화되지 않은 것, 길들여진 것과 야생의 것, 알려진 것과 알려지지 않은 것 사이 문자 그대로의 문지방을 구성한다"(127). 루리 역시 "옛이야기에서 자연은 분명 마술적 공간이었다. 이 마술은 숲 속에 집중되었으며, 대개는 마법에 걸린 숲으로 묘사되었다"(*Boys and Girls* 172)고 설명한다. 숲은 성이나 마을에서 떨어져 주변부에 위치하며 비밀과 위험으로 가득한 곳이지만 이 숲을 통과함으로써 모험의 주인공들은 정체성의 추구나 복원에 더 가까이 갈 수 있게 된다. 일곱 난쟁이들이 살고 있는 숲 속 역시 왕비가 점유하고 있는 성에서 멀리 떨어져 있는 주변부이다. 그런데 남성의 영역이 중심에 놓여야 하는 가부장제 사회에서 성이라는 중심부를 지배하는 것이 여성이라는 점은 이 이야기의 공간이 매우 비정상적이라는 것을 반증한다. 성이 "성공과 지배, 왕권과 왕실결혼, 안전과 안정, 행복"(Thomas 129)을 의미한다고 볼 때 계모인 왕비가 성을 점유하고 있는 것은 일종의 전복이다. 가부장적 위계질서 내에서 이러한 전복 행위는 용납될 수 없으므로, 그녀는 왕자에 의해서건 사냥꾼에 의해서건 혹은 갑옷을 입은 공주에 의해서건 이 궁전에서 쫓겨나야만 한다. 죽음과 위협이 공존하는 모순의 공간, 이것이 왕비/여성이 지배하는 중심부의 모습이다. 반면 주변부로 밀려난 난쟁이/남성들의 공간은 정상적이며 자연적이라고 말할 수 있는데, 생명과 안전이 보장되는 공간으로 여겨지기 때문이다.

따라서 왕비가 남성들의 영역이 된 숲으로 가기 위해서는 자신의 여성성을 가릴 위장이 필요하다. 왕비는 자신의 얼굴을 "칠하여"(staining [86])

늙은 여인으로 보이게 만든다. 위장했든 위장하지 않았든 왕비의 얼굴은 늙음, 빼앗긴 자, 강탈당한 자의 것이다. 왕비의 욕망은 젊음과 돈, 권력을 소유하는 것인데, 이것은 역설적으로 그녀가 이러한 것들을 가지지 못하고 있다는 반증이 된다. 왕비와 달리 처음부터 젊음과 돈, 권력을 지니고 있던 자들의 눈에는 왕비의 욕망이 탐욕으로 비칠 수밖에 없다. 이들은 그녀의 욕망과 왕권의 점유를 부정하며 그녀가 찬탈한 중심부를 다시 되찾으려는 복원에의 의지를 정당화한다. 백설 공주 역시 본래 자신의 것이었으며 자신의 것이 되어야 할 중심부의 궁전을 되찾으려는 싸움을 벌여야만 한다. 전래동화에서나 디즈니 만화영화에서는 백설 공주 대신 왕자가 이 싸움의 패권을 쥔다. 백설 공주에게는 잃어버린 왕좌를 되찾거나 신분을 복원하려는 생각 자체가 드러나지 않는다. 그녀는 왕자의 도움을 받아야만 왕비의 사악함을 벌할 수 있다. 하지만 실사 영화에서는 직접 백설 공주에게 전투의 장을 마련해준다.

계모를 무찔러 아버지의 자리를 되찾고 어머니/생모의 순수성을 회복해야 하는 짐을 짊어진 백설 공주에게 실사영화 〈거울〉과 〈사냥꾼〉은 새로운 전사의 옷을 입힌다. 수동적이던 전래동화와 디즈니 만화영화의 백설 공주는 실사영화에서 보다 적극적인 여성으로 탈바꿈하는 듯하다. 이 새로운 백설 공주는 일차적으로 자신의 목숨을 지키고, 빼앗긴 아버지의 권력을 되찾아야만 한다. 그렇지만 새롭게 재현된 백설 공주의 한계는 바로 여기에 있다. 전사로서의 백설 공주의 탄생 자체가 왕비/계모의 적대자 이상이 될 수 없다는 것이다. 즉 그녀는 계모를 이기는 지점까지만 자신의 변신을 허락받는다. 계모가 죽거나 사라지면 백설 공주의 변신은 더 이상 의미가 없다. 그녀는 다시 자신을 만들어낸 완결된 이야기 구조 속으로, 왕/가부장의 권한이 훨씬 강화되는 구조 속으로 들어가야만 한다. 해피엔딩이라는 닫힌 결말을 굳건히 지향하는 이야기의 고리 속에서 왕비/계모는 벗어날 수 없으며, 백설 공주 역시 벗어나지 못한다.

전래동화에서 흔히 드러나는 해피엔딩의 결말과 권선징악의 구도, 무너진 제도를 복원하려는 의지와 갈망은 영화에서도 동일하게 반복된다. 계모가 사라지지 않는다면 안정된 아버지의 사회를 구축할 수 없다. 욕망을 드러내는 여성이야말로 남성지배질서의 가장 큰 위협이다. 이런 계모와 맞서 싸워야 하는 영화 속 두 명의 백설 공주는 전래동화가 만들어낸 여성의 수동성과 나약함을 던져버리도록 구성되었다. 백설 공주를 돕는 인물들은 모두 남성들인데, 이들의 역할은 백설을 '남성의 옷'을 입은 전사로 만드는 것이다. 백설 공주는 싸움에 적당한 바지나 은빛 갑옷을 입음으로써 자신의 능력을 내보이고 활동의 영역을 확장시키려 한다. 〈거울〉에서 백설 공주는 통이 넓은 푸른 색 바지를 입고 서투르게 칼을 휘두르며 검술을 연마한다. 그녀의 검술은 무용처럼 아름답지만 전혀 위협적으로 느껴지지 않는다. 〈사냥꾼〉에서는 별다른 의지를 보이지 않은 채 무력하게 사냥꾼의 도움을 받기만 하던 백설 공주가 영화의 마지막에 이르자 갑자기 사람들 앞에 나아가 지나칠 정도로 감상적인 연설을 하기 시작한다. 아버지인 왕과 나라의 주권에 대한 극적인 연설에 환호하는 사람들을 뒤로 하고 은빛 갑옷을 입은 백설 공주는 왕비가 머물고 있는 성 안으로 들어간다. 그녀가 어지러울 정도로 성벽을 따라 연결된 원형계단을 오를 때 은빛 갑옷은 무겁고 거추장스러워 보이며 칼은 들고 휘두르기에 버거워 보인다. 『베니스의 상인』(*The Merchant of Venice*)의 포셔(Potia)가 남장(법복)을 한 채 법전을 들고 베니스의 질서 유지를 위해 샤일록(Shylock)에게 자비를 베풀라고 외쳤던 것처럼, 백설 공주 역시 남장(바지 혹은 갑옷)을 하고 칼을 든 채 아버지의 질서 유지를 위해 계모/왕비에게 항복을 요구한다. "의복이 젠더와 성의 차이에 대한 잠재적인 문화적 상징"(Flanagan xv)이라는 점에서, 백설 공주는 바지와 갑옷을 통해 스스로 변화되었다는 것을 표명하려고 한다.

백설 공주는 자신을 가두려는 왕비에 맞서 "당신에게는 당신의 방식대로 통치할 권한이 없어요. 엄밀히 말하면 제가 이 왕국을 다스릴 권한을 가진 거지요"(〈거울〉)이라고 말한다. 그리고 그녀는 아버지인 왕을 죽이고 왕국을 강탈하여 "전 왕국을 파괴"하고 "비참한 세상을 만들겠다"(〈사냥꾼〉)며 분노하는 여왕으로부터 왕권을 되찾으려 한다. 그런데 백설 공주로서는 대단한 의미가 있는 이 싸움이, 즉 그녀의 성장과 독립을 상징하는 이 싸움이 다른 한편으로는 처참하며 저열한 싸움이 된다. 백설 공주의 반대편에 선 왕비는 표면적으로는 백설 공주의 목숨을 노리는 악한 세력이지만 보다 심층적으로는 남성지배질서에 위협적인 존재다. 그녀의 매혹적 아름다움은 남성들을 압도하고 그녀의 권력은 남성들을 지배한다. 그녀가 차지한 왕좌는 아버지의 것이며 남성의 것이고 남성 질서의 후계자인 백설 공주의 것이다. 따라서 왕좌를 찬탈한 이 여성, 왕비/계모는 그에 응당한 벌을 받아야 한다.

문제는 남성들이 자신들의 손에 피를 묻히려 하지 않는 데 있다. 고결한 그들은 '한낱' 여성의 피를 자신들의 손에 묻힐 수 없다. 그리하여 자신들이 들고 있던 칼을 백설 공주의 손에 쥐어준다. 자신들을 대신해 계모의 가슴에 칼을 꽂고 그녀를 없앤 뒤 안전한 남성 질서의 세계에 들어오라고 말이다. 영화에서 매우 매력적으로 그려진 왕비들은 때로는 자신의 아름다움에 자신만만해하고 때로는 불안한 열등감에 시달리면서 왕좌를 내놓지 않기 위해 기만과 살인을 저지른다. 그들은 성숙하고 매혹적인 여인이며 자신이 해야 할 일을 분명히 알고 있다. 반면 백설 공주는 아직 성장하지 못한 소녀의 모습을 그대로 보여준다. 주저하며 결단을 내리지 못하고, 판단의 잘못을 저지르며, 쉽게 유혹에 빠져든다. 남성들은 성숙하고 매혹적인 여성 주체가 드러내는 '사악한 욕망', 다시 말해서 남성의 자리를 차지하고 남성적 질서의 우위에서 권력을 내놓으려 하지 않는 욕망과 직접 싸움을 하는 대신 미성숙한 여성 주체의 '순수한 사랑', 즉 이제 막 성장하기 시작한 몸을 드러내지 않고 남장 속에 감춘 채로 가부장적 질서의 원형을 지키려는 소녀의 순진한 사랑을 부각시키며 이 순진무구한 소녀를 전장에 내세운다.

'착한' 백설 공주는 이 가부장적 질서의 세계에서 벗어날 생각이 없다. 그녀는 남성들의 권력 승계를 더욱 공고히 하는 역할을 담당하는 것이다. 그녀는 여성인 자신의 손에 기꺼이 다른 여성의 피를 묻히고 승리자가 되어 남성의 왕좌로 돌아온다. 백설 공주는 남성(아버지, 왕자, 일곱 난쟁이)의 사랑을 얻고 아버지의 왕국을 되찾는 데 만족한다. 그러므로 아무것도 변하지 않았다. 전래동화의 전형적인 완결성이 깨어지고 진정으로 다시쓰기/다시읽기가 가능해지려면 계모가 승리해야 한다. 그러나 악한 인물인 계모의 손을 들어줄 리는 없다. 다시 말해서 이 영화들은 모두 전래동화의 본래 목적이라고 할 수 있는 규범들, 즉 계모를 배제할 것, 이질적인 것을 죽일 것, 순수한 완결성의 상태로 되돌아갈 것, 남성적 지배질서를 회복할 것 등의 규범들을 충실히 따른다. 이런 맥락으로 본다면 전래동화의 백설 공주와 디즈니의 백설 공주가 비현실적으로 수동적인 여성이라는 비판을 하기 어렵게 된다. 왜냐하면 21세기에 탄생한 이 실사영화 속 백설 공주들도 그 전의 백설 공주들과 가히 다르지 않기 때문이다.

IV. 새로운 여성인물의 탄생을 위하여

전래동화의 전형성을 탈피한 새로운 시각과 관점의 동화들이 등장하는 것은 매우 자연스러운 현상이다. 전래동화의 다시쓰기/다시읽기는 "결을 거슬러서" 읽는 비틀기에서 시작한다. 결을 따라 읽는 관습적인 독서를 거부하고 그 결에 도전장을 던지는 것이 다시쓰기/다시읽기의 목적이다. 모든 정석에 의문을 제기하고, 뒤집어 보고 속을 파헤치는 이런 작업에서 아름답게 포장되어 남겨지는 것은 없다. 이야기가 갖고 있는 완벽한 구도를 비틀어 전복시키는 전래동화의 다시쓰기/다시읽기는 주류문학의 바깥, 권위적인 질서체계의 변두리에 머무르는 어린이들에게 흥미를 불러일으키며 새로운 충족감을 가져다준다.

물론 다양한 해석의 가능성을 전제한다고 해도 전래동화의 전형성은 언제나 문제의 중심에 놓인다. 지나치게 평면적이며 단순한 플롯, 선과 악을 대표하는 인물들, 용감한 왕자와 아름다운 공주, 그리고 분리의 두려움과 모험의 불안정성을 딛고 "모두 행복하게 살았습니다"로 끝맺는 행복한 결말 등이 구전동화의 시대보다 훨씬 더 복잡한 시대를 살아야 하는 현대의 어린이들에게는 적합하지 않기 때문이다. 어린이들은 선인과 악인을 극단적으로 구분하는 이야기를 읽으면서 이런 인물들이 현실에 존재하지 않는다는 것을 안다. 게다가 왕자나 공주 등 신분 격차를 드러내는 계급의 설정 자체도 다문화, 다인종, 탈식민을 주장하는 현대의 경향과 어울리지 않는다. 자잎스 역시 개작된 전래동화가 "전통적 패턴과 이미지, 기호에 대한 독자의 관점을 바꾸려" 시도하지만, "이것이 모든 개작된 전래동화가 개선되었거나 진보되었다는 의미는 아니다"(Fairy Tale 9)고 말한다.

전래동화의 탄탄한 서사구조를 바탕으로 그 문제점을 개선하거나 다시 쓰려는 노력 속에서 전형성을 지녔던 인물들은 끊임없이 재해석되어 새롭게 태어난다. 타타는 전래동화를 다양한 목적으로 재발견하기 시작한 1960년 후반의 작가들이 전래동화가 매우 탄력적이고 유연하여 "서사를 손상시키지 않고도 전래동화를 완전히 새로운 모습으로 늘이고 주조할 수 있다"(Annotated xvi)는 것을 알게 되었다고 설명한다. 전래동화를 들려주던던 구연가(oral storyteller)의 시절부터 이미 이야기를 단순히 전달하는 데 그치지 않고 수정하거나 가공해 왔으며, 공주와 왕자라는 전형적인 역할 구분에 대한 의문 역시 끊임없이 제기되어 왔다. 19세기의 동화작가 맥더널드(George MacDonlad)의 「가벼운 공주」("The Light Princess" 1863)처럼 타고난 결함이 있는 공주가 적극적으로 그 결함을 극복하고 진정한 사랑을 찾는 이야기도 있다. 『종이봉지 공주』(The Paper Bag Princess)에서는 공주가 드레스 같은 것을 차려입지도 않고 머리를 매만지지도 않는다. 그렇다고 〈거울〉과 〈사냥꾼〉의 백설 공주처럼 칼을 들어 용과 싸우는 것도 아니다. 현명한 종이봉지 공주는 머리를 써 용을 물리치고, 멍청한 왕자와 사랑에 빠지지도 않으며, 부모의 유산이나 부모에 대한 심리적 빚 같은 것도 없다. 그런 점을 비교하자면 실사영화에서 재현한 백설 공주보다 종이봉지 공주가 훨씬 더 발전한 인물이 된다.

실사영화 〈거울〉과 〈사냥꾼〉에서는 디즈니 만화영화 『백설 공주』와 마찬가지로 전래동화의 완결된 이야기구조가 깨뜨려지지 않는다. 「백설 공주」의 선악구도와 전형적인 성역할의 부여는 디즈니 만화영화 『백설 공주』에서 오히려 훨씬 공고해진다. 왕비는 더욱 사악해지고 왕자는 더욱 멋있어지며 공주는 더욱 아름다운 소녀가 되었기 때문이다. 그리고 이러한 보수적 이데올로기는 화려한 색감을 자랑하는 〈거울〉이나 대규모 전쟁 장면을 집어넣은 〈사냥꾼〉에서도 여전히 반복되고 재현된다. 권선징악과 해피엔딩이라는 일정한 틀은 결코 깨뜨려지지 않은 채로, 남성을 중심으로 이 남성들을 돕는 여성인물들이 등장하고 남성의 질서를 위협하는 여성이 등장하며, 마침내 악을 물리쳐 행복한 삶이 영원히 계속되리라는 것을 다양한 형태로 변주한다. 이 완결성은 결국 기존의 질서를 지향하여 되돌아간다는 점에서 순환성과 닿아있다. 그런 점에서 본다면 전래동화 「백설 공주」부터 두 편의 실사영화에 이르기까지 이야기는 결코 열려있거나 유연하지 않다는 것이 드러난다. 적대감을 지닌 계모가 패배하고 백설 공주가 권위를 획득하는 이야기를 읽게 되는 독자들은, 보수적인 태도를 정당화하는 이야기를 통해 "자신의 길을 찾으려고 애쓰는 독립적인 성품을 지닌 여성이 아무런 의문도 제기하지 않고 사물을 받아들이는 여성에 의해서 패배한다"(Nodelman 232)는 결론에 이르게 된다.

오랜 시간동안 고전으로 자리 잡아 정전이 되어버린 텍스트를 비틀고 다시 해석하여 자신만의 이야기로 다시 써보는 일은 작가나 감독만의 것이 아니며 독자의 것이기도 하다. 그리고 작가가 만들어낸 이야기와 감독이 만들어낸 영화에 내재된 이데올로기를 그대로 받아들이지 않고, 재해석되어 쓰인 이야기를 자신의 시각으로 다시 해석해보는 것 역시 독자의 할 일이다. 문자화되지 않던 시절에 수없이 변형되며 가감되던 이야기들은 문자화되고 영상화된 지금에도 여전히 변형되며 가감되어야 하기 때문이다.

> 그러나 독자들은 또한, 어린이들을 포함해서, 새로운 방법으로 이야기를 다시 읽고 다시 해석할 수 있다. 광범위하게 다양한 이야기들을 경험함으로써, 그들은 새로운 문맥 속에서 고전적인 정전의 이야기들을 조망할 수 있다. 그들이 경험하는 이야기를 능동적으로 선택하고 토론하고 반응하고 삽화를 그리고 적용하고 다시 말하면서 어른들과 아이들은 둘 다 의미에 대한 자신만의 소유권을 주장할 수 있다. (Hasse 363)

"능동적으로 선택하고" 이 선택을 통해 "다시 말하면서" 이야기와 그 이야기를 다시 쓰고 다시 읽기 하는 작품들은 독자와 관객의 것이 된다. 디즈니 만화영화의 매끈하게 다듬어진 강렬한 이미지를 던지고 보수적 이데올로기를 걷어버리는 일, 새로운 실사영화 속에서도 여전히 아버지의 칼을 들고 아버지의 그림자를 따라 숲 속을 헤매는 백설 공주들의 진정한 성장을 가늠해보는 일, 바로 그것이 독자와 관객의 몫이다. 이야기를 만들어 전달하고 영화를 제작하여 상영하는 것이 작가와 감독의 할 일이라고 볼 때, 독자는 "의미에 대한 자신만의 소유권을 주장"하면서 그 생산물들을 자신의 텍스트로 구성하는 과정을 통해 서사의 그물망 속에 새로운 해석들을 심어 넣을 수 있게 된다. 변형과 전복, 새로운 해석을 향한 꾸준한 노력이 화려한 광고 문구 아래서 겉 무늬만 바뀐 백설 공주가 아니라 설득력 있는 서사 속에서 성장의 길을 가는 21세기에 어울리는 공주 백설의 탄생으로 이어질 것이다.

인용문헌

에버트, 로저. 『위대한 영화 2』. 윤철희 옮김. 서울: 을유문화사, 2006.

이수진. 「전래동화 다시쓰기: 어린이문학의 새로운 도전」. 『영어영문학21』 19.2 (2006): 155-75.

Bettelheim, Bruno. *The Uses of Enchantment: The Meaning and Importance of Fairy Tales.* New York: Vintage, 1989.

Cashdan, Sheldon. *The Witch Must Die: The Hidden Meaning of Fairy Tales.* New York: Basic Books, 1999.

Darnton, Robert. *The Great Cat Massacre: And Other Episodes in French Cultural History.* New York: Vintage, 1984.

Flanagan, Victoria. *Into the Closet: Cross-Dressing and the Gendered Body in Children's Literature and Film.* New York: Routledge, 2008.

Franz, Marie-Louise Von. *The Interpretation of Fairy Tales.* Boston: Shambhala, 1996.

Gilbert, Sandra M. and Susan Gubar. *The Madwoman in the Attic: The Woman Writer and the Nineteenth-Century Literary Imagination.* 2nd ed. New Haven: Yale UP, 1979.

Giroux, Henry A. and Grace Pollock. *The Mouse That Roared: Disney and the End of Innocence.* Lanham: Rowman & Littlefield, 2010.

Grimm, Brothers. "Hansel and Gretel." Tatar 184-90.

_____. "Snow White." Tatar 83-89.

Hasse, Donald. "Yours, Mine, or Ours? Perrault, the Brothers Grimm, and the Ownership of Fairy Tales." Tatar 353-64.

Jackson, Rosemary. *Fantasy: The Literature of Subversion.* London: Routledge, 1988.

Lubetsky, Martin J. "The Magic of Fairy Tales: Psychodynamic and Developmental Perspectives." *Child Psychiatry and Human Development.* 19. 4 (1989): 245-55.

Lurie, Alison. *Boys and Girls Forever: Children's Classics from Cinderella to Harry Potter.* New York: Penguin, 2003.

_____. *Don't Tell the Grown-Ups: The Subversive Power of Children's*

Literature. Boston: Little, Brown, 1990.

MacDonald, George. "The Light Princess." *The Norton Anthology of Children's Literature: The Traditions in English.* Zipes, Jack, et al., eds. New York: Norton, 2005. 222-47.

Munsch, Robert. *The Paper Bag Princess.* Toronto: Annick, 1980.

Murphy, S.J., G. Ronald. *The Owl, The Raven, and The Dove: The Religious Meaning of the Grimms' Magic Fairy Tales.* New York: Oxford UP, 2000.

Nodelman, Perry and Mavis Reimer. *The Pleasures of Children's Literature.* 3rd ed. Boston: Allyn and Bacon, 2003.

Perrault, Charles. *The Complete Tales of Charles Perrault.* Trans. Neil Philip and Nicoletta Simborowski. New York: Clarion, 1993.

Shakespeare, William. *The Merchant of Venice.* Oxford: Oxford UP, 2008.

Tatar, Maria, ed. *The Classic Fairy Tales.* New York: Norton, 1999.

Thomas, Joyce. "Woods and Castles, Towers and Huts: Aspects of Setting in the Fairy Tale." *Children's Literature in Education.* 17. 2 (1986): 126-34.

Warner, Marina. *From the Beast to the Blonde: On Fairy Tales and Their Tellers.* New York: Noonday Press, 1994.

Zipes, Jack. "Breaking the Disney Spell." Tatar 332-52.

_____. *Breaking the Magic Spell: Radical Theories of Folk and Fairy Tales.* Lexington: UP of Kentucky, 2002.

_____. *Fairy Tale as Myth Myth as Fairy Tale.* Lexington: UP of Kentucky, 1994.

Cinderella. Dir. Clyde Geronimi and Hamilton Luske. Walt Disney Productions, 1950. Film.

Mirror, Mirror. Dir. Tarsem Singh. Perf. Lily Collins and Julia Roberts. Relativity Media, 2012. Film.

Sleeping Beauty. Dir. Clyde Geronimi and Les Clark. Walt Disney Productions, 1959. Film.

Snow White and the Huntsman. Dir. Rupert Sanders. Perf. Charlize Theron and Kristen Stewart. Universal Studio, 2012. Film.

Snow White and the Seven Dwarfs. Dir. David Hand. Walt Disney Productions, 1937. Film.

Tangled. Dir. Nathan Greno and Byron Howard. Walt Disney Productions, 2010. Film.

The Wonderful Wizard of Oz. Dir. Victor Fleming. Perf. Judy Garland and Ray Bolger. Mervyn LeRoy, 1939. Film.

※ 이 글은 「전래동화 다시쓰기/다시읽기에 나타난 젠더 재현: 「백설 공주」를 중심으로」, 『근대영미소설』, 19.3 (2012): 179-204쪽에서 수정·보완함.

살만 루시디의 『수치』에 나타난
남성중심 사회와 내부식민주의 그리고 젠더

● ● ● 이성진

I. 파키스탄의 근본주의와 내부식민주의

대부분의 식민 국가들은 제2차 세계대전 이후 법률적으로는 독립하였음에도 불구하고 정치·경제·문화에 있어서 여전히 식민제국의 영향으로부터 벗어나지 못하고 있으며, 식민제국은 과거의 부당한 지배에 대해 반성하기보다 오히려 그 영향력을 오늘날까지도 지속시키려 하고 있다. 그 결과 내전이 끊이지 않고 있을 뿐만 아니라, 부정과 독재가 과거 식민 국가들을 곤경의 나락으로 떨어트리고 있다. 탈식민 이론가들은 이처럼 식민독립 이후 새로운 식민화 세력에 의한 불공평한 권력 행사로부터 생겨난 지배와 피지배의 구조화 현상을 '신식민화' 또는 '재식민화'로 정의하고 이를 경고한다. 대영제국으로부터 독립함과 동시에 인도로부터 분리된 파키스탄 정부는 독립 직후에 오는 정치적·사회적 혼란을 이슬람 근본주의를 통해 질서와 안정을 유지시키려 하지만, 이 과정에서 오히려 파키스탄의 이슬람 근본주의는 이민자와 여성을 억압하고 배제하는 부당한 권력자의 과오를 범한다. 남성중심 사회인 파키스탄은 독립 직후 새로운 국가 건설을 위해 이슬람 근본주의 전통을 국가이념으로 천명한다. 이는 대부분의 신생 독립국에서 볼 수 있는 것처럼 과거의 식민 역사와의 단절을 원하는 반식민 민족주의의 요청과 민족의 정체성을 재정립하려는 문화 본질주의의 요청으로부터 기인한 것이다. 하지만 이러한 과정에서 파키스탄의 이슬람 근본주의는 하위주체들, 특히 여성을 젠더화 함으로써 여성을 남성중심의 규범에 복종시키는 내부식민주의의 양상을 보인다.

탈식민 또는 이산 작가로 알려진 아메드 살만 루시디(Ahmed Salman Rushdie, 1947-)의 대표작으로는 『자정의 아이들』(*Midnight's Children*, 1981), 『수치』(*Shame*, 1983), 『악마의 시』(*The Satanic Verses*, 1988), 그리고 『무어의 마지막 한숨』(*The Moor's Last Sigh*, 1995)이 있다. 잘 알려진 것처럼 『자정의 아이들』은 루시디에게 부커상을 안겼으며[1], 『악마의 시』는 그를 세계적으로 유명한 작가로 만들었다. 그리고 『무어의 마지막 한숨』은 유럽 비평가들로부터 루시디의 최고의 소설이라는 평을 받게 하였다. 반면 『수치』는 다른 작품들에 비해 그다지 널리 알려져 있지 않으며, 비평가들 역시 이 작품에 대해서 큰 관심을 갖지 않았다. 특히 브레넌(Timothy Brennan), 아메드(Aijaz Ahmad), 그리고 컨디(Catherine Cundy) 같은 비평가들은 이 소설이 『자정의 아이들』의 어두운 면을 그리고 있다거나, 허약한 쌍생아라는 혹평까지 내놓았다(Grant 57).

---

[1] 루시디는 『자정의 아이들』이 출판되던 해인 1981년에 부커상을 수상하고, 25주년 기념으로 기존의 수상작 중 최고작에 부여하는 '부커 오브 부커스'를 수상하였을 뿐만 아니라 40주년을 기념하는 '베스트 오브 더 부커스'를 수상함으로써 지금까지 한 작품으로 부커상을 세 번 수상한 작가가 되었다. 그는 『수치』를 통해 다시 한 번 부커상을 수상할 것으로 기대하였지만 결과는 실망스러웠다(Grant 57).

하수마니(Sabrina Hassumani)는 슐레리(Sara Suleri)를 인용하여 『수치』가 『자정의 아이들』처럼 비평가들로부터 호평을 받지 못한 이유는 루시디가 자신이 쓰고자 한 것을 너무 강요했기 때문이라고 말한다. 슐레리에 따르면 루시디는 라자 하이데르(Raza Hyder)와 이스칸데르 하라파(Iskander Harappa) 양자의 대립구조를 설정하기 위해 다른 목소리를 너무 많이 생략시킴으로써 파키스탄의 역사를 왜곡시켰다. 예를 들어, 파키스탄 인구의 주를 이루는 무슬림들은 분리(Partition) 이전부터 인도에서 소수 집단이었다. 이들은 영국으로부터 독립하기 위해 싸웠으며, 그 후 방글라데시와 분리되는 과정에서 이민자의 처지에 놓이는 등 주로 억압받는 역사 경험을 하였지만, 루시디는 파키스탄을 늘 상상력이 부족하고 실수가 있는 곳, 즉 잘못 행해진 기적으로 부정적이고 편파적으로 그리고 있다(48-49). 그러나 루시디가 『자정의 아이들』에서 자정의 아이들 회의(Midnight Children Conference)를 대표하고 인도 역사의 알레고리라 할 수 있는 살림 시나이(Saleem Sinai)의 파멸을 통해 인도의 반식민 민족주의의 실패 또는 새로운 이상 국가 건설이라는 희망의 좌절을 제시하였다면, 『수치』에서는 수피야 지노비아 하이데르(Sufiya Zinobia Hyder)의 파멸을 통해 파키스탄의 이슬람 근본주의의 술책과 젠더화 된 파키스탄 여성의 자기인식을 통한 새로운 비전의 가능성을 보여주고 있다.

『수치』는 전반적으로 파키스탄의 독립 과정을 그리고 있지만, 표면에 드러나는 것은 줄피카르 알리 부토(Zulfikar Ali Bhutto)와 지아 울 하크(Zia Ul-Haq) 장군 사이의 권력 투쟁을 허구화 한 이스칸데르 하라파와 라자 하이데르 사이의 권력 다툼일 뿐 여성의 목소리는 좀처럼 찾아보기 힘들다. 이 소설에서 식민지배자는 라자 하이데르와 이스칸데르 하라파처럼 모든 권력을 가진 부패한 정치가이며, 피식민자는 수피야 지노비아와 같은 다수의 여성 타자들이다. 루시디는 이 소설에서 독재자의 부정을 직접적으로 언급하는 대신 백치인 수피야 지노비아와 그녀의 남편 오마르 카이얌 샤킬(Omar Khayyam Shakil)을 대조시키고 있다. 이슬람 근본주의를 이용하여 순종을 종용하는 부패하고 부정한 독재자와 이들에 의해 '수치스러운' 존재로 낙인찍혀 배제되는 수피야 지노비아를 대조시킴으로써 파키스탄의 독재 정권의 '파렴치'한 면모와 억압 받는 하위주체, 특히 여성의 실상을 보여주고 있다.

루시디는 이 소설에서 독재 정권에 의해 다시 쓰인 파키스탄의 역사를 "겹쳐 쓴 양피지"[2]로 제시한다. 여기서 그가 말하는 '겹쳐 쓴 양피지' 개념은『자정의 아이들』이나『무어의 마지막 한숨』에서 문화적 혼종성을 설명하기 위한 것과는 달리 억압과 배제의 기제로 사용되고 있다. 파키스탄의 남성중심 사회는 대영제국의 식민지배에 함께 저항했던 여성 주체를 독립 이후 양피지 지면 아래에 놓고 그 위에 남성만의 역사를 겹쳐 씀으로써 여성의 목소리를 배제한다. 이러한 목적으로 파키스탄의 남성 사회는 이슬람 근본주의 규범을 사회이념으로 규정하고 이를 통해 여성의 정신과 육체를 재단하여 수동적인 존재로 젠더화 한다. 또한『수치』는 남성중심 사회에 의해 다시 쓰인 과거 역사를 '깨진 거울'에 빗대어 제시 하고 있다. 역사적 메타포로서 깨진 거울은 "역사 기술의 남성주의적 술책"(Gandhi 2) 으로서, 그것은 현실에서 배제된 여성의 잃어버린 목소리라 할 수 있다. 따라서 이 글에서는 양피지 밑에 놓이고 깨져 나간 거울을 통해 남성중심 사회가 여성을 어떻게 억압하였으며, 내부식민주의의 양상을 지닌 파키스탄의 독재 정권은 여성을 어떻게 타자화 하였는지 심문하고, 이렇게 타자화된 여성은 어떤 목소리를 내는지를 고찰하고자 한다.

---

[2] Salman Rushdie, *Shame*. (New York: Picador. 2000) 86. 이후 텍스트 인용은 괄호 안에 쪽수만 표시함.

II. 남성중심 사회와 내부식민주의 그리고 타자화된 여성들

『수치』는 마술적 사실주의나 풍자, 그리고 그로테스크한 요소들을 혼합함으로써 독재자와 그들의 권력 추구 과정을 희화화하여 파키스탄의 역사를 그리고 있는 정치 소설이다. 이 소설은 파편적인 역사적 사건과 사실들을 통해 1947년 독립 이후 파키스탄의 탈식민 상황을 재현하고 있다. 소설 속의 역사적 배경과 라자 하이데르와 이스칸데르 하라파 사이의 권력 투쟁은 앞서 언급한 것처럼 실제 지아 울 하크 장군과 줄피카르 알리 부토 두 집안 사이의 삼대에 걸친 권력 다툼을 토대로 한 것이다(Grewal 125; Hassumani 47; Strandberg 144). 실제로 줄피카르 알리 부토는 1977년 지아 울 하크의 군사 쿠데타에 의해 해임되어 마침내 교수형에 처해졌다. 그리고 지아 울 하크의 군사 독재가 계속되었다.

『수치』에 나오는 페카비스탄(Peccavistan)이라는 가공의 국가는 파키스탄을 암시한다. 파키스탄에서 가장 큰 지역은 신드(Sind)이며 신드는 라틴어로 죄를 짓다(to sin)라는 의미의 "페카레"(peccare)이다(Strandberg 144). 루시디는 파키스탄의 독재 정권에 대한 부정적인 이미지를 라틴어를 차용한 페카비스탄이라는 이름으로 암시하고 있다. 이 이름은 네이피어(Napier)가 유죄판결을 받아 영국으로 소환되었을 때 그가 페카비(Peccavi), 즉 '제가 죄를 지었습니다'라고 한 말을 이용한 말장난이다. "페카비스탄"이라는 이름은 제국주의자 네이피어에 대한 고발이면서 동시에 식민지인들의 유산, 즉 과거 역사의 연장으로 작용한다(Coundouriotis 217). 루시디는 리얼리즘의 서사 방식이라 할 수 있는 모방적인 재현 방식을 거부하였기 때문에 그의 소설은 실제를 거울처럼 반영시키지는 않는다. 오히려 그는 페카비스탄과 같은 새롭게 만든 어휘를 통해 실제에 대해 더 새롭고 더 명확한 지도를 그리려 하였다. 우리는 그의 새로운 어휘, 즉 알레고리화 된 현실을 통해 감춰진 세상의 진실을 이해할 수 있는 것이다. 따라서 우리는 그의 텍스트를 통해 파키스탄의 공식화된 역사에 의문을 제기하고, 과거 역사에 대한 대안을 제공받을 수 있다(Rushdie *Imaginary Homelands*, 100).

이 글에서 고찰하게 될 남성중심 사회와 내부식민주의 그리고 타자화된 여성은 따로 떼어 논의할 수 없을 정도로 서로 밀접하게 연관되어 있다. 파키스탄의 남성중심 사회는 '수치'와 '정절'이라는 이슬람 관습을 정치적 도구로 이용하여 여성을 억압하고 타자화시키는 내부식민주의의 양상을 지닌다. 이러한 권력과 젠더의 역학 관계를 밝혀내기 위해 먼저 소설 속에서 '수치'가 어떻게 정의되고, 타자화된 인물과 어떻게 연계되는지 살펴볼 필요가 있다. 루시디는 '수치'와 '파렴치'라는 이 두 말이 언뜻 부끄러움과 부끄러움이 없다는 의미에서 상반되는 개념으로 보이지만 사실은 변증법적 관계라고 설명한다. '수치'에 대한 사전적 또는 의미론적 반대말은 파렴치가 아니라 '명예'인 반면, '파렴치'의 반대말은 오히려 '수치'가 된다. 따라서 이 두 개념이 서로를 반대하는 것이 아니라 반증(negation)함으로써 변증법적 관계에 있음을 보여준다(Ben-Yishai 201). 수치의 개념을 특별한 용어를 사용하지 않고서도 변증법적으로 정의하는 것은 다음과 같은 메타 담화이다. "수치의 반대말은 무엇인가? 수치(*sharam*)가 제거될 때 남는 것은 무엇인가? 그것은 분명히 파렴치이다."(33) 나아가 우리는 수치의 반대말로서 파렴치에 대한 정의가 분명한 의미를 갖지 않는다는 사실에 주목해야 한다. 이 소설 속에서 화자는 파키스탄어의 수치(sharam)에 대한 영어 단어 수치(shame)가 부적절한 번역이라고 말한다. 왜냐하면 파키스탄어의 수치(sharam)는 수치심뿐만 아니라 당황, 좌절, 예의바름, 겸손, 수줍음과 같은 다양한 의미를 지니고 있기 때문이다(33). 그런데도 파키스탄의 남성중심 사회는 여성을 수치스러운 존재, 즉 부정적인 의미로만 규정함으로써 타자화 한다.

파키스탄의 남성중심 사회는 여성을 수치스러운 존재로, 반면 남성을 명예로운 존재로 규정한다. 이 소설에서 백치인 수피야는 수치스러운 존재인 반면, 백치를 아내로 맞은 오마르는 명예로운 존재로 제시된다. 하지만 오마르는 자신이 수피야를 아내로 선택했음에도 불구하고 그녀의 유모와 불륜관계를 유지함으로써 파렴치한 존재임이 드러난다. 이러한 관점에서 볼 때, 수치는 파렴치한 것이라기보다 오히려 부도덕함에 대한 명예가 될 수 있다. 여성의 수치를 기표로 보고 수치를 규정하는 남성중심 사회를 기의로 간주해 볼 때, 우리는 기표와 기의의 관계가 임의적이듯 여성의 수치와 남성중심 사회의 파렴치 사이에는 해체 가능한 무언가가 있음을 알 수 있다. 이러한 상관관계를 파악하기 위해 먼저 수피야 지노비아는 어떻게 수치스러운 존재로 정형화되며, 남성 중심사회는 규범을 통해 여성을 어떻게 억압하고 타자화 하는지 살펴볼 필요가 있다.

1. 남성중심 사회와 타자화된 여성

남성중심 사회가 만들어낸 규범은 흔히 여성을 정형화함으로써 여성을 지속적으로 억압하는 수단으로 이용되지만 남성은 그것을 통해 자유로운 존재가 된다(Grewal 130). 즉, 남성은 자부심이라는 무자비한 제단 위에 여성을 제물로 바침으로써 자신들의 위치를 정당화한다(118). 엄격한 가부장 사회에서 여성은 아내와 어머니로서 중요한 의미를 갖는다. 이는 가부장 사회가 단지 결혼을 통해서만 여성의 가치를 인정하기 때문이다. 굿 뉴스(Good News)로 불리는 나비드(Naveed Hyder)는 그녀의 유모 샤바누(Shahbanou)에게 여자에게 있어서 결혼은 힘이고 자유라고 말한다. 더 이상 어떤 이의 딸이 아니라 누군가의 어머니가 되는 것이다(161). 그러나 단지 결혼만으로 이 가치는 충족되지 않는다. 여성은 출산을 통해 더 확고한 지위를 인정받을 수 있다. 하지만 여성의 출산은 가부장 사회의 대를 잇는 수단일 뿐이다. 『수치』에서 이러한 남성중심 사회의 희생자로 나비드와 빌기스(Bilquìs Hyder)를 들 수 있다. 나비드는 남편 탈바르 울학(Talvar Ulhaq)과의 사이에 여러 명의 아이를 낳았음에도 불구하고 자신의 삶이 생각했던 것과는 다른 이질적인 삶으로 변해버렸기 때문에 스스로 목을 매고 만다(239).

> 그[탈바르 울학]는 1년에 한 번 찾아와 그녀[나비드]에게 준비하라고 일렀다. 왜냐하면 씨를 뿌릴 시기였기 때문이다. 그와 같은 일은, 그녀가 스스로를 지나치게 부지런한 정원사로 간주했기 때문에 자연적인 양분이 고갈된 채소밭 같다고 느낄 때까지 계속되었고, 정말로 여자에게는 아무런 희망도 없다고 깨달을 때까지 계속되었다. 여자가 아무리 품행이 방정하다 할지라도 남자들은 어떤 방법으로든 그녀를 차지할 것이고, 여자가 아무리 정숙한 숙녀가 되려고 애를 쓴다 할지라도 남자들은 다가와서 원하지 않는 이질적인 삶을 그녀에게 강요할 것이었다. 그녀는 너무 많아서 이름도 다 기억할 수 없는 아이들의 중압감에 짓눌려 가고 있었다. (218)

나비드의 다산은 남성중심 사회에서 집안 계보를 이어가게 하는 수단일 뿐 더 이상의 의미는 없다. 반면 나비드의 어머니 빌기스는 아들을 낳지 못함으로써 집안 여성들 전체의 불명예로 간주된다. 그녀는 친척 두니야자드(Duniyazad)로부터 "부인, 당신이 아기를 낳지 못한다는 사실은 당신만의 불명예가 아니에요. 그 수치는 우리 모두의 것이에요. 당신 때문에 우리는 모두 창피하고 부담스러워하고 있어요."(83)라는 비난의 말을 듣는다. 두니야자드의 말을 통해 가부장 사회에서 여성의 가장 중요한 역할은 아들을 생산하여 대를 잇는 것임을 알 수 있다. 그리고 한 여성이 자신의 역할을 다 하지 못하였을 때, 집안의 다른 여성들까지 부끄러워해야만 하는 것은 가부장 사회가 여성 전체에게 부과하는 버거운 굴레인 것이다. 이처럼 나비드와 빌기스는 남성의 야망과 육체적 욕망의 수단이자 희생자로 전락한다(Grant 62).

뿐만 아니라 빌기스는 가부장 사회의 습속인 정절에 의해 억압받고 배제된다. 아들을 낳지 못하고 딸 수피야 지노비아를 낳은 빌기스는 영화 제작자 신드밧 멘갈(Sindbad Mengal)과 불륜 관계를 맺어 그녀의 두 번째 딸 나비드를 낳았다. 정절을 지키는 순종적 아내를 요구하는 남성중심 사회의 규범에 역행한 그녀의 행동은 결국 더 이상 아이를 낳을 수 없도록 유폐되어 고립된 삶을 강요받게 된다. 그녀가 더 이상 아이를 낳을 수 없음은 여성의 정절과 순종을 요구하는 남성중심 사회의 암묵적인 형벌인 셈이다. 집 안에 갇혀 공허한 삶을 살게 된 빌기스는 잃어버린 것을 찾아 복도를 헤매는 그림자 같은 존재, 주변 사람들에게 잊혀진 유령과도 같은 존재로 전락하게 된다.

> 빌기스는 당시 거의 허깨비와 같은 존재가 되어 있었다. 즉, 잃어버린 그 무엇을 찾아 복도를 헤매는 그림자, 그림자가 떠나 버린 빈껍데기만 남은 육신과 같은 존재였다. . . . 최고사령관 저택의 여주인은 단지 소설 속의 한 등장인물이나 신기루 같은 인물, 또는 궁전 같은 집의 한 구석에서 중얼거리는 사람, 베일 속의 루머와 같은 존재였다. (220)

저택의 여주인은 그녀가 꿈꾸었던 위치지만, 남성중심 사회로부터 배제된 공허한 여주인의 삶은 그녀에게 아무런 의미가 없다. 그녀가 부르카(burqa)를 입고 남편과 주변 인물들에게 "로켓이 어떻게 별까지 날아가는가?"(219)라고 말하지만, 사회로부터 배제된 여성은 목소리를 빼앗겼기 때문에 그녀가 전하는 경고와 비판은 무의미한 중얼거림으로 들릴 뿐이다.

뿐만 아니라 정절은 오마르 카이얌의 세 어머니, 샤킬 자매를 사회로부터 배제시킨 규범이다. 오마르의 세 어머니는 그들의 부친이 사망한 직후 지방 유지들을 제외하고 영국인[3]들만을 초대하여 성대한 파티를 연다. 초대받지 못한 지역 주민들은 세 자매의 동료 자격이 없는 것으로 인식하고 몹시 모멸감을 느낀다. 파티가 끝난 후 사람들로부터 세 자매 중 한 명이 임신했다는 소문이 떠돌게 됨으로써 세 자매는 처녀 임신이라는 수치스러운 오명을 듣게 된다(8-9). 결국 세 자매에게 멍에처럼 쓰여진 수치는 정절이라는 사회적 관습에 대한 일탈 행위로써, 그녀들의 의도가 무엇이었든 사회로부터 배제될 수밖에 없다. 이처럼 가부장 사회는 결혼과 정절의 습속을 내세워 여성을 억압하고 남성 중심사회에 복종하게 만들지만, 여성은 이에 대해 침묵만을 강요당하고 있다(이경순 157).

파키스탄의 현실을 대신할 운명을 타고난 수피야 지노비아는 수치로 치부된다. 빌기스가 라니 하라파(Rani Harappa)에게 하는 말에서 그녀의 탄생이 자신의 수치임을 알 수 있다.

> 라니, 심판이 아니고 뭐겠어요? 그러자 하이데리는 늠름한 아들을 원했지만 내빌기스는 그에게 아들 대신 백치 딸을 낳아 주었죠. 어쩔 수 없어요, 안됐지만 그걸 받아들일 수밖에요. . . . 그 애가 나의 수치라는 것을 받아들일 수밖에 없어요. (101)

수피야 지노비아가 수치로 정형화되는 이유는 라자 하이데르가 파키스탄의 대안이자 낙관적인 미래가 될 수 있는 아들을 원하였으나, 아내 빌기스

---

[3] 『자정의 아이들』에 등장하는 메스월드(Methwold)를 고려하면 오마르의 아버지는 영국인 라자(Raj)이며 그의 세 어머니는 각각 인도, 파키스탄, 방글라데시를 의미한다. 니샤푸르(Nishapur)는 탈식민 상황의 파키스탄을 상징한다(Grant 60).

가 "아들이 되어야 할 딸" 수피야 지노비아를 낳았기 때문이다(107). 따라서 수피야는 자신의 의지와 상관없이 남성중심 사회의 '역사에 수갑이 채워진'[4] 루시디의 또 다른 인물이 된다. 수피야 지노비아가 태어나기 이전에 어머니의 자궁 속에서 탯줄에 목이 감겨 죽은 아들은 파키스탄의 대안이며, 더 행복한 역사, 그리고 결함이 있는 파키스탄의 현실을 암시한다(Deszcz 32; Grant 62-63; Strandber 145). 수피야 지노비아의 페르소나로 존재하는 태어나지 못한 오빠가 파키스탄의 상실된 희망을 의미하듯, 대중의 지지를 받고 민주주의를 실현시키려 했으나 라자 하이데르의 손에 의해 교수형 당한 이스칸데르 하라파의 사망은 '잘못 행해진 기적'으로서 파키스탄의 어두운 역사로 병치된다.

『수치』에서 수피야 지노비아는 단지 잘못 행해진 기적으로서 파키스탄의 남성중심 사회의 수치로 정형화될 뿐만 아니라, 오늘날 런던에서 세 명의 아시아계 영국인의 죽음을 통해 수치의 화신으로 자리매김하고 있다. 다시 말해 수피야는 세 망령에게서 온 세 가지 성격으로 이루어져 있다. 수피야는 런던에서 백인 소년과 사랑을 나누었다는 이유로 그녀의 아버지에 의해 살해된 파키스탄 소녀의 망령이다. 파키스탄 소녀의 행동은 그녀의 가족에게 불명예를 가져왔고 그것은 그녀의 피로써만 씻을 수 있는 것이었다. 이것은 실제로 소녀가 백인 소년과 어떠한 성적 관계도 갖지 않았음에도 불구하고 남성중심 사회는 그녀가 정절을 잃은 것이나 마찬가지로 간주한다. 여성을 책임져야 할 가부장 사회는 이를 불명예로 간주하고 소녀를 희생시켜 정절이라는 남성 사회의 신화를 고수한다. 수피야 지노비아를 구성하고 있는 또 다른 두 개의 망령은 런던의 지하철에서 백인

---

[4] 루시디의 이전 작품 『자정의 아이들』에서 살림 시나이는 자신도 모르게 역사에 수갑이 채워져 조국의 운명과 불가분의 공동체가 되었다. Salman Rushdie, *Midnight's Children*. (Penguin: New York. 1991) 3.

소년들에 의해 폭행당한 아시아계 소녀의 망령과 자신의 의지에 의해 몸에 불이 붙어 타 죽은 소년의 망령이다. 지하철에서 폭행당한 소녀의 경우, 실제로는 피해자임에도 불구하고 영국 당국은 언론을 통해 그녀가 백인 소년들을 폭행한 것으로 보도함으로써 백인 소년들을 피해자로 왜곡시킨다. 이러한 왜곡을 통해 백인 남성 사회는 유색인 여성을 무력하게 만든다. 자신의 의지에 의해 몸에 불이 붙어 타 죽은 소년은 자신에게 가해지는 폭력에도 불구하고 더 이상 가해자에게 항의할 수 없을 때 스스로에게 폭력/발화를 행사함으로써 부당한 권력에 맞서는 힘없는 하위주체의 저항의 몸짓이다. 이러한 망령들에 의해 되살아난 수피야는 과거 파키스탄에서든 오늘날 영국에서든 남성들의 폭력에 의해 젠더화 된 여성을 대표하고 있다.

이 소설에서 수치와 파렴치 그리고 폭력은 가부장 사회의 본질적 역학구조로서 젠더화 과정의 근간이 된다. 수피야에게 부과된 수치 개념 역시 이러한 역학구조에 의해 이루어지고 있다. 영국인 소년과 관련된 첫 번째 소녀의 젠더화 된 수치는 이교도 남성으로부터 정절을 지키지 못하여 가족 전체에게 불명예를 안겨준 것으로 간주되기 때문에 가족의 책임자인 가장은 가족의 불명예를 씻기 위해 소녀에게 폭력을 행사한다. 이 경우 수치는 여성의 성행위와 관련된 여성의 정절로부터 생겼음으로 그녀의 죽음을 통해서만 수치가 제거되고 명예를 회복할 수 있다. 아버지는 가족의 명예를 회복한다는 미명 하에 자신의 딸을 살해한 경우로써 정절이라는 이념을 수호하기 위한 가부장 사회의 여성에 대한 폭력이다. 두 번째 소녀는 지하철에서 백인 소년들의 겁탈에 저항한 경우이다. 이 경우 수치는 그녀 자신에게서 생긴 것이 아니라 외적 요인, 소년들의 겁탈 때문에 생긴 것이지만 결과는 역시 소녀의 책임이다. 폭력은 소년들의 행동으로부터 생겨난 파렴치의 결과이지만 소녀는 이에 굴복할 수밖에 없다. 수피야의 성격을 이루는 세 번째 인물은 자신을 위해서 상대방에게 아무런 저항도 할 수 없다는 인식으로부터 생겨난 수치심이 자신보다 더 오래 존재할 것이라는 사실을 알았을 때 스스로 발화하여 죽은 아시아계 소년이다. 이 소년 역시 권력에 의해 일방적으로 부여된 수치심을 의미한다(Strandberg 146). 소년이 자신에게 스스로 가하는 폭력은 사회 습속에 의해 억압받는 타자의 자기인식이며, 나아가 억압에 대한 저항의 의미로 볼 수 있다. 이러한 자기 인식과 저항의 은유는 이 소설 후반에 수피야 지노비아의 파괴적인 저항으로 이어진다.

엄격한 가부장 사회에서 여성의 수치심은 젠더를 구성하는 본질적인 요소이기 때문에 여성은 이것을 피할 수 없게 된다. 남성중심 사회의 남성은 본질적으로 명예를 지니고 있는 존재이며, 여성의 수치스러운 행동이나 여성의 수치심 결여에 대해서 불명예를 느끼는 존재로 간주된다. 반면 남성중심 사회의 여성은 본질적으로 수치심을 지닌 존재이며, 남성사회에 의해 왜곡된 것이지만 폭력을 행사할 수 있기 때문에 두려워해야 할 존재로 규정된다. 수피야 지노비아를 비롯한 타자화된 여성을 억압하고 배제하는 남성중심 사회가 여성의 목소리를 부정하는 것은 남성이 여성을 억압하는 데서 느낄 수 있는 수치심을 고의적으로 거부하는 것이다(Grewal 124). 따라서 다음 글에서는 여성의 목소리를 부정하는 파키스탄의 내부식민자들이 정치적 수단으로써 이슬람 근본주의를 이용하여 여성을 배제하고 타자화 하는 과정에 대해 살펴본다.

2. 내부식민주의와 타자화된 여성

『수치』에서 남성중심의 이슬람 근본주의는 여성의 정절을 규범화하여 여성을 억압하는데 이는 내부식민주의 양상이라 할 수 있다. 식민주의 또는 식민담론의 핵심은 불공정한 권력구조에 기초한 지배와 피지배 또는 억압과 복종의 역학관계라 할 수 있다. 과거 영국 식민지배자는 파키스탄의 피식민자들을 부당하게 억압하고 지배하였다. 특히 피식민 여성들은 식민지배자 남성들에게 이국적인 존재로 여겨졌으며, 그들의 육체는 식민지배가 실현되는 공간이 되었다. 식민지배 하에서 지배자에 의해 도전받았던 피식민 남성의 권위는 독립 이후 식민지배자의 불공정한 권력구조를 물려받은 피식민 남성들이 하위주체를 억압함으로써 회복된다. 반면 영국 식민지배 하에서 다층적 억압의 대상이었던 여성은 독립 이후에도 계속해서 남성중심 사회의 규범에 의해 억압당함으로써 새로운 양상의 식민화에 봉착하게 된다. 이처럼 파키스탄의 젠더화 된 여성은 외부 세력이 아닌 동족에 의한 내부식민주의의 지배 하에 놓여 있다.

루시디는 『수치』에서 파키스탄의 내부식민주의의 실체를 드러내려 시도한다(Carey-Abrioux 67). 그는 이 과정에서 파키스탄의 내부식민주의가 이슬람 근본주의를 정치적 도구로 활용함으로써 어떻게 여성을 억압하고 배제하였는지를 심문한다. 즉, 그는 남성 중심의 권력이 여성의 신체에 행사될 때 발생하는 여성의 수난을 폭로하고자 하였다(Grewal 126). 남성중심 사회에 의한 여성의 수난 가운데 하나로 여성의 주변화를 들 수 있다. 이것은 여성이 자신이 살고 있는 세계에 참여하는 것이 제지당하거나 존재의 가치를 인정받지 못하는 상태이다. 『수치』에서 여성은 파키스탄의 독재 정권에 의해 억압당하고, 침묵을 강요받고, 그리고 권력으로부터 배제됨으로써 주변화 되고 있다. 독재 정권은 그들의 권력을 형성하고 유지하는 데 여성의 역할이 중요하고 필수적임에도 불구하고 스스로를 지배적인 존재로 규정하고 타자화된 여성을 자신에게 복종시킴으로써 파키스탄의 역사를 일방적인 것으로 오독하고 있다(Grewal 133-34).

루시디는 『수치』를 집필하던 중 로마의 전기 작가 수에토니우스(Gaius

Suetonius Tranquillus)의 12명의 황제에 대한 글을 다시 읽었다. 부정하고, 권력욕에 눈이 멀고, 호색적이고, 광적인 이들 군주들이 왕궁에 머물면서 서로에게 끔찍한 해악을 끼쳤으며, 잔인한 권력 찬탈에 계속 연루되었음을 루시디는 다음과 같이 말한다.

> 내루시디는 수에토니우스로부터 권력을 잡은 새로운 지배자의 역설적인 특성에 대해 많이 배웠으며, 그 결과 나는 『수치』의 배경이 되고 있는 파키스탄의 권력 투쟁에 대해 나만의 모델을 만들 수 있었다. 나는 이러한 모델을 통해 죽을 때까지 증오하고 싸움으로써 만신창이가 되지만, 혈연과 결혼에 의해 연계되고, 궁극적으로 국가의 모든 권력을 획득하게 되는 새로운 지배자들의 모습을 보여줄 수 있었다. 모든 권력을 빼앗긴 무리를 대신하는 새로운 지배집단 내부의 잔인한 전쟁은 어떤 변화도 가져오지 않는다. 지배자는 여전히 통치하고 민중은 그들의 발굽 아래서 여전히 신음한다. (Rushdie, *Step Across* 68)

수에토니우스의 글에는 쿠데타와 역 쿠데타의 이야기가 있다. 어느 군주의 부하가 되었던지 그 부하가 왕실의 문을 넘는 한 그것은 진정 어떠한 변화도 생각할 수 없다. 비록 왕실의 주인이 바뀌었다 하더라도 권력은 그 일가 내에 존재했으며 부정한 왕실은 여전하였다. 루시디는 1983년 영국에서 있었던 한 강연에서도 이와 같은 주장을 하였다. 루시디가 말하고자 하는 것은 극히 소수의 사람만이 역사와 권력에 관여한다는 것이다. 그는 파키스탄의 독재 상황을 러시아의 작가 고골(Nicolai Gogol)의 주장처럼 지배계층은 소수이고 정치는 집안싸움 밖에 되지 않는 것으로 보았다. 루시디가 말하고자 하는 것은 지아나 부토 혹은 그 누가 권력을 잡든 간에 똑같은 독재자가 권력을 행사하게 된다는 것이며, 이들 권력자들은 극히 적은 수에 한정된다는 것이다. 이들은 로마의 시저(Caesars) 집안이나 보르자 (Borgias) 집안처럼 권력을 잡기 위해서는 자신의 삼촌을 살해해야만 한다 (Rushdie, "*Midnight's Children*" 18). 이와 마찬가지로 이 소설에서 이스칸데르 하라파를 배반한 라자 하이데르나, 라자 하이데르를 배반한 그의 세 명의 부하 장교들은 자신의 군주를 시해하고 권력을 잡았지만 모두 파키스탄의 하위계층에게 어떤 변화도 가져다주지 못한다. 남성은 여전히 지배하고 여성은 여전히 복종해야만 하기 때문이다.

루시디는 독재 정권에 의해 억압받는 여성의 실상을 들춰내기 위해 상상력을 이용하여 파키스탄의 최근 정권과 파키스탄 역사 그리고 여성의 경험을 관련시켜 재현하고 있다. 텔레비전 연설에서 자신의 오른손을 코란 위에 올려놓음으로써 종교를 정치적 수단으로 이용하고 있는 라자 하이데르는 권력 유지를 위해 자신의 딸 수피야 지노비아를 권력의 희생양으로 삼는다(236). 라자 하이데르의 꿈속에 나타난 몰라나 다우드(Maulana Dawood)는 라자 하이데르에게 닥친 모든 일은 그의 신앙을 시험하기 위한 것이며, 신의 계획에 의해 그의 딸 몸속에 악마가 들어 있다고 말한다. 따라서 라자 하이데르는 자신의 신앙심을 증명하기 위해 아브라함처럼 자신의 딸을 신의 제단에 받쳐야 한다고 말한다.

> 그리고는 자신의 이야기가 도움이 되겠냐고 물었다. 라자 하이데르는 잠에서 깨어나자마자 울음을 터뜨렸다. 왜냐하면 그 꿈이 신에게 모든 것을, 심지어 자식까지도 바칠 각오가 되어 있는 자신의 본심을 그대로 드러내 보여주었기 때문이었다. 그는 흐르는 눈물을 훔치면서 자신에게 말했다. "아브라함을 기억하라." (245)

라자 하이데르는 자신의 지독한 독재에서 연유하는 사회적 반감이라 할 수 있는 수피야 지노비아의 기괴한 행동5을 억압하기 위해 신의 이름을 정치에 끌어들인 것이다. 하지만 신의 이름을 빌었다 하지만 독재는 역시 독재이다. 신앙이라는 수사법을 통한 강요는 결국 종교에 대한 믿음마저 상실되게 한다. 믿음의 상실은 결국 독재자의 실각 즉, 독재 권력의 실체를 드러낸다. 빌기스의 예언처럼 로켓이 하늘까지 올라갈 수 있는 이유는 하위계층의 희생 때문이다. 라자 하이데르가 최정상까지 올라가는 동안 수피야 지노비아와 나비드 그리고 빌기스 같은 권력에서 배제된 타자들은 그가 별자리를 따는 데 필요한 연료가 되어 떨어져 나간다(219). 수피야 지노비아는 라자 하이데르와 이스칸데르 하라파의 독재가 심해질수록 백열등처럼 붉게 얼굴을 붉힌다(124). 수피야 지노비아의 백열등처럼 붉은 얼굴은 이슬람식 규범을 이용한 독재 권력의 파렴치에 대한 부끄러움을 암시한다.

파키스탄의 눈에 띄는 질서는 라자 하이데르와 이스칸데르 하라파라는 두 남성 인물 사이의 권력 투쟁에서 드러나듯 남성들 사이의, 남성 중심의 지나친 권력 과잉과 독재를 의미한다. 남성은 정치 영역을 관할하고 여성은 권력의 질서 안에서 모든 결정으로부터 완전히 배제된다. 여성은 주변화 될 뿐만 아니라 정치, 결혼, 출산에 대한 남성중심의 권력에 복종해야만 한다(Strandberg 147). 이와 같이 남성중심 사회는 가부장적 권위가 만들어낸 이슬람식 규범을 피지배 계층에게 강요함으로써 이슬람 근본주의를 정치적 이데올로기로 만든다.

---

5 이스칸데르 하라파는 오마르에게 라자 하이데르가 아무것도 아닌 일에 순진한 사람들을 목매달고 있다는 말로써 라자 하이데르의 독재를 비판한다(121). 독재를 부끄러워하는 수피야 지노비아는 218마리의 칠면조를 맨손으로 죽이고, 출산만을 요구하는 탈바르 울학의 목을 비틀고, 4명의 청년을 유혹하여 참수하며, 마침내 독재를 응징하기 위해 하얀 표범으로 부활한다.

파키스탄에서는 이른바 이슬람식 '근본주의'가 국민들로부터 솟아나지 않는다. 위에서부터 강요된다. 독재 체제는 신앙이라는 수사법의 효용을 너무나 잘 알고 있다. 사람들은 그 언어를 존경하여 감히 반대하지 못하기 때문이다. 이것이 바로 종교가 독재자를 상륙시킨 방법이다. 국민이 불신하지 못하는 언어를 사용하는 것이 바로 그 핵심이다. (266)

파키스탄의 근본주의는 이슬람 전통이라는 이름으로 여성을 억압하고 있다. 이슬람교 여성들이 문제시하는 것은 가부장적 권위를 휘둘러온 종교로서 이슬람교가 아니라, 권력 구조의 해석 방식, 즉 라자 하이데르가 지지하고 있는 종교적 권력구조가 여성의 예속을 정당화하는 이슬람 규범의 정치화를 문제시하고 있는 것이다. 또한 파키스탄에서 지아 정권이 여성과 소수자를 억압할 수 있었던 것은 미국 레이건(Ronald Reagan) 행정부의 지원[6]과 근본주의 법령이 결합함으로써 가능했다(Grewal 131; 137). 이는 라자 하이데르 또는 지아 울 하크의 독재 정권이 진정한 의미의 탈식민화를 이루지 못했다는 것을 의미한다.

식민 이후의 상황에서 여성이 극복해야 할 내부식민주의에 기여하는 또 다른 요소로 민족주의를 들 수 있다. 식민 상황에서 남성은 민주, 민족, 자존이라는 이름으로 민족주의를 강화하지만, 식민 이후에는 여성을 민족주의 안으로 환원시키게 된다. 따라서 여성들은 민족주의라는 가부장적 기표에 저항하게 된다. 『수치』에서 이슬람 근본주의는 민족주의를 대신하

---

[6] 미국은 지아 울 하크가 1984년 재신임된 후 5년 이상 그를 지원하였으며, 이슬람식 국민투표의 위조된 배서를 묵인하였으며, 이슬람당(Jamaat-e-Islam)이 207석의 국회 의석 중 단지 7석을 차지했음에도 불구하고 레이건(Ronald Reagan) 행정부는 파키스탄에 60억 달러의 원조를 제공하였다. 파키스탄은 나토(NATO)를 제외하고 미국의 군사 원조를 세 번째로 많이 받은 국가이며, 걸프와 이란 그리고 아프가니스탄으로부터 정보를 수집하는 미국 중앙정보국(CIA)의 지역 본거지이다. 파키스탄은 미국의 군사 원조 때문에 오늘날 세계에서 세 번째로 큰 미군 주둔 국가가 되었다(Grewal 137).

여 여성을 억압하는 가부장 문화의 교묘한 식민주의로 작용하고 있다(이경순 154; 162). 이렇듯 파키스탄의 독재 정권은 이슬람 근본주의라는 규범을 이용하여 여성 하위주체를 억압하고 배제하였다. 사회의 법도와 성도덕에 대해 독재적인 사회, 그리고 여성에게 명예와 예의라는 견디기 힘든 짐을 부과하는 사회는 마찬가지로 또 다른 억압을 낳게 된다(181). 억압은 결국 분노와 폭력 그리고 파괴의 결말을 가져온다. 따라서 다음 글에서는 일방적으로 여성에게 희생만을 강요하는 파키스탄의 남성중심 사회에서 타자화된 여성은 어떤 분노의 목소리를 내는지 살펴본다.

3. 타자화된 여성의 자기 인식

앞서 살펴보았듯이 이 소설은 탈식민 후 파키스탄의 남성중심 사회가 자신들의 패권을 유지하기 위해 누구를 타자화하고 배제하고 있는지 다루고 있다. 흔히 전통 역사 서술에서 배제된 부분은 주로 여성이었다. 그럼에도 이러한 역사 서술을 묵인한다는 것은 가부장적 서사로 역사를 보기 때문이다. 그레월(Grewal)에 따르면 『수치』에서 들을 수 있는 유일한 목소리는 남성 화자의 목소리인 반면, 여성의 목소리는 남성 화자에 의해 늘 굴절된다. 따라서 여성은 단지 글쓰기를 통해서만 말하는 것이 허용된다 (Grewal 125; Hassumani 54). 스피박에게 있어서 하위주체인 여성의 목소리란 자유의지와 행위의 주체성을 의미한다. 하지만 남성 화자에 의해 여성의 목소리는 굴절되기 때문에 여성 화자는 복화술을 통해서만 말할 수 있다. 작중 화자의 말처럼 처음 이 이야기는 사랑을 얻기 위한 무용담, 야망, 권력, 후원, 배반, 복수 등을 담고 있는 남성적인 이야기이다. 하지만 여성들의 이야기가 점차 우세해지는 듯하면서 주변에서 안으로 들어와 여성 자신들의 비극, 역사, 희극을 다루고, 복잡한 갖가지의 방법으로 이야기를 전개한다(181). 루시디는 서사에서 여성이 배제되었음을 드러내고 여성이 자신의 주체성을 인식해 가는 과정을 제시하고 있으며, 그 방식은 파키스탄의 실정과 그러한 시대적 상황에서 여성 주체들이 자신의 목소리를 찾기 시작하는 방식이다.

나비드가 많은 출산을 통해 가부장 사회를 어렴풋이 인식하였다면, 빌기스는 좀 더 발전된 인식 양상을 보여준다. 그녀는 단지 여성이라는 이유만으로 억압을 강요하는, 남성중심 사회의 상징이라 할 수 있는 남편 라자 하이데르와 사위 오마르에게 여성용 의복인 부르카를 입힌다.

> 문이 삐걱거리는 소리가 들리고, 여인의 발치가 흩어진 빈껍데기를 바스러트린다. 떨어진 견과류 알맹이를 가로질러 잊혀진 얼굴, 빌기스 하이데르가 다가온다. 그녀는 수년 동안 고립되어 있는 동안 자신이 직접 만든 옷들 중에서 고른 한 무더기의 형체 없는 의상을 가지고 왔다. 오마르는 그의 내면에서 희망이 솟아남을 느낀다. 부르카, 그것은 머리끝에서 발끝까지 걸친 알아볼 수 없는 베일이 된다. **살아 있는 사람들이 죽은 사람처럼 수의를 입는다.** 빌기스 하이데르가 담담하게 말한다. "입으세요." 샤킬[오마르]은 그 옷을 붙잡고 여인네 같은 변장 속으로 뛰어든다. 빌기스는 반항도 못하는 남편의 머리 위로 검은 천을 씌웠다. "당신의 아들은 딸이 되었지요." 그녀가 라자 하이데르에게 말했다. "당신도 이제 모습을 바꿔야 해요." (278)

빌기스보다 좀 더 큰 목소리를 내는 이는 라자 하이데르의 라이벌 이스칸데르 하라파의 아내 라니 하라파이다. 다음의 은유는 18개의 자수 숄을 통해 파키스탄의 독재 정권, 특히 남편 이스칸데르 하라파에 의해 저질러진 잔혹한 일들을 고발한다.

풍자적 숄에는, 이스칸데르 하라파와 민주정치의 종말, 그녀의 목을 죄고 있는 그의 손들, 민주정치의 목구멍을 조여 대고 있는 손들이 있었다. 그녀의 눈동자가 부풀고, 그녀의 얼굴이 창백해지고, 그녀의 혀는 빠져나오고, 그녀는 치마폭 속에서 질식되고, 그녀의 손은 바람을 움켜쥐려고 몸부림치는 갈고리가 되었다. 이스칸데르 하라파는 눈을 감고 조르고 또 졸랐다. 그의 희생물을, 작고 육체적으로 약하며 내적으로 상처 입은 소녀로 묘사하였던 천 위에서 가능성의 암살자 이스칸데르 하라파는 자수 숄 위에서 불멸하게 되었다. 그 숄에서 예술가로서 그녀[라니]는 그의 희생물을 작고, 육체적으로 약하며, 내적으로 상처 입은 소녀로서 결국 이스칸데르 하라파의 단호한 주먹 속에서 숨을 헐떡거리며 얼굴을 붉히고 있는, 순진한 아이 수피야 하이데르(지금은 샤킬)이다. (203-04)

뿐만 아니라 라니는 자신의 자수 숄에 라니 후마윤(Rani Humayun)이라는 자신의 본래 이름을 사인으로 덧붙인다. 이것은 그녀를 아내로, 어머니로 규정하려는 남성중심 사회에 대한 소리 없는 외침이며, 한 발 더 나아간 자기 인식 과정이다. 그녀의 자수 숄은 어떻게 "여성이 억압받았는가"에 대한 엄중한 증거이며, 여성 존재의 의미를 드러내는 매개체이다(Coundouriotis 218). 라니의 숄은 '겹쳐 쓴 양피지'의 퇴적층에 묻히고, '깨진 거울'의 잃어버린 조각이며, '선택된 이야기'의 검열에서 억압된 이야기이다. 그녀의 숄은 파키스탄의 전통 역사 서술에서 배제된 여성의 목소리를 되살려주는 은유이다.

　　파키스탄 여성들의 보다 능동적인 저항이 전혀 없었던 것은 아니다. 이 소설에서 언급되는 파키스탄 여성의 능동적인 저항은 이스칸데르 하라파가 죽은 지 2년 후, 신을 규탄하며 벌인 시위행진에서 잘 드러난다. 시위는 누르(Noor) 부인에 의해 조직되었는데, 라자 하이데르는 이 시위에 대해 신중히 조사한 결과 누르 부인이 여자와 어린애를 아랍 왕자의 후궁으로 수출했다는 증거를 발견하고 그녀를 감금시켜버린다(264). 이 사건에 대한 지면은 단지 한 단락에 불과하다. 루시디는 이 짧은 지면을 당시 억압받는 여성의 시대상황을 보여주는 잃어버린 조각이며, 퇴적층에 쌓인 겹쳐 쓴 양피지의 은유로 제시하고 있다.

『수치』에 등장하는 여성 인물들 중에서 단계적 자기 인식을 보여주는 인물은 수피야 지노비아이다. 앞서 보았듯이 그녀를 구성하는 세 가지 페르소나는 수피야 지노비아의 자기 인식 단계의 밑바탕이 된다. 파키스탄계 소녀처럼 수피야 지노비아는 부모에 의해 수치로 치부되어 희생당하고, 지하철의 소녀처럼 남성의 폭력에 대한 저항으로써 네 명의 청년을 유혹하여 맨손으로 그들을 참수시켜버린다. 세 번째의 스스로 불에 타 죽은 소년처럼 그녀는 파렴치의 상징인 남편 오마르 카이얌 역시 맨손으로 참수시키고 자신도 폭발 속으로 사라진다. "소년의 자살에서 볼 수 있는 자기 파괴적인 폭력은 상대방의 폭력에 대한 유일한 대안이 된다."(Strandberg 146-47) 이런 맥락에서 수피야는 개인에게 가해지는 역사적 제한에 대한 저항의 상징으로 볼 수 있다. 그녀가 발산하는 폭력적인 행위는 거대한 변화를 향한 계기가 되며 마술적인 힘을 발휘한다. 루시디는 네 명의 젊은이와 남편을 수피야가 맨손으로 참수시키는 폭력적 장면을 마술적 사실주의 기법으로 묘사하고 있으며, 이는 그녀의 폭력이 실제로 일어난 사건이 아니라 그녀의 상상 속에서 이루어진 것으로 볼 수도 있다.

그런 다음, 폭발이 일어나고 그 충격파가 집을 파괴한다. 폭발이 있은 후 그녀의 불덩어리는 바다 같은 지평선을 향해 바깥쪽으로 불붙어 번져나간다. 그리고 마지막 자욱한 연기가 피어오른다. 그곳에서 더 이상 존재하지 않는 존재를 볼 수 없을 때까지 그 허공 위에 피어오른다. 그것은 다름 아닌 회색의 머리 없는 인간, 꿈같은 존재, 한 손을 들어 작별을 고

하는 유령의 모습을 한 소리 없는 연기이다. (305)

수피야의 죽음을 가져오는 공격성은 파괴적인 폭력으로 해석되기보다는 그 사회, 특히 남성의 권위에 의해 여성에게 강요된 억압적 관습에 대한 저항으로 해석할 수 있다. 이런 관점에서 볼 때 수피야 지노비아의 진정한 의미는 그녀가 남성에 대해 저항의 의미로써 폭력을 행사할 수 있다는 데서 찾아볼 수 있다(Deszcz 37).

『수치』에서 수피야 지노비아는 힌두교의 칼리(Kali) 여신의 이미지와 매우 흡사하다. 칼리는 전쟁의 신으로서 아무도 무찌를 수 없는 악을 무찌르기 위해 태어난다. 이 소설에서 수피야 지노비아의 파괴적인 행동방식 역시 무소불위의 독재 정권에 대한 저항의 의미에서 칼리 여신과 매우 유사하다. 수피야 지노비아가 네 명의 희생자의 목을 몸통에서 떼어버린 것처럼 칼리 여신은 자신이 죽인 악마의 해골로 목걸이를 만들어 메고 있다. 수피야 지노비아가 칼리 여신과 매우 닮은 괴물로 바뀔 때 그녀의 경멸적인 위치는 바뀐다. 전에 그녀는 남성 사회가 자신에게 가한 폭력 때문에 자신의 행동을 제약받는 수치스러운 존재였지만, 지금은 징벌적 폭력을 실행할 수 있는 존재가 되어 있다. 이것은 그녀가 남성중심 사회에 의해 일반화되어 있는 젠더 이미지에 도전함으로써 전통적인 젠더 체제를 해체하고 있음을 의미한다(Strandberg 149-50).

루시디의 다른 작품들과는 달리, 억압과 분노를 다루고 있는 『수치』는 일방적이고 치우친 역사관이 억압과 배제의 메커니즘으로써 어떻게 폭력으로 이어지는 가를 보여주고 있다. 여성에게 명예와 예절이라는 이름으로 견디기 힘든 부담을 가하는 사회 법도와 성도덕은 또 다른 억압을 낳게 된다. 이 억압은 결국 분노와 폭력 그리고 파괴를 가져온다. 루시디는 이러한 파괴를 행사하는 수피야 지노비아를 역사가 가하는 배제에 대한 저항의 상징으로 변형시켰다. 그녀가 폭력을 발산하는 행위는 역사가 제한시킨 결과이며, 거대한 변화를 향한 계기가 되며, 마술적인 변혁의 힘을 갖는다(Coundouriotis 210). 그러므로 이 소설에서 폭발은 과거와의 단절을 의미함과 동시에 희망적인 미래의 역사 속에 새로운 자리를 제공한다(Coundouriotis 213). 이런 의미에서 볼 때 이 작품의 종말은 부패한 과거와의 단절뿐만 아니라 새로운 변화를 가져올 수 있다는 희망의 메시지로 받아들일 수 있다.

III. 진정한 탈식민화를 꿈꾸며

지금까지 살펴본 것처럼 식민제국 영국으로부터 독립한 인도는 정치적·종교적 이유 때문에 파키스탄과 분리되고, 다시 방글라데시와 분리된다. 독립 후 새로운 국가 건설을 상징하는 아들을 원하는 라자 하이데르와 빌기스 부부에게 딸 수피야 지노비아가 태어난다. 수피야는 이스칸데르 하라파와 라자 하이데르라고 하는 독재자에 의해 억압당하는 파키스탄의 역사와 병치된다. 식민지배자들의 식민담론이 독립 이후 파키스탄에서의 독재 정권에 의해 대물림되어 재현된 결과, 이슬람 근본주의는 여성을 수치와 정절이라는 규범으로 타자화시키는 결과를 초래한다. 여기서 일어나는 젠더화 현상은 남성 중심사회가 자신들의 권력을 정당화하기 위한 문화적 본질로 변형된다. 따라서 하위계층들, 특히 여성들은 남성중심의 사회·문화에 의해 역사로부터 억압당하고 배제된다.

루시디는 『수치』에서 억압과 배제의 메커니즘이 어떻게 폭력으로 이어지는 가를 보여주고 있다. 남성들의 권력 투쟁과정에서 남성중심 사회가 여성에게 강요하는 희생은 여성을 계속해서 주변인의 위치에 놓이게

하고, 그 결과는 필연적으로 저항을 불러일으킬 수밖에 없는 것이다. 이 소설에서 루시디는 남성중심 사회에서 일방적으로 억압받는 여성성을 완전히 전복시키지는 않지만, 종교적 근본주의 문화에서 여성의 타자화 과정을 탈식민화 과정과 비교하고 있다. 이런 관점에서 그는 지금까지 흑인 페미니스트들의 인종과 젠더에 중점을 둔 탈식민적 글쓰기와 연구를 아시아권에 확대시킴으로써 아시아에서의 탈식민적 페미니즘의 새 장을 열어주었다.

과거 식민지배를 받은 파키스탄은 독립 후 이상 국가 건설이라는 미래를 꿈꾸지만 그 기치를 과거의 규범에 둠으로써 역사적 우를 반복하고 있다. 일반적으로 인식 가능한 역사는 과거이면서 미래다. 우리가 알고 있는 역사는 과거의 사건이나 경험의 축적을 의미하지만, 물리적인 면에서는 시간의 경과일 뿐이다. 우리가 잡을 수 있는 시간은 과거와 미래만 존재한다는 점에서 볼 때, 우리가 인식할 수 있는 역사는 과거이면서 미래인 것이다. 그럼에도 불구하고 현재의 역사를 인식하지 못 한다면 우리는 불행한 미래의 역사를 피할 수 없다는 점에서 역사의 현재성은 매우 중요하다. 『수치』에서 시간은 헤지라 역이 사용되는데, 이것은 앞서 밝힌 것처럼 시간이 상대적이고 이질적인 것임을 의미한다. 즉, 루시디는 헤지라 역을 사용함으로써 먼 과거를 이야기하고 있는 것처럼 서술하지만, 헤지라 역 14세기는 과거가 아닌 미래에 존재한다. 독립 이후 파키스탄의 통치자는 어느 시점의 과거 또는 역사, 즉 인도의 표준시간으로 상징되는 파키스탄의 과거 역사를 부정하면서, 동시에 어느 시점의 과거, 즉 무굴제국 하의 이슬람 근본주의는 본질적인 것으로 간주하는 경향을 보인다. 파키스탄의 통치자들은 자신들의 권력을 정당화하기 위해 역사를 일방적으로 해석함으로써 여성과 이민자를 억압하고 역사로부터 배제시킨다. 이를 위해 이슬람 근본주의를 규범으로 보편화시킨다. 이런 상황에서 수피야 지노비아의 폭력을 통한 복수는 독재 정권에 대한 경고이며, 또 다른 국가 또는 도시에서 일어날 수 있는 억압과 저항에 대한 암시이다. 더 이상 하위주체 특히 여성이 타자로, 신비한 존재로, 그리고 폭력을 행사할 수 있는 존재로 배제되지 않고, 탈주변화가 이루어질 때 파키스탄의 탈식민화와 이상 국가 건설은 가능할 것이다.

이경순. 「부치 에메체타의 소설에서 본 현대 아프리카 여성의 자아의식」. 『현대영미소설』
4.1 (1997): 153-72.

Ben-Yishai, Ayelet. "The Dialectic of Shame: Representation in the Metanarrative of Salman Rushdie's *Shame*." *Modern Fiction Studies* 48. 1 (Spring 2002): 194-215.

Carey-Abrioux, Cynthia. "Dismantling the Models of Legitimacy: Salman Rushdie's *Shame* as a Postcolonial Novel." *European Journal of English Studies* 2.1 (1998): 66-77.

Coundouriotis, Eleni. "Materialism, the Uncanny, and History in Toni Morrison and Salman Rushdie." *Literature Interpretation Theory*. 8.2 (October 1997): 207-25.

Deszcz, Justyna. "Salman Rushdie's Attempt at a Feminist Fairytale Reconfiguration in *Shame*." *Folklore* 115. (April 2004): 27-44.

Gandhi, Leela. *Postcolonial Theory: A Critical Introduction*. New York: Columbia UP. 1998.

Grant, Damian. *Salman Rushdie*. Plymouth: Northcote House. 1999.

Grewal, Inderpal. "Salman Rushdie: Marginality, Women, and *Shame*." *Reading Rushdie: Perspectives on the Fiction of Salman Rushdie*. Ed. M. D. Fletcher. Amsterdam: Rodopi, 1994: 123-44.

Harrison, James. "Reconstructing *Midnight's Children and Shame*." *University of Toronto Quarterly: A Canadian Journal of the Humanities*. 59. 3 (Spring 1990): 399-412.

Hassumani, Sabrina. *Salman Rushdie: A Postmodern Reading of His Major Works*. Massachusetts: Rosemont. 2002.

Rushdie, Salman. "*Midnight's Children and Shame*." *Kunapipi* 7.1, 1985: 1-19

_____. *Midnight's Children*. New York: Penguin. 1991.

_____. *Imaginary Homelands: Essays and Criticism 1981-1991*. London: Granta Books. 1991.

_____. *Shame*. New York: Picador. 2000.

_____. *Step Across This Line: Collected Nonfiction 1992-2002*. New York:

Modern Library. 2003.

Strandberg, Lotta. "Images of Gender and the Negotiation of Agency in Salman Rushdie's *Shame.*" *Women's Studies and Gender Research* 12. 3 (2003): 143-52.

※ 이 글은 「살만 루시디의 『수치』에서 나타난 내부식민주의와 젠더 양상」. 『영어영문학21』. 19.2 (2006): 99–121쪽에서 수정·보완함.

안젤라 카터의 『요술 장난감 가게』에 나타난 젠더/신화 뒤집기

● ● ● 이현주

I. 젠더/신화란 무엇인가

카터(Angela Carter, 1940-92)에게 소설은 일종의 "문학비평"(Haffenden 72)이자, 선배 작가들의 작품을 비신화화(demythologization)하거나 재신화화(remythologization)한 "브리꼴라주"(Haffenden 92)이다. 따라서 카터의 텍스트는 기존 문학 작품들의 수많은 인유와 암시를 통해 "고급문화와 저급문화의 경계를 해체"하고, 그동안 권력화, 합법화, 신성화되어 온 "모든 정전과 제도를 동요시켜 불안"(Munford 2)하게 만들기 때문에 문화적, 사회적, 성적, 종교적, 존재론적 구조와 정의를 부인하고 저항하면서 결국에는 이 모든 제도를 전복시키는 강력한 힘을 지닌다(Peach 6). 특히 카터의 작품에서 여성의 재현이 어떻게 드러나는가에 대한 논의는 그녀의 작품을 연구하는 비평가들에게 가장 핵심적인 논쟁의 골격을 이룬다.[1] 카터가 여성인물을 부정적이고 회의적으로 재현한 것은 기존 작품에 대한 비신화화 및 재신화화한 브리꼴라주식 글쓰기에서 비롯된다. 카터는 스스로 "여성으로서 리얼리티의 본질과 여성성에 관한 사회적 픽션들의 형성 과정"에 의문을 제기한다("Notes" 25). 카터의 작품에서 드러나는 급진적인 반항적 기질은 그녀가 성장기를 보낸 1950-60년대의 사회적 배경과 관련이 깊다. 영국의 '성난 젊은이들'을 비롯하여 미국의 '비트 세대', 프랑스의 실존주의, 네오리얼리즘의 영향은 카터로 하여금 여성성과 현실인식에 대하여 끊임없이 의문을 제기하도록 부추겼다.

카터는 카차보스(Anna Katsavos)와의 인터뷰에서 신화(myth)란 "관습적인 이해의 일종"이자 "개념, 이미지, 이야기들"로서 이러한 것들에 의문을 제기하기보다 "무조건적으로 믿으려는 경향이 강한" 것으로 정의한다(12). 카터가 언급한 신화는 바르트(Roland Barthes)의 주장과 일치하는데, 바르트는 신화를 "하나의 의사소통 체계, 곧 하나의 메시지"이자, "의미작용의 한 양식이고 하나의 형식"으로서 규정한다(264). 따라서 신화는 자연스럽고 본래적인 것으로 둔갑해 버리는 현상들, 즉 현실의 거짓된 자연스러움을 드러낸다. 즉 바르트는 신화를 통해 "자명한 것으로 포장된 진술 속에 숨겨져 있다고 생각되는 이데올로기적 오용을 포착해 내고자한다"(3). 바르트와 유사하게 카터 역시 "우리의 사회와 문화에 드러난 어떤 이미저리의

---

[1] 파머(Paulina Palmer)는 카터의 작품이 의존성, 수동성, 마조히즘 등의 여성적 특질로부터 벗어나려는 시도가 오히려 남성의 우월성을 더욱 공고하게 만들어 주었을 뿐이라고 주장하고, 클락(Robert Clark)은 카터의 여성인물들이 가부장제 사회에서 자기소외만 반복한다고 언급한다. 더 나아가 조던(Elaine Jordan)은 카터가 재현하는 여성인물들은 여성혐오주의자로서 남성을 흉내 낸다고 주장하며, 로빈슨(Sally Robinson)은 카터의 작품에서 실제로 여성을 위한 공간이 없다고 제시하는 등 대부분의 비평가들은 카터가 여성의 주체성과 섹슈얼리티의 문제를 부정적으로 드러낸다고 언급한다. 카터의 작품은 영국소설의 전통에서 빗겨나 유럽문학, 동화, 유럽전통의 피카레스크 내러티브 방식, 독일의 낭만주의 등에 빚지고 있으며, 후기작품으로 갈수록 매직리얼리즘과 포스트모더니즘적 요소가 매우 강하게 드러난다. Linden Peach, *Angela Carter* (London: Macmillan, 1998), 1-25면 참고할 것.

외형(configurations of imagery)이 진정으로 의미하는 것"을 밝히고자 노력한다(Katsavos 12).

이와 같은 카터의 글쓰기 전략이 잘 드러난 작품 중 하나를 분석함으로써 그녀가 궁극적으로 재현하고자하는 관습적인 이해로서의 신화를 분석하는 것은 매우 의미 있는 일일 것이다. 무엇보다도 바르트가 언급했던 신화에 대한 이해를 적용시키기 위해서는 카터의 작품 중에서 20세기 중반의 서구유럽문화라는 특징을 잘 드러내는 작품을 선택하는 것이 바람직할 것이다. 카터의 작품을 시대적으로 간략하게 분류해 보자면, 대개 1970년대를 기점으로 초기 브리스톨 삼부작(Bristol Trilogy)에 해당하는 사실주의 내러티브 작품들과 1970년대 이후 사실주의 기법에서 벗어난 초현실주의적인 작품들로 구분된다(Peach 71). 그러나 카터의 글쓰기 방식이 어느 순간 갑작스럽게 비사실주의적으로 변한 것은 아니다. 초기와 후기의 작품들이 사실주의와 비사실주의라는 대립구도를 이루지만, 두 시기의 중간 단계에 해당하는 두 작품인 『요술 장난감 가게』(*The Magic Toyshop*, 1967)와 『영웅들과 악당들』(*Heroes and Villains*, 1969)에는 사실주의와 초현실주의적 내러티브 기법이 교묘히 얽혀있다. 따라서 인기가 높은 후기 작품들에 비해 자주 논의되지는 않았지만, 풍부한 인유 및 사실주의 내러티브와 환상 기법을 두루 포함하면서 남성중심 가부장제의 허구성을 구체적으로 재현하고 있는 『요술 장난감 가게』를 바탕으로 젠더의 두 양상, 즉 여성성과 남성성에 관한 신화 뒤집기가 어떻게 드러나는지 살펴보고자 한다.

II. 여성의 몸과 젠더 응시

1960년대 후반과 1970년대 초반에 여성의 몸과 섹슈얼리티의 문제는 문학과 예술에서 매우 전형적인 주제로 드러난다. 이는 고전작품에서 재현된 이상화된 몸이 아니라 조야하고 노골적으로 여성의 몸을 드러내 그동안 과장되어온 여성신화를 신랄하게 공격한 것을 말한다. 카터 또한 이같은 맥락에서 사춘기 소녀 멜라니(Melanie)를 통해서 여성성의 문제를 다루고 있다. 카터는 멜라니가 거울을 보며 그녀의 몸을 샅샅이 살피는 과정을 마치 탐험가들이 미지의 지역을 찾아나서는 행위와 동일화시킴으로써 기존의 예술장르에서 과장되고 이상화된 여성의 몸을 멜라니를 통해 다시 쓴다. 더 나아가 멜라니는 남성예술가들의 응시의 대상이 된다. 그녀는 라파엘전파(Pre-Raphaelite) 화가들의 회화에서 재현되는 모델의 모습을 취하기도 하고, 로트렉(Lautrec)의 모델이 되어 자신이 그 시대에 생존했던 인물인 것처럼 혼자만의 환상에 사로잡힌다. 멜라니는 자신이 티치아노(Titian)나 르노와르(Renoir)의 모델이 되기에는 너무 마른 것은 아닌지 상념에 빠지기도 한다. 멜라니가 로렌스(D. H. Lawrence)의 『채털리 부인의 연인』(*Lady Chatterley's Lover*)을 읽었을 때는 수줍게 물망초를 음모에 꽂으며 채털리 부인과 자신을 동일시한다. 카터는 멜라니를 남성예술가의 응시 대상으로 설정함으로써 여성이 남성중심의 예술 세계에서 어떻게 재현되었는지를 드러낸다.

멜라니의 여성성은 어디까지나 남성의 시선에 의해서 주체가 아닌 대상으로서 각인된다. 이리가라이(Luce Irigaray)는 남성과 여성을 표현해주는 사물로서 각각 거울과 반사경을 예로 들고 있다. 거울은 남성적 현존을 그 어떤 거짓이나 포장 없이 있는 그대로 비추는 반면, 여성주체는 사실 그대로를 비추는 거울이 아닌 볼록렌즈처럼 왜곡된 이미지를 생산해내는 반사경으로서 나타난다(Irigaray, *Speculum* 133-46). 서구사상이 동일성의 논리 안에서 유지되는 한 여성은 여전히 남성중심적 담론이 생산해내는 틀 속에서 남성이 세운 기준과 척도 내에서 읽혀질 수밖에 없다. 따라서 가부장 담론이 팽배한 사회제도 안에서 올바른 여성성을 찾기란 결코 쉽지 않다. 어쩔 수 없이 여성성은 여성 스스로의 판단이 아닌 남성의 응시와 판단에 의해서 뒤틀리고 왜곡된 대상으로서 드러날 수밖에 없다.

　멜라니 역시 스스로 여성예술가가 되기보다는 남성예술가의 응시에 비춰진 대상으로서 자신을 동일시하고 있다. 멜라니의 여성성은 독립적인 여성주체로 평가되는 것이 아니라, 남성의 응시에 의해서 왜곡된 상태로 결정된다. 남성이 모든 것의 척도이며 그 척도를 만들어내는 존재 역시 남성이다(Irigaray, *Speculum* 304). 따라서 멜라니의 비정상적이고 제한된 여성성 인식은 그녀만의 상상과 환상을 통해서 이루어진다. 멜라니는 스스로를 남성 예술가들의 응시 대상물로 정의하면서 누군가의 보호를 받고 기꺼이 남성의 성적 욕망의 대상이 되는 환상에 사로잡힌다. 남성예술가들에 의해서 재현된 여성성은 항상 성녀와 악녀라는 이분법적인 테두리 안에서 가부장 사회를 공고히 하기 위하여 필요한 보조적이거나 대상적 존재가 된다. 더 나아가 남성에 의해 재현되지 못한 여성은 저절로 부재의 존재로 전락한다. 그러므로 여성성 복원을 위해서는 현실이 아닌 환상과 상상의 세계가 필요할 것이다. 환상은 말할 수 없고, 볼 수 없는 문화를 추적하여 침묵당하고 눈에 보이지 않는 '부재'의 흔적을 뒤쫓는다(Jackson 4). 이것은 곧 현실세계와 사실주의 문학에서 욕망을 실현하고, 보이는 것을 보이지 않게 만들고, 부재를 발견하는 것이 불가능한 시도라는 것을 암시한다. 따라서 침묵과 부재의 흔적들을 노출시키기 위해서는 현실과 사실이 아닌 상상과 환상이 필요하다.

　멜라니가 선택한 그 첫 번째 상상의 세계는 여전히 사춘기 소녀취향에 머물러 있다. 이것은 멜라니가 매우 소중히 간직하는 두 가지 물건, 즉 곰인형(Edward Bear)과 로맨스소설 『로나 둔』(*Lorna Doone*)에서 잘 드러난다. 멜라니는 어린아이의 순진성과 여성적 경험 사이에서 위태롭고 불안하게 존재한다(Smith 348). 곰 인형을 늘 곁에 두는 습관은 어린아이에게서 흔히 볼 수 있듯이 유아기 성장 단계에서 나타나는 현상이다. 곰인형과 더불어 『로나 둔』은 원수가문의 두 남녀가 우연히 만나 서로 사랑하지만 그들은 온갖 시련을 겪고 우여곡절 끝에 그들의 사랑이 결실을 맺는 전형적인 로맨스작품이다. 이처럼 멜라니의 시선은 현실과 사실이 아닌 왜곡되고 뒤틀린 상상과 환상세계에서만 존재한다.

어린아이의 세계와 비현실적인 환상세계에서 존재하는 멜라니는 유모이자 가정부인 런들부인(Mrs Rundle)을 통해서 결혼하지 못한 여성은 사회에서 결코 온전한 인간으로서 대우받을 수 없다는 것을 인식한다. 런들부인은 쉰 번째 생일 선물로 당사자 한쪽만이 날인한 결혼증서를 통해 '부인'이라는 호칭을 자신 스스로에게 부여한다. 그럼으로써 런들부인은 공식적으로 가부장 사회의 일원이 된다. 그녀의 이러한 행위는 사회 내에서 여성성이 어떻게 규정되어지는가에 대한 해답을 제시한다. 여성성은 여성 스스로에게서 나오는 것이 아니라 가부장 사회 내에서 남성과의 결혼을 통해 비로소 승인받을 수 있다. 멜라니는 런들부인을 통해 여성에게 결혼 제도가 얼마나 중요한지 깨닫는다. 멜라니의 결혼에 대한 과도한 집착과 환상은 현실에서 부모님이 미국으로 순회강연을 떠났을 때, 부모님의 방으로 들어가 어머니의 웨딩드레스를 입고서 자신의 결혼식을 상상하는 행위로 이어진다.

이와 같은 멜라니의 행동은 남성과의 결혼으로 자신의 여성성을 승인받고 싶어 하는 욕망을 표출한다. 멜라니는 한 남자의 아내가 된 여성, 즉 사회에서 승인받은 여성인 어머니와의 동일화를 꿈꾸지만, 이 작품에서 멜라니의 어머니는 그녀에게 그다지 커다란 영향력을 행사하지 못할 뿐만 아니라, 가부장 사회에서 요구되는 현모양처의 모습을 지닌 것도 아니다. 카터에게 어머니는 자식과 남편을 위해 봉사하고 헌신하는 희생자거나 혹은 다른 여성작가들에게서 발견되듯이 양가적인 모녀관계를 수반하는 삶의 조력자이거나 배반자로서 묘사되지 않는다. 카터에게 어머니란 존재가 작품에서 중요한 역할을 수행하지 못하기 때문에 그 동안 남성신화가 뿌리 깊게 심어놓은 어머니신화를 되풀이하지 않는다. 오히려 카터는 여성성과는 전혀 무관한 소비 상품으로서 어머니를 묘사하여 이상화된 모성을 지속적으로 탈신비화시킨다. "모성의 우월성을 강조하는 것은 여성들이 스스로를 위안하기 위하여 만들어낸 허구들 중 가장 위험한 것이다"(Carter, *Sadeian* 122).

멜라니의 어머니는 그저 영국 상류계층에 속하는 여성으로서 당대의 소비문화를 대표하는 상품화된 인물에 불과하다. 그녀의 어머니가 사용하는 화려하고 고급스러운 옷, 가구, 실내장식들은 모두 화려한 패션잡지에서 선전하는 광고의 일부처럼 보일 뿐이며, 그 중에서도 의복은 어머니를 가장 잘 드러내주는 상품으로서 작용한다. 어머니는 "올해 가장 잘 차려입은 태아 상"까지 받았을 것이고, 애초에 "태어날 때부터 온몸이 옷으로 둘러싸인 채 이 세상에 나왔을 것"이라는 과장된 표현으로 묘사된다.[2] 기존 작가들에게서 어머니가 가족들의 희생과 봉사를 떠맡는 희생적 존재로 그려졌다면, 카터는 어머니를 자본주의 사회에서 교환가치에 의해 평가될 수밖에 없는 상품화된 여성으로 전락시킨다. 이처럼 남성지배담론이 우세한 사회에서 여성성이 제대로 재현된다는 것은 결코 쉬운 일이 아니다. 앞서 언급했듯이, 여성은 있는 그대로가 아니라 볼록렌즈처럼 왜곡되고 뒤틀리게, 즉 여성주체가 아닌 "교환가치를 지닌 상품"(Irigaray, *This Sex* 31), 즉 대상으로서 드러날 뿐이기 때문이다.

의복에 대한 집착은 멜라니의 아버지에게서도 드러난다. 유난히 트위

---

[2] Angela Carter, *The Magic Toyshop* (London: Penguin, 1967), 10면. 이하 본문에서 인용은 괄호 안에 면수만 표시함.

드 재킷에 집착하는 아버지, 심지어 "결혼식 날에도 아마 그 옷이 아버지의 몸에서 벗겨지지 않았을 것"(11)이라는 언급은 멜라니의 부모님이 얼마나 의복에 집착하는 부류인가를 잘 보여준다. 특히 트위드 옷과 더불어 아버지를 구성하는 상품은 담배와 타자기의 잉크리본이다. 멜라니의 부모님은 지극히 소비지향적인 문화로 구성된 부류이다. 따라서 멜라니의 부모님은 멜라니에게 평범하고 모범적인 부모라기보다는 소비와 상품을 드러내는 문화적 코드로서 작용한다. 그녀의 부모님은 상품화와 기호화의 세계에 속하며, 그들을 재현하는 것은 그들 자체가 아니라, 그들이 소비하고 사용하는 물건, 즉 상품이다. 현대 자본주의 신화의 허구성 중 하나로서 주체는 타자에게 인격이 아닌 상품에 의해서 각인된다. 카터는 남성신화의 허구성뿐만 아니라 현대 자본주의 사회가 배태한 허구성까지 드러낸다. 이것은 남성신화와 자본주의 신화가 교묘하게 결합된 결혼의식에서도 찾을 수 있다.

순백색의 하얀 웨딩드레스가 상징하는 순결은 부수어지기 쉬운 기호이자 남성에 의해서 지탱될 수밖에 없는 문화적 기호의 연속선상에 있다. 문화적으로 구성된 순백의 웨딩드레스가 얼마나 허구적으로 구성된 신화인가에 대하여 살펴보자. 이는 멜라니가 어머니의 웨딩드레스를 입고 한밤중 정원으로 뛰쳐나가는 "달밤의 모험"(23)에서 자세히 드러난다. "매우 상징적이면서 동시에 미덕을 드러내는 흰색"(13)의 웨딩드레스는 여성의 순결함과 처녀성을 드러내는 동시에 아버지에게서 남편의 소유물로 이전되기 위하여 반드시 거쳐야 하는 통과의례, 즉 결혼식 때 없어서는 안 될 귀중한 상징적 물건이다. 그러나 "미덕은 망가지고 부수어지기 쉬운 것이다"(13). 웨딩드레스를 입은 멜라니는 집 내부가 아닌 바깥에서 갇히고 집 안으로 들어가기 위하여 발버둥 친다. 외부세계에서 내부세계로 진입하기 위하여 멜라니는 웨딩드레스를 벗고 발가벗은 몸으로 사과나무에 올라 이

층 창문이 열려진 자신의 방으로 뛰어들고자 한다. 멜라니의 몸에 비해 과도하게 큰 웨딩드레스는 너무 치렁치렁하여 사과나무 위를 기어오르는데 방해가 될 뿐이다. 외부 공간에서 사적인 공간 안으로 진입하기 위하여 웨딩드레스를 벗어야 한다는 것은 여성이 결혼제도를 통하여 사회적으로 인정받고 난 후 가정이라는 사적인 공간 안으로 진입하게 되는 것과 유사한데, 이때부터 여성성의 문제는 가정이라는 지극히 사적인 공간 안에서 철저하게 은폐된다. 따라서 가족제도와 가정이라는 사적인 공간이 지니는 위험성으로 인하여 여성성은 아내와 딸이라는 가족 내의 개인적인 문제로만 국한되어 가부장의 권력을 공고히 하는데 일조할 뿐 여성성의 본질과 문제점을 파악하는 데 어려움을 준다.

　카터는 멜라니가 사과나무를 오르는 행위를 통해 『창세기』를 다시 쓴다. 이브가 선악과를 먹은 후 그녀의 벌거벗음을 인식하고 에덴동산에서 추방당하는 것은 유토피아에서 벗어나 가혹한 현실세계로 들어섬을 의미한다. 그러나 멜라니가 사투를 벌인 '달밤의 모험'은 여성의 열등성을 승인하도록 만드는 남성신화 창세기에 도전한다. 이것은 독자에게 성경의 이미저리를 연상시키는 것이 아니라, 마법, 이교도, 그리고 미신을 상기시킨다 (Peach 77). 왜냐하면, 갑자기 나타나 멜라니가 벗어놓은 웨딩드레스를 갈기갈기 찢는 런들부인의 애완용 고양이는 마녀에게 친숙한 동물로서 마법을 연상하게 만들고, '달밤의 모험'은 칠흑 같은 어둠, 달밤, 피 흘림, 벌거벗음의 이미지로 휩싸여있기 때문이다. 멜라니는 현실세계로 도피하기 보다는 다시 환상과 로맨스가 지배하는 어린아이의 세계로 재진입하기를 원한다. 특히 멜라니는 그녀의 마스코트라 할 수 있는 곰 인형과 『로나 둔』이 존재하는 그녀만의 방으로 다시 들어가기 위하여 사과나무에 오른 것이다. 즉 이브가 신과 유토피아의 세계에서 벗어나 인간이 지배하는 가혹한 현실세계로 들어온 것과 달리 멜라니는 그녀만의 환상세계에서 벗어나길 두려워한다. 멜라니의 안락한 방은 그녀에게 "약속된 땅"(22)과 같은 공간, 즉 안도와 평화를 주는 지극히 사적이면서 동시에 멜라니의 상상과 환상이 존재하는 공간이다.

III. 사적 공간: 가정성과 여성성

멜라니가 작품의 첫 부분에서 남성예술가의 응시의 대상이 되었다면, 런던으로 옮겨온 후에는 어른들의 세계를 그대로 흉내낸 꼭두각시 인형들에게 둘러싸인 채 필립(Philip) 외삼촌에 의해 역시 장난감으로서 대상화된다. 부모님의 갑작스런 사고로 멜라니 남매는 기이하고 낯선 "고딕세계"(Armitt 191)로 옮겨간다. 그러나 아이러니컬하게도 멜라니 남매가 옮겨간 곳은 필립이 직접 장난감을 제작하고 파는 장난감 가게로서 수많은 기괴한 장난감이 존재하는 비현실적인 환상세계이다. 장난감 가게는 "가부장제를 패러디한 공간"(Peach 83)이자, "세속화된 에덴동산"(Haffenden 80)이다. 카터는 장난감 가게를 통해 세속화된 현대판 에덴동산을 재현해 침묵당한 여성과 권위와 폭력을 휘두르는 가부장 남성을 장난감이라는 인간복제품으로 재해석한다. 어린이의 장난감은 어른들의 현실을 그대로 복제한 것이다. 그 결과 장난감을 가지고 노는 아이는 창조자로서가 아니라 주인 혹은 사용자로서 자기 자신을 확신시킬 수밖에 없기 때문에, 장난감은 어른들의 세계를 그대로 흉내 내는 수동적이고 복제적인 주체형성을 조장할 뿐이다(바르트 78-79).

아일랜드 출신의 외숙모 마거릿과 그녀의 두 남동생은 일반적은 남매의 모습과는 매우 다르다. 물론 멜라니 또한 남동생 조너던(Jonathon)과 여동생 빅토리아(Victoria)가 있지만, 멜라니 남매는 서로 강하게 결합되어 있거나 우애가 두텁다고 볼 수 없다. 그들은 서로 제 각각 따로 떨어져 있지만, 마거릿 남매는 언어가 아닌 침묵으로 대화하며 서로 강한 유대감을 형성한다. 마거릿은 필립과의 결혼식 날 갑자기 아무 말도 하지 못하는 벙어리가 된다. 이러한 설정은 카터가 "언어를 권력이자 삶이며, 문화, 지배, 그리고 자유를 쟁취하기 위한 도구이자 수단"("Notes" 30)으로 간주한다는 증거로서, 필립에게 마거릿의 삶이 송두리째 빼앗겼다는 것을 의미한다. 권위적인 가부장 필립에게 마거릿은 인생의 동반자가 아니라 "아버지의 법이라는 제도 아래서 서로 교환가능한 대상"(Armitt 205)이다. 마거릿은 필립에게 그저 수많은 장난감 인형에 불과한 존재이기에 그의 명령에 따라 모든 것을 지시받고 묵묵히 명령받은 일만을 수행할 뿐이다. 이 텍스트에서 멜라니와 마거릿을 비롯한 여성인물들은 모두 가부장의 지배 아래 놓인 상품으로 전락한다. 가부장 사회에서 여성은 "장터에 있는 마네킹"(Armitt 191)으로서 언제든지 구경거리가 되는 상품으로 전락하기 때문에 태어남과 동시에 아버지의 지배 아래 놓이고, 결혼 후에는 남편에게 종속된다.

그러나 붉은 머리털을 가진 사람들(the red people)인 마거릿 남매는 그들만의 독특한 유대감으로 결합되어 있다. 마거릿 남매는 개개인이 아니라 "새롭게 형성된 세 개의 머리를 가진 하나의 동물"(76)인 단일한 존재이다. 마거릿은 프랜시(Francie)이고, 프랜시는 핀(Finn)이며, 핀은 마거릿이다. 프레일(Isabel Fraile)은 식수(Hélène Cixous)의 '고유성'(the Realm of the Proper)과 '허여성'(the Realm of the Gift) 이론을 차용하여 필립과 마거릿을 분석한다. 고유성은 남성중심적 언어를 소유와 재산에 근거한 문화세계를 기반으로 하는 반면, 허여성은 소비한 것을 받으려고 애쓰지 않고 경계나 목적, 종말이 존재하지 않는 자연세계를 근간으로 한다. 따라서 필립은 자신의 소유권과 재산을 철저하게 유지시켜나가는 고유성에 속하는 인물이다. 이와 반대로 죠울 남매(The Jowles)는 허여성의 영역에 속하는 인물들로서 남성적 문화세계로부터 배제당한 자연세계에 속한다(Fraile 239-46). 필립에게 마거릿은 시장에서 교환가치가 있는 상품이지만, 죠울 남매는 서로에게 유기적으로 결합된 하나의 유기체와 같다. 가부장 필립이 부재할 때 보이는 이들의 모습은 평상시와 아주 대조적이다. 멜라니 남매를 환영하기 위하여 준비한 저녁식탁 자리에서 마거릿은 여느 때와는 달리 여유롭고 힘이 넘친다.

> 마거릿 외숙모는 눈과 손의 감정이 풍부한 움직임으로 그들이 식사를 하도록 부추기면서 평온한 만족감으로 저녁식탁의 주인 역을 맡고 있었다. 아이들은 편안한 분위기 속에서 식욕을 돋우며 저녁을 먹었다. 멜라니는 외숙모가 요리를 잘한다면 매우 친절하고 좋은 분임에 틀림없을 것이라고 생각했다. (47)

장난감 가게에서 필립의 존재감이 사라질 때 마거릿은 매우 온화하고 평화로운 모습으로 아이들을 보살피며 저녁식사를 주관한다. 필립에게 무조건 복종하는 마거릿의 수동적인 모습은 찾을 수 없다. 마거릿의 남동생들을 포함한 멜라니 남매들 또한 필립과 함께 하는 식사자리에서는 감히 상상할 수 없는 평화롭고 자유로운 분위기를 만끽한다. 이렇듯 필립이 집안에 없을 때 부엌은 행복하고 즐거운 그들만의 축제의 장소로 탈바꿈한다.

인간의 가장 기본적인 욕구 중 하나인 식욕을 담당하는 부엌이라는 공간, 전통적으로 이 공간은 여성이 집안에서 가장 오래 머무르는 장소 중 하나이다. 지극히 안락하고 평화로운 일상이 자리해야 할 가족들의 사적인 공간 부엌이 요술 장난감 가게에서는 기이하고 낯선, 그리고 누군가의 감시를 받고 통제되어야 할 공적인 공간으로 변한다. 이처럼 부엌은 사적인 성격과 공적인 성격 모두를 포함하는 공간이다. 가부장 필립의 무시무시한 권위와 더불어 강요당한 침묵이 존재하는 공적인 성격과 필립의 부재시 축제와 환희, 그리고 음악이 존재하는 사적인 성격이 바로 그것이다. 필립이 가부장으로서 가족들의 움직임 하나하나를 엄격하게 관할하고, 그들에게 억압적인 침묵을 강요하는 식사시간은 식욕이라는 본능적 욕구마저 빼앗아가 버린다. 부엌은 제대로 숨 쉴 수조차 없는 공포와 감시가 연막처럼 펼쳐진 막막한 공간이 된다. 이것은 마치 런던을 뿌옇게 감싼 안개처럼 마거릿 남매와 멜라니 남매를 질식시킨다. 필립이 존재할 때 부엌은 그에 의해 모든 것이 통제되고 마치 안개에 휩싸여 질식당할 것만 같은 부자유스러운 공적 공간으로 변형되고, 필립이 부재할 때는 자유로움과 축제 분위기가 감도는 철저히 사적인 공간으로 전환된다.

바슐라르(Gaston Bachelard)에 의하면 원래 집이란 공간은 몽상을 지켜주고 몽상하는 이를 보호하며 꿈을 꾸게 하는 장소이자, 인간의 사상, 추억, 꿈을 통합하는 데 가장 큰 영향력을 행사하는 커다란 요람과 같은 곳이다(6-7). 그러나 안정과 평화로움을 제공해야 할 집이 멜라니에게는 정반대의 상황을 야기시킨다. 집의 가장 상층부와 하층부를 구성하는 다락방과 지하실은 서로 대조적인 특징을 지니는데, 멜라니가 경험하는 요술 장난감 가게에서의 이 두 공간 역시 그녀에게 각각 색다른 세계로서 펼쳐진다. 지붕 바로 밑에 있는 다락방은 지붕과 더불어 비바람을 막아주는 매우 지적으로 이루어진 계획들의 공간, 즉 합리적인 영역에 속하지만, 지하실은 집의 하층부에 있는 가장 어두운 실체로서 현실과 다소 거리가 있는 비합리적인 성격을 지닌 공간이다(Bachelard 17-18).

그렇다면, 멜라니가 경험하는 다락방과 지하실은 어떤 공간이며 각각의 공간이 멜라니에게 어떤 영향을 끼치는지 살펴보아야 할 것이다. 멜라니가 비현실적인 환상세계에 빠져있다면, 그녀의 남동생 조너던 역시 자신만의 환상세계에 갇혀있다. 온종일 다락방에 앉아 모형배 만들기에 열중하는 조너던은 멜라니 못지않게 비현실적인 공간에 존재한다. 완전한 조너던만의 공간인 다락방은 앞서 바슐라르가 언급했던 합리적인 세계와는 다소 거리가 있어 보인다. 춥고 음산한 조너던의 다락방은 "과거의 숨결"(81)에 얽매인 곳이며, 조너던 또한 모형배 조립에 넋이 나가 그 밖의 일에는 전혀 관심을 갖지 못하는데, 이것은 먼지로 더럽혀져 희뿌옇게 흐려진 그의 안경에 대한 묘사나 혹은 멜라니가 그를 불렀을 때 그녀의 목소리를 전혀 알아듣지 못하는 모습을 통해서 알 수 있다. 조너던의 다락방은 동화 속에서 존재하는 비현실적인 공간, 즉 "푸른수염의 성"(82)이다. 푸른수염이 살해한 아내들의 시체가 놓여있기에 출입이 금지된 작은 방이 있는 성, 이곳은 절대 들어가면 안 되는 금기의 장소이자, 자물쇠로 잠긴 출입금지 표시가 오히려 사람들의 호기심을 자극하는 공간이다. 외부와 차단된 성에서 푸른수염이 자신만의 세계에 몰두하고 고독을 즐기는 것처럼 조너던 역시 다른 사람들로부터 방해받기를 원하지 않는다. 조너던은 지금 여기가 아니라 항상 "어딘가 다른 곳에 존재하며, 자기 자신의 복사본을 뒤에 남겨놓고 떠나기 때문에 그가 어디로 갔는지 아무도 모르는" 환상 속의 인물처럼 보인다(116). 조너던만의 공간이 되어버린 다락방은 이제 멜라니에게 또 다른 형태의 낯설음과 소외감을 줄 뿐이다. 따라서 다락방은 바슐라르가 주장하듯, 지적으로 이루어진 합리적인 세계로서의 공간이 아니라, 낯설음과 외로움을 느끼게 만드는 또 다른 하나의 환상세계일 뿐이다.

이제 멜라니가 경험하는 지하실이란 공간은 어떤지 살펴보도록 하자. 멜라니가 부엌에서 경험한 낯설음과 기이함은 핀과 함께 내려간 지하실에서 더욱 부각된다. 부엌으로 들어온 핀은 멜라니에게 엄청난 비밀을 보여줄 것처럼 그녀를 이끌고 지하실로 향한다. 지하실 벽은 온통 외삼촌 필립이 제작하는 사람크기의 꼭두각시 인형들로 가득 차 있다. '발푸르기스의 밤 축제'(Walpurgis Night)에 나오는 사지가 잘린 인형들, 이탈리아의 즉흥 희곡에 등장하는 익살스러운 광대 '아를레키노'(Arlecchino) 인형, 눈이 멀거나 팔 다리가 잘리고, 혹은 발가벗은 차림의 인형들과 이상하고 기괴한 가면들로 가득 찬 지하실이야말로 현실과 분리된 환상세계이자 "미친 세계"(68)이다. 이것은 바슐라르가 주장했던 어두운 실체로서의 비합리적인 성격을 지닌 집의 최하층부 지하실이 갖는 특성과 유사해 보인다. 지하실에서는 현실보다 환상과 몽상이 주를 이룬다. 이것은 핀이 그 곳에 널려있는 가면 중 하나를 쓰자 바로 파우스트(Faust)를 유혹해 그의 영혼을 팔게한 메피스토펠레스(Mephistopheles)로 변해버리는 모습에서도 찾을 수 있다(67). 핀이 현실속의 인물이 아닌 가공의 인물로 변하는 것처럼 멜라니 역시 지하실에서 "폐허가 된 채 바닥에 버려져 있는 사람크기만한 공기요정(sylphide) 꼭두각시 인형"과 동일시된다(67). 지하실에서 핀과 멜라니는 필립이 인형극을 상연하기 위하여 만들어 놓은 꼭두각시 인형으로 변해버리는 나약한 존재들일 뿐이다.

다락방과 지하실은 가장 은밀하고 깊은 욕망을 잠재우고 동시에 이를 일깨우는 공간이기도 하다. 특히 여성고딕소설의 모든 예에서 보듯이, 주인공은 대체로 집안의 가장 비밀스럽고 혹은 출입이 금지된 공간에 대하여 호기심을 갖게 되고, 이러한 공간이 갖는 신비스러움에 매혹당면서 동시에 두려워한다. 그러나 그 신비함에 대한 호기심이 종종 여주인공을 위험에 빠뜨리는데 그 위험은 종종 폭력적이면서 성적인 특징을 지닌다(Armitt 204). 카터에게 집은 "고독과 감금의 공간이자 동시에 열린 결말, 복잡하고 다성적인 공간"(Gamble, "There's No" 279)이기도 하지만 이 작품에서 주로 집은 "파괴되고, 유기되어 산산이 부서진 감금의 공간"(Gamble, "There's No" 281)이기에 반드시 벗어나야 하는 장소가 된다.

IV. 공적 공간: 연극 무대와 남성성

지금까지 가정이라는 지극히 사적인 공간에서 멜라니가 기이함과 그로테스크함이 공존하는 환상의 고딕세계를 경험했다면, 이제 집밖의 공적인 공간에서는 어떤 일을 경험하게 되는지 살펴볼 것이다. 핀은 멜라니를 데리고 근처의 황폐한 공원묘지로 소풍을 나간다. 엘리엇(T. S. Eliot)의 『황무지』(*The Waste Land*)가 유럽의 죽음에 대한 비가라면, 카터의 황무지는 빅토리아 여왕의 죽음으로 인하여 다시 복귀될 수 있다. 왜냐하면, 빅토리아조 시대에 팽배했던 제국주의와 성적 억압의 잔해가 카터의 이 작품에서 많은 부분을 차지하고 있기 때문이다(Smith 342). 공원묘지는 과연 어떤 공간이며, 멜라니와 핀은 이곳에서 무엇을 경험하고 인식하는가? 요술 장난감 가게를 지배하는 인물이 필립이라면, 황무지로 변한 공원묘지를 지배하는 인물은 단연 핀이다.

> 흙탕에 흠뻑 잠겨 방치된 정원은 기절한 것처럼 무성하게 멋대로 자란 넓은 토지에 보기 흉하게 뻗어있었다. 나무들은 부주의하게 커다란 가지를 뻗고 있거나 혹은 뿌리가 뽑혀 공중을 향한 채 완전히 거꾸로 넘어져 있었다. 전혀 돌보지 않은 덤불숲과 관목들이 마치 코르셋을 입지 않은 뚱뚱한 여자처럼 족쇄를 파열시키고, 가시가 많은 작은 덤불의 사람 잡는 덫처럼 삐져나왔다. 공원은 질척거렸고 차고 축축한 북쪽의 정글이었다. 그러나 그[핀]는 단호히 발걸음을 옮겼다. 그는 이 혼란스러운 공원묘지에 완전히 정통한 듯이 보였다. (100)

핀은 정글과 같은 황무지 공원에서 깊숙이 팽배해있는 절망감을 만끽하며, 숲속을 배회하는 사티로스(Satyr)처럼 자유분방하고 평화로움을 느낀다. 절망과 황폐함으로 가득 찬 황무지는 핀에게 낯선 곳이라기보다는 오히려 필립이 지배하는 장난감 가게보다 훨씬 더 자유롭고 즐거운 곳이다. 황무지의 공원묘지에서 핀은 이제 더 이상 필립의 명령에 무조건 복종하는 수동적인 인물이 아니라, 그 자신만의 세계를 추구하는 능동적이고 적극적인 존재로 변한다.

핀과 함께 공원묘지를 다녀온 후 멜라니에게 작은 변화가 생기는데, 그 중 하나는 그 동안 멜라니가 옷소매에 지니던 상장(mourning band)이 완전히 떨어져 나간 일이다. 이것은 멜라니에게 있어 중요한 사건이다. 왜냐하면 그 동안 멜라니는 자신이 저질렀던 '달밤의 모험' 때문에 부모님이 돌아가셨다는 죄의식에 사로잡혀 있었기 때문이다. 이는 멜라니가 그녀의 죄의식에서 점차 탈피하고, 현실을 받아들이고자 하는 하나의 시도로 볼 수 있다. 또 다른 한 가지는 열쇠구멍을 통해서 이루어지는 엿보기와 감시당하기의 문제이다. 멜라니가 런던으로 옮겨온 첫 날, 몰래 부엌문의 열쇠구멍을 통하여 죠울 남매들이 여가를 즐기는 모습을 엿본 것처럼, 멜라니의 방 벽에 죠울 형제의 방을 엿볼 수 있는 구멍이 있다는 것을 발견한다. 이것은 멜라니가 항상 죠울 남매들을 몰래 엿보았던 것처럼 핀 또한 남몰래 멜라니 자매를 엿보았다는 것이다. 이러한 방식으로 멜라니와 핀은 서로를 엿보고 동시에 서로에 의해서 엿봄을 당한다. 멜라니와 핀의 상호적 응시는, 이미 언급되었듯이, 서구 백인 남성예술가들에 의해서 대상으로 간주되는 일방적 응시가 아니다. 그들은 서로 응시의 대상이자 응시하는 주체가 되는데, 이것은 서로에게 자발적으로 개입하려는 의도로 이해할 수 있을 것이다. 멜라니는 이제 좀 더 적극적인 방식으로 자신을 드러내고자 한다. 즉 그녀는 응시 받는 대상을 넘어서 응시하는 주체가 됨으로써 보다 능동적이고 주체적으로 자신만의 여성성을 찾고자 시도한다. 물론 이러한 멜라니의 태도가 자신의 여성성을 완벽하게 주체적으로 받아들인다는 뜻은 아니라고 할지라도 작품의 처음부분에서 보인 그녀의 여성성에 대한 인식이 조금씩 변해간다는 것을 알 수 있다.

핀이 바라본 멜라니는 언제나 『로나 둔』과 곰인형이 공존하는 로맨스와 환상세계에 머물러있다면, 멜라니가 바라 본 핀은 풍선껌, 춤과 공중제비, 그리고 비옷과 방화재킷이 함께 하면서 동시에 메피스토펠레스이자 야수, 혹은 사티로스이거나 판(Pan)의 모습으로 재현된다. 핀 또한 멜라니처럼 현실세계를 벗어나 자신만의 세계에 머물러 있지만, 핀은 멜라니보다 훨씬 더 적극적으로 필립의 권위와 억압에 대항하며 필립의 가부장적 세계로부터 벗어나고자 노력한다. 필립의 가부장적 권위는 마거릿과 그녀의 남동생들, 그리고 멜라니를 대하는 억압적이고 폭력적인 행동에서 보다 구체적으로 나타난다. 필립의 권위와 억압은 그동안 강력하게 하나의 집단으로 똘똘 뭉쳐왔던 죠울 남매의 세계를 완전히 와해시키고, 장난감 가게에 명백한 폭력을 야기시킨다. 필립의 폭력은 멜라니를 살아 있는 꼭두각시로 무대 위에 등장시키려는 욕망에서 최고점을 이룬다. 조너던이 필립의 도제가 되어 충실하게 그를 따르고, 빅토리아는 마거릿의 귀여운 아기로서 존재하지만, 유일하게 멜라니만은 그 어느 편에도 속하지 않는, 즉 그 누구의 지배와 통제도 받지 않는 존재이기에 필립은 그녀를 자신의 손아귀에 넣고자 한다. 필립의 계략은 바로 멜라니를 무대 위에 레다(Leda)로 세우는 것이다. 멜라니는 "레다와 백조"를 연기하기 위하여 핀과 리허설을 해야 하는데, 이 때 핀이 멜라니를 자연스럽게 덮치도록 조정하는 것이 바로 필립의 궁극적인 의도이다.

필립은 철저한 계획 하에 마치 핀과 멜라니가 그의 "꼭두각시 인형인 것처럼 그들의 줄을 잡아 당겨" 마음대로 조정하여 파멸시키고자 한다(152). 첫 번째 사건이 바로 위에서 말한 핀과의 리허설을 통해 핀의 방 안에서 일어날 수 있는 사적이며 실제적인 행위이고, 두 번째는 멜라니가 연극 무대 위에서 백조로 변한 제우스(Zeus)에게 강간당하는 레다 역을 수행

하도록 꾸미는 공적이며 상징적인 행위가 바로 그것이다. 그러나 필립의
이러한 계략은 그의 뜻대로 쉽게 이루어지지 않는다. 필립의 의도를 간파
한 핀은 멜라니와 함께 리허설을 하던 도중 갑자기 벽장 안으로 뛰어들어
"안 돼!"(150)라고 외치며 벽장문을 거세게 닫아버린다. 벽장은 핀에게 하
기 싫은 일을 강요하는 필립의 지배와 강압이 난무하는 현실로부터 탈출
하고자 하는 안락한 그만의 공간이 된다. 벽장은 선반, 서랍, 상자와 마찬
가지로 비밀스러운 심리적 삶의 참된 기관들이기에 인간의 내밀한 삶을
더욱 부각시켜주는 역할을 한다(Bachelard 78). 벽장이 중요한 물건을 은밀
하고 깊숙이 보관하는 장소인 것처럼 핀 또한 필립의 음모와 비밀을 간직
하다가, 그는 벽장 안으로 들어가 필립의 음모를 멜라니에게 폭로한다. 바
슐라르의 주장처럼 벽장은 핀에게 비밀스럽고 은밀한, 그러나 진실된 정
신적 기관이다.

이와 같이 필립의 첫 번째 계략, 즉 개인의 방이라는 은밀한 공간에서
리허설이라는 어쩔 수 없는 행위를 통해서 멜라니를 파괴시키고자 했던
음모는 핀의 저항과 폭로로 실패하지만, 곧 이어 더 공적이고 상징적인 행
위를 실현하기 위하여 연극 "레다와 백조"로 필립의 희생물 멜라니를 무대
위에 세운다. 멜라니는 필립이 만든 백조가 어디까지나 조잡한 거대 인형
에 불과한 "속임수"(162)라고 간주하며 스스로에게 용기를 불어 넣는다. 그
러나 연극은 실제 배우들이 출현하는 것이 아니라, 사람 크기의 꼭두각시
인형들이 필립의 손놀림에 의해 지배당하기 때문에, 멜라니는 여기서 살
아 숨 쉬는 배우가 아니라, 필립에게 조정당하는 인형에 불과하다. 멜라니
가 꼭두각시 인형처럼 아무런 저항조차도 할 수 없는 기계화된 자동인형
이 될수록 필립은 더 거대하고 두려운 억압자로 변해가는 듯 보인다.

예복재킷에 줄무늬 바지를 입은 긔필립는 황소처럼 거대해보였다. 아마

도 그는 황소였다. 신화가 궤도에서 이탈하여, 그는 콧구멍에서 불을 뿜어내는 황소가 된 죠브로 변해서 유로파가 된 그녀[멜라니]를 돌고래가 장난치며 노는 이 페인트칠해진 바다 너머로 데리고 갈 것이었다. 그녀는 안절부절 못하여 온갖 종류의 일들을 상상하고 있었다. (163)

필립은 그리스신화에 나오는 막강한 남성 신의 모습으로 그려진다. 필립은 언제든지 변화무쌍하게 자유자재로 변하여 그가 원하는 것이라면 무엇이든지 갈취하고야 마는 사악한 절대 권력자다. 멜라니는 제우스에게 속수무책으로 당하는 수동적이고 힘없는 유로파의 신세이자, 이제 무대 위에서는 제우스의 수많은 희생자들 중 한 명인 레다로 전락한다.

　필립이 직접 만든 백조인형은 "기이하고 거칠게 만들어진 남근모양의 새"(165)로 우스꽝스럽기 그지없다. 볼품없이 조잡하고 기이한 거대 백조인형을 본 멜라니는 터져 나오는 웃음을 참을 수 없어 하지만, 정작 무대에 서자 마치 필립의 끔찍한 폭력과 권력이 백조에 전가된 듯 두려움에 떨며 힘없이 무너지는 레다가 되고 만다.

　그녀[멜라니]는 걷어차는 발과 비명을 지르는 얼굴을 빼고 백조에 의해서 완전히 뒤덮여졌다. 음탕한 백조는 그녀 위를 올라탔다. 그녀는 다시 비명을 질렀다. 그녀의 입 안에는 깃털이 가득했다. 그녀는 짝짝치는 박수갈채 사이로 커튼이 획 닫히는 소리를 들었고, 그것이 바다 소리라고 생각했다. (167)

앞서 보았듯이 사적인 공간 안에서 은밀하게 멜라니가 무너지길 원했던 필립의 욕망은 실패로 끝났지만, 연극무대라는 상징적인 공적 공간에서 펼쳐진 행위는 필립이 멜라니를 그의 손아귀에 넣었다는 것을 매우 폭력적이면서 동시에 상징적으로 드러낸다. 레다가 된 멜라니는 필립이 디자인한 흰색의 쉬폰 드레스를 입고 무대에 서서 철저하게 필립의 지시에 따라 행동한다. 연극이 펼쳐지는 동안 멜라니는 말하지 못한다. 그녀는 가부장의 권력에 의해 조정당하는 목소리를 갖지 못한 나약한 여성주체로 전락할 뿐이다. 연극 공연시 말을 하는 인물은 멜라니가 아닌 필립이다. 백조는 남근을 상징하는 전형적인 남성의 상징물로서 멜라니를 강간하는 역할을 수행한다. 강간은 여성에게 더럽혀짐, 폭행을 수반하는 신체적 침해일 뿐만 아니라 인간성의 부정, 여성의 주체적 행동력의 부인, 자기 결정의 부인으로서 기능한다(Wyatt 556). 따라서 연극은 멜라니에게 그녀 자신을 주체가 아닌 대상으로 정의하도록 가르친다.

카터는 『사드적 여성』(*The Sadeian Woman*)에서 "강간의 두려움은 정신적 분열, 자아 상실과 분해의 두려움"이라고 지적한다(6). 카터는 여기서도 역시 멜라니의 정신적 분열에 대한 은유로서 강간을 사용한다. 강간은 "서구문화의 기본적인 수사"(Wyatt 558)로 작용하는데, 인류의 원형이라 할 수 있는 서양의 그리스·로마 신화에서 얼마나 많은 남성 신들이 자유자재로 변신하여 여성인물들을 겁탈하는지를 명백히 살필 수 있을 것이다. 그럼에도 불구하고, 이러한 변신의 주제는 단지 신들이 지니는 초월적 힘과 신비감으로 미화되었을 뿐이다. 와이어트는 이 점을 매우 예리하게 지적하는데, 이러한 서구 남성 문화에서 지배적인 수사로 쓰이는 강간이 예이츠(W. B. Yeats)의 시 「레다와 백조」("Leda and the Swan")에서 권력과 아름다움의 행위로서 다시 반복되고 있음을 강조한다(558). 카터는 우스꽝스럽고 조잡한 백조 인형을 통해 예이츠의 장엄한 시 속에서 남성 지배의 원리로 치장한 가부장적 신화 만들기를 조롱하고 희화화한다. 예이츠는 신적인 초월성의 순간으로서 강간을 신비화하지만, 카터는 강간을 잔인한 폭력 행위로 폭로한다. 즉 예이츠가 강간을 전형적인 남성시각으로 권력과 아름다움의 행위로서 미화했다면, 카터는 잔인하고 야만적인 폭력 행위로 고발함으로써 서구 남성신화를 다시 쓰고 있다(Wyatt 558).

V. 젠더의 경계와 신화 뒤집기

카터의 서구 남성신화 뒤집기는 죠울 남매들에 의한 두 가지의 중요한 사건에 의해서 절정에 이룬다. 연극이 끝난 후 핀이 필립의 절대권위와 지배를 상징하던 백조를 갈기갈기 깨부수어 공원묘지에 파묻음으로써 필립을 상징적으로 제거한 행위와 필립이 집에 없는 동안 파괴한 백조를 위하여 그들만의 기념 축제를 벌이는 일이 바로 그것이다. 아침 일찍 필립이 조너던을 데리고 모형 배를 띄우기 위하여 외출한 것을 알게 되자, 마거릿의 머리칼은 "기쁨의 붉은 깃발"(182)마냥 휘날리고, 핀은 필립의 의자를 차지하면서 급기야 가게 문도 열지 말고 파티를 하자고 제안한다. 필립이 없는 이 순간, 필립의 자리는 핀에 의해서 점령되고 부엌은 축제의 분위기로 탈바꿈한다.

> 부엌은 축제 분위기로 가득했기 때문에 그녀[멜라니]의 의심은 모두 잊혀졌다. 필립 외삼촌이 그곳에 없다는 이유만으로 프라이팬에서는 베이컨이 즐겁게 지글거리며 튀고 있었고, 토스트에는 불이 붙어 유쾌하게 불꽃이 일었다. 필립 외삼촌이 계셨으면 재앙이었을 것이 지금은 일종의 환희였다. (183)

그리고 그동안 매우 지저분했던 핀은 드디어 깨끗하게 목욕을 하고, 필립에게 물려받은 옷이 아닌 자신만의 옷으로 단정하게 갈아입어 그전과는 전혀 다른 인물, 즉 이제야 비로소 온전한 "성년이 된다"(185). 마거릿은 그녀에 대한 필립의 통제와 억압을 상징하던 옷과 목걸이를 벗어 던지고, 멜라니에게서 선물 받은 옷과 목걸이를 착용한다. 마거릿은 멜라니에게 "대리모" 역할을 하는데, 이것은 가부장 사회에서 여성들끼리 뭉쳐 대안적인 공동체를 만들려는 시도로 간주할 수 있다(Peach 92). 마거릿과 멜라니를 통해서 여성적 유대감을 간간히 살펴볼 수 있지만, 지나치게 강력하고 거친 가부장 사회에서 여성들은 그저 "남성 태양 주위를 맴도는 가난하고 불쌍한 하숙생 행성"(140)과 다름없다. 멜라니는 그동안 필립에 의해서 금지되었던 바지를 입는다. 가부장 필립이 부재한 상황에서 죠울 남매와 멜라니는 필립에 의해서 억압되었던 모든 금지사항들을 해체시키고 크리스마스 축제를 즐긴다.

　무엇보다도 멜라니가 전혀 예상하지 못한 금지사항이 폭로되는데, 바로 마거릿과 프랜시의 근친상간이다. 마거릿과 프랜시는 "마치 한밤중 연인들 위의 나뭇가지를 때리며 거센 바람이 불어대는 언덕의 꼭대기에서나 일어나는 것처럼, 온 세상을 파괴시키는 연인들의 포옹"(193-94)같이 격렬하게 껴안는다. 그러나 놀랍게도 그들의 불타오르는 듯한 포옹이 이루어지는 그 순간 방안은 오히려 평화로움으로 가득 찬다. 마거릿과 프랜시의 근친상간은 필립에 대한 그들만의 저항의 한 방식이자, 그들이 다른 사람들의 무리와는 다름을 인정해 주는 유일한 삶의 방식이다. 프랜시와 마거릿은 신성한 힘을 지닌 "고대 이집트의 왕과 여왕"(194)이 되며, 핀과 멜라니는 이들을 수호하고 따르는 "고대 이집트의 신관이자 고귀한 존재"(195)가 된다. 이에 반하여 필립은 가부장 사회에서 당당한 성인 남성으로서의 명예를 실추 당하고, 인정받지 못하는 가부장 사회의 낙오자, 즉 "오쟁이 진 남편"(195)로 전락한다. 가부장의 절대 권력과 지배력을 지닌 필립의 권위는 그 동안 억압받아 오던 아내와 처남에 의해 산산이 부서진다.

　오쟁이 진 남편으로 전락한 필립은 장난감 가게에 불을 질러 그들의 근친상간에 대한 분노를 폭발시킨다. 갑자기 말문이 트인 마거릿은 핀과 멜라니에게 "도망쳐, 지금"(197)이라고 소리 지른다. 필립의 결혼과 동시에 갑자기 목소리를 잃었던 마거릿은 필립의 속박으로부터 벗어나려는 순간 다시 자신의 목소리를 되찾는다. 뿐만 아니라 그녀는 두 눈이 붉게 타오르고 붉은 머리칼은 나뭇잎처럼 나부끼며 "불의 여신"(197)이 된다. 불의 여신이 된 마거릿은 핀과 멜라니를 지붕 위로 안전하게 도피시키고, 프랜시와 함께 불타는 장난감 가게에 남는다. 마거릿이 불을 통제하고 관할하는 능력을 지닌 불의 여신이며, 언제나 소방관의 방화재킷을 착용하는 프랜시 역시 스스로를 불로부터 보호할 수 있을지도 모른다. 그러나 여기서 '불의 여신'으로 묘사된 마거릿에 대해서 조금 언급할 필요가 있다. 카터는 "여성에 대한 신화적 묘사는 자기 위안의 수단일 뿐 그 자체로는 아무런 의미도 없으며, 여신인 어머니는 남성신들만큼이나 어리석은 생각"이라고 단언한다(Sadeian 5-6). 카터는 마거릿을 불의 여신으로 만들지만, 그녀를 전지전능한 힘을 가진 신화적 존재로 묘사하지 않는다. 왜냐하면, 위대한 여신들에 대한 가설로 돌아가 여성성을 복원시키고자하는 욕망은 결국 남성신화의 반복과 재생산 입증하는 것이기 때문이다.

무사히 탈출한 멜라니와 핀은 활활 타오르는 장난감 가게를 향해 "매우 열정적이고 흥분된 추측을 하면서 서로를 마주 본다"(200). 이것은 텍스트의 마지막 문장으로서 키이츠(John Keats)의 시를 패러디한 부분이다. 신대륙을 정복한 코르테스(Hernán Cortés)가 부하들과 함께 태평양을 응시하며 흥분된 표정으로 설레면서 서로를 바라보는 것에서 인용된 것이다. 스페인 정복자 코르테스에게 신대륙이 무한한 희망과 기대를 안겨주는 희망의 땅이었다면, 핀과 멜라니에게 활활 불타오르는 장난감 가게는 억압적이고, 폭력적인 푸른수염의 성, 즉 권위적인 가부장 사회가 그들의 눈앞에서 사라지고 있다는 생생한 증거이다. 요약하자면, 키이츠는 정복자 코르테스의 시선으로 신대륙을 구원과 지배의 땅으로 간주하며 무한한 희망을 갖지만, 카터의 두 주인공은 파괴당한 남성신화의 허구성과 거짓을 폭로한다. 더 나아가 장난감 가게로부터의 탈출은 여성의 지적, 정서적, 성적 억압에 공헌하는 문화적 신화로부터의 탈출을 의미한다. "가부장제의 권력관계를 전복시키는"(Gamble, *Fiction* 41) "해방자"(Smith 352) 핀, 그리고 곰인형과 로맨스소설 『로나 둔』이 상징하던 어린아이와 환상세계로부터 벗어나 이전과는 다른 적극적이고 능동적인 여성성을 복원한 멜라니는 서구 남성중심사회의 매커니즘을 새롭게 배열하고 재단함으로써 젠더 신화라는 일종의 관습적인 이해의 틀을 와해시키는 대안적인 주체로서 제시될 수 있을 것이다.

인용문헌

바르트, 롤랑. 『현대의 신화』. 이화여자대학교 기호학연구소 옮김. 서울: 동문선, 1997.

Armitt, Lucie. *Contemporary Women's Fiction and the Fantastic*. London: Palgrave, 2000.

Bachelard, Gaston. *The Poetics of Space*. Trans. Maria Jolas. Boston: Beacon P. 1994.

Carter, Angela. *The Magic Toyshop*. London: Penguin, 1967.

_____. *The Sadeian Woman*. London: Virago, 1979.

_____. "Notes from the Front Line." *Critical Essays on Angela Carter*. Ed. Lidsey Tucker. NY: G.K. Hall & Co., 1998. 24-30.

Fraile, Isabel. "The Silent Woman: Silence as Subversion in Angela Carter's *The Magic Toyshop*." Postmodern Studies 16 (1996): 239-52.

Gamble, Sarah. "There's No Place like Home: Angela Carter's Rewritings of the Domestic." *Literature Interpretation Theory* 17 (2006): 277-300.

_____. Ed. *The Fiction of Angela Carter*. Cambridge: Icon Books, 2001.

Haffenden, John. "Angela Carter." *Novelists in Interview*. NY: Methuen, 1985: 76-96.

Irigaray, Luce. *Speculum of the Other Woman*. Trans. Gillian C. Gill. NY: Cornell UP, 1985.

_____. *This Sex Which is Not One*. Trans. Catherine Porter. NY: Cornell UP, 1985.

Jackson, Rosemary. *Fantasy: the Literature of Subversion*. London: Routledge, 1981.

Jordan, Elaine. "The Dangers of Angela Carter." *Critical Essays on Angela Carter*. Ed. Lidsey Tucker. NY: G.K. Hall & Co., 1998. 33-45.

Katsavos, Anna. "An Interview with Angela Carter." *Review of Contemporary Fiction* 14.3 (1994): 11-17.

Munford, Rebecca. Ed. *Re-Visiting Angela Carter: Text, Contexts, Intertexts*. London: Palgrave, 2006.

Peach, Linden. *Angela Carter*. London: Macmillan, 1998.

Pearson, Jacqueline. "These Tags of Literature: Some Uses of Allusion in the

Early Novels of Angela Carter." *Critique* 40.3 (1999): 248-56.

Smith, Patricia Juliana. "The Queen of the Waste Land: The Endgames of Modernism in Angela Carter's *The Magic Toyshop*." *Modern Language Quarterly* 67.3 (2006): 333-61.

Wyatt, Jean. "The Violence of Gendering: Castration Images in Angela Carter's *The Magic Toyshop, The Passion of New Eve*, and "Peter and the Wolf."" *Women's Studies* 25.6 (1996): 549-70.

※ 이 글은 「안젤라 카터의 『요술 장난감 가게』: 여성성 복원과 남성신화 비틀기」. 『현대영미소설』. 15.2 (2008): 61-84쪽에서 수정 · 보완함.

예술 행위를 통한 젠더 정형성 탈피
-마가렛 애트우드의 『고양이 눈 구슬』

● ● ● 주재하

I. 캐나다와 여성 정체성

1960년대 말의 캐나다는 미국과 구별되는 독자적인 국가적 정체성 확립을 선도할 작가를 절실히 요구하고 있었던 과도기였다. 캐나다 문학사에서 1960년대와 70년대는 캐나다 문학이 영연방의 문화적 속박으로부터 벗어나 캐나다 정체성을 확립하는 시기였고, 또한 시민운동과 맞물리는 여성해방운동으로 여성작가의 세계시장 진출이 활발하던 시기였다. 그 중 마가렛 애트우드(Margaret Atwood 1939-)는 1960년대 이후 캐나다를 대표하는 작가로 자리매김하게 된다. 애트우드는 정체성을 구성하는 국적과 젠더의 고정관념에 의문을 제기함으로써 국적과 젠더라는 범주에는 한계가 있음을 밝히고 있으며(Howells, *Margaret Atwood*, 2nd ed. 2), 또한 그녀의 여러 작품에서 남성중심 사회에 도전하는 여성상을 강력하게 드러내 보임으로써 정치적으로 발언할 기회를 얻어냈다는 점에서 긍정적인 효과를 이끌어냈다 할 만하다.

애트우드는 그녀의 작품들에서 자신들이 물려받은 문화적 유산에 대한 캐나다 여성들의 이중적 척도, 인간의 인식구조와 사회 구조 속에 숨어 있는 젠더와 정치권력, 그리고 그것들을 극복할 수 있는 언어의 가능성을 탐색하는데, 이는 명백히 사회적이고 정치적인 것이라 할 수 있다. 애트우드 스스로 자신은 페미니스트가 아니라고 말하지만 그녀의 작품 속에는 항상 여성들이 존재하고 그들의 삶과 정체성을 문제 삼고 있는 것은 부인할 수 없는 사실이다. 애트우드는 『두 번째 말』(*Second Words*)에서 "누가 권력을 가졌는가, 누가 권력을 원하는가, 어떻게 권력이 작동되는가, 한마디로 누가 무엇을 누구에게 하도록 허용되었는가, 누가 무엇을 누구로부터 얻는가, 누가 권력을 교묘히 잘 행사하는지, 어떻게 그렇게 하는가 등 권력이 곧 정치적인 것과 연결된다"(353)라고 말한다. 애트우드는 여기에서 이 세상이 정치적인 권력의 이데올로기에서 자유로울 수 없다는 것을 밝히고 있는데, 정치에 대한 이와 같은 넓은 의미의 정의는 애트우드의 주된 주제적 관심과 일치한다. 애트우드는 항상 권력의 정치학의 형태로 해석하는 남성과 여성 사이의 관계와 여성의 삶, 여성의 몸과 환상, 그들의 정체성 추구와 더 나아가 국가적 정체성을 구현한다. 그리고 그녀의 작품은 사회 내에 이러한 정체성 형성을 방해하는 감시체계가 있음을 보여준다.

푸코(Michel Foucault)는 "권력이 제대로 행사되려면 지속적이고 철저하며 어디에나 있고 또한 모든 것을 가시적으로 만들면서 자신은 보이지 않는, 그러한 감시 수단을 감추어야 한다"고 말하면서 "그 감시는 사회전체를 지각대상으로 만드는 얼굴 없는 시선"이고, 그것은 도처에 매복되어 있는 수천 개의 눈이고 움직이면서 항상 경계를 게을리 하지 않는 온갖 주의력이며 위계질서화한 긴 그물망이다"(213-15)라고 밝히고 있다. 영국과 미국이라는 강하게 자리 잡고 있는 두 중심 문화의 그림자 혹은 감시체계에서, 캐나다의 예술가들은 그들의 문화적 한계와 캐나다 문화의 상대적 무의미성에 대한 깊은 자아인식 과정을 경험한다. 캐나다 예술가들은 이 과정에서, 한편으로는 캐나다 예술이 주류에서 이탈되고 있다는 것을 인식할 뿐 아니라 이로 인해 그들의 인식능력과 이해능력 및 비판능력을 갈망하게 되었다(Stouck 22). 그들에게 필요한 것은 바로 그들이 누구인가를 아는 자아인식이었다.

이 자아 인식과정은 소설 『고양이 눈 구슬』(*Cat's Eye*)에서도 역시 진행되며 여주인공인 일레인(Elaine)은 아픈 기억을 지니고 있고, 그 기억으로 인해 피해의식을 가지고 있는 인물이다. 하지만 그녀는 상처를 꺼내어 치료하려는 적극적인 모습을 보이지 않고, 상처를 파묻어버리려 하는 점에서, 그리고 그러한 상처의 원인에 대하여 인식하지 못한다는 점에서 스스로 눈 먼 상태를 보이고 있었다. 애트우드가 "캐나다의 문학작품에서 그려지는 주인공은 생존자로 살아남지만, 패배자 혹은 실패자로서 재현"(*Survival* 44)[1]된다고 본 것처럼 일레인 역시 아무것도 할 수 없었던 무기력

---

[1] 1972년 발표된 애트우드의 『생존: 캐나다 문학의 주제 연구』(*Survival: A Thematic Guide to Canadian Literature*, 이후 『생존』(*Survival*)으로 표기함)은 캐나다 내에서 많은 반향을 불러일으켰다. 각 나라 혹은 그 나라의 문화는 하나의 상징을 가지는데, 애트우드에게 있어서 캐나다 문화의 특징은 바로 "생존"(*Survival* 41)이다. 캐나다는 프랑스계 캐나다와 영국계 캐나다로 구분될 수 있는데 프랑스계 캐나다의 경우, 생존의 의미는 전혀 다른 정부 밑에서 종교와 언어를 지키기 위한 문화적 생존이 주를 이루었고, 영국계 캐나다의 경우는 미국인이 점유하고 있었던 것에서 자신을 지키기 위한 생존이었다 할 수 있다. 캐나다인들은 병상을 지키는 의사들처럼 영원히 자연의 맥박을 짚어내야만 하는데, 그 목적은 환자가 얼마나 잘 살 것인지를 알아보기 위한 것이 아니라 단지 환자가 살 수 있는 가능성을 알아보기 위한 것이다. 그래서 살아남은 사람들은 승리감을 가지고 있는 것이 아니라 오직 살아남았다는 사실만을 중요시했다. 그들은 자신들의 삶에서 생존했다는 것에 대해 감사의 마음 이외에는 어떠한 것도 가지지 못했다(*Survival* 40-42). 이 책은 캐나다 사람들에게 많은 비판과 옹호를 동시에 받았고, 이 책의 출판으로 인해 캐나다 내에서 국가의 문학적 정체성에 대한 논의가 활발하게 진행되었다.

한 인물로 묘사된다. 하지만 일레인은 다시는 기억하고 싶지 않았던 그 기억들을 다시 불러들임으로써 그 상처를 회복하는 과정을 거친다.

1988년 발표된『고양이 눈 구슬』은 자전적 경향이 강한 여성 성장소설이라 할 수 있다. 이 소설의 주인공인 일레인은 여러 면에서 작가인 애트우드와 비슷하다. 곤충학자인 아버지를 따라 캐나다 북부에서 돌아다니며 어린 시절을 보냈던 애트우드처럼 일레인 역시 그러한 상황에서 성장하게 되며, 교수인 아버지를 따라 작가가 토론토에 정착했던 점도 일레인의 삶에서 재현된다. 그리고 애트우드가 토론토에서 문화적 충격으로 어려움을 겪었다고 밝힌 것처럼(Ingersoll, *Conversations* 121), 일레인 역시 토론토에 머물게 되면서 비슷한 문화적 충격을 경험한다. 캐나다 북부에서의 유목민의 삶과 비슷했던 일레인의 생활방식은 토론토에 정착한 이후 삶의 방식과 확연히 다른 것이었기 때문이다. 또한 일레인이 또래 여자아이들로부터 겪는 고통스러운 경험이 작가가 제스(Jess)를 포함한 자신의 여자 친구들과 가졌던 실제 경험에서 비롯된 것이라고 쿡(Nathalia Cooke)이 밝히고 있듯이(293), 여러모로 일레인은 애트우드와 닮아있다.

애트우드는『고양이 눈 구슬』에 정체성과 주체성을 확립하지 못한 일레인을 등장시킴으로써 일레인이 캐나다의 변모과정에서 어떻게 그 파편화된 정체성을 인식하게 되는지의 과정을 담고 있으며 이것은 애트우드의 자아인식과정이라고도 할 수 있다. 결국 일레인의 정체성과 주체성을 찾아가는 여정을 담고 있는 이 소설은 좁게는 일레인이라는 한 여성의 삶을 조명하고 그 자신을 찾아가는 여정이지만, 넓게는 자신이 캐나다인이라는 것을 찾아가고자 하는 애트우드의 의도로 읽혀질 수 있다. 또한, "캐나다의 주된 관심사는 가시성과 정체성의 추구"로 이어지는데 그것은 캐나다가 스스로를 "여성적인 존재"로 보는 것과 연결된다. 무엇보다 강력한 유럽의 유산과 미국의 문화적 제국주의 사이에서 고뇌하고 저항하는 캐나다의 모습은 가부장적 전통과 남성위주 사회구조 사이에서 자신의 가시성과 정체성을 찾으려고 하는 여성의 모습과 흡사하다고 할 수 있기 때문이다 (김성곤 21). 일레인은 『고양이 눈 구슬』에서 과거의 불행한 기억을 통해 슬퍼하고 정체해 있는 것이 아니라 스스로의 한계를 인정하고 의식하고 질문을 던지며 평가하는 자세를 보인다. 이것은 그녀가 스스로의 가시성과 정체성을 찾으려고 하는 시도라 말할 수 있을 것이다. 여기에서는 『고양이 눈 구슬』에 나타난 젠더의 정형화에 갇힌 일레인의 억압과 상처의 양상들을 구체적으로 살펴본 후 그녀가 어떠한 방식으로 그로 인한 자신의 파편화된 정체성과 주체성을 찾아가는지에 대한 과정을 살펴보고자 한다.

II. 가부장 권력과 파편화된 여성 정체성

『고양이 눈 구슬』은 화가로서 성공한 일레인이 회고전을 하기 위해 자신이 어린 시절 살았던 토론토로 되돌아오면서 시작된다. 일레인의 회상을 통해 이야기가 진행되는 이 소설에서 일레인은 자신이 그린 그림을 통해 독자들에게 자신의 이야기를 전달한다. 앞서 언급했듯 『고양이 눈 구슬』은 여주인공의 어린 시절부터 현재까지의 삶을 소개하고 이야기하고 있다는 점에서 일종의 성장소설이라 볼 수 있다. 일레인은 어린 시절부터 자신의 또래 집단 내에서 생존하기 위해서 투쟁하는데, 그것은 어른들 세계에서 행해지는 폭력이 그대로 어린이들 사이에서도 발생하고 있는 현실을 반영한다. 물론 일레인이 "의식적으로 과거로 되돌아가서 자신의 과거 속의 사람들을 받아들일 뿐만 아니라 나아가서 과거의 그녀와 현재의 그녀를 있는 그대로 받아들이면서 정체성을 획득한다"는 오스본(Carol Osborne)의 지적대로, 이 소설의 결말은 일레인 자신의 재생이라는 입장에서 보면 긍정적인 해석이 가능하다(97). 그러나 그것은 일레인이 여전히 삶에 대해 혼동된 상태에 머물러 있다는 점에서 보면 또 다른 해석의 여지를 남긴다. 『고양이 눈 구슬』에서 일레인은 그림을 그리고 감상하는 활동을 통해서 자신을 억압하는 환경을 극복하고 생존하기 위한, 나아가서 자신의 참된 내면 모습을 깨닫기 위한 수단을 발견한다. 한편 흥미로운 것은 예술이라는 것이 남성의 전유물로 여겨진 전통을 깨고 애트우드가 그 수단으로 그림이라는 예술을 창조한다는 것이다.

아헌(Stephen Ahern)은 일레인의 정체성을 구성하는 데 있어서 그녀의 젠더뿐만 아니라 계층과 민족성이 중요한 비중을 차지하는 점을 고려하여, 『고양이 눈 구슬』을 당시 캐나다 사회에서 "한 여성의 정체성 구성을 보여주는 병리학적 케이스 연구"(8)라고 보았다. 물론 계층, 문화, 젠더 등의 요소들이 일레인의 특별한 상황을 창조하는 데 유효하지만, 그녀의 성장과정 중 가장 중요한 요소는 다른 여성들과의 상호 작용이다. 이 소설은 여성적인 경험을 주제로 다루고 있는데, 그 초점은 바로 "남성의 성장과정과는 다른 여성의 성장 과정을 나타내는 여성들과의 관계, 우정 그리고 어머니와 딸의 연대관계"(Osborne 98)에 맞추어져있다. 일레인의 어린 시절의 주된 관심사는 오스본이 말한 여성공동체에 관한 소망이었다. 일레인의 아버지는 곤충학자로서 늘 가족들을 데리고 곤충들이 사는 숲을 찾아 주로 야외에서 생활했다. 결국 일레인에게 있어서 그녀를 상대해 줄 수 있는 유일한 친구는 오로지 오빠뿐이었고, 그래서 그녀는 늘 여자 친구들을 원했으며 그들과 함께 하는 공동체를 항상 꿈꾸었다. 그러나 흥미롭게도 『고양이 눈 구슬』에서는 여성공동체가 긍정적인 형태가 아닌 억압의 체계로 묘사된다. 막상 일레인이 토론토에 와서 처음 접하게 된 여성공동체에 대한 경험은 그녀를 지속적으로 고립되게 만든다.

『고양이 눈 구슬』에서 애트우드는 남성과 여성 사이, 혹은 사회와 인간의 관계가 아닌 특징적으로 소녀들 사이의 관계에 초점을 맞추어 권력의 정치학을 다룬다. 코딜리어(Cordelia)는 일레인의 가장 친한 친구이면서 그녀에게 마음의 상처를 주는 인물이다. 다른 두 친구인 그레이스(Grace)와 캐롤(Carol)은 코딜리어의 공범으로서의 역할을 수행한다. 코딜리어는 교묘하게 일레인이 스스로 자신은 아무것도 아닌 존재로 인식하도록 만들며, 그녀를 개선시킨다는 명분으로 그녀에게 잔인하면서도 연출된 억압을 가한다. 그런데 여기서 특이한 것은 일레인이 그녀의 무력함과 심리학적 상처를 음식과의 관계에서 표현한다는 점이다. 결국 코딜리어와 다른 친구들의 학대가 계속되면서 일레인은 아침마다 식사를 할 수 없게 된다. 그 이유는 아침을 먹으면 학교를 가야 하는데, 학교에서는 코딜리어에게서 벗어날 방법이 없기 때문이다. 이처럼 일레인의 무력함은 아침식사를 거부하는 데서 드러난다. 이것은 일레인이 먹는 것과 권력의 관계를 내면화한 데서 잘 드러나는데, 파커(Emma Parker)의 지적처럼, 먹는 것과 힘의 권력 관계가 일레인의 아버지를 통하여 전형적으로 드러난다(120). 일레인의 아버지는 게걸스럽게 먹으며, 먹는 동안 그는 과학, 철학, 생태학, 그리고 문화에 관한 주제에 대해 권위적으로 이야기를 주도하면서 아버지로 대표되는 가부장적 권력을 먹는 것을 통해 투영한다.

소외로 인해 불안정한 심리 상태에 처한 일레인은 한편으로 생체실험의 비참한 대상자인 거북과 자신을 동일시하는데, 『고양이 눈 구슬』에서 묘사되는 동물들은 일레인의 파편적인 정체성을 명백히 보여주기 위한 이미지로 작용되며, 그것은 일레인이 당한 폭력적 경험과 연결된다. 동물들은 대부분 희생물로 간주되며 자주 죽은 채로, 그리고 온전히 대상화된 채로 저녁식사 테이블에서 묘사된다. 이러한 점은 일레인의 아버지가 교수로 재직 중인 대학의 동물학과 건물에서 열리는 주말 행사에서 가장 극명하게 표출된다. 이 행사에서 사람들은 살아 있는 거북, 즉 "양서류 동물의 심장이 몸의 다른 부분이 죽은 이후에도 계속해서 뛰는 모습을 보여주는 생체 실험"(188)[2]을 직접 관찰할 수 있다. 거북의 죽어가는 심장은 스피커에 연결되어 있어서 그 방에 있는 모든 사람들은 그것이 죽어가는 광경을 목격할 수 있도록 되어 있다. 거북의 뛰는 심장은 늙은 사람의 상태, 즉 속수무책이고 희망이 없으며 피곤한 상태에 비유된다. 그녀는 도망치려고 하지만 그럴 수 없고, 결국 소리와 죽음에서 탈출하기 위해 기절이라는 방법을 택한다. 그런데 주말 행사에 온 다른 사람들은 동물에 가하는 그러한 잔인성과 폭력에 직면해서 일레인이 왜 기절하게 되는지를 이해하지 못한다. 대신에 몇몇 사람들은 "아마 열 때문이었을 것이다"(189)라고 결론짓는다. 실은 주말 행사가 열릴 무렵 이미 일레인은 그녀의 친구들이 가하는 따돌림의 희생물이었기 때문에 친구들의 집단 따돌림과 학대가 점점 심해짐에 따라 심리적으로 일레인은 생체실험 대상인 죽어가는 거북처럼 극도로 무기력한 상태에 놓이게 되며 기절이라는 방법을 택한 것이다.

그레이스, 캐롤, 코딜리어는 일레인으로 하여금 문화적으로 규정된 여성성을 그대로 모방하게 만들어 더 나은 상태로 개선시키고자 한다. 그녀들은 다른 학생들이나 가족들 앞에서는 서로의 비밀을 지켜야 한다며 친한 친구처럼 행동하지만 일레인이 겪고 있는 정서적 고통은 전적으로 이 소녀들로부터 비롯된다. 일레인은 항상 자신을 감시하고 비판하는 세 명의 소녀들 때문에 자신의 생활 전반에 대해 걱정하기에 이른다. 결국 일레인은 자신이 "다른 소녀들과 같지 않은", "정상이 아니다"라고까지 생각하기에 이른다(159). 일레인은 그럼에도 불구하고 그들을 "친구들, 여자 친구들, 내 가장 친한 친구들"(131)이라 말하며 그들을 잃게 될까봐 두려워하고 그들의 마음에 들게 행동하고 싶어 한다. 이것은 푸코가 말하는 정상과 비

[2] Atwood, Margaret. *Cat's Eye*. New York: Anchor Books, 1988. 앞으로 이 소설의 본문은 여기에서 인용하며 쪽수만 표시함.

정상의 개념을 상기시키는데 보통 비정상인은 광기를 가지고 있는 사람이다. 광기는 "인식되긴 했지만 즉각 억압되어버린 여성의 섹슈얼리티"처럼 "미리 존재해 있는 것이 아니라 합리적 분석과 치료를 통한 교정을 기다리는 것"(기든스 55)이다. 이것은 일레인을 "야생(wildness)"에 속한 것으로 보고 그레이스와 캐롤이 대표하는 그 당시 캐나다의 중산층의 "길들여진 상태"(tameness)와 은연중에 구분하고 있는 것과도 일맥상통한다(Banerjee 516). 일레인은 즉 "야생"의 상태에서 벗어나 "길들여진 상태"로 들어가고 싶어 하고 이것은 일레인이 비정상이라는 범주에 들어가지 않도록 스스로 교정하기를 혹은 교정받기를 원하는 것을 의미하는 것이다.

세 명의 친구들 중 코딜리어는 일레인의 친구 관계를 의도적으로 왜곡시키는 심리적 가해자이다. 그녀가 토론토로 이사 오기 전까지는 일레인은 그레이스, 캐롤과 아무 문제없는 친구였다. 그러나 코딜리어가 이웃으로 들어오게 되면서 상황이 달라지는데, 그녀는 일레인을 가장 심하게 억압하는 인물이면서 동시에 일레인의 기억과 생각에 늘 출몰하는, 일레인의 또 다른 자아이다. 하웰즈(Coral Ann Howells)는 일레인과 코딜리어 사이를 서로가 서로에게 많은 영향을 끼쳐서 "따로 분리되어 존재한다고 말하기 어려운 관계"("*Cat's Eye*: Creating" 179)라고 규정한다. 코딜리어는 일레인과 별개로 존재하지만 일레인과 정신적으로 분리되기 어려운 존재인 것이다. 작품의 첫 장부터 마지막 장까지 끊임없이 일레인의 기억과 생각에 등장함으로써 그녀는 일레인의 삶에 지속적이고도 심대한 영향을 미치는 인물이다. 일레인은 코딜리어가 상징하는 "정상적"인 여성, 한 사회 내에서 인정받는 여성이 되기를 욕망하는 것이다.

『고양이 눈 구슬』에서는 일레인에게 코딜리어의 시선은 감시자의 역할을 담당한다. 코딜리어는 일레인에게 거울을 보여주면서 "너 자신을 좀 봐"(175)라고 소리치며, 그녀의 뒷모습을 보며 평가하고, 자신이 볼 수 없는 모습들은 캐롤과 그레이스의 말을 듣고 평가한다. 그런데 일레인은 이렇게 괴롭힘을 당하면서도 조용히 침묵하며 자책한다. 이러한 침묵과 자책은 오히려 그녀를 괴롭히는 여자 친구들에게 더욱 더 힘을 실어주고 그들의 가학적인 행위를 용인하는 결과를 낳는다. 일레인이 이처럼 친구들의 가학적 행위를 적극적으로 거부하지 않고 그것을 묵묵히 수용하는 것은 여성공동체에 대한 그녀의 이중심리를 반영한다. 그녀는 여성공동체에 속하는 것에 저항하면서도 그것을 욕망하는 두 마음 사이에서 갈등한다. "일레인이 또래 여자 아이들의 혹독한 놀이에 수동적으로 굴복"(Goldblart 277)하는 것은 여성이 어렸을 때부터 주변사람들이나 또래 여자 친구들에 의해 자신의 말과 행동양식을 인식하게 된다는 것을 보여준다.

일레인은 그녀 나름대로 그 괴롭힘을 이겨내는 여러 방안을 강구한다. 그녀는 되도록 어머니의 집안일을 도와주거나 아프다고 하면서 집에 있으려 한다. 혹은 고양이 눈 구슬을 주머니에 넣어가지고 다니면서 그 구슬이 그녀 자신을 보호해주고 사람들을 꿰뚫어 볼 수 있는 능력을 줄 것이라고 상상하기도 한다. 하지만 이렇게 아무리 노력해보아도 그들의 폭력에서 헤어 나오기는 쉽지 않다. 일레인은 "고양이 눈 구슬을 가지고 있음에도 불구하고 자신이 이곳에서 더 이상 견딜 수 없다"(157)는 사실을 알고 있다. 결국 일레인은 친구들의 억압을 피하기 위한 방법으로 자신의 발 껍질을 벗겨냄으로써 자신의 신체에 괴로움을 주는 다른 방법을 택한다. 일레인은 "그 고통은 나에게 생각할 무언가를, 즉각적인 무언가를 제공했고 그것은 매달릴 만한 무엇이었다"(124)고 고백한다. 일레인에게 "자해는 견디기 힘든 정서적 고통을 완화하려는 시도"이며, "역설적이게도 일종의 자기 보존 방식으로 작동되는 것"이다(Herman 109). 집안에 있는 탈수기에 들어가거나 다리에서 떨어져 죽고, 세제를 마시거나 독초인 나이트 쉐이드를 먹어보는 것에 대한 일레인의 공상은 나중에 그녀의 그림에서도 드러나며, 여기에서 우리는 그녀의 고통이 얼마나 컸는지를 짐작할 수 있다. 이러한 상상은 아홉 살 어린아이가 상상할 수 있는 것이 아니기 때문이다.

일레인에게 가해지는 여러 가지 억압 중에서도 가장 심각한 것은 놀이라는 이름으로 치장된 폭력이다. 코딜리어는 친구 캐롤과 그레이스와 동조하여 일레인을 흙구덩이에 생매장시킨다. 참혹하게 처형당한 스코틀랜드 메리여왕 역할놀이를 하면서, 메리여왕 역할을 맡은 일레인은 흙구덩이에 갇히게 된다. 하이트(Molly Hite)는 일레인이 친구들의 이러한 놀이로 위장된 폭력에 의해 자아를 잃게 되는 과정을 설명하면서 "일레인은 대리 희생자이며, '여자아이'라는 범주를 대변하는 다른 소녀들이 아버지의 권위로 인해 문자 그대로 자행되는 가부장제의 구성원으로서 겪는 자신들의 고통을 이전시키기 위한 희생양으로 그녀를 이용한다"(137)라고 보고 있다. 특히 코딜리어는 자신에게 가하는 아버지의 폭력과 힘을 그대로 일레인에게 되돌려 행사함으로써 그녀가 힘과 권력을 획득할 수 있다는 것을 알게 된다. 가부장적 억압과 폭력에 이미 익숙해진 코딜리어는 그것을 친구인 일레인에게 양심의 가책이 없이 자연스럽게 전가하는 것이다. 그것은 접시놀이[3]에도 그대로 드러난다. 코딜리어는 아버지에게 받은 언어적 폭력을 그대로 일레인에게 행사한다. 코딜리어는 나중에 일레인에게 아버지가 항상 "그 능글맞은 웃음을 얼굴에서 당장 없애지 못하겠어"(190)라는 말을 자신에게 했다고 고백하는데, 그와 똑같이 일레인에게도 말하고 있다. 다시 말해 코딜리어는 자신이 받은 가부장적 폭력을 그대로 일레인에게 행사한다.

---

[3] 코딜리어가 일레인에게 행하는 놀이로 위장된 폭력 중 하나가 접시놀이이다. 즉, 코딜리어는 일레인에게 10개의 접시 더미가 있는데 일레인이 실수를 저지를 때마다 접시더미가 하나씩 무너지게 된다고 말하며, 접시더미들이 다 무너지고 나면 어떤 일이 일어날지는 알 수 없다고 일레인을 위협한다.

여자아이들의 놀이로 위장된 일레인에 대한 폭력은 계곡에 있는 다리에서 일어난 사건으로 절정에 이른다. 그렇지만 그 사건은 일레인에게 자신이 겪고 있는 또래들로부터 당하는 배척과 억압을 극복할 수 있는 계기가 된다. 추운 겨울날 코딜리어는 일레인의 스카프를 계곡에 있는 다리 밑으로 던지고 그것을 주워오라고 일레인에게 명령한다. 이 다리 밑에는 예전부터 키 큰 남자가 여자아이들에게 무슨 일을 저지르기 위해 돌아다닌다는 이야기가 전해져 내려오고 있어서 어느 누구도 그 다리 밑으로 내려가는 사람은 없었다. 하지만 일레인은 어쩔 수 없이 다리 밑으로 내려가 스카프를 주우려다가 계곡의 얼음물에 빠지게 되면서 죽음의 위기에 처하게 된다. 일레인에게 충격적 트라우마로 남게 된 이 사건은 그럼에도 불구하고 이 트라우마를 탈출로 변화시키는 하나의 시도였다고 볼 수 있다 (Bouson 170).

그 후 일레인의 태도는 전과 확연히 달라지는데 일레인은 그동안 아이들이 자신에게 행했던 억압이 그저 하나의 게임에 불과했다는 것을 깨닫는다. 그리고 일레인과 코딜리어 사이의 관계에 있어서 힘의 역학 구도에 변화가 생기게 된다. 그때까지는 코딜리어가 주도권을 가지고 그들의 관계를 조종하고 일레인을 억압했지만, 이제 일레인이 더 이상 고분고분한 피해자로 머물러 있기를 거부한다. 그 결과 그들 사이의 관계의 주도권이 일레인에게 넘어가게 된다. 고등학생이 되면서 일레인은 코딜리어에게 자신이 실은 뱀파이어라고 말하며 코딜리어는 자신의 친구이므로 그녀의 피만큼은 먹지 않겠다고 놀린다(256). 그러면서 자신이 더 강해졌다고 느끼게 된다. 보우선(J. Brooks Bouson)은 이 소설이 여자아이들의 잠재적인 힘의 정치학을 제시함으로써 여성간의 유대 관계를 긍정적으로만 바라보는 페미니스트 관점에 도전한다고 언급한다(159). 여성이 어떻게 말을 하고 행동해야 하는지를 알게 되는 것, 즉 여성의 사회화는 부모나 이웃어른들은 물론이고 특히 어른들의 교육을 받으며 자라나는 또래집단들에 의해 이루어진다. 억압 상황에서는 코딜리어의 경우처럼 자기보다 약한 사람을 억압하며 희생자가 가해자가 되는 순환 상태를 나타낸다. 결국 일레인이 힘을 얻었다고 생각하는 것도 사실은 그녀가 힘을 되찾은 것이 아니라 코딜리어처럼 그녀를 둘러싼 억압 상황을 내면화해 버린 것이라 할 수 있다.

좌절감과 심리적 상처로 가득 찬 일레인의 모습은 애트우드가 『생존』에서 말하는 아무것도 할 수 없는 희생자의 모습과 겹친다. 그리고 그 희생자의 모습은 아이러니컬하게도 같은 여성인 또래 친구들로부터 말미암은 것이다. 이런 억압의 결과로 인해, 일레인은 하이트가 분석한 것처럼 여성에게 둘러싸인 그녀의 삶에서 벗어나와 상대적으로 안전하다고 생각되는 남성의 세계로 향하게 된다(133). 그녀는 맨 처음에는 이웃의 아버지들을 좋게 생각하며 그리고 고등학교와 대학교 때에는 남학생들과 어울린다. 그녀에게 여성들은 더 이상 어울릴 만한 존재가 아니다. 일레인은 고등학교에서 다른 여학생들이 "마치 유혹적이라고 생각하는 듯 머리를 흔들거나 작은 엉덩이를 흔들고", 아니면 "생기가 없이 멍하게 행동하는 것으로 보인다"(261). 대학교에 들어가서도 미술과 정물화 수업에서 만난 수지(Susie)에 대해서도 "대학에 들어가기에는 너무도 멍청하고 학교거리를 바보같이 어슬렁거리며 돌아다니기나 하는"(307) 여자라고 생각한다. 더욱이 수지가 미술 대학 교수인 조세프(Josef)와 벌이는 애정 행각 때문에, 일레인이 생각하기에 수지는 "비열하고 남자에게 매달리고 비굴하게 행동하는"(319) 종류의 인간이다. 일레인은 모든 동료 여학생들을 멸시의 대상으로 여긴다. 그러나 어린 학생인 수지가 나이든 교수와 애정 관계를 가진다는 것이 비열하다고 생각했던 일레인 자신도 후에 조세프와 관계를 맺음으로써 그런 범주에 빠져드는 모순적인 행동을 취한다. 결과적으로 이러한 행동들은 그녀에게 자신이 어디에도 속할 수 없는 존재라는 생각을 더욱더 강화시키게 된다. 그리하여 일레인은 "규율에서 벗어나 규정조차 되지 않은 존재"(306)로 자신을 바라보게 된다. 다시 말해 일레인은 같은 여성의 집단에서도, 그리고 여성 집단을 빠져나와 남성 집단에 들어가서도 자신을 정의할 수 없는 존재가 된다.

일레인의 고립과 소외감은 하웰즈의 지적대로 전적으로 그녀 책임이라 할 수 있다(*Cat's Eye*: Creating" 181). 그녀는 자신의 의식 안에 유폐된 상태에서 위안을 찾으려는 경향을 보인다. 모든 것으로부터 거리를 유지하고, 어떠한 감정도 느끼지 않으려고 하는 것은 바로 자신을 아무것도 아닌 존재로 만든 세계에 대한 일레인의 두려움을 보여주는 것이다. 일레인 자신이 "철제허파"(Iron Lung)에 갇힌 꿈을 꾸는 것은 그러한 철제허파가 다른 사람들이 뚫을 수 없는 껍질이 되기를 바라는 것이기도 하다. 살아남기 위해서 일레인은 "살아있지만 죽은 사람"(Howells, "*Cat's Eye*: Creating" 181)의 평화와 안전을 택하는 것이다. 즉 이제 그녀는 다른 사람들이 자신에게 들어오는 것을 허락지 않는다. 그녀는 이제 다른 사람들에게 따뜻함을 주지도, 그리고 다른 사람들의 고통을 위로하려고 하지도 않는다. 그녀는 이제 자신의 고통을 표현하는 사람들을 경멸하기까지 한다. "히브릭씨가 고통스러워하는 모습은 나에게 더 이상 연민을 자아내지 않았고 오히려 비정하게 만들었다"(380)는 일레인의 고백에서 볼 수 있듯이, 이제 그녀 역시 다른 사람들의 고통에 철저히 무감각한 사람이 되어 버린 것이다. 다시 말해 일레인은 자신이 만든 껍질에 스스로를 닫아버린 것이라 할 수 있다.

III. 희생자로서의 젠더 정형화 벗어나기

일레인은 성숙해감에 따라 그림을 업으로 삼으며 자신의 세계를 정립해 나간다. 1장 「철제 허파」("Iron lung")[4]라는 장만 제외하고 이 소설은 일레인의 그림 제목들이 각 장의 제목으로 되어 있다. 그래서 그 각각의 제목들은 그림의 이미지와 함께 그 그림이 나오게 된 이유와 배경을 함축한다. 소설의 각 장은 과거의 회상을 담은 그 그림의 내용 자체만으로써 뿐만 아니라 그 그림이 나오게 된 상세한 배경 설명을 첨가함으로써 각각의 그림들이 가지는 의미의 범위를 확장시킨다. 각 장에서는 그림을 그리는 일레인의 현재와 그 그림을 통해 회상하게 되는 과거가 반복적으로 교차된다. 그렇기에 일레인의 그림의 분석은 『고양이 눈 구슬』을 이해하는데 필수적이라 할 수 있다. 하지만 이 소설의 어디에도 일레인이 그린 그림이 삽화로 첨가되어 있지 않다. 그것은 애트우드가 일레인의 그림을 글로 설명하고 묘사하여 독자들의 상상력을 자극함으로써 의미의 범위를 확장시키고자 하는 의도를 가지고 있음을 보여 준다.

　일레인의 그림들은 그녀가 과거 사회의 편견에 의해 얼마나 그리고 어떻게 억압받아 왔는지 보여준다. 하웰즈가 "여주인공의 자아 확립에 있어서 일레인의 과거를 회고하는 예술 작품은 매우 중요하다"("*Cat's Eye*: Elain Risely's" 205)고 주장하듯 이 소설은 물론 글로 이루어진 "담론적인" 서술이지만 그 속에는 그림으로 표현되는 "형상에 대한" 서술이 동시에 존재한다. "담론적인" 회고록 서술과 그녀의 그림을 통해 제시되는 "형상에 대한"

---

[4] 모든 장들의 제목은 일레인이 그린 그림 제목이며 이 철제 허파는 일레인이 꾼 꿈을 기초로 한 듯 보인다. 일레인은 철제 허파에 갇혀 있는 꿈을 꾼다. "내가 전혀 움직일 수 없게 되는 꿈을 꾼다. 말도 할 수 없고 숨조차 쉬지 못한다. 나는 철제 허파에 갇혀 있다. 철로 된 통은 단단한 원통형 피부처럼 나를 옥죈다. 이 철제 피부가 나대신 들이쉬고 내쉬며 호흡을 해주는 것이다. 나는 육중하고 우둔하며, 이 묵직함 외에는 아무것도 느낄 수 없다. 철제 허파 끝에 내 머리가 나와 있다. 나는 천장을 올려다보고 있고 그 곳에는 누렇고 뿌연 얼음같이 보이는 조명이 달려있다"(274). 애트우드는 어렸을 적 일레인의 상황을 철제허파에 갇혀 아무것도 할 수 없는 모습으로 비유함으로써 독자들에게 일레인의 희생자적 모습을 효과적으로 전달하고 있다.

서술로 이루어진 그녀의 정교하게 이중적인 서술을 촉발하는 것은 이 회고전을 위한 일레인에게 트라우마의 장소인 토론토로의 귀향이다. 이 소설은 자서전의 형태로서 "담론적인" 것과 "형상에 대한" 것 사이의 관계를 통해 투사되는 일레인의 자아에 대한 이러한 이중적 형상화라 할 수 있다 (Howells, "*Cat's Eye*": Elain Risely's" 204-5). 일레인의 그림들은 주로 인물화, 정물화이지만 초사실주의 적이며, 그 속에 일레인의 과거의 정신적 상처가 여과 없이 드러난다. 또한 회고전이 열리는 전시장의 이름이 "전-복"(Sub-Version)[5]이라는 것도 의미심장한데 그녀의 그림은 어린 시절의 폭력과 위협, 그것에 대한 인식의 경험을 예술적으로 재평가하여 표현한 것으로, 결국 그러한 그림 그리기는 일레인의 삶을 전복시킴으로써 진정한 생존, 즉 자아인식에 이르게 되는 수단이 된다. 또한 이 전시장의 이름은 영국과 미국의 영향을 받은 작품들이 주류를 이루었던 그 당시 캐나다 미술계를 전복하는 것으로도 해석될 수 있다.

그녀는 성장해가면서 어렸을 적 실패했던 여성공동체에 대한 갈망을 이루기 위해서, 자신의 세계를 창조하기 위해, 그리고 대상과 인물들을 이해하기 위해서, 그림을 그리는 전략을 사용한다. 현재 회고전에서 바라보는 그녀의 그림은 이미지들을 이용해 자신의 과거를 기록한 예술적 표현물이다. 말키오디(Cathy A. Malchiodi)는 "미술이 우리의 공포, 두려움과 같은 힘겨운 감정을 표현하는데 도움을 줄 뿐 아니라 정신과 영혼을 어루만져준다"고 보았다(28). 이런 말키오디의 설명은 일레인이 처음으로 그린 그림에서 잘 나타난다. 어린 시절, 친구들에게 정신적인 고통을 받았을 그

---

[5] "sub-version"은 단어를 합쳐 전복이라 해석할 수도 있고 따로 두 단어를 따로 해석해 보면 대체-설명이라는 의미를 가진다. 즉 일레인은 말이나 글로 표현할 수 없는 자신의 억압된 상황과 상처를 그림으로 대체하여 설명하는 것이라 해석할 수도 있다. 그녀의 회고전의 그림들은 모두 그녀 자신의 과거와 그 과거의 아픔과 상처를 상징하는 것이기 때문이다. 또한 일레인은 자신의 삶의 대체-설명인 그림을 통해 그녀의 삶을 전복하는 모습을 보인다.

무렵, 그녀는 학교 미술 수업 시간에 방과 후에 일과에 대한 그림을 그리는 시간을 가지게 된다. 일레인이 그린 그림은 또래의 다른 친구들이 그린 그림들과는 다르다. 9살 소녀가 그린 학교 수업이 끝난 후의 자신의 모습은 뛰어 노는 다른 소녀들과는 달리 자신의 방에만 있는 모습이며, 그것도 "온통 밤의 색깔"(180)인 검정색으로 색칠되어 있는 그림이다. 일레인이 그린 그림에서 우리는 그녀의 당시 경험이 모두 잊어버리고 싶은 어둠과 같은 것이었음을 알 수 있다. 그녀가 아무에게도 말할 수 없었던 고통을 그림이라는 매개체를 통해 처음으로 드러낸 것이라 할 수 있다. 카루스(Cathy Caruth)는 프로이트의 이론에 근거하여 트라우마의 특성으로 충격당시에는 상처받은 것을 모르고 지나가는데 "잠복기간"이 지나면 정신적 상처의 병적인 증상들이 나타남을 강조하면서 이것은 사건 당시에 그 경험이 충분히 인식되고 이해되지 못했기 때문이라고 설명한다(7-8). 일레인 역시 그 소녀들 간의 관계에서 트라우마를 가지게 되고 그 당시에는 그것을 인지하지 못하지만 그녀의 상처는 그대로 간직되어 있었으며, 그것은 그녀가 그린 그림으로 표출되었음을 알 수 있다.

말키오디는 "미술 활동과 같은 창조적 경험은 상호작용을 통해 다른 활동에서 할 수 없는 우리 자신의 여러 부분들을 통합시키고 표현할 수 있도록 도와주는 역할을 하는 것"(28)이라 지적한다. 일레인에게 그림 그리기는 처음에는 그녀가 살고 있는 세계로부터 후퇴하는 방편을 제공하기도 하고, 상처를 준 사람들에게 복수하기 위한 수단이 되기도 한다. 일레인이 대학에서 만나게 되는 두 남성과의 관계는 "인체소묘"(Life Drawing)라는 그림에서 극명히 나타난다. 처음 만난 조세프(Josef)는 그녀를 자신의 마음대로 변화시키려 한다. 조세프는 그녀에게 자신이 예뻐하는 바비 인형처럼 "머리를 풀어야 되겠어"(331)라던가, "자줏빛 옷을 입도록 해"(331)라고 하며 그녀를 "재정립"(331)하려고 한다. 조세프는 일레인에게 실물화

시간에 그녀의 그림이 시체를 그린 것이지 살아있는 여성이 아니라고 하며 일레인이 사물을 잘 그리기는 하지만 그 속에 영혼이 담겨 있는 실물을 그릴 줄 알아야 한다며(298) 그림에 대한 열정을 불어 넣어주었던 인물이다. 그러나 조세프는 일레인과의 관계가 점점 깊어지면서 일레인을 통제하며 자신이 원하는 여성상으로 만들려고 한다. 또한 일레인이 관계를 맺게 되는 또 다른 남성이며 나중에 그녀의 첫 남편이 되는 존(Jon) 역시 여성에 대해 똑똑한 여성/멍청한 여성이라는 이분법적 가치관을 소유하고 있다. 조세프가 "여성을 힘없는 꽃이거나 다듬어서 감상해야 하는 존재"(347)라고 생각하는데 비해서 존은 "여자들이란 똑똑하지 않으면 멍청하다"(347)고 생각하는 사람이다. 두 남성 역시 일레인에게 큰 상처를 남긴다. 즉 가장 친하다고 생각했던 어린 시절의 여자 친구들과 성인이 되어 만난 두 명의 남성 모두 일레인에게는 정신적 상처를 주는 존재가 된다.

"인체소묘"에서 조세프는 왼쪽에 그리고 존은 오른쪽에 서서 "옷을 완전히 벗고" 그림을 그리고 있다(400). 조세프가 그린 것은 "풍만하지만 뚱뚱하지는 않은 여성이 다리 사이에 천을 두르고 가슴은 드러낸 채 등 없는 의자에 앉아 있는 모습"으로 "얼굴은 라파엘전파 풍"의 여성이다. 존이 그린 것은 "진분홍색, 짙은 적자색, 그리고 버건디 체리 같은 자주색으로 그린 일련의 내장 같은 소용돌이 모양"(400)이다. 그림은 다르지만 그들이 그리고 있는 모델은 반라의 상태이고 머리에는 푸른 유리공을 가지고 두 남자 사이에 있는 것으로 보아 일레인으로 추정된다. 그림 속에서 두 명의 남성은 똑같이 일레인을 그리고 있지만 각자가 그녀를 생각하는 방식대로 그린다. 결국 두 남성 모두 일레인을 있는 그대로의 모습으로 바라본 것이 아니라 자신들이 원하는 대로 일레인이 변화하기를 바란 것이다.

앞서 언급했던 그림들이 일레인의 상처를 그대로 보여주는 그림이었다면, 그녀에게 그림이란 그녀 자신에 대한 인식을 제공하고 언어 이상의 방법으로 다른 여성들과 의사소통하는 하나의 창조적인 수단이 되기도 한다. 우선 코딜리어를 그린 그림이 있는데 그것은 "얼굴 반쪽"(*Half a Face*)이라는 제목의 그림이다. 그림의 제목은 "얼굴 반쪽"이지만 이 그림은 코딜리어의 전체 얼굴을 그린 것이다. 그러나 그 얼굴 뒤에는 또 다른 얼굴이 있는데, 이번에는 얼굴 반쪽이 어떤 천으로 가려져 있다. 일레인은 "이것의 효과는 연극적인 가면"(249)이라고 말한다. 하웰즈에 따르면 이 소설의 권두문 중 하나인 갈리아노(Eduardo Galeano)의 글[6]은 소설 본문과 상호작용하여 몸을 포함한 여성의 정신 및 영혼이 억압당한다는 것을 보여주며, 인간 특히 여성의 몸과 영혼의 분리와 마력이라는 두 가지 중심 주제를 담고 있다고 본다. 그는 코딜리어와 일레인의 관계가 갈리아노의 작품에 나오는 "영혼과 몸의 관계"와 같다고 설명하며, 코딜리어는 "일레인의 보이지 않는 한쪽으로 서로는 분리되어서는 살 수 없다"고 말한다(*Cat's Eye*: Creating" 173-89). 아헌 역시 일레인과 코딜리어가 각각 서로의 파편화된 정체성의 상이한 부분을 나타내는 도플 갱어(Ahern 15)라고 주장한다. 일레인은 자신의 자아의 그러한 파편화된 이중성을 그림을 통하여 표현하는 것이다. 일단 코딜리어는 일레인에게 가해자의 입장이 되지만, 조금 더 세밀하게 살펴보면 그녀도 역시 그녀 아버지의 학대로 대표되는 사회적 억압의 피해자로 드러난다. 그러한 점에서 그녀는 일레인의 도플 갱어로 인식될 수 있다.

즉 코딜리어도 어떤 면에서 일레인과 같은 희생자라고 할 수 있다. 일레인은 자신이 옛날 코딜리어에 의해 매장되었던 그 구덩이가 사실은 코

---

[6] 이 소설에 나타난 권두문 중 하나는 갈리아노(Eduardo Galeano)의 『불의 기억: 창세기』(*Memory of Fire: Genesis*)의 일부분으로 그 내용은 다음과 같다. 투카나 사람들이 늙은 여자의 머리를 베자 그 여자는 두 손으로 피를 모아 태양을 향해 뿌렸다. "내 영혼이 너희들에게도 들어가리라!" 라고 그녀는 외쳤다. 그 때부터 살인자는 원하지도 않고 알아차리지도 못한 채, 자신의 몸속에 희생자의 영혼을 받아들이게 되었다.

딜리어가 아버지의 학대를 피해 파놓은 구덩이였던 것을 알게 된다. 일레인을 공포로 몰아넣었던 그 구덩이가 코딜리어를 지키는 생명의 구덩이였던 것이다. 코딜리어는 "아무도 나를 귀찮게 할 수 없는 오로지 나만의 어떤 장소"(277)를 원했다. 즉 존스(Bethan Jones)의 말처럼 "코딜리어는 고통을 주고자 하는 욕망이 아니라 사실은 탈출하고 싶은 욕망을 가지고 일레인에게 억압을 행했다"(277). 코딜리어를 그리면서 일레인은 코딜리어도 자신과 같은 희생자였음을 깨닫게 되며 그녀를 이해하게 되는 과정을 경험한다.

또한 일레인의 그림은 복수의 수단이 되기도 하는데 일레인이 그린 그림 중 상당수에서 묘사 대상이 되는 스미스 부인이 바로 그러한 예이다. 스미스 부인은 우스꽝스럽게 묘사되거나 거의 벌거벗은 채 등장한다. "스미스 부인의 그림이 또 다른 그림을 낳는다"(368)는 일레인의 말처럼 그녀의 뇌리 속에는 코딜리어와 마찬가지로 스미스 부인이 항상 박혀있다. 화가로서 일레인은 독기어린 시선을 스미스 부인을 향해 던진다. 하웰즈는 스미스 부인을 "전형적인 캐나다 중산층을 나타내는 인물"("*Cat's Eye*: Creating" 182)로 보고 있는데, 그녀는 겉으로는 기독교를 믿으며 자비로운 모습을 보이나 실은 멀리서 이사 온 일레인의 가족을 감싸 안지 않는 편협한 모습을 보인다. 즉 일레인에게 스미스 부인은 "토론토의 편협함과 청교도주의를 상징"("*Cat'e Eye*: Creating" 182)한다. 실제로 스미스 부인은 코딜리어를 비롯한 그레이스와 캐롤이 일레인에게 나쁜 행동을 하는 것을 알고 있지만 그에 대해 묵과함으로써 일레인에게 큰 상처를 남긴다. 일레인은 스미스 부인을 그녀의 주된 공격 대상으로 삼아서 모든 부정적인 이미지로 표현한다. 네 개의 화판으로 구성된 "하얀 선물"(*White Gift*)이라는 그림의 마지막 판에서 일레인은 "가랑이가 축 늘어진 속바지 차림에 단일한 커다란 젖가슴이 갈라져 심장을 드러내는", "죽어가는 거북"의 "병든 검붉은 심장"(384)을 가진 비인간적 모습으로 스미스 부인을 그리고 있다.

하지만 그림 속에 나타난 스미스부인의 이 모든 모습들은 일레인의 상상 속에서 나온 것들로 아이러니컬하게도 일레인의 마음속에 스미스 부인이 얼마나 깊숙이 자리 잡고 있었는지를 나타내는 하나의 근거이다. 스미스 부인을 왜곡된 모습으로 표현함으로써 일레인은 자신에게 상처를 준 스미스 부인에게 복수를 행하는 것이다. 하지만 그 상상속의 스미스 부인의 눈을 들여다보며 일레인은 "독선적이고 돼지 같고 철사테 안에서 잘난 체하는 눈"이라고 생각해 왔었는데, 이제 그 눈이 "패배의 눈, 불확실하고 우울하며 사랑받지 못하는, 의무에 눌린 눈"(443)이기도 함을 인식한다. 일레인은 더 나아가 그녀를 "과거의 자신과 같은 난민"(443)이라고 인식한다. 그녀는 이제 자신을 희생자로 인식하지 않는다. 오히려 스미스 부인의 눈을 통해 그녀는 자신의 모습을 정확히 인식한다. 이제 일레인은 그녀 자신이 그린 스미스 부인의 그림을 보며 자신과 마찬가지로 "스미스 부인 역시 가부장적 이데올로기의 희생자"임을 인식하게 된다(Ahern 16). "눈에는 눈"이라는 식의 복수에 사로잡혀 그녀 자신이 "눈 먼" 상태에 빠졌음을 인식하게 된 일레인은 이제 스미스 부인도 역시 같은 여성으로서 자신처럼 상처를 가진 사람이라고 인정한다.

이처럼 일레인은 그녀 자신의 회고전을 통해 자신이 묻어버렸던 과거를 기억하고, 그 기억은 다시 그녀의 분열되었던 정체성을 회복하도록 도와준다. 회고전에 걸리지 않은 그녀의 그림들이 그녀의 파편화된 그리고 분열되어 자신의 것인지조차 인식하지 못하는 그녀의 주체성과 정체성을 상징한다면, 이제 회고전에 걸린 다섯 점의 그림은 잃어버리고 묻힌 것들을 다시 기억하고 창조해 내며 파편화된 그녀의 정체성을 하나로 통합하는 수단이 된다. 그 다섯 점의 그림은 죽은 부모에 관한 그림, 그녀처럼 고립되었던 세 명의 뮤즈들, 죽은 오빠, 자신의 자화상, 그리고 성모 마리아 그림이다. 일레인은 "피코초"(*Picoseconds*)라는 그림에서 그녀의 부모님을 그렸는데 이것은 1920년대와 30년대의 캐나다의 풍경에 대한 그림이다. "세 명의 뮤즈들"(*Three Muses*)이라는 그림은 "캐나다인이지만 이방인이었던 일레인에게 친절을 베푼 세 명의 외국인"(McCombs 13), 즉 핀스틴 부인, 스튜어트 선생, 바네르지 씨에 대한 그림이다. 그들은 이 그림에서 "그림 밖에 서 있는 사람에게 선물을 주듯 무언가를 앞으로 내밀고 있다"(445). 아마도 이 선물은 일레인에게 주는 것으로 추정된다. "한쪽 날개"(*One Wing*)라는 제목의 그림은 오빠인 스티븐을 묘사한 것이며 이것은 일레인의 "죽은 사람을 되돌리려는 시도"(McCombs 13)로 읽혀질 수 있다. 일레인은 이제 고립된 혼자가 아님을 느끼게 되고, 더 나아가 그녀의 그림에서 그 당시 캐나다의 광활한 풍경과 더불어 진정한 다문화적 사회로 나아가고자 하는 캐나다의 모습을 볼 수 있다.

네 번째 및 다섯 번째 그림은 이 소설의 제목이기도 한 고양이 눈 구슬을 주제로 한 작품인데, 일레인에게 고양이 눈 구슬은 모든 것을 보는 통찰력을 가지고 볼 수 있게 해주는 세 번째 눈이자 그녀에게 상상력을 제공해주는 것이었다. 윌슨(Sharon R. Wilson)은 고양이 눈 구슬이 "통합된 자아를 형성하는데 부정적인 역할을 한다"(303)고 주장한다. 그 이유는 일레인이 이 고양이 눈 구슬의 비전을 가지고 계곡에서 살아남은 후 그녀 자신과 세계 사이에 벽을 쌓았기 때문이라는 것이다. 맥콤스(Judith MaCombs)와 하웰즈는 이 고양이 눈 구슬의 비전이 초래한 그녀 자신과 세계 사이의 거리두기를 인정하면서도, 이후 그것이 그녀의 예술적 상상력과 비전이 발현되는 데 중요한 역할을 했음을 강조한다. 맥콤스는 "열 살의 일레인은 화가는 아니지만 사물을 눈으로 직접 보는 것처럼 나중에 생각해내는 사람이다"라고 말한다(11). 고양이 눈 구슬은 그녀가 눈으로 직접 보고 그것을 인식하는 능력을 발달시키도록 도움을 주는 물건이다. 그래서 그것은 하웰즈의 지적대로 일레인의 예술적 눈의 상징으로 간주될 수 있다("Cat's Eye: Elain Risley's" 210-12). 그녀의 의식을 넘어서 작동되는 보는 방식은 그녀가 실재 존재하지 않는 성모마리아의 화신을 볼 때에도 작동된다.

그 의미심장한 물건은 일레인의 "고양이 눈 구슬"(Cat's Eye)이라는 그림에서 다시 한 번 그 존재감을 드러낸다. 이 그림은 일레인이 "일종의 자화상"(446)이라고 표현했듯, 현재 오십대인 자신의 초상화이다. 여기에서 일레인이 고양이 눈 구슬을 지갑 속에 보관하고 다시는 꺼내지 않았던 것처럼, 묻힌 어린 시절의 이미지가 드러난다. 일레인의 얼굴은 오른쪽에 있고 큰 거울이 뒤에 배경으로 자리 잡고 있는데, 그 고양이 눈 구슬로 표현된 그 거울에는 세 여자아이들의 모습이 비추어져 있다. 일레인이 그린 자신의 초상화는 주름이 있는, 그리고 흰머리가 있는 중년 여성의 모습을 보여준다. 주름과 흰 머리는 그녀가 겪은 고통을 상징한다. "고양이 눈 구슬" 그림에서 왜곡되어 묘사된 고양이 눈 구슬이 고통당한 일레인의 모습을 드러낸다면, 그것이 다시 원래의 모습대로 일레인에게 드러나는 것은 "통합장 이론"(Unified Field Theory)이라는 그림에서이다. 이 그림에서 성모 마리아는 고양이 눈 구슬 같지만 크기가 커진 구슬을 들고 나타난다. 이 그림에는 일레인의 어린 시절 폭력을 가했던 친구들과 계곡의 다리가 나타난다. 하웰즈는 이 그림을 "개인적인 것이 개입되지 않은 완전함의 비전속에서 그녀의 전체적 삶을 보여주고자 하는 일레인의 시도"(Howells, "Cat's Eye: Elain Risely's" 215)로 본다. 이 전체성이란 바로 과거와 현재, 신성한 것과 세속적인 것, 과학과 예술, 보편적인 것과 특별한 것 등의 서로 반대되는 것들이 같은 공간에서 서로 공존하는 상태이다(Howells, "Cat's Eye: Elain Risely's" 215). 그녀의 상처를 이겨내는 데 큰 역할을 한 성모 마리아와 고양이 눈 구슬을 그림으로 형상화함으로써 일레인은 그녀 자신을 치유하고 있는 것이다.

회고전에서 전시된 이 다섯 점의 그림은 "일레인이 지금까지 살아온 시간을 만들어내고 모아 놓은 것이다"(McCombs 14). 그 전의 그림들이 『고양이 눈 구슬』에서 이리저리 흩어지며 정확한 시간대로 묘사되어 있지 않는 것에 반해 회고전의 그림들은 정확하게 구분되어 있다. 이것은 일레인이 이제 더 이상 외부세계와 내부세계와의 갈등을 겪고 있지 않다는 것과 고통을 겪고 난 후 그녀의 그림은 이제 과거의 그림일 뿐만 아니라 다시 저항의 그림이 된다는 것을 의미한다. 그림을 새롭게 해석하는 작업은 그녀로 하여금 더 이상 자신이 스미스 부인, 코딜리어, 다른 남성들, 그리고 부모의 희생자가 아님을 깨닫게 하는 것이다. 이제 일레인은 코딜리어를 벗어나려고 하지 않는다. 그림으로 자신의 상처를 치유한 일레인은 오히려 코딜리어를 기다리며 보고 싶어 하는데, 그 이유는 이제 자신을 하나의 의미 있는 존재로 인정하고 있으며, 나아가서 자신의 상처가 치유되었음을 인식하기 때문이다. 결국 그녀는 이제 "코딜리어로부터 그리고 코딜리어가 되고 싶었던 것으로부터 자유"(Banerjee 517)를 획득하는 것이라 할 수 있다. 일레인은 그녀에게 가장 아픈 기억으로 자리 잡고 있는 그 다리 밑의 계곡으로 가서 "괜찮아. 이제 집에 가도 좋단다"(459)라고 말하며 코딜리어와 상처 입은 자신을 자신의 기억 속에서 떠나보낸다. 이제 일레인은 자신의 상처가 치유되었음을 인식한다. 왜냐하면 이제 그 다리 및 계곡은 더 이상 그녀의 상처가 남아 있는 장소가 아니라 그저 "그냥 다리이고 그냥 강이며 그냥 하늘"(460)이기 때문이다. 일레인은 자신의 개인적・사회적 과거에 대한 여행을 통해 자신을 인지하고, 트라우마의 장소인 다리 밑 계곡으로 가서 상처를 치유한다.

IV. 창작 행위를 통한 여성주체성 찾기

애트우드는 일레인이 그림을 그리고 전시하는 것만으로 작품을 끝내지 않는다. 물론『고양이 눈 구슬』에서 여성 해방이나 여성 연대와 같은 정치적인 주제는 직접 다루어지지 않으며, 일레인은 코딜리어를 실제로 만나 진정한 화해에 이르지도 않는다. 하지만 두 여주인공인 일레인과 코딜리어는 서로 배반하고 서로를 희생자로 규정하고 희생시키면서도, 사실은 각자가 잃어버린 한쪽이 되는 상보적 관계에 놓여 있다. 또한 일레인은 총체적인 결론을 내리는 것을 거부하며 자신은 피해자이고 상대는 가해자라는 단순한 해석에서 탈피한다. 이제 더 이상 그녀의 그림은 자신의 것이 아니다. 일레인의 작품들은 이제 사람들의 해석에 따라 의미가 달라질 수 있는, 그 그림을 감상하는 사람들의 손으로 넘어가게 된다.

> 나는 이 그림들을 더 이상 통제할 수 없고 그림들이 무엇을 의미하는지 말해줄 수 없다. 그림들이 내 속에서 어떤 에너지를 끌어냈든, 나는 여기에 남겨진 것이다. (447)

그녀의 그림들은 여전이 그녀 자신의 상처를 보여주는 것이고, 그 속에서 그녀가 다시 생각하고 싶지 않았던 어렸을 적의 기억들을 불러낸다. 우리는 일레인의 그림인 "추락하는 여성들"(*Falling Women*)처럼 지배적 가치 기준에 순응하지 못하면 경계 밖으로 추락할 수밖에 없는 인물들의 모습을 볼 수 있다. 결론적으로 일레인은 바람직한 여자아이의 몸가짐에 대한 기준에 적응하지 못해 또래 집단으로부터 집단학대를 당하면서 죽음의 위기까지 이르게 되는 인물이다. 일레인은 소녀시절 매우 일방적인 감시체제로 인해 겪은 그녀의 트라우마를 그녀의 그림에 그대로 적용한다. 그녀는 도피처로 다른 남성들의 사회에 들어가고자 하지만 그것마저도 실패로 돌아간다. 일레인은 자신이 그린 그림들을 통해 이와 같은 자신의 상처를 여과 없이 드러내지만 그림을 그리는 행위, 즉 창조와 분석의 과정을 통해, 상처를 치유하고 생존했음이 분명하다. 즉, 일레인은 상처 입은 사건들을 회상하고 진실에 직면하는 상상력을 창조해냄으로써 과거로부터의 그녀 자신을 자유롭게 풀어준 것이다. 애트우드가 "예술이란 진실의 대리인이자 진실과 직면하는 수단으로서 기능할 수 있는 것"(Rigney 2)이라고 말했듯이, 일레인도 그림 그리기와 감상하기라는 예술 행위를 통해 상처로 얼룩진 그녀 삶의 진실과 마주하면서 스스로를 치료할 수 있는 비전을 가지게 된다.

더 나아가 애트우드는 과정이 힘들다 할지라도 일레인처럼 이제 캐나다 문학도 스스로의 가시성과 정체성을 추구해야 한다는 점을 역설하고 있으며 자신의 글쓰기를 통해 그것을 실현하고 있다. 『고양이 눈 구슬』에서는 『생존』에서 비판했던 다른 캐나다 문학 작품들처럼 비관적인 면만을 보여주지 않는다. 오히려 희생자에서 가시성을 획득한 인물로의 변모를 보여줌으로써 앞으로 캐나다 문학이 나아가야 할 방향을 제시해 준 것이라 할 수 있다. 또한 애트우드는 하나의 텍스트가 만약 "독자들과의 상호작용"을 통하여 "변화"할 수 있다면, 그 텍스트는 "생명력 있는" 것이라 밝히며 독자들의 창조적 역할을 강조하고 있다(Negotiating 156). 즉 그녀의 작품은 일레인의 그림처럼, 애트우드 자신의 손을 벗어나 그 텍스트들을 읽는 독자에게 끊임없이 자신을 성찰하며 그 텍스트를 변화시킬 것을 요청하고 있는 것이라 하겠다.

기든스, 앤소니. 『현대인의 성·사랑·에로티시즘』. 배은경, 황정미 옮김. 서울: 새물결, 2003.

김성곤. 「린다 허치언—포스트모더니즘과 캐나다 문학」. 『외국문학』 28 (1991): 126-39.

말키오디, 캐시 A. 『미술치료』. 최재영, 김진연 역. 서울: 서울하우스, 2008.

Atwood, Margaret. *Cat's Eye.* New York: Anchor, 1988.

_____. *Negotiating with the Dead.* Cambridge: Cambridge UP, 2002.

_____. *Second Words: Selected Critical Prose.* Boston: Beacon, 1982.

_____. *Survival: A Thematic Guide to Canadian Literature.* Toronto, Ontario: M&S, 1972.

Ahern, Stephen. "Meat Like You Like It: The Production of Identity in Atwood's *Cat's Eye." Canadian Literature.* 137 (1993): 8-17.

Barnerjee, Chinmoy. "Atwood's Time: Hiding Art in *Cat's Eye*". Modern Fiction Studies. Vol 36, Num 4.(Winter 1990): 513- 22.

Bouson, J. Brooks. *Brutal Choreographies: Oppositional Strategies and Narrative Design in the Novels of Margaret Atwood.* Massachusetts: U of Massachusetts P, 1993.

Caruth, Cathy, *Trauma: Explorations in Memory.* Baltimore: Johns Hopkins UP, 1995.

Cooke, Nathalia. *Margaret Atwood: A Biography.* Toronto: ECW, 1988.

Foucault, Michael. *Discipline and Punish: The Birth of the Prison.* New York: Vintage, 1979.

Goldblart, Patricia F. "Reconstructing Margaret Atwood's Protagonist." *World Literature Today.* 73.2 (Spring, 1999): 275-82.

Herman, Judith. *Trauma and Recovery.* New York: Basic Books, 1992.

Hite, Molly. "Optics and Autobiography in Margaret Atwood's *Cat's Eye." Twentieth Century Literature.* 41.2 (Summer 1995): 135-59.

Howells, Coral Ann. "*Cat's Eye*: Creating a Symbolic Space out of Lost time." *Margaret Atwood.* Ed. Herold Bloom. Philadelphia: Chelsa, 2000. 179-90.

_____. "*Cat's Eye*: Elain Risley's Retrospective Art." *Margaret Atwood: Writing and Subjectivity.* Ed. Colin Nicholson. New York: St. Martin's, 1994.

204-18.

_____. *Margaret Atwood*. 2nd ed. New York: Palgrave Macmillan, 2005.

Ingersoll, Earl G. *Margaret Atwood: Conversations*. London: Virago, 1992.

Jones, Bethan. "Traces of Shame: Margaret Atwood's Portrayal of Childhood Bullying and its Consequences in *Cat's Eye*." *Critical Survey*. 20 (2008): 29-42.

McCombs, Judith. "Contrary Re-Memberings: the Creating Self and Feminism in *Cat's Eye*." *Canadian Literature*. 129 (1991): 9-23.

Osborne, Carol. "Constructing the Self Through Memory: *Cat's Eye* as a Novel of Female Development." *Frontiers: A Journal of Women's Studies*. 14.3 (1994): 95-112.

Parker, Emma. "The Politics of Eating in the Novel of Margaret Atwood." Ed. Bloom, Harold. *Margaret Atwood*. Philadelphia: Chelsea, 2000. 113-30.

Rao, Eleonara. "Home and Nation in Margaret Atwood's Later Fiction." *The Cambridge Companion to Margaret Atwood*. Ed. Coral Ann Howells. Cambridge UP, 2006. 100-13

Stouck, David. "Notes on the Canadian Imagination." *Canadian Literature*. 54 (Autumn, 1972): 9-26

Wilson, Sharon Rose. *Margaret Atwood's Sexual Politics*. Jackson: UP of Mississippi, 1993.

※ 이 글은 「창조적 예술 활동을 통한 여성 정체성의 새로운 길 찾기: 마가렛 애트우드의 「고양이 눈 구슬」」. 「영미문학페미니즘」. 22.2 (2014): 269–295쪽에서 수정 · 보완함.

찾아보기

W. B. 예이츠 − 14~17, 24~30, 264

ㄱ ▆▆▆▆▆

가부장제 − 188, 197, 200, 203, 204, 245, 246, 253, 268, 281
〈거울아 거울아〉 − 189, 190
겹쳐 쓴 양피지 − 219, 236, 237
계모 − 190, 192~194, 197, 200~208, 211
『고양이 눈 구슬』 − 271, 273~277, 279, 285, 294~296, 298
공간 − 16, 21, 22, 25~28, 32, 34, 41~43, 45~51, 53, 55~59, 61~64, 70~73, 84,
    131, 135, 139, 140~143, 146, 148, 149, 152, 161, 166, 172, 173, 192, 204, 229, 245,
    252, 253, 255~259, 262, 263, 293
공적 공간 − 256, 259, 263
권력의 정치학 − 272, 277
그림 − 188, 192
기독교적 유물주의 − 158
깨진 거울 − 219, 236
김은국 − 89, 106~108

ㄴ ▆▆▆▆▆

나딘 고디머 − 135~141, 146, 152, 153

남성성 - 145, 246, 259

남성신화 - 250~252, 265, 267, 268, 270

남성중심 사회 - 216, 217, 219~224, 226, 228, 229, 232, 234~236, 238~240, 271

남아공 - 62~634, 66, 69, 84, 135~147, 150~153

남아프리카 - 63, 135, 140

내부식민주의 - 216, 217, 219~221, 228, 229, 233, 243

ㄷ

다시쓰기 - 13, 187, 208, 209, 213, 215

다시읽기 - 187, 208, 209, 215

데리다 - 58, 73~77, 85

도교적 신비주의 - 158

동양 - 119, 122, 156~164, 166~171, 173~177, 179, 181, 182

ㄹ

랑시에르 - 140~142, 152, 154

로맨스 - 156, 164, 170, 248, 249, 252, 261, 268

리미널리티 - 43~45, 48, 54

리미노이드 - 41, 43, 51, 54~56, 58

ㅁ

마가렛 애트우드 - 271~274, 276, 283, 285, 295, 296, 298

마녀 - 193, 194, 200~202, 252

마술적 사실주의 - 220, 237

메타픽션 - 64, 78, 80

멜라니 - 247~268

모모따로 - 94, 95, 97, 99

무조건적인 환대 - 77

문지방 - 43, 44, 47, 48, 59, 204

민족주의 - 13~24, 28, 30~32, 37, 38, 40, 49, 217, 218, 233

ㅂ

바슐라르 - 256~258, 262
백설 공주 - 187, 189~208, 210~212, 215
〈백설 공주와 사냥꾼〉 - 189, 190
〈백설 공주와 일곱 난쟁이〉 - 189
백인 자유주의자 - 138~140, 143
병적 징후 - 137, 137, 142, 144, 146
부커상 - 217
"빛나는 어딘가" - 51, 57

ㅅ

사적 공간 - 253
'사이' - 41, 43, 50, 60
'사이 바깥' - 50, 55, 57, 58, 60
『산사나무 등』 - 41~46, 49, 51, 58, 60
살만 루시디 - 216~218, 220, 221, 226, 230, 235, 237, 238, 240, 243
삶과 죽음 - 57, 177~179
생존 - 120, 130, 151, 195, 247, 273, 275, 276, 283, 286, 296
서양 - 156~160, 163, 164, 166~176, 178, 179, 181, 264
셰이머스 히니 - 14, 24, 41, 60
소수인종 문학 - 114
소수인종 서사 - 113, 115, 134
『수치』 - 216~220, 223, 226, 228~230, 234, 237~240, 243
스카이 리 - 113, 114, 124, 131, 134
『슬로우 맨』 - 61~66, 69~72, 74, 75, 77, 78, 80, 82, 83, 86
신화 - 14~17, 20, 22, 24, 25, 32, 37, 38, 49, 159, 200, 226, 244~247, 250~252, 263
    ~265, 267~270

ㅇ

아일랜드 농부 - 36

아일랜드 농촌사회 — 25~27, 30, 37

아일랜드 대기근 — 14, 18, 32, 34, 35

아파르트헤이트 — 62, 135~140, 142, 145, 146, 153, 155

안젤라 카터 — 244~247, 249~251, 253, 254, 258, 259, 264, 265, 267, 268, 270

『엘리자베스 코스텔로』 — 62, 78

여성주체성 — 295

여성공동체 — 276, 280, 286

여성성 — 204, 240, 245~250, 252, 253, 260, 267, 268, 270, 278

여성신화 — 247

역사수정주의 — 16, 17, 38

역사의 현재성 — 240

오리엔탈리즘 — 158, 164, 165, 171, 173, 175

오바쌍 — 87, 88, 92, 99, 101~103, 105, 106, 108

오스트레일리아 — 61~64, 71~73, 84

오스트레일리아 소설 — 62

『요술 장난감 가게』 — 244, 246, 270

이리가라이 — 247

이주/이민 — 71

이방인 — 31, 61, 62, 64~66, 68~75, 79, 81~84, 86, 129, 156, 158, 164, 173, 181, 292

이방인의 수용 — 62, 70, 72, 83, 84

이슬람 근본주의 — 216~219, 228, 229, 232~234, 239, 240

이원론 — 179

이츠카 — 87, 92, 96, 98~100

인종차별 — 20, 88, 90, 92, 93, 96, 98, 101, 107, 115, 116, 118, 122, 124, 127, 130~132

일본계 — 87~98, 100~102, 104, 106~108

일원론 — 161, 162, 177, 179

잃어버린 이름들 — 89, 106

ㅈ ▆▆▆▆

자넷 스미스 법안 — 115, 116, 122, 123

『잔월루』 - 113~116, 118, 124, 130~132, 134

전래동화 - 187~190, 193~197, 199~201, 203~206, 208~210, 213, 215

전이단계 - 43

정치적 주체화 - 141, 142, 152

제임스 조이스 - 13, 15, 51

젠더 - 187, 206, 215~219, 221, 227~229, 238~240, 243, 244, 246, 265, 268, 271, 272, 275, 276, 284

조건적인 환대 - 75

『줄라이의 사람들』 - 135~146, 152, 153

ㅊ ▨▨▨▨

침묵 - 49, 50, 54, 57, 87, 96, 99~102, 105, 110, 114, 130, 131, 134, 148, 162, 172, 177, 225, 229, 248, 253, 254, 256, 280

ㅋ ▨▨▨▨

칼리 여신 - 238

캐나다 다문화주의 - 113~115, 131

캐나다 문학 - 89, 271, 273, 296, 297

캐나다 태평양 철도 - 114~116, 125, 126, 130

코가와 - 87, 88, 90, 92, 96, 98, 101, 107, 110

쿳시 - 61~72, 74~76, 78, 80~82, 84, 86

ㅌ ▨▨▨▨

타자화된 여성 - 219~222, 228, 229, 234

탈정체화 - 142, 149, 152, 153, 155

트라우마 - 282, 286, 287, 294, 295

ㅍ ▨▨▨▨

패트릭 캐바나 - 13, 14, 40

포스트민족주의 16, 17, 19~24, 38, 40

포스트식민주의 ― 16~23, 34, 38

포스트아파르트헤이트 ― 138~140, 146, 155

폭력 ― 14, 17, 19, 47, 62, 66, 67, 82, 83, 121, 122, 124, 227, 228, 234, 237~239, 241, 253, 258, 261, 263~265, 267, 275, 277, 278, 280~282, 286, 293

ㅎ

헤지라 역 ― 240

환상 ― 156, 159~161, 168, 169, 177, 179, 246~249, 252, 253, 256~259, 261, 268, 272

희생자 ― 96, 101, 171, 223, 224, 238, 249, 263, 281, 283~285, 289~291, 294~296

필자 소개

김연민 | 전남대학교 영어영문학과 교수
- "Paul Durcan's Ekphrasis: The Political Aesthetics of Hybridity"
- 「토마스 하디 시에 나타난 멜랑콜리 시학」

김은영 | 전남대학교 영어영문학과 강사
- 「상처입은 아일랜드 아이의 복수: 맥케이브의 『푸줏간 소년』」
- 「셰이머스 히니의 시에 나타난 보편성을 향한 징검다리 건너기」

김현아 | 전남대학교 인문학연구소 학술연구교수
- 「반목가적 공간에서 심화된 남아공 역사의 폭력성과 분열성 −쿳시의 『나라의 심장부에서』」
- 「행운의 저주성과 백색의 배반성 −페리페테이아를 통해 본 필립 로스의 『인간의 오점』」

민태운 | 전남대학교 영어영문학과 교수
- 『조이스의 더블린』
- 『조이스, 제국, 젠더 그리고 미학』

김미령 | 호남대학교 영어영문학과 교수
- 「침묵당한 소수인종 서사 −스카이 리의 『잔월루』」
- 『남도문화 영어로 표현하기』

임미진 | 전남대학교 영어영문학과 강사
- 「오닐의 분열된 흑인 타자 −인종의 파행적 변주」
- 「어머니에서 광란의 오필리아로 −『밤으로의 긴 여로』에서 메리의 연극적 재현」

이혜란 | 전남대학교 영어영문학과 강사
- 「'아버지들'에 대해 이야기하기 −샐리 모건의 『나의 자리』가 내파하는 호주 국민서사」
- 「영국 헤리티지 산업에 대한 문화적 개입과 수정 −V.S. 나이폴의 『당혹스러운 도착』」

이수진 | 전남대학교 영어영문학과 강사
- 『판타지 매혹적 상상의 세계: 영미아동문학 들여다보기』
- 「『헝거 게임』 속 몸의 전유와 리얼리티 쇼의 정치 전략: "진짜야 가짜야?"」

이성진 | 서남대학교 영어학과 교수
- 『살만 루시디와 자정의 아이들』(역서)
- 『카리브 해의 어느 작은 섬』(역서)

이현주 | 광주대학교 항공서비스학과 교수
- 「시암 셀바두라이의 『퍼니 보이』 −에스니시티와 퀴어 정체성」
- 「안젤라 카터의 「피로 물든 방」과 『사드적 여성』에 재현된 여성 섹슈얼리티의 탈신화화」

주재하 | 전남대학교 영어영문학과 강사
- 「창조적 예술 활동을 통한 여성 정체성의 새로운 길 찾기: 마가렛 애트우드의 『고양이 눈 구슬』」
- 「역사 다시 쓰기 −『눈 먼 암살자』에 나타난 주체성 회복 전략」

초국가 시대의 역사, 인종, 젠더

초판 1쇄 발행일 2017년 2월 24일
전남대학교 영미문화연구소 편저

발행인 이성모
발행처 도서출판 동인
주 소 서울시 종로구 혜화로3길 5 118호
등 록 제1-1599호
TEL (02) 765-7145 / FAX (02) 765-7165
E-mail dongin60@chol.com
I S B N 978-89-5506-750-7
정 가 26,000원